KB111760

누군가 내 몸에
빙의했다

누군가 내 몸에
빙의했다 vol.1

신솔라 장편소설

초판 1쇄 찍은 날 | 2023년 7월 14일
초판 1쇄 펴낸 날 | 2023년 7월 21일

지은이 | 신솔라
발행인 | 이진수
펴낸이 | 황현수

펴낸곳 | 주식회사 카카오엔터테인먼트
등록번호 | 제2015-000037호
등록일자 | 2010년 8월 16일
주소 | 경기도 성남시 분당구 판교역로 221 6(일부)층

제작·감수 | KW북스
E-mail | paperbook@kwbooks.co.kr

ISBN 979-11-385-8940-6 04810
     979-11-385-8939-0 (set)

누군가 내 몸에 빙의했다 VOL.1

신솔라 장편소설

Post-Possession Damage Control

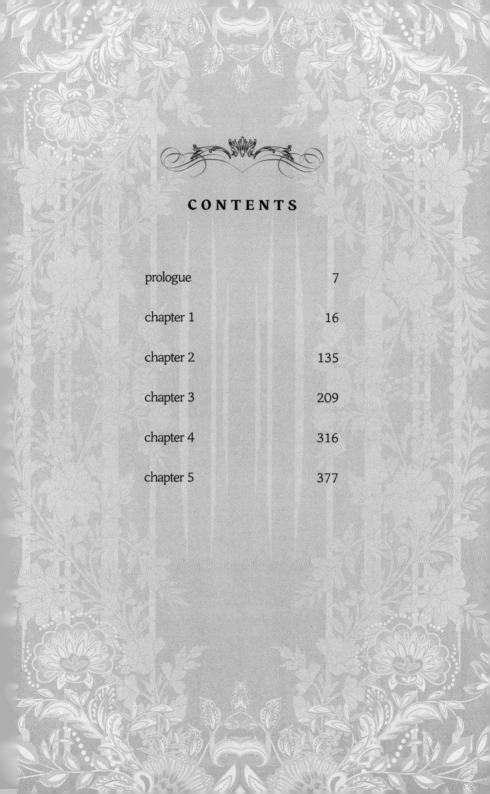

CONTENTS

prologue

'뭐야?'

칸나는 멍청히 두 눈을 깜빡였다.

'내가 지금 뭘 하는 거지?'

백지로 물든 뇌가 느릿느릿 작동했다.

지금 대체 내가 뭘 하는 걸까? 내가 왜 바닥에 엎어져서. 엉엉 울면서, 눈물 콧물 다 쏟으면서.

'왜?'

왜, 남자의 바짓가랑이를 잡고 빌고 있는 걸까?

"놓으십시오."

그때 떨어지는 칼날 같은 목소리. 칸나는 화들짝 놀라며 고개를 들어 올렸다. 그 순간, 냉혹한 시선과 마주쳤다.

빙하처럼 차가운 벽안.

'어…….'

아름답다.

칸나는 이토록 아름답다는 표현이 어울리는 남자를 처음으로 보았다.

투명한 유리 조각상처럼 섬세한 이목구비, 그리고 은사처럼 빛나는 머리칼. 빛을 머금은 듯 눈이 부셔서 저도 모르게 눈살을 찌푸렸다.

다음 순간, 남자의 입가에 냉담한 미소가 맺혔다.

"정말이지 귀찮군요."

"……."

"이런다고 제가 당신을 돌아볼 것 같습니까? 아뇨. 오히려 혐오스럽습니다."

"……."

"이것 놓으라고 했습니다."

나에게 하는 말인가?

"놓지 않으면 손목을 도려내겠습니다, 칸나 양."

조곤조곤 담담하게 말하는 어조는 놀랍도록 예의가 발라서, 그 내용이 믿기지 않을 정도였다.

'칸나?'

그러나 남자는 정확히 자신의 이름을 불렀다.

확실했다. 지금, 이 눈부시게 아름다운 남자에게 매달린 여자는 그녀 자신이었다.

마침내 칸나의 손에서 스르륵 힘이 빠졌다. 그제야 남자는 등을 획 돌려 저벅저벅 걸어갔다. 쾅! 문이 닫혔다.

"아, 미친."

방 안에 혼자 남은 칸나는 한참 후에서야 입술을 달싹였다.

"이거 꿈인가? 응?"

왜 내가 이런 곳에서 이런 꼴을 하고 있는 거지?

조금 전까지만 해도 칸나— 그녀는 한국에 있었다.

한국. 그곳은 칸나가 알지 못했던 세계였다.

어쩌다가 그곳에 가게 됐는지, 그런 이유 따위 모른다. 그저 어느 날 눈을 떠 보니 칸나는 한국이었고 '이주화'라는 소녀의 몸에 빙의되어 있었다.

처음엔 미쳤다고 생각했다. 드디어 칸나 아디스가 미쳤구나. 연금술에 푹 빠져 연구실에만 처박혀 살더니 드디어 정신이 나갔구나!

그게 아니라면 지독한 악몽이라고 생각했으나…….

미치지 않았다. 꿈도 아니었다.

'그래. 난 주화의 몸에 빙의했고, 주화로 살아가고 있었어.'

처음엔 부정했지만 결국 받아들일 수밖에 없었다.

칸나의 영혼은 이계의 소녀 '이주화'의 몸 안으로 들어왔고, 빠져나갈 방법 따위는 몰랐다. 이대로 죽을 작정이 아니라면 주화로서 살아가는 수밖에.

그래서 그녀는 주화가 되기로 결심했다.

정신적인 충격으로 공황이 오긴 했지만, 딱히 어려운 건 없었다. 주화의 모든 기억과 지식이 고스란히 남아 있어서 생활하는 데 불편함이 없었던 것이다.

그렇게 칸나는 이주화로 새로운 삶을 살았다. 장장 12년 동안. 이주화가 열일곱 살에서 스물아홉 살이 될 때까지.

'열심히 공부해서 겨우 한의사가 됐는데.'

검정고시로 조기 졸업 후 한의대 합격, 의사 면허증 취득, 최근에는 한의사로 경험을 쌓고 있었다. 언젠가는 자신의 이름으로 된 한의원을 열겠다는 목표를 품고 열심히 살았다.

말 그대로 창창대로인 인생이었는데!

'왜 이러고 있는 거냐고!'

퇴근 후 집에서 가족들과 치킨을 시켜 먹었다. 맥주 한잔 마신 후,

샤워했다. 그리고 침대에 누웠다. 천장을 올려다보며 흐뭇하게 웃고 있었다.

이주화로 사는 삶이 너무나도 마음에 들어서, 너무나도 행복해서. 앞으로도 잘 살아가야지…… 라고 생각하는 순간.

"망할."

남자의 발치에 매달려 있는 칸나 아디스로 눈을 떴다.

그녀는 자리에서 벌떡 일어나 벽에 붙어 있는 거울로 다가갔다. 거울에 비치는 얼굴을 보는 순간 무너지듯 주저앉았다.

"뭐야 이거……?"

음산하게 늘어진 검은 머리카락. 그리고 덥수룩한 앞머리에 가려진 검은 눈.

다시는 볼 수 없음을 깨닫고 잊으려고 노력했던, 결국엔 잊었던 얼굴.

마지막으로 이 얼굴을 봤던 때가 열네 살 때였던가? 그때와 비교하면 많이 성숙해지긴 했지만…….

'내 얼굴이야.'

내, 진짜 얼굴.

"이게, 대체……."

칸나는 제 뺨을 어루만지며 눈을 질끈 감았다. 그리고 깨달았다.

돌아왔다. 자신의 원래 몸으로.

원래 세상으로.

<나 미친 건가?>

<다른 여자의 몸에 들어와 있다. 다들 나를 칸나라고 부른다. 미친.>

<심지어 여기 한국도 아닌 것 같아. 내가 아는 세계가 아니야.>

<칸나 아디스의 몸에 들어온 지 한 달이 지났다. 처음엔 믿을 수 없었는데 이젠 좀 적응이 된다.>

<내가 빙의를 하다니…… 소설 속에서만 보던 빙의를 하게 되다니……>

<난 오늘 이 세상에서 가장 멋진 남자를 발견했다. 실비엔 발렌티노 공작님- 아, 어쩜 그렇게 아름다우실까?>

<나는 내일 실비엔 발렌티노 공작님과 결혼한다. 이 세계에 온 이후 처음으로 행복해졌다. 계약 결혼이지만 뭐 어때? 그분 마음은 천천히 사로잡으면 된다.>

<선 결혼 후 연애! 소설에서 보았던 전개 덕에 실비엔 공작님을 사로잡고 말았어!>

"아……."

칸나의 손에 잡힌 일기장이 부들부들 떨렸다.

이 세계에서는 칸나를 제외하고 누구도 알아볼 수 없는 언어, 한국어로 적힌 일기장.

이것으로 확실해졌다. 지난 12년 동안, 이주화와 칸나 아디스는 몸이 바뀌었다!

"이 멍청한 년이!"

그런데 이주화, 이 망할 잡것이 이 몸으로 결혼을 해 버렸다.

실비엔 발렌티노- 그러니까, 아까 전 자신이 바짓가랑이를 잡았던 그 남자와 말이다.

'미쳤어! 왜 하필이면 실비엔 발렌티노야! 그 인간은 제정신이 아니

란 말이야!'

잘생기기만 하면 뭐 해? 겉으로만 예의 바르면 뭐 해?

그놈이 언제 터질지 모르는 시한폭탄 같은 남자라는 걸 모르는 사람이 없는데! 감히 그런 위험한 사람을 상대로 소설에서 본 것을 써먹다니. 계약 결혼을 제안하다니!

"제가 공작님의 아내가 되어 드릴게요."

"예?"

"저를 이용하세요."

"그게 무슨 뜻입니까?"

"계약하자는 거예요. 저와 결혼하면 공작님은 황가의 손에서 벗어날 수 있는 거죠. 2황녀 전하와의 결혼, 원치 않으시잖아요?"

그야말로 선 결혼 후 연애를 노린 계약 결혼!

"이주화, 이 못난 것아! 인생은 실전이라고!"

칸나는 발광하며 울고 싶었다.

왜 아니겠는가? 주화가 자신의 몸으로 한 못난 짓들이 이 일기장에, 머릿속에 고스란히 남아 있는데!

주화는 실비엔의 마음을 얻기 위해 모든 것을 다했다.

'사랑해요 ♡ 실비엔 공작님'이라는 커다란 천을 거리에 걸어 놓지를 않나, 회의 중인 그에게 장미꽃 백 송이를 보내질 않나. 심지어 옷 벗고 침대에 기어들어 가는 육탄전마저 불사했다.

당연히 그때마다 얻은 것은 실비엔의 경멸뿐이었다.

<실비엔 발렌티노 공작님이 '칸나 양이 이런 여자인 줄 알았다면, 애초에 제안을 받아들이지 않았을 겁니다'라고 말했다. 그의 말이 내 가슴을 찢어 놓았다.>

<하지만 용기를 내자. 어떻게든 그의 마음을 사로잡을 거야. 포기 안 해!>

이것이 주화의 마지막 일기.

결국 그녀는 지금까지 단 한 번도 해 본 적 없던, 울면서 바짓가랑이 잡고 매달리기를 시전했고, 마침 그 찰나.

칸나와 몸이 바뀌었다.

'후우. 진정하자, 진정해. 진정하고 생각을 해 보자.'

칸나는 주화가 쓴 일기장을 책상에 쾅 내리쳤다.

'12년이 흘렀어. 이건 내 진짜 몸─ 칸나 아디스고, 이 몸은 스물여섯 살이야.'

그렇다면 지금쯤 주화도 그녀의 몸에 돌아가 있겠지.

주화도 지금 적잖게 당황했을 것이다. 온 영혼을 불사르며 실비엔에게 매달리고 있는데 갑자기 출근하기 직전일 테니까.

'주화가 나처럼 출근해서 환자들을 볼 수 있겠냐고!'

하지만 자신의 몸을 썼던 '주화'이 12년간 기억이 있는 걸 보니, 그녀에게도 '칸나'의 기억이 있을 것이다.

즉, 자신이 주화의 몸으로 공부했던 내용을 다 기억하고 있다는 소리. 그렇담 적어도 한의사 일을 하는 데 무리는 없겠지.

'잠깐. 내가 하던 사업은? 다니던 한의원은 잠깐 휴직해도 잘 굴러갈 테지만, 내 인터넷 쇼핑몰은?'

대학생 때부터 소소한 취미로 천연 수제 비누, 천연 아로마 양초, 천연 향수 등을 만들어 왔다. 약초학을 배우다 보니 식물에 관심이 커져서 이것저것 해 보게 된 것이다.

그렇게 지내다 보니 어쩌다가 작은 인터넷 쇼핑몰도 열게 되었고.

'내 쇼핑몰 망치기만 해 봐, 이주화.'

쓸쓸함과 불안감이 밀려왔다.

사실 지난 12년간 칸나는 주화로서의 인생에 크게 만족하며 살아가고 있었다. 처음엔 공황이 올 정도로 당황했지만…….

엄마와 아빠, 남동생, 그리고 고양이 또또와 함께하는 삶은 즐거웠다. 최근에는 남자 친구까지 생겨서 막 연애를 시작했는데…….

'하, 씨. 결혼까지 생각했는데.'

한순간에 잃었다.

그리고 다시는 돌아갈 수 없다고 생각했던 몸으로 돌아왔다.

"아니야, 정신 차려. 지금 공황에 빠질 때가 아니잖아."

정신 바짝 차려야 해. 괜히 우울감에 젖어 봤자 해결되는 건 아무것도 없어. 일단 이 미친 상황을 해결하자. 어떻게든 정리하자.

"실비엔 발렌티노."

칸나는 울적함을 밀어내며 그 이름을 중얼거렸다.

"네가 내 몸을 개똥 취급했다는 거지."

머리가 복잡해서 터질 것 같지만, 무엇부터 해야 하는지는 분명했다. 일단은.

"이혼부터 하고 보자."

저녁에 공작이 돌아오면 이혼 얘기를 해 보자. 아마 실비엔 발렌티노는 쌍수를 들고 환영하겠지만…….

'문제는, 내 부친이 이혼을 허락하느냐지.'

이 세계 여성의 권리는 한국과 비교도 되지 않을 정도로 바닥인지라, 여자는 친부의 동의가 없으면 이혼조차 할 수 없었다.

'과연 아버지가 이혼을 허락해 주실까?'

'주화'의 아빠라면, 딸이 이런 홀대를 당하는 걸 알면 대로하며 이혼을 주도할 것이다.

'하지만 내 친부는 다르지.'

'칸나 아디스'의 아버지는 다르다. 가문의 수치라고 생각하며 결사반대할 게 분명하다. 죽어도 발렌티노 가문에서 죽으라고 할 사람이니까…….

'모르겠다. 일단 자자. 자고 일어나서 생각해 보자.'

어쩌면 꿈일 수도 있으니까.

chapter 1

칸나 아디스.

서대륙을 지키는 2대 수호 가문, 아디스 공작 가문의 장녀.

그리고 사생아.

칸나는 친모가 누구인지 몰랐다. 여섯 살 때쯤이었을까? 호기심을 이기지 못한 그녀는 아버지에게 조심스럽게 질문했다.

"아버지, 제 어머니는 어떤 분이세요?"

그 순간 아버지의 얼굴이 괴물처럼 일그러졌다. 어쩌면 날 죽일지도 몰라. 일순 그런 생각마저 스쳐 지나갈 정도로 험악한 표정.

하나 다행히 아버지는 그녀를 죽이지 않았다. 때리지도 않았다. 다만, 살기등등한 눈빛으로 그녀를 쪼개듯 씹어 뱉었다.

"칸나 아디스, 다시는."

"……."

"다시는 내 앞에서 그 여자 이야기를 입에 담지 마라."

칸나는 그제야 깨달았다. 아버지— 알렉산드로 아디스 공작은 그녀를, 그녀의 모친을 싫어했다. 어쩌면 증오일지도 모른다. 어린 시절부터 공기처럼 당연했던 아버지의 미움, 그 원인을 그제야 깨달았다.

'그렇구나. 아버지는 내 어머니를 증오하는구나. 그래서 나도 미워

하고 있어.'

그녀를 미워한 것은 아버지뿐만이 아니었다.

"언니, 차라리 삭발하지 그래? 검은 머리에 검은 눈동자라니. 사람들이 얼마나 수군거리는지 알아?"

"이런, 이자벨. 언니에게 그게 무슨 말버릇이니?"

"이잉, 하지만 엄마아."

"하지만 틀린 소리는 아니구나. 칸나, 너도 알겠지만 우리는 검은색을 불길하게 여긴단다. 부디 사람들 시선에 띄지 않도록 잘 처신하고 다니렴."

이복 여동생 이자벨도, 그리고 계모 클로이도.

"야, 오물! 앞머리로 얼굴 가리고 다니랬지!"

사정없이 그녀의 뺨을 후려치며 폭력을 행사하던, 이복 남동생 오르시니도.

"누님, 내 모자가 창문 아래로 떨어졌어요. 어서 가서 주워 오세요."

그리고 역시나, 예의 바른 척하지만, 혀에 칼을 달고 심술궂게 괴롭힌 둘째 남동생, 칼렌도.

모두가.

단 한 명도 빠짐없이, 가족들 모두가 칸나를 미워했다.

그녀를 경멸한 것은 비단 가족들뿐만이 아니었다.

"어머나, 저것이 아디스 가문의 장녀라고요?"

"맙소사, 머리카락이 검은색이에요! 게다가 눈동자도……!"

검은 머리. 검은 눈.

이 두 개를 함께 타고난 자는 불길함의 상징으로 여겨졌다. 때문에 모두가 그녀를 피했고, 멸시했다.

"야, 오물! 누가 밖에서 나랑 마주치래!"

언제 한번은 길거리에서 오르시니를 마주쳤다. 오르시니의 친구들이 칸나의 존재를 짓궂게 놀려 댄 모양이었다.

"미, 미안해 오르시니. 내가 잘못했어. 때리지 마."

"이 오물 같은 년! 오물이면 오물답게 숨어서 살란 말이야!"

그날은 오르시니에게 뺨을 다섯 대나 맞아 입안이 터졌다.

그리고 아버지는 이 모든 일을 방관했다. 아니…… 어쩌면 주도했는지도 모른다. 애초에 그의 무시가 없었더라면 시작되지 않았을 학대였을 테니.

칸나는 그렇게 하루하루 잎이 뜯겨 나가는 꽃송이처럼 난도질당했다.

정확히 열네 살의 어느 날- 열일곱 이주화의 몸에 빙의하기 전까지, 칸나의 삶은 끔찍했다. 사람의 눈을 똑바로 보는 것조차 힘들었을 정도였으니.

그러나 주화로 살면서 칸나는 변했다.

"우리 주화. 엄마는 주화가 뭘 하든 응원할 거야."

저명한 한의사이자 누구보다 현명했던 엄마.

"주화야, 아빠랑 같이 산책하러 갈래? 응? 응?"

CEO이자 딸 바보였던 아빠.

"누나! 치킨 남겨 둔 것 있으니까 먹어."

심술궂지만 정이 많은 남동생.

"애오옹."

그리고 사랑스러운 고양이까지.

모두가 그녀에게 따뜻했다. 사랑이 무엇인지 알려 주었다.

그렇게 12년이 흘렀다.

주화로 살아간 시간 동안 칸나는 완전히 다른 사람으로 변했다. 자기 자신을 아끼고, 소중하게 여길 줄 아는 여자로.

예전과는 다른 사람으로.

촤아악!

얼굴 위로 쏟아진 차가운 감각에 칸나는 눈을 번쩍 떴다.

"아가씨, 어서 일어나지 않고 뭐 하시는 거예요?"

비몽사몽. 꿈에서 깬 칸나는 눈을 끔뻑였다. 가장 먼저 보이는 것은 드높고 화려한 천장, 그리고 새하얗게 늘어진 실크 캐노피.

'진짜 돌아온 거야.'

이곳은 한국이 아니다. 발렌티노 공작 가문의 침실이었다. 망할!

'그런데 지금 내 얼굴로 뭐가 쏟아진 거지?'

"아가씨, 어서 일어나시라고요! 제 말 안 들리시나요?"

쟤였군.

침대 옆, 화병을 들고 있는 하녀를 발견하자 어떻게 된 일인지 알 수 있었다.

저 하녀는 그동안 지금처럼 화병의 물을 뿌리든가, 이불을 학 걷어 내든가, 가끔은 뺨까지 때려 가며 칸나- 그러니까 '주화'를 깨워 왔다.

주화는 지금껏 아무 반항도 못 하고 순순히 당했다. 공작에게 잘 보이기 위해.

저 하녀는 발렌티노 가문에서 오랫동안 일해 왔고, 자칫 잘못 보였다가는 나쁜 소문을 퍼뜨릴 수 있다고 여긴 것이다.

그래서 주화는 참고 또 참았다.

'이주화, 정말 바보 같아.'

칸나는 물에 젖은 얼굴을 손으로 닦았다.

"너, 이름이 뭐야?"

예상치 못한 반응일까? 하녀가 흠칫 놀란다.

'물론 이름은 알고 있지만.'

이 몸으로 산 주화의 기억에 의하면 저 하녀의 이름은 메리. 나이는 대략 40대. 아주 오랫동안 발렌티노 가문에서 일해 온, 많은 이의 신임을 받는 경력자였다.

"제 이름은 메리 골디안입니다, 아가씨. 갑자기 잊어버리셨나요? 머리가 어떻게 되신 것 아닙니까?"

메리는 곧 기세등등하게 대답하며 재촉했다.

"허튼소리 집어치우시고 얼른 일어나세요! 마님께 문안 인사를 올리러 가야 할 시간입니다!"

문안 인사…….

순간 격렬한 두통이 머리를 쪼갰다. 문안 인사라니.

'그래. 그러고 보니 발렌티노 공작의 새어머니가 이 저택에서 함께 살았지.'

현 공작, 실비엔의 계모인 조세핀.

그녀는 며느리인 칸나에게 아침 점심 저녁, 하루 세 번 꼬박꼬박 문안 인사를 올릴 것을 요구했다.

'미쳤어. 이건 한국에선 물론이고, 이 세계에서도 말이 안 되는 짓이라고.'

그러나 주화는 지금까지 충실하게 해 왔다. 언젠가는 실비엔의 눈길을 받으리라 기대하면서.

하지만 지금은 그럴 생각이 조금도 없다.

"안 가."

"……예?"

"안 간다고. 망할 문안 인사."

"아가씨, 그게 무슨!"

"누가 아가씨야? 나는 발렌티노 공작 부인이자 이 저택의 안주인이다. 그러니 마님이라고 불러."

하녀 메리의 얼굴이 얼어붙었다. 자신의 귀를 의심하는 기색이었다. 늘 생글생글 억지웃음을 지으며 남들의 사랑을 받으려고 애쓰던 '칸나'와는 다른 모습이었으니.

'뭐야? 이상한 거라도 먹었나?'

그러나 곧 메리의 입꼬리가 올라갔다. 꼴에 귀족이랍시고 귀족 행세를 하고 싶은가 보군.

하지만 누구도 칸나를 귀족으로 취급하지 않는다. 칸나가 누구인가? 남편인 발렌티노 공작에게는 없는 사람 취급당하는 허울뿐인 공작 부인이다.

그뿐만이 아니었다. 칸나는 '검은 안개'의 상징인 검은 눈, 검은 머리칼을 가졌다.

아주 오래전, 어느 날 갑자기 나타나 남쪽 대륙을 통째로 집어삼켜 멸망시킨 검은 안개. 그 불길한 색 때문에 칸나는 어린 시절부터 사람들의 손가락질을 받아 왔다.

오죽하면 그녀의 친정 집안에서도 오물 덩어리 취급했겠는가!

"이 저택의 안주인은 조세핀 님이십니다. 제게 마님도 조세핀 님뿐이고요."

이렇게 대놓고 모욕해도 헤헤 웃으면서 머리나 긁적이겠지. 지난 몇 년 동안 그랬던 것처럼.

아니나 다를까 칸나는 아무 말도 하지 못했다. 그저 물끄러미 쳐다보다가, 손을 불쑥 내밀었다.

"줘 봐."

"예?"

"그 화병 말이야. 아직 물 남았지?"

칸나는 메리가 든 화병을 빼앗듯 받아 든 후 안에 물이 얼마나 남았나 확인했다. 그리고.

촤아아악!

"이 건방진 종자 같으니라고."

뚝. 뚝. 메리의 얼굴에 맺힌 물방울이 떨어져 내렸다.

얼굴이 흠뻑 젖었음에도, 메리는 자신이 무슨 짓을 당했는지 알아차리지 못했다. 아니, 믿을 수가 없었다.

"너, 제대로 혼쭐이 나 봐야 정신을 차리겠구나. 거기 너, 가서 회초리 가져와."

칸나는 문밖에서 구경하고 있던 하녀에게 말했다. 깜짝 놀란 하녀가 어쩔 줄 모르자, 언성을 버럭 높였다.

"안 가져오고 뭐 해? 너도 같이 맞고 싶은 거야? 지금 당장 안 가져오면 너부터 맞을 줄 알아!"

"자, 잠시만요!"

잠시 후, 칸나는 하녀가 가져온 회초리를 받아 든 후 여전히 얼빠진 얼굴을 한 메리에게 말했다.

"종아리 걷어."

메리의 얼굴이 시퍼렇게 질렸다. 감히 칸나 따위가, 발렌티노에서 오래 일해 온 자신에게 이런 짓을 하다니!

"이게 무슨 짓입니까, 아가씨? 제가 누구인지 잊으셨습니까?"

"······."

"저는 마님의 신임을 받는 데다가 이 저택에서 오래 일한······!"

"하녀지."

칸나는 싸늘하게 그녀의 말을 잘랐다.

"감히 주인의 얼굴에 물을 뿌린 정신 나간 하녀. 그게 바로 너야, 메리."

"그······."

"그리고 나는 그런 하녀를 훈육할 자격이 있는 가문의 안주인, 발렌티노 공작 부인이야. 그 권한으로 명령하겠어. 종아리 걷어."

"하······ 하지만."

"걷지 않으면 다른 하녀들까지 매질하겠어. 나아가 하녀 교육을 제대로 못 시킨 집사에게도 책임을 물어야겠지."

"······!"

"혼자 맞겠어? 아니면 저택 내 모든 고용인과 함께 맞겠어?"

메리의 얼굴이 창백하게 질렸다. 칸나에게 회초리를 가져다준 또 다른 하녀조차도 겁을 먹고 눈치를 살폈다.

잠시 후, 메리가 떨리는 손으로 치맛자락을 걷어 올렸다.

'엄청 겁먹었네.'

하기야, 갑자기 다른 사람처럼 변해서 회초리질을 해 대려고 하니 무섭기도 하겠지. 칸나는 삐딱하게 고개를 기울이며 메리를 바라보았다.

이 정도면 됐으니 봐줄까…… 라는 생각이 들었으나.

"누군가를 징벌할 때는 확실하게 벌을 내리렴, 주화야."

엄마 말 들어서 손해 본 적은 없으니, 그렇게 하자.

칸나는 회초리를 들어 올려 그대로 내리쳤다.

찰싹!

"악!"

한 대였다. 하지만 아주 강한 매질이었다. 단숨에 종아리에 시뻘건 줄이 그어지고 메리의 몸이 휘청였다.

한 대째에는 충격을.

찰싹!

"아아악!"

두 대째에는 고통을.

그리고 세 대째에는.

"자, 잘못했습니다!"

잘못을 빌게 된다.

메리가 두 손을 비벼 대며 빌자 칸나는 회초리를 내려놓았다.

"잘못했어? 무엇을?"

"제, 제가 감히 아가씨께 물을 뿌려서……!"

칸나는 싱긋 웃었다.

"그뿐만이 아니지. 그동안 내 따귀를 쳐서 깨운 적도 있잖아?"

이주화, 이 바보가 헤헤 웃고만 다니니 사람들이 우습게 보지. 아무리 괴롭힘당해도 웃기만 하니까. 지렁이도 밟으면 꿈틀해야 하는데, 그 어떤 저항도 없이 그저 당하기만 하니까.

마치 옛날의 나…… 주화로 빙의하기 전의 나처럼.

"자, 잘못했습니다. 아가씨."

"아가씨?"

칸나가 고개를 갸웃 기울이자 메리가 화들짝 놀라며 어깨를 떨었다.

"아, 아뇨! 마님! 잘못했습니다, 마님! 다시는 그러지 않겠습니다."

"그래야 할 거야. 다음에 또 이렇게 건방지게 굴면 고작 세 대로 끝나지 않을 테니까."

칸나는 회초리를 툭 던진 후 손짓했다.

"나가 봐."

메리가 훌쩍이며 몸을 일으켰다. 기죽은 척 어깨를 늘어뜨리고 있지만, 그녀의 등에서 맹렬한 적의가 느껴졌다.

'하기야 겨우 매질 한 번에 바꿀 수 있을 리 없지.'

그들이 떠난 후, 칸나는 한숨을 내쉬며 소파에 앉았다.

주화야. 주화야. 이주화…….

'이주화. 난 네 인생을 꽤 멋지게 만들어 놨는데.'

명문대에 진학하고, 한의사가 되고, 완벽한 남자 친구도 만들어 놨는데.

'너는 내 인생을 더 최악으로 꼬아 놨어.'

쾅!

소파에 앉아 잠시 꾸벅꾸벅 졸던 칸나가 눈을 떴다. 지금 무슨 소리가 들린 것 같은데…….

그리 생각하는 찰나, 쾅. 다시 한번 들리는 굉음.

"문을 열지 않고 뭐 하는 게야! 당장 열지 않으면 문을 부수겠다!"

중년 여인의 날카로운 목소리. 그와 동시에 다시 한번 무언가가 문을 때렸다.

쾅, 쾅, 쾅! 세 번 연달아 울리는 폭음.

칸나는 얼빠진 얼굴로 문을 쳐다보다가, 안에서 잠겨 있음을 깨닫고 벌떡 일어났다. 문을 잠근 기억은 없는데? 분명히 메리가 한 짓일 거다!

"지금 열겠습니다!"

그렇게 외친 후 재빨리 문을 열었다.

그리고 보았다. 망치를 들고 있는 시종들. 그들을 거느리고 있는 여인을.

'나왔다.'

이 저택의 실질적인 안주인.

실비엔 발렌티노의 새어머니이자, 칸나의 시어머니.

'조세핀 엘레스터 백작.'

실비엔의 친어머니는 아니었다. 실비엔은 열 살의 나이에 친모를 잃었으니까.

그 후 그의 부친은 새 아내를 들였는데 그녀가 바로 조세핀이었다.

공작이 죽고 나서도 조세핀은 저택을 떠나지 않았고, 공작가가 보유하고 있는 수많은 작위 중 하나인 엘레스터 백작위를 차지했다. 그러나 말만 엘레스터 백작이지, 그녀는 여전히 발렌티노 공작가의 안주인처럼 굴고 있었다.

"지금 뭘 하고 있는 거지? 당장 제대로 예를 갖추지 못해?"

조세핀은 방 안으로 홱 걸어 들어왔다. 부채를 쫙 펼친 후 경멸의 시선으로 그녀를 노려보았다.

"메리가 내게 이상한 말을 전하더구나."

아니나 다를까 문 너머에는 메리가 심술궂은 웃음을 짓고 있었다. 고새 가서 일러바친 모양이다.

"매일 아침 문안을 와야 한다는 규칙을 잊은 게야? 지금이 벌써 오후 1시다. 정오의 점심 문안조차도 까먹은 게냐!"

"아뇨, 잊지 않았습니다."

매일 오전 7시, 오후 12시, 저녁 6시.

하루 세 번 꼬박꼬박 인사를 올리러 가야 했지. 1분이라도 늦으면 온갖 욕을 들어야만 했고.

칸나는 주화가 겪은 지난 수년간의 고생을 떠올리며 빈정거렸다.

"지키고 싶지 않았을 뿐이에요."

차라리 잘됐다. 어차피 이혼할 생각이었으니 상대 쪽에서 분란을 일으켜 주면 더할 나위 없이 좋겠지. 쫓아내 주면 더 좋고.

"매일 세 번 문안 인사라뇨. 다른 귀부인들이 들으면 놀라서 쓰러질 걸요. 어머니 세대에도 그런 구닥다리 예법은 없지 않았나요?"

지나친 경악은 침묵을 불러일으킨다. 칸나는 그 말을 실감하며 어깨를 폈다.

문밖의 하녀와 시종, 그리고 조세핀까지도 할 말을 잃었다.

"너…… 지금 뭐라고 했지?"

하녀 메리가 찾아와 울면서 말할 때까지만 해도 설마설마했다.

칸나 그 멍청하기 짝이 없는 계집애가 회초리질을 했다니. 남의 눈치 살피느라 정신없는 얼간이가?

메리가 허풍을 떨었거나 아니면 칸나의 머리가 이상해졌다고 생각했는데…….

'정신이 나간 거야!'

감히 또박또박 말대꾸를 해? 귀염받을 수 있다면 땅에 떨어진 음식도 주워 먹을 것처럼 굴었던 계집애가!

"그것이 우리 가문의 규율이다. 네가 내 귀한 아들과 결혼한 이상 좋든 싫든 가문의 법도를 따라야 하는 법이다!"

"그 규율, 어머니가 만드신 거잖아요?"

"뭐?"

"어머니의 심술 섞인 변덕일 뿐인데 가문의 법도를 운운하시다니요. 발렌티노 가문의 긴 역사 앞에서 부끄럽지 않나요?"

다시 한번 싸늘한 정적이 내려왔다. 그러나 얼마 가지 않아 기대했던 반응이 돌아왔다.

"거기 누구 없느냐! 당장 이년을 잡아!"

엉거주춤, 보고 있던 시종들이 다가와 칸나의 팔을 잡았다.

"내 오늘, 네 버릇을 단단히 고칠 것이야! 어서 회초리를 가져와라!"

메리가 미리 준비해 온 회초리를 건넸다. 아까 칸나가 사용했던 것보다 훨씬 더 두꺼운 회초리였다.

"메리! 당장 저것의 치마를 걷어라!"

"예, 마님!"

메리는 당장 달려들어 칸나의 치맛자락을 잡았다.

겉으로는 태연한 표정이었지만 속으로는 고소해서 죽을 지경이었다. 감히 마님이 아끼는 하녀인 자신을 건드리다니, 다 자업자득이었다.

그러나…….

"치워."

탁. 칸나의 발이 메리의 두툼한 손을 걷어 냈다. 그리고 스스로 치맛자락을 걷어 올리더니 싱긋 웃어 보였다.

"제가 하겠습니다."

"……."

"치시지요, 어머니."

그 냉담한 미소에 메리는 물론 조세핀의 뒷골까지 서늘해졌다.

그녀가 아는 칸나라면 지금쯤 용서해 달라고 빌어야 하는데…… 노골적으로 자신을 비웃으며 도발하고 있지 않은가!

"내가 장난을 하는 것 같으냐? 오냐! 네가 잘못을 깨우칠 때까지 내 직접 훈육해 주마!"

훈육, 훈육.

그 단어를 되씹던 칸나가 천진하게 까르르 웃음을 터뜨렸다.

"회초리질로 며느리를 훈육하시다니. 역시나 명문가의 품격에 걸맞은 방식입니다. 발렌티노 공작님 역시도 어머니의 가르침을 몹시 자랑스러워할 겁니다."

"그 입 다물어라! 어디서 어른이 이야기하는데 건방지게 말대꾸를 해!"

찰싹! 종아리에 벼락같은 통증이 작렬했다. 칸나는 이를 악물었다.

각오하긴 했지만…… 순간 비명이 튀어나올 만큼 아팠다!

잔뜩 흥분한 조세핀은 다시 한번 팔을 높이 들어 올렸다. 획, 있는 힘껏 내리친다.

찰싹!

"아디스 가문에서는 예법 교육도 안 시키나 보지? 뻔뻔하기도 해라. 어디서 못 배워 먹은 계집애를 며느리랍시고 내 집에 들여보내!"

찰싹! 찰싹!

회초리질이 이어질수록 종아리 위로 붉은 선이 그어진다.

이윽고 살점이 갈라지고 피까지 튀기 시작하자, 구경하던 하녀들이 속으로 비명을 삼켰다.

그러나 칸나는 그저 치맛자락을 꽉 움켜쥐기만 했다. 입술을 질끈 깨물며 버텼다.

'소리 지르지 않을 거야.'

비명을 지른다면 조세핀은 분명히 만족스러워하겠지.

지금껏 자신을- '이주화'를 개 취급했던 저 여자를 만족시킬 생각은 조금도 없었다!

"허억, 허억……."

그렇게 얼마나 지났을까?

조세핀의 팔이 부들부들 경련했다. 안 쓰던 힘을 쓴 탓에 근육에 무리가 오고 말았다.

그때 즈음, 칸나의 종아리는 완전히 피범벅으로 부풀어 올라 있었다.

"아직도 네 잘못을 모르겠느냐!"

"모르겠습니다."

"이……!"

독한 계집!

조세핀은 물론이거니와 다른 고용인들까지 혀를 찼다. 처음엔 즐겁게 지켜보던 메리의 얼굴도 새하얗게 질려 있었다. 종아리가 깊게 패 피가 줄줄 흐르고 있는데, 무처럼 퉁퉁 부어올라 있는데!

'미쳤어. 미친 게 분명해. 하룻밤 사이에 어떻게 사람이 저렇게 변한단 말이야!'

칸나의 얼굴 역시도 식은땀으로 젖어 있었지만, 항복할 생각은 전혀 없어 보였다. 그러나 조세핀 역시 마찬가지였다. 그녀는 곁에 선 시종에게 회초리를 휙 건네며 명령했다.

"네가 매질을 해라!"

"예?"

"내 말이 안 들리느냐! 네가 대신 매질을 하란 말이다!"

"마, 마님, 하지만……."

허울뿐이긴 하지만, 칸나는 고귀한 혈통의 귀족이다. 그런 그녀를, 남자이자 고용인인 자신이 때리라고? 어떤 불똥이 튈 줄 알고?

"어서!"

시종은 결국 떨떠름한 표정으로 다가가 마지못해 회초리를 움직였다. 툭, 건드리는 수준으로.

"지금 뭐 하는 거야! 제대로 하지 못해!"

"마, 마님. 그러나 이미…… 아가씨의 종아리가……."

이미 상처로 피범벅이 되어 있는데 여기서 어떻게 더 때리라는 말인가!

시종의 머뭇거림에 조세핀이 침묵했다. 너무 흥분한 나머지 있는 힘껏 때리긴 했지만, 시종의 말이 옳다. 칸나의 종아리는 더 때릴 구석이 없을 만큼 터져 버렸으니.

'이 정도면 기가 꺾였겠지.'

조세핀은 칸나의 얼굴을 노려보며 매섭게 물었다.

"아직도 네가 잘못한 게 없다고 생각하느냐?"

칸나는 힘없이 웃었다.

이를 악물며 참아서일까, 턱이 얼얼했고 온몸이 식은땀으로 흠뻑 젖어 버렸다. 다리에서 올라오는 열감이 전신을 불태우듯 고통스러웠지만……

'난 그렇게 살고 싶지 않아.'

정해진 시간에 하루 세 번. 무조건 시어머니에게 문안 인사를 가야 한다고?

그건 폭력이나 마찬가지다. 감히 자유롭게 외출할 생각은 꿈도 꾸지 말라는 무언의 협박.

'절대로, 그런 짓은 하고 싶지 않아.'

어떻게 된 일인지 모르겠지만, 그녀는 다시 자신의 세계로 돌아왔다. 돌아가고 싶지만, 어쩌면 돌아가지 못할 수도 있다.

그렇기에 제대로 살고 싶었다. 짐승 취급이 아닌, 당당한 인간 대접을 받으면서.

그러나 여기서 굴복하면 아무것도 변하지 않을 것이다. 아무것도.

"예, 저에게 잘못이 있습니다."

칸나는 쉰 목소리로 대답했다.

이제야 잘못을 인정하는구나! 조세핀이 의기양양한 미소를 지으려고 할 때.

"하기 싫은 일은 처음부터 하지 말아야 했는데. 꾸역꾸역 참아 가면서 한 제가, 다 잘못한 겁니다."

싸아악. 조세핀의 얼굴에서 핏기가 가셨다.

그 당혹을 똑바로 응시하며, 칸나가 또박또박 말을 이었다.

"왜 어머니께 제 하루를, 시간을 저당 잡혀 살아야 합니까? 하물며 제 저택에 객으로 머무시는 시어머니께, 제가 왜요?"

"네…… 네 저택이라고? 내가 객이라고 했느냐?"

"예. 저는 실비엔 발렌티노 공작 각하의 정실부인입니다. 이 저택은 공작 내외에게 내려오는 저택이고요. 어머니께서는 진작 분가하셨어야 옳지요!"

그녀의 말 한마디 한마디가 조세핀의 아픈 곳을 긁었다.

조세핀은 발렌티노 가문의 권세를 잃고 싶지 않았다. 언제까지나 발렌티노의 여주인이고 싶었다!

하지만 시간은 흐르고 시대는 바뀌는 법. 조세핀은 이제 새로운 안주인에게 저택을 내주어야 했지만, 그러고 싶지 않았다. 그래서 흉보는 사람들이 있다는 것을 알면서도 이 집에 머물렀다.

다행히 집안일에 무관심한 아들은 그녀가 있든 말든 개의치 않았다.

'여전히 발렌티노의 안주인은 나다!'

이를 명실상부 확고히 하기 위해 칸나에게 매일 세 번 문안 인사를 올리라 명했다. 이 저택의 안주인이 누군지 서열을 확실히 매기기 위해서.

칸나는 지금껏 이 부당한 상황에 저항할 생각도 못 하고 굽신굽신 잘만 따라왔다. 그런데…….

그런데 갑자기 변했다. 저 허울뿐인 며느리 년이 아픈 곳을 정곡으로 찌른 것이다!

"칸나 아디스……."

"칸나 발렌티노입니다, 어머니."

적어도 아직은 발렌티노다. 칸나는 쉰 목소리로 또박또박 말대답했다.

그것이 조세핀을 강렬히 할퀴었다. 한계였다.

"여봐라! 뭐 하느냐, 당장 다시 매질을 시작해!"

그러나 그럴 필요가 없었다. 정신력으로 버티고 있던 칸나의 몸이 한 번 크게 휘청이더니 뒤로 자빠진 것이다.

쿵, 뒤통수가 카펫 위로 거칠게 부딪쳤다.

'아무리 그래도 그렇지, 잘못 부딪치면 죽을 수 있는데 누구라도 좋으니 좀 잡아 주지······.'

시야가 캄캄하게 물들어 갔다. 칸나는 온몸을 달구는 열을 이기지 못하고 천천히 눈을 감았다.

"칸나가 잘못을 인정할 때까지는 절대 치료하지 말고, 약도 주지 마라!"

조세핀의 엄명을 마지막으로 칸나는 까무룩 정신을 잃었다.

'미쳤어.'

그날 밤에도 조세핀의 분은 풀리지 않았다.

'미치지 않고서야 그렇게 바뀔 수 없어.'

칸나 발렌티노, 아니, 칸나 아디스.

아디스 가문에서도 천덕꾸러기 취급하던 사생아.

검은 머리칼에 검은 눈. 그 불길한 상징을 가리고자, 늘 머리카락으로 얼굴을 덮고 다니는 추레한 년!

애초부터 그런 오물을 며느리로 들인 게 잘못이었다.

실비엔이 칸나와 결혼한다고 했을 때부터 마음에 들지 않았지만, 어쩔 수 없었다. 실비엔이 결정하는 일에는 그 누구도 반기를 들 수 없으니.

'하지만 그건 2황녀 전하를 피하기 위한 결혼이었지. 허울뿐인 연극인 걸 모두가 알고 있는데!'

그런데도 감히 안주인 행세를 하려고 해?

감히 나를, 이 저택의 '객'으로 취급해?

'죽여야겠군.'

쥐새끼처럼 죽은 듯이, 있는 듯 없는 듯 살면 목숨은 부지해 주려 했지만.

'애초부터 그 애를 이 집에 들여서는 안 됐어.'

칸나만 없었더라면 제2황녀가 실비엔의 배필이 되었을 것이다. 자신이 그렇게 되도록 온갖 수를 썼으니까.

황녀도 자신의 노고를 잘 알고 있다. 그렇기에 결혼 후에도 자신에게 충분한 대우를 해 준 것이다.

……두 사람이 결혼만 했더라면.

어느 날 갑자기, 실비엔이 '칸나 아디스'라는 카드를 꺼내지만 않았더라면!

'그렇게 돼야 했는데.'

만일 그렇게 됐다면, 자신은?

황가와 사돈을 맺은 여자로, 황녀 출신 며느리의 공경을 받으며, 평생을 사교계에서 떵떵거리며 살 수 있었을 테지.

그러나 지금, 조세핀의 자리는 위태로웠다. 한때는 발렌티노 공작부인으로 사교계를 휘어잡았으나 지금은 아니다.

백작위를 갖긴 했지만 허울일 뿐. 영지는커녕 그럴듯한 재산조차 없다. 피 한 방울 안 통한 아들, 실비엔이 작위 외에는 아무것도 내주지 않은 것이다. 그가 조세핀을 귀하게 여기지 않는다는 증거였다.

그것이 바로 불행의 시작이었다. 실비엔이 조세핀에게 아무런 힘도 실어 주지 않는 것. 그럴 경우 귀부인들의 권력은 빠르게 사라진다.

이제 내려갈 일만 남은, 사교계의 지는 꽃.

'하지만 황족이 내 며느리가 되었으면, 황가와 연을 맺었으면 그럴 일 없었을 거다.'

그런데 그 자리를 꿰찬 썩은 돌멩이가 이제 저택의 안주인 자리까지 위협하다니. 조세핀은 코웃음을 쳤다.

'제발 죽어 버렸으면 좋겠군. 내 앞날에 방해만 되는 며느리 따위.'

칸나는 지금 종아리가 너덜너덜해졌다. 지금은 열증까지 오른 상태.

이대로 모른 척 내버려 두면 틀림없이 시름시름 앓다가 죽을 테지. 아니면 신체 어딘가가 망가지거나.

조세핀은 그것을 방관할 생각이었다.

어차피 칸나가 죽든 말든 아무도 신경 쓰지 않을 테니까. 칸나의 친부, 형제자매, 남편 실비엔까지도 모두.

그때였다. 노크 소리와 함께 시녀의 목소리가 들렸다.

"마님, 발렌티노 공작님께서 찾아오셨습니다."

뭐?

조세핀은 숨을 급히 들이마셨다. 실비엔이 자신을 찾는다고? 이 시간에?

'왜 안 하던 일을 하는 거지?'

의붓아들 실비엔은 평소 조세핀을 없는 사람 취급했다. 마주칠 때 예의는 지켰지만 그뿐. 조세핀을 먼저 찾는 일은 극히 드물었는데!

대답하기도 전, 끼이익. 문이 열렸다. 조세핀은 저도 모르게 주먹을 꽉 말아 쥐며 숨을 멈추었다.

"실비엔."

열린 문 사이로 장신의 남자가 성큼성큼 걸어 들어왔다.

그의 새파란 눈과 마주친 순간, 겨울의 한기가 함께 밀려오는 듯한 착각이 일었다.

"네⋯⋯ 네가 어쩐 일이니?"

조세핀은 저도 모르게 떨리는 목소리로 말했다. 그럴 수밖에 없었다. 실비엔 발렌티노의 앞에서 얼어붙지 않을 사람이 몇 명이나 있을까?

조세핀은 실비엔의 얼굴을 보며 침을 삼켰다.

반듯한 이마 위로 은빛 머리칼이 흐트러졌고, 피부는 첫눈처럼 새하얬다. 온통 희게 빛나서일까? 그는 얼음으로 깎은 조각상 같았다.

분명 아름답지만, 숨결에서조차 냉기가 풍기는 듯 서늘했다. 은은하게 맺혀 있는 미소조차 차가워 도저히 웃음처럼 느껴지지 않았으니.

그런데 그가 왜 찾아온 걸까?

'혹시 칸나 때문에 온 건 아니겠지?'

실비엔은 대답하지 않았다. 대신, 저벅저벅 걸어 소파에 앉았다. 긴 다리를 꼬고 앉으며 등받이에 편히 몸을 기댔다.

마치 제 방인 듯 당연한 권리를 행사하는 몸짓에 조세핀은 말없이 그의 맞은편에 앉았다. 그때.

"이상한 소식을 들었습니다."

서릿발처럼 차가운 저음이 들려왔다. 조세핀은 등 뒤로 오한이 이는 것만 같았다.

이상한 소식이라니. 설마설마했는데 역시나 칸나 때문에 온 것이었다. 대체 그 계집이 뭐라고⋯⋯!

"2황녀 전하의 생신 연회 때."

그러나 이어지는 말은 상상과는 달랐다.

"제가 참석한다고 확언을 하셨다 들었습니다."

순간 안도의 한숨이 터져 나왔다.

역시나, 그러면 그렇지! 칸나 그 버러지만도 못한 계집애 때문에 찾아올 리 없다!

"그래. 릴리엔느 황녀 전하께서 하도 채근하시기에, 내가 반드시 너와 동행하겠다고 약조했단다."

그러자 실비엔이 깍지 낀 두 손을 제 무릎에 얹었다. 내리깔았던 눈을 천천히 들어 올려 상대를 직시했다.

"약조?"

아주 이상한 단어를 들었다는 듯, 덤덤하게 되묻는 음성.

조세핀의 호흡이 다시 한번 틀어 막히는 듯했다.

푸른, 너무나도 푸른 눈동자. 찌를 듯 파고들어 감히 시선을 마주할 수가 없다. 조세핀은 고개를 숙였다. 마치 죄인처럼.

실비엔의 입꼬리가 조용히 올라갔다.

"그러할 권리를 가지고 계십니까?"

"실비엔, 나는 그저, 황녀 전하께서 하도 너를 못 본 지 오래되어 적적하다 하시니……."

"그렇다면 엘레스터 백작님께서 말동무가 되어 주십시오. 백작님이 가진 권리는 그 정도입니다."

그것은 일방적인 명령이나 마찬가지였다.

직후 실비엔은 몸을 일으켰다. 더는 용건이 없기에 빠르게 문을 빠져나간다. 조세핀은 주먹이 우그러져라 쥐었을 뿐, 그 어떤 항의도 할 수 없었다.

"저, 각하. 드릴 말씀이 있습니다."

집무실로 향하는 도중 실비엔의 발걸음이 우뚝 멈추었다.

어두운 복도, 등불을 든 집사가 다가오고 있었다.

"무슨 일입니까?"

조세핀을 대할 때와 다름없는 예의 바른 경어였다.

새삼스러운 일이 아니었으므로, 집사는 놀라지 않았다. 실비엔 발렌티노 공작은 언제나 이러했다. 신분 고하를 막론하고 누구에게나 똑같이 예의를 차렸으니까.

하지만 어째서일까, 그런데도 실비엔은 도저히 다정한 사람처럼 보이지 않았다. 도리어 공기조차 희박한 정상에서 모두를 굽어보는 것처럼 오만하게까지 느껴졌으니.

"사실은……."

집사는 오늘 있었던 자초지종을 설명했다.

칸나와 조세핀 사이에 일었던 갈등. 그리고 지금, 칸나의 다리가 거의 터진 상태로 열에 끓고 있다는 사실을.

눈썹 하나 까닥 안 하고 끝까지 들은 실비엔이 되물었다.

"그래서요?"

"어찌할까요? 부상이 가볍지 않으니 이대로 내버려 두면 위험해질 겁니다."

고민할 필요도 없는 답이었다.

"가문 내부의 대소사들은 엘레스터 백작 부인이 관리하고 있습니다."

죽든 말든, 병신이 되든 말든 내버려 두라는 사형 선고.

그것으로 끝이었다. 실비엔은 그대로 집사를 지나쳤다.

칸나가 어찌 되든 아무도 개의치 않을 거라는 조세핀의 예측은 정확했다. 실비엔 발렌티노는 제 아내가 죽든 말든 관심 없었다.

৵৵৵

'와, 나 진짜 죽이려고 하나 봐.'

새벽녘, 겨우 정신이 들었다.

그리고 어쩌면 정말로 죽을지도 모른다는 불안감이 치밀었다.

그만큼 지금 상태가 말이 아니었다. 온몸을 흠뻑 적신 식은땀, 불덩이처럼 오른 열. 무엇보다.

"아흑!"

통증.

종아리가 불타는 듯한 고통에 저절로 신음이 튀어나왔다. 칸나는 겁에 질려 슬그머니 종아리를 확인했다.

눈에 담는 순간, 저절로 숨이 턱 막혔다. 예상은 했지만.

'끔찍해.'

이대로 내버려 두면 염증이 퍼져 다리가 곪을 게 분명하다. 그뿐인가? 소독하지 않으면 높은 확률로 균에 감염될 테고, 최악의 경우 다리의 신경이 완전히 손상되어 불구가 되거나…….

'죽을 수도 있어.'

항생제와 각종 백신으로 가득했던 지구와는 다르다. 세균에 감염되거나 염증이 커지도록 방치하면, 그대로 죽을 수 있는 시대인 것이다.

'그런데 그냥 날 내버려 둔단 말이야? 약도 안 주고, 간호할 사람도

붙여 주지 않고?'

이 사람들 정말 날 죽일 작정이구나. 아니면 반병신으로 만들 생각 인가 봐.

"진짜 나빴네. 하기야 이 세계 사람들은 원래 인간 목숨을 개미처 럼 여겼지."

기가 차서 웃음이 흩어졌다.

미안하지만, 그들의 기대를 저버리게 될 것이다. 이 정도쯤이야 혼 자서도 충분히 치료할 수 있으니까.

"끄응…… 으, 아파 죽겠네."

어질어질, 그대로 쓰러질 것 같았지만 엉금엉금 침대를 내려가 바 닥을 기었다. 누워 있고 싶은 마음이 간절했지만…….

'누워서 해결되는 일은 어디에도 없어.'

그렇게 한참 방 안을 돌아다니며 뒤진 결과 쓸 만한 것을 발견했다. 깨끗한 베개 시트와 손수건, 그리고 위스키.

'일단, 상처 소독부터 하자.'

칸나는 벽에 등을 기댄 후 위스키병을 잡았다. 분명 엄청나게 아프 겠지. 마음의 준비를 하며 심호흡을 할 때.

'……잠깐만. 저게 뭐야?'

칸나의 시선이 창문에 꽂혔다. 커다란 창문 밖, 울창한 나뭇가지가 거의 창문 앞까지 툭 닿아 있었다.

창밖이 나무로 가려진 방이라니, 공작 부인에게 주어질 만한 공간 은 아니다. 이 저택에서 칸나의 위치를 알 만한 방이었으나…….

지금 중요한 것은 그게 아니다.

'저 나무, 분명히 그 나무 같은데.'

창문을 왈칵 열어젖히는 순간 확신했다.

나무에서 풍기는 이 향기. 이 잎과 생김새는……!

'녹나무잖아.'

목재부터 줄기 껍질, 나뭇잎까지 버릴 것이 하나도 없는 약재 덩어리. 실제로 한국에서는 한약재로 사용되는 나무였다.

특히나 녹나무의 잎은 타박상이나 염증 완화에 효과적이라 응급 처치 약재로는 제일이었다.

그런데 때마침 그 나무가 창문 앞에 뻗어 있다니, 이건…….

'녹나무가 이 대륙에서 자랐던가……?'

녹나무는 동대륙의 식물이다. 그런데 이곳, 서대륙 귀족가의 정원에 떡하니 있다고?

'조세핀, 그 아줌마가 동대륙의 식물을 열심히 수집한다고 하더니 정말이었어.'

주화의 기억을 떠올리며, 칸나는 창밖으로 고개를 내렸다.

'역시, 저럴 줄 알았어.'

녹나무의 나무 기둥에는 새카만 마석이 박혀 있다. 아마 뿌리에도 마석이 덕지덕지 얽혀 있겠지.

기후가 적합하지 않은 대륙, 살 수 없는 땅에서 살아가게 만드는 힘 – 저 마석이 아니었다면 나무는 진즉에 죽었으리라.

마석으로 식물의 생명을 연장하다니, 악취미다. 귀부인들 사이에서 저런 게 인기라니!

'그래도 나한테는 잘된 일이지.'

칸나는 나뭇잎을 채취했다. 그리고 다시 벽에 기대어 앉아 위스키를 집어 올렸다.

이제 정말로 상처를 소독해야 한다.

침을 한 번 꿀꺽, 삼키며 종아리 위로 위스키병을 기울였다. 쪼르르– 상처 위로 알코올이 쏟아졌다. 그리고.

"……!"

순간 눈앞에 빛이 번쩍이고 악문 잇새에서 신음이 튀어나왔다. 어찌나 아픈지 살갗을 불로 지지는 것 같았다.

'참아. 기절하면 안 돼.'

위스키로 씻은 손으로 녹나무 잎을 짓찧은 후, 즙이 나올 만큼 뭉개지자 종아리 상처 위로 조심조심 올렸다.

"후우."

알싸하게 퍼지는 감각을 무시하며 시트를 찢어 상처 부위에 붕대처럼 감았다. 이제 됐다. 할 수 있는 일은 다 했다. 그제야 안도의 한숨이 나온다.

'운이 좋았어. 계속 이렇게 치료하면 상처가 빠르게 나을 거야.'

툭, 벽에 머리를 기대며 눈을 감았다.

정말이지 폭풍 같은 하루였다.

어젯밤 잠들기 직전까지만 해도 한국에서 주화로 살고 있었는데, 다음 날 출근할 예정이었는데, 주말에는 데이트도 있었는데…….

'엄마. 아빠. 선홍아. 또또야.'

그리고 내 멋진 남자 친구.

순간 거대한 그리움이 마음을 후려치고 지나갔다. 조금만, 아주 조금만 흐느낄까 했지만 칸나는 이를 악물고 참았다.

절대로 울지 않을 것이다. 지금은 그럴 때가 아니니까. 약해지면 안되는 때니까.

"주화야. 위기의 순간, 눈물은 아무것도 해결하지 못해. 오히려 너를 더 약하게 만든단다."

엄마가 해 준 말을 주문처럼 외우며 참아 냈다.
울지 않을 것이다. 모든 것을 이겨 낼 거다.
그리고 앞으로 어떻게 해야 할지 천천히 생각해 보는 거다. 그러기 위해서는.
'반드시 살아남아야 해.'

그로부터 열흘이 지났다.
조세핀 엘레스터는 유리 온실 안에서 티타임을 가지고 있었다.
동대륙의 식물들로 가득한 온실. 마석으로 유지되는 이 온실은 조세핀의 자랑 중 하나였다.
"메리, 칸나는 어떻게 됐지?"
칸나를 개 패듯 팬 이후 시간이 꽤 지났는데 아직도 송장 치웠다는 소식이 들려오지 않았다.
게다가 방 안에 개밥처럼 밀어 주는 식사도 꼬박꼬박 비운다는 걸 보니 아직 죽지는 않은 모양이었다.
"살아는 있는 모양입니다만…… 그 정도 상처를 내버려 두었으니 오늘내일하고 있을 겁니다."
"그래. 시중드는 사람이 아무도 없는 건 확실하고?"

"예. 아무도 방에 들어가지 말라고 제가 저택의 모든 고용인에게 전달했습니다, 마님."

"그래, 알겠다. 나가 보거라."

메리는 조세핀에게 인사를 올린 후, 유리 온실을 빠져나갔다.

'멍청한 계집애 같으니라고. 그러게 왜 나를 건드려서 화를 자초해?'

칸나, 그 계집애가 자신의 종아리를 때렸던 기억이 아직도 생생하다. 그래서인지 아직도 분통이 풀리지 않았다.

'그년이 죽는 걸 봐야 분이 풀리겠어.'

감히 나를, 마님이 아끼는 하녀인 자신을 거스르다니!

"하, 하녀장님!"

그때 한 하녀가 헐레벌떡 뛰어왔다. 체통 없는 모습에 메리는 인상을 팍 찡그렸다.

"누가 그렇게 함부로 뛰라고 했니? 혹시나 마님께서 보신다면……."

"칸나 아가씨께서!"

헉, 헉. 숨을 몰아쉬느라 말이 끊긴다. 칸나의 이름이 등장하자 메리의 눈이 휘둥그레졌다.

"그 계집애가 드디어 죽은 거구나! 그렇지!"

그러자 숨을 헐떡이는 하녀의 얼굴이 새파랗게 질렸다.

"뭐야? 왜 그러는 거야?"

문득, 그 하녀의 시선이 자신의 너머로 꽂혀 있음을 깨달았다. 순간 목뒤가 뻣뻣하게 당겨 왔다.

그때 들려오는 목소리.

"실망하게 해서 미안하지만."

쿵! 메리의 심장이 바닥까지 떨어져 내렸다. 이 목소리는…….

"난 살아 있어."

저벅저벅. 등 뒤에서 다가오는 걸음 소리가 조금씩 가까워졌다.

"그런데 내가 그렇게 죽길 바랐나 봐, 메리?"

메리의 손가락이 떨렸다.

천천히 걸어오는 칸나는 아주 멀쩡했다. 아니, 오히려 앞머리 아래로 드러난 뺨 혈색은 예전보다 좋아 보였다!

"거기 너."

칸나의 시선이 그녀 뒤에 있는 하녀에게 넘어갔다.

"회초리를 가져와."

잠시 후. 저택이 왈칵 뒤집혔다.

"메리! 메리가 왜 이 꼴이 된 거야!"

메리 골디안. 이 저택의 하녀장이자 조세핀 엘레스터가 아끼는 수족 중 한 명.

"메리! 괜찮니? 눈 좀 떠 보거라!"

메리는 완전히 실신해 있었다. 당연한 일이었다. 종아리가 거의 폭탄을 맞은 수준으로 너덜너덜해져 있었으니까.

마치 얼마 전, 자신이 칸나에게 벌을 내렸을 때처럼!

"누가 이렇게 만든 거야!"

"그것이……."

하녀들은 우물쭈물하다가 간신히 말했다.

"칸나 아가씨께서 벌을 내리셨습니다."

뭐? 조세핀의 얼굴이 얼어붙었다. 자신의 귀를 의심했다.

"그럴 리가. 칸나에게 그럴 만한 기력이 남아 있을 리 없다!"

"아, 아닙니다. 두 다리로 잘 걸으셨고, 심지어 계단을 빠르게 뛰어 내려오시기까지 했습니다! 제가 두 눈으로 봤습니다, 마님!"

그 말에 머리가 단숨에 차가워졌다. 설마 누군가가 칸나의 치료를 도운 걸까?

"너, 약재실을 관리하는 약사를 데려와. 그리고 너는 의원을 데려 오고!"

약사와 의원을 추궁했지만 그들 모두 결백을 주장했다.

심지어 약재실의 약재는 빠짐없이 그대로 고스란히 있는 상태. 즉, 빠져나간 약이 조금도 없는 것이었다!

'말도 안 돼. 내 눈으로 확인하겠어!'

조세핀은 서둘러 계단을 올라가 칸나의 방문을 왈칵 열었다. 그 리고…….

"어머니."

그 광경을 눈에 담은 순간, 머릿속이 일순 새하얗게 질렸다.

"어쩐 일로 찾아오셨어요?"

창가 앞. 칸나가 창틀에 앉아 삐죽 튀어나온 나뭇가지를 쓰다듬고 있었다.

조세핀은 서둘러 다가가 그녀의 치맛자락을 확 걷어 올렸다.

이럴 수가, 종아리의 붓기가 거의 다 빠져가고 있었다! 그럴 리 없는데!

"너, 약재실에서 약을 훔친 거냐?"

"그럴 리가요."

칸나는 주름진 치마를 툭툭 피며 미소 지었다.

"못 믿으시겠으면 약재실 가서 확인해 보세요."

대신 새벽에 몰래 어머니의 온실에 들어가 발견한 약초를 몇 개 훔쳤지요. 칸나는 그 말을 속으로 삼키며 그저 빙그레 웃기만 했다.

"설마 제가 다 나은 게 못마땅하신 건 아니죠, 어머니?"

순간 조세핀의 말문이 막혔다. 당연히 못마땅하다. 칸나가 죽거나 최소한 절름발이라도 되기를 바랐으니까.

그러나 그걸 제 입으로 인정하는 것은 완전히 다른 문제였다.

"그게 무슨 말도 안 되는 소리냐!"

"그런가요? 제가 멀쩡해서 화나신 줄 알았어요."

"허튼소리 하지 마라!"

그러나 조금 전 자신의 반응은 충분히 그럴 만해 보였다. 그렇기에 조세핀은 서둘러 화제를 돌렸다.

"다 나았으면 재깍재깍 알리지 않고 뭔 짓을 한 거냐? 게다가 메리는 이 저택의 하녀장이다. 감히 내 허락도 없이 회초리질을 해?"

"메리가 제 죽음을 바라고 있더군요."

"……뭐?"

"칸나 그 계집애가 드디어 죽은 것이냐고 말하며, 아주 기뻐하면서 손뼉까지 쳤습니다."

조세핀은 속으로 욕설을 지껄였다. 메리, 이 멍청한 계집애 같으니라고! 그걸 칸나가 듣도록 떠들면 어쩌자는 거야!

아무도 칸나를 신경 쓰지 않는다. 시름시름 앓다가 죽도록 내버려 두었으면, 그렇게 누구도 관심 갖지 않고 끝났을 것이다.

하지만 칸나를 '죽일 의도가 있다'라고 선언하고 다니는 건 문제가 된다. 아주 큰 문제가.

"메리가 그런 말을 한 건 사실이니, 제가 벌을 줘도 문제없겠죠?"

"저 정도로 처벌했으면 충분해. 메리는 지난 수십 년간 이 저택을 위해 헌신한 훌륭한 고용인이야!"

칸나는 사뭇 억울한 척 울상을 지으며 항변했다.

"저는 그 하녀와 한집에 있을 수 없습니다. 내쫓지 않으면 제가 나가겠어요."

당연히 조세핀에게는 며느리가 기고만장해서 으름장 놓는 것으로밖에 들리지 않았다. 칸나가 어딜 간단 말인가? 모두가 경멸하고 손가락질하는 칸나를 받아 줄 곳은 어디에도 없다!

"그래, 네 마음대로 해라. 나갈 거면 어서 나가!"

그렇지, 이거지!

칸나는 환호하고 싶은 것을 꾹 참으며 입꼬리에 힘을 주었다.

바로 이 이야기를 듣기 위해서였다. 이 대사를 들으려고 일부러 조세핀을 자극했다.

발렌티노 공작 가문에서 내쫓기기 위하여.

"알겠어요. 내일 날이 밝는 대로 떠나겠습니다."

그러나 이미 조세핀은 듣고 있지 않았다. 거칠게 콧방귀를 뀐 후 그대로 등을 획 돌려 떠났다.

그녀의 뒷모습을 보며 칸나는 짙게 미소 지었다.

고마워요, 어머니. 앞으로도 이혼할 수 있도록 협조 부탁드려요.

쇠뿔도 단김에 빼라고 했다.

이왕 이렇게 된 것, 칸나는 자신이 '내쫓기는' 상황임을 확실히 한 후 이혼을 요구할 생각이었다.

그러기 위해서는 실비엔 발렌티노와 대화를 해야 한다.

'쌍수를 들고 환영할걸. 그동안 주화가 한 짓이 있으니.'

후우. 그의 방문 앞에서 칸나는 심호흡했다. 그리고 마침내 똑똑, 문을 두드렸다.

"공작 각하, 칸나입니다. 들어가도 될까요?"

이어지는 침묵.

칸나는 눈을 가느다랗게 뜨며 문을 노려보았다. 설마 무시할 생각인 걸까? 그렇게 생각하는 찰나…….

"들어오십시오, 칸나 양."

서늘한 저음이 돌아왔다.

칸나는 저도 모르게 어깨를 꼿꼿하게 폈다. 저절로 사람을 긴장하게 만드는 음성이었다.

'잠깐. 그런데 칸나 양이라니?'

알고는 있었지만 아내 취급이라곤 눈곱만큼도 안 해 주는군.

칸나는 곧장 방문을 벌컥 열고 들어갔다. 그러나 세 발자국도 못 떼고 그 자리에 우뚝 멈춰 섰다.

"이 야밤에 어쩐 일이십니까?"

달빛에 젖은 은발. 신비할 만큼 짙푸른 눈동자.

실비엔은 침대 위에 나른하게 앉아 그녀를 바라보고 있었다.

막 샤워를 하고 나온 걸까, 그의 은빛 머리칼 끝자락에는 희미한 물기가 묻어 있었다.

'설녀 같아.'

문득 한국에서 들었던 괴담이 떠올랐다.

설녀. 비현실적인 미색으로 사람을 유혹하여 눈보라 속으로 끌어들이는 요물. 유혹당한 자는 그 아름다움에 취해, 꽁꽁 얼어붙어 죽어갈 때까지도 정신을 못 차린다고 했지…….

"드릴 말씀이 있습니다."

칸나는 차분하게 호흡을 고른 후 입을 열었다.

주화는 실비엔의 압도적인 외모에 빠져 정신을 못 차린 모양이지만, 자신은 아니다.

"들으셨는지 모르겠지만. 아니, 틀림없이 들으셨겠지만."

이야기를 시작하고 나서야 그녀는 완전히 냉정해졌다.

어차피 저 인간은 겉모습만 화려한 냉혈한이니 기죽을 필요 없다. 아내가 맞아 죽든 말든 조금도 신경 쓰지 않는 쓰레기에 불과하니까.

"어머님께서 저를 죽이려 하셨습니다."

그 말에 실비엔의 입꼬리가 비스듬하게 올라갔다.

"엘레스터 백작은 회초리로 사람을 죽일 수 있을 만큼 건장한 분이 아닙니다."

칸나는 울컥 화가 치밀어 올라 그를 노려보았다.

역시나 실비엔은 다 알고 있었다. 그런데도 저리 뻔뻔하게 대꾸하다니!

"제가 크게 다쳤음에도 치료해 주지 않으신 긴 알고 계시나요?"

"제가 알아야 할 이유가 있습니까?"

"저는 공작 각하의 아내입니다. 아내가 시어머니께 맞아 죽을 수도 있는데, 각하는 모른 척하셨죠. 그게 도의적으로 옳다고 생각하세요?"

"그래서."

실비엔의 눈에 짙은 지루함이 스쳐 지나갔다.

"살아 계시잖습니까, 제 눈앞에."

"……."

"문제라도?"

상냥하게 휘어지는 눈매. 올라가는 입꼬리. 사근사근한 목소리.

누가 보면 심장이라도 꺼내 줄 듯한 태도였지만, 실비엔을 둘러싼 온도는 점점 더 내려가고 있었다.

정말이지 지독할 만큼 차갑다. 칸나는 지금 자신이 피를 토하며 쓰러져도 그가 눈 하나 깜빡하지 않을 거라 확신할 수 있었다.

대체 왜 주화는 저런 냉정한 남자를 사랑한 걸까?

분명히 엄마가— 그러니까, 주화의 엄마가 알면 아주 속상해하시겠지. 그렇게 생각하자 순간 열이 확 치밀어 머리가 뜨거워졌다.

"이럴 거면 왜 저랑 결혼하셨나요?"

따져야겠다. 이건 도저히 그냥 넘어갈 수가 없다.

이주화, 그 바보는 평생을 가도 찍소리 하나 못 할 테니, 내가 대신 화내 줘야겠다!

"비록 저희 결혼이 계약이라 한들, 결혼은 결혼입니다. 공작 각하께서는 저를 아내로 맞이하는 데 동의하셨죠. 그렇다면 최소한의 존중은 보여 주셔야죠. 이……."

이 쓰레기야!

그렇게 덧붙이고 싶은 것을 간신히 혀 아래로 밀어 넣었다. 그러나 말한 거나 다름없었다. 눈으로, 입술로, 표정으로.

"……."

실비엔은 그런 칸나를 빤히 응시하고 있었다.

바짝 메말라 있던 푸른 눈에 기이한 이채가 서렸다. 아주 기묘한 현상을 목격하는 듯한 시선이었다.

그가 느린 어조로 말했다.

"제게 아내 대접을 바라지 않겠다고 하셨습니다."

"……."

"칸나 양이 했던 말입니다. 혹시 잊은 겁니까?"

그랬지. 칸나는 주먹을 꽉 비틀어 쥐었다.

결혼하기 전, 실비엔은 똑똑히 말했다. 남편으로서 의무를 다하지 않을 것이며, 칸나를 아내로도 생각하지 않을 거라고.

주화는 그래도 좋으니 결혼해 달라고 했다.

그 순진덩어리는 결혼하면 무언가 바뀔 거라고, 어찌 됐든 부부는 부부니까 미운 정이라도 들 거라고 믿은 모양이지만…….

'정은 무슨.'

지난 7년의 결혼 생활. 그들은 손가락 한 번 스친 적이 없다.

"그래요. 그때는 그래도 좋았죠. 하지만 지금은 아닙니다. 더는 이런 생활, 유지할 수 없어요."

강하게 끊어 말하며 그를 노려보았다.

"들으셨는지 모르겠지만, 어머니께서 저를 내쫓으셨습니다."

"그래서요?"

"이곳을 떠나셨어요. 친정으로 돌아갈 거예요."

그제야 처음, 반응이 왔다.

실비엔이 천천히 칸나의 얼굴을 훑었다. 자신의 귀를 의심하는 기색이었다. 방금 제대로 들은 것이 맞는지 판별하는 눈빛이었다.

그 장면에 칸나는 미약한 쾌감을 느꼈다.

그래, 예전의 나― 주화였으면 절대 이러지 않았겠지. 죽더라도 네 옆에서 죽고 싶어 했으니까.

하지만 나는 절대 아니다.

"떠난다고 하셨습니까?"

실비엔은 그 말의 의미를 음미하듯 따라서 읊었다. 떠난다. 떠난다고……

떠난다고.

당신이, 내가 있는 곳을?

다음 순간, 실비엔의 눈이 가느다랗게 휘어졌다. 무언가가 반짝이듯 스쳐 지나갔다가 한순간에 점멸한다. 이를테면 흥미, 혹은 호기심 같은 것.

그러나 찰나였을 뿐, 다시금 실비엔의 시선이 파스스 흩어졌다. 처음부터 그랬던 것처럼 무미건조해졌다.

그는 젖은 머리칼을 쓸어 넘기며 조용히 대답했다.

"그러십시오."

"그리고 아버지의 허락을 받아 이혼을 요구할 거예요."

"예. 기다리고 있겠습니다."

망할 자식. 칸나는 그를 한 대 치고 싶어졌다.

실비엔은 지금 이 대화를 진심으로 받아들이지 않았다. 설렁설렁, 한 귀로 듣고 흘려보내고 있었던 것이다.

'하기야 지금까지 내가 한 짓이 있으니 믿을 리가 없지.'

얼마 전까지만 해도 엎어져서 울며불며 매달린 여자였으니.

자신이 먼저 그를 떠날 수 있을 거라고는 생각도 못 하는 게 분명하다. 오히려 일종의 앙탈— 관심을 받기 위한 시위라고 여기는 것 같았다.

칸나는 한숨을 꾹 참았다. 더 얘기해 봤자 알아들을 것 같지 않다.

"그럼 이만 물러나겠습니다."

"예. 가 보십시오."

이 나쁜 인간. 내가 그냥 떼쓰는 줄 아나 본데, 난 진짜 너랑 이혼할 거다! 반드시 할 거라고!

※

다음 날 아침, 칸나는 곧장 저택을 나섰다.

그러고 나서야 다음 걱정이 덜컥 밀려왔다.

이혼을 위한 첫 단계, 시어머니에게 쫓겨나기는 달성했다. 이제 친정으로 돌아가 아버지에게 이혼 허락을 받아야 하는데…….

'아디스 가문에서 날 받아 주긴 할까?'

아니, 애초에 문을 열어 주기는 할까?

뒤늦게 현실적인 걱정이 스멀스멀 기어올랐다.

사실 내쫓기는 건 쉬웠다. 어차피 모두가 자신을 싫어하니 쫓아낼 만한 빌미만 제공해 주면 된다.

모두가.

이 세계의 모두가 날 싫어하니까.

'내쫓기는 건 쉽지만…… 받아들여지시는 어렵지.'

칸나는 한숨을 푹 내쉬며 시선을 내렸다.

부스스하게 쏟아지는 긴 검은 머리카락. 그리고 검은 눈동자.

이 세계의 모든 이들이 그녀를 싫어하는 이유. 바로 이 검은색 때문이다.

'이곳에서 검은색은 불행과 재앙의 상징이니까.'

사람들이 검은색을 싫어하는 가장 큰 이유. 검은 안개와 같은 색이어서다.

아주 오래전, 거대한 검은 안개가 나타나 남대륙을 완전히 집어삼켰다. 마도 대륙이라 불렸던 남대륙은 그렇게 멸망했고, 마도 시대는 저물었다. 그 재앙에서 간신히 살아남은 자들만이 이곳, 서대륙으로 건너왔다.

생존자들. 그들이 바로 이 서대륙에 처음으로 자리를 잡은 시초였다.

생존자들은 새로운 땅에서 새 삶을 꾸렸고, 천여 년이 흐른 지금 다시 문명이 세워졌다.

그러나 서대륙도 완전히 안전한 것은 아니었다. 남대륙을 집어삼킨 것에 비하면 아주 작은 규모였지만, 서대륙에도 검은 안개가 존재했던 것이다.

'그리고 그 검은 안개가 있는 땅을 지키는 게 바로 아디스 가문과 발렌티노 가문이지.'

아디스, 그리고 발렌티노 가문.

두 가문의 시조는 남대륙에서부터 검은 안개에 대항하며 싸웠던 성기사였다.

지금은 전설이 된 마도 대륙의 성기사. 그들의 후예가 지금까지도 검은 안개로부터 서대륙을 수호하고 있는 것이다.

그리하여 2대 수호 가문이라는 명칭이 붙고, 무소불위의 권력을 가지게 되었다.

'그만큼 검은 안개는 위험하니까.'

검은 안개에서는 아주 괴이한 것들이 튀어나온다. 정체를 알 수 없는 덩어리, 물건, 그리고…… 괴물들.

이 세계에 존재하지 않는 아주 흉측하고, 때로는 통제할 수 없을 만큼 강력한 괴물.

그뿐만이 아니다. 검은 안개에 닿아 감염된 사람들은 완전히 미쳐버린다. 아니, 미치는 정도가 아니라 괴물처럼 변해 같은 인간을 뜯어 먹는다고 한다.

그 정도로 심하게 감염된 자들은 머리칼과 눈이 검은색으로 변한다고 하니…….

'거기에다가, 검은 사도들 탓도 있지.'

이곳에는 검은 안개를 신봉하는 이교도들이 있는데, 그들 '검은 사도' 중 다수의 머리칼 색이 검은색이었다.

'검은색을 싫어할 만한 이유가 한둘이 아니니, 당연히 악마 취급을 하지.'

이곳에서는 드물지만 한국에서는 흔한 색인데.

칸나는 한숨을 내쉬었다. 어쨌든, 이혼하기 위해서는 아버지의 허락을 받아야 하는데……. 생각하자 저절로 두통이 찾아왔다.

'아버지는 나를 싫어하셔. 그래서 주화도 결혼 후 단 한 번도 아디스를 찾아간 적 없고.'

그러나 지금은 아디스로 돌아가야 한다. 애원하든 협박을 하든 아버지께 허락을 구해 이혼하는 거다. 그리고.

그리고…….

'그 후의 일은 그때 가서 생각하자.'

영원히 칸나로 살아가야 한다고 생각하면 눈앞이 캄캄하지만, 일단은 할 수 있는 일을 해야 했다.

'문제는, 아디스 가문이 날 받아 주느냐인데…….'

“돌아가십시오. 문은 열어 드릴 수 없습니다.”

우려는 현실로 나타났다.

“공작님의 명령입니다. 혹여나 발렌티노 공작 부인께서 찾아오시면 절대 열어 주지 말라 하셨습니다.”

“하지만…….”

“돌아가십시오.”

기사는 단호하게 고개를 저었다.

조금 더 설득해 볼까 하다가 입을 다물었다. 보아하니 씨알도 먹히지 않을 것 같다.

역시나라고 해야 할까. 당연히 환영받지 못할 거라고 예상했지만 아예 출입을 막아 놓았을 줄은 몰랐는데.

‘그렇구나. 아버지는 나를 완전히 버린 거야.’

과연 철두철미한 분이다.

혹여나 딸아이가 다시 돌아올까 봐 아예 문을 틀어막다니…… 여전히 빈틈 하나 없지 않은가.

‘하긴 나를 굉장히 싫어하시니까.’

칸나는 자신이 아버지의 미움을 과소평가했음을 깨달았다. 일평생 자신을 싫어했던 아버지가 쉽게 만나 줄 리가 없는데.

그때였다.

등 뒤에서 마차가 달려오는 소리가 들려왔다. 아디스 가문의 문양이 찍힌 마차였다.

"도련님께서 돌아오셨다! 어서 문을 열어라!"

그러자 웅장한 저택 문이 천천히 열리기 시작했다. 칸나의 앞에서는 영원히 닫혀 있을 것만 같던, 그 문이.

순간 그냥 확 뛰어들어 가 버릴까, 그런 충동이 치밀었다.

'그래. 쳐들어가서 아버지 바짓가랑이라도 잡고 매달릴까?'

그런 고민을 하고 있을 때, 끼이익. 칸나의 바로 뒤, 마차가 멈추어 섰다.

등 뒤에서 느껴지는 서늘함. 칸나는 불길한 예감에 젖어 천천히 뒤를 돌아보았다.

"⋯⋯."

그리고 눈이 마주쳤다.

마차 창문 너머, 그녀를 조용히 응시하고 있는 한 청년과.

붉은 머리칼을 말끔하게 쓸어 넘긴 남자였다. 매서운 눈매, 그리고 정교하게 조각해 놓은 것 같은 날카로운 콧날이 아버지를 닮았다.

칸나는 그가 누구인지 바로 알아차렸다. 세월이 흘렀지만 알아차리지 못할 리 없다.

가족이란 그런 거니까.

"발렌티노 공작 부인."

상대의 초록색 눈을 바라보고 있자니 과거의 기억이 스쳐 지나간다.

"누님. 거치적거리지 말고 비키세요."

"정원에 책이 떨어졌습니다. 주워 오세요, 누님."

"제게 말 걸지 마세요. 오물 냄새가 납니다."

누님, 누님, 하면서 자신을 하녀 취급했던 그 소년. 배다른 남동생 칼렌 아디스.

기억 속에서는 굉장히 자그마했던 그 아이가…….

"이곳에는 어쩐 일이십니까?"

완전한 성인 남자가 되어, 그때보다도 더 냉정한 눈으로 그녀를 응시하고 있었다.

"볼일이 있어서 찾아왔어. 그런데……."

칸나의 시선이 그의 뒤로 돌아갔다.

마차에는 칼렌 혼자가 아니었다. 잠든 걸까? 어린 소녀가 조용히 앉아 있다. 그런데 짙은 베일이 달린 챙 모자를 쓰고 있는지라 얼굴이 보이지 않았다.

'저 여자애는……?'

그때 때마침 바람이 불어왔다.

크게 펄럭이는 베일. 소녀의 얼굴이 고스란히 드러난다. 목격한 순간, 칸나의 눈이 커다랗게 열렸다.

저건……!

"보셨습니까?"

서늘하게 떨어지는 목소리. 칼렌이 그녀를 죽일 듯이 노려보며 또박또박 되물었다.

"루시의 얼굴을 보셨냐고 물었습니다."

루시 아디스. 7년 전 태어난 아디스 가문의 막내딸.

주화가 결혼한 직후, 루시 아디스가 태어났다는 소식을 들었다. 당연히 지금껏 한 번도 만나 본 일은 없었다. 그저 이야기만 들어 알고 있었는데…….

"보셨냐고 물었습니다."

당연히 봐 버렸다. 고의는 아니었지만, 똑똑히 봐 버리고 말았다. 일반인과는 다른 그 얼굴을.

잠시 침묵하던 칸나는 전문가적인 호기심을 이기지 못하고 물었다.

"의원에게는 다녀와 봤니?"

"입 다무십시오!"

덜컥, 마차의 문이 열리더니 칼렌이 성큼 내려왔다. 단숨에 칸나의 앞까지 와 섰다.

"방금 본 것."

칼렌 아디스가 험악한 목소리로 협박했다.

"누군가에게 말했다가는 가만두지 않겠습니다."

소녀, 루시의 얼굴은 완전히 뒤틀려 있었다.

누군가가 억지로 얼굴 근육을 잡아당긴 듯, 기괴하게 일그러진 이목구비. 칸나는 그것이 어떤 현상인지 아주 잘 알고 있었다.

'저건 안면 마비 같은데.'

안면 마비. 이 세계에서는 치료법이 정확하지 않아 마귀에 씐 사람 취급받는 병이었다.

"알겠습니까? 이 일을 누군가에게 발설했다가는……."

"치료는 잘되고 있어?"

"……뭐라고요?"

"치료 잘되고 있냐고."

칸나는 동생의 협박을 한 귀로 흘리며 물었다.

"지금도 의원을 만나고 오는 길이야? 의원이 뭐래? 고칠 수 있대?"

"……"

순간 칼렌의 눈에 강렬한 의혹이 서렸다.

시집을 가며 이 저택을 떠났던 누이였다. 긴 세월 동안 단 한 번도 만나 본 일 없었던 누이. 그런데.

"병이 찾아온 지는 얼마나 됐고? 발병 후에 바로 치료를 시작한 거야?"

칼렌은 자못 당혹스러웠다. 자신의 누이가 이렇게 또박또박, 얼굴을 든 채 말하는 건 생전 처음 본 것이다.

"당신이 상관할 일이 아닙니다. 그러니 발렌티노 가문으로 당장 돌아가십시오."

칸나는 루시의 치료가 잘되고 있지 않음을 직감했다.

칼렌의 저 눈빛, 저 목소리, 저 표정은 호전이 전혀 없는 환자의 보호자에게서만 볼 수 있었으니.

"내가 도와줄까?"

"……뭐라고 했습니까, 지금?"

"내가 루시를 한번 치료해 볼게. 대신 당분간 이곳에서 지낼 수 있도록 허락해 줘."

"하!"

칼렌의 눈가에 비웃음이 서렸다가 곧 분노로 변했다. 그는 화를 찍어 누르듯 두세 번 마른 세수를 했다. 커다란 손등 위로 핏줄이 도드라졌다.

잠시 후, 그가 아주 낮은 목소리로 경고했다.

"돌아가십시오. 서대륙의 명의들조차 하지 못한 일을 당신이 무슨 재주로 하겠다는 겁니까?"

루시 아디스. 일곱 살짜리 여동생.

병은 어느 날 갑자기 찾아왔다. 루시가 열을 시름시름 앓는가 싶더니, 얼굴이 와그작 비틀려 버렸다.

그 어떤 의원도 고치지 못했고, 일각에서는 귀신이 들렸으니 대신 전에 보내야 하는 게 아니냐는 소리까지 나오고 있다.

그런데 뭐?

고칠 수 있다는 말을, 그리 쉽게 내뱉어?

"헛소리 말고 돌아가십시오."

"헛소리 아니야. 한번 치료해 볼 기회를 줘."

더는 참을 수 없었다. 칼렌은 칸나의 어깨를 잡으며 얼굴을 바짝 가져다 댔다.

"당신이 뭘 할 줄 안다고!"

순간, 입꼬리가 흠칫 굳었다. 칼렌의 말이 끊겼다.

한껏 가까워진 얼굴. 덥수룩한 앞머리 틈새로 마주친 검은 눈동자가…….

"칼렌 아디스."

무서울 만큼 고요했다.

"감정적으로 굴지 말고 내 말 잘 들어."

그가 내쏟는 분노 한 줌 닿지 않는 냉정함. 침착함. 그 조용한 눈을 보자 칼렌은 지금 자신이 몹시 격해져 있음을 깨달았다.

스르륵, 손아귀에 들어간 힘이 흩어졌다.

"너, 동생을 고치고 싶은 거 아니야?"

고치고 싶지 않느냐고?

그럴 리가 있나. 당연히, 당연히 고치고 싶다. 그러나 누구도 고치지 못했다. 모든 의원이 고개를 저었다.

"죄송합니다. 제 능력으로는 무리입니다."

"대신전에 찾아가는 수밖에 없습니다."

대신전이라니, 말도 안 된다. 그건 정말 최후의 수단이었다.

그럼 대체 누구를 찾아가야 하는가?

눈앞이 컴컴해졌다. 깊은 바닷속으로 빨려 들어가듯 무력했다. 무엇이든 잡고 싶은데, 아무것도 잡을 게 없는 이 순간.

"마지막으로 물을게."

갑자기 툭, 눈앞에 튀어나온 지푸라기.

"내가 고칠 수 있을지도 몰라. 그러니까 제대로 살펴볼 기회를 줘."

"……."

"이번에도 거절하면 그냥 돌아갈게."

칸나가 선택지를 던졌다.

"어떻게 할래?"

다행이라고 해야 할까?

지금 저택에는 다른 가족들이 없었다. 다들 황가의 초대를 받아 파티에 간 것이다.

"일단은 침이 필요해."

"침? 그게 뭡니까?"

"바늘이랑 비슷하게 생긴 거야. 내가 크기와 둘레까지 정확히 알려 줄 테니 마석 공예사에게 맡겨. 반드시 최상급 상태의 마석으로 만들라고 하고."

칼렌은 의심쩍은 표정을 감추지 못했다.

칸나의 말에 홀린 듯 저택 안으로 들이긴 했지만…… 바늘이나 다름없는 도구로 대체 뭘 하겠다는 건가? 심지어 고가의 마석으로 만들라고?

'내가 지금 쓸데없는 것에 희망을 걸고 있는 게 아닐까?'

그러나 지금 그는 지푸라기라도 잡고 싶은 심정이었다.

'그래도 대신전에 보내는 것보다는 낫다.'

대신전. 세계수로 서대륙을 정화하는 신령의 영역.

대신전 안에서는 제국법이 통하지 않는다. 사회적 규율도, 상식도 통하지 않는다.

신성하고도 초월적인, 그래서 위험한 곳. 그곳에는 마음대로 들어갈 수도 나갈 수도 없다.

그런 기이한 곳에 루시를 보낼 수는 없다.

"의술을 배우기라도 한 겁니까?"

칸나는 곧장 준비해 둔 대답을 했다.

"너, 내가 연금술에 빠졌던 건 알고 있지?"

"예."

"연금술을 깊게 파고드니까 치료술과 연관이 있더라고. 어쩌다 보니 치료술도 배우게 됐어."

"연금술이 치료술과 관련이 있다고요? 처음 듣는 이야기입니다."

당연히 처음 듣는 이야기겠지, 내가 방금 지어낸 이야기니까.

그러나 칸나는 끝까지 뻔뻔하게 나갔다.

"적어도 내가 연구한 연금술은 그랬어. 일단, 나는 루시의 상태를 자세히 살펴봐야겠어."

칼렌은 복잡 미묘한 눈으로 칸나의 뒷모습을 바라보았다.

'다른 사람처럼 변했군.'

시간이 모든 것을 바꾼 것일까? 칸나는 더는 구부정하게 허리를 굽히지 않았고, 목과 어깨를 움츠리지도 않았다. 게다가 말을 더듬지 않고 당당하게 제 의견을 말한다.

그가 알던 누이와는 너무나도 다른 모습이었다.

'어떻게 저렇게 변할 수 있는 거지?'

대체 그동안 무슨 일이 있었기에 저리 바뀐 것인지…….

칼렌은 곧 고개를 저었다. 신경 쓰지 말자. 지금은 쓸데없는 것에 관심을 기울일 때가 아니다.

그는 곧 칸나를 쫓아 걸어갔다.

"안녕, 루시."

루시 아디스는 이불을 뒤집어쓰고 있었다.

"루시. 겁먹지 않아도 되니까 나와 볼래?"

"으, 으어…….

이불 안에서 신음이 들려왔다. 안면 마비로 인해 입술이 틀어져 제대로 발음이 되지 않는 것이다. 어린 환자들을 치료한 경험이 많은 칸나는 능숙한 태도로 루시를 달랬다.

"괜찮아, 루시. 넌 지금 잠깐 아픈 것뿐이야. 적당한 약을 먹고 치료를 받으면 다 나을 거란다."

"흐디만⋯⋯."

이불 안에서 들려오는 울먹거림.

"으, 의언님드리 다, 다 몬 고친다고⋯⋯."

"나는 루시랑 같은 병을 앓은 사람들을 많이 만나 봤어. 직접 고쳐 본 적도 있으니, 루시도 그중 한 명이 될 거야."

환자의 믿음을 사기 위해 확고한 목소리로 말했다. 그 자신감이 드러난 걸까? 루시는 천천히 이불을 내렸다.

그리고 마침내, 안면이 괴기하게 뒤틀려 있는 얼굴이 드러났다.

꽈악. 뒤에서 조용히 지켜보던 칼렌은 주먹을 움켜쥐었다.

지금껏 다른 의원들은 루시의 얼굴을 보자마자 경악을 하거나 신음을 흘렸다. 그 반응에 여동생이 얼마나 상처를 받았던가?

그는 흉흉한 눈빛으로 칸나의 뒷모습을 노려보았다. 만약 칸나가 루시를 상처 입힌다면 절대로 가만두지 않을 것이다!

그러나.

"자, 눈 한 번 감았다가 떠 볼까? 한번 깜빡여 보자. 반대편도 같이 깜빡해 볼까?"

이미 칸나는 아무렇지도 않게 루시의 얼굴을 어루만지며 진찰하고 있었다. 놀라긴커녕 당연한 현상을 보는듯한 태도였다.

지나치게 태평한 반응에 도리어 넋이 나간 쪽은 칼렌이었다.

'왜 놀라지 않는 거지?'

어떻게 저렇게 태연할 수 있단 말인가? 모두가 마귀 같다고 한 저 뒤틀린 얼굴 앞에서, 어떻게?

자신조차 루시의 얼굴을 처음 보았을 땐 눈살을 찌푸리지 않았던가? 심지어 여동생과 어머니는 경기를 일으키며 손가락질했는데!

"루시, 언제? 오른쪽 눈이 안 감기니?"

루시 역시도 신기해하고 있었다.

모든 의원이, 심지어 가족들까지도 자신의 얼굴을 보며 비명을 질렀는데, 귀신 들린 게 아니냐고 수군거렸는데.

이 언니는 아무것도 아닌 것처럼 대한다.

정말로, 금방 지나갈 병을 보는 것처럼.

루시의 마음에 몽글몽글 희망이 피어올랐다. 이 언니는 다른 사람들과는 다르다!

'어디 보자, 원인이 뭘까?'

한편, 칸나는 나름 마음을 졸여 가며 루시를 살펴보고 있었다.

루시의 괴기한 얼굴 때문은 아니었다. 안면 마비 환자는 이미 여러 번 치료해 봐서 익숙했으니까.

'일단은 원인부터 알아내야 해.'

칼렌에게는 무조건 고칠 수 있다고 호언장담하긴 했지만, 사실 마냥 그런 것도 아니었다.

'만약 뇌졸중이나 뇌 질환이 원인이라면, 치료가 힘들 수도 있어. 이곳 의료 시설들은 너무 열악하니까.'

혈액 검사나 뇌 MRI를 해 보면 쉽게 원인을 알 수 있을 텐데. 하지만 이 세계에서 그런 걸 기대하면 안 되겠지. 증세의 예후를 하나하나 살펴보는 수밖에 없다.

"칼렌, 혹시 루시가 평소에도 자주 아프니?"

"잔병치레가 종종 있긴 했지만, 이렇게 심각하게 아픈 적은 없었습니다."

"이 병에 걸리기 전에 혹시 열이 나거나 기침을 하진 않았고?"

그 말에 칼렌이 눈을 크게 떴다.

실제로 그랬던 것이다.

이렇게 되기 얼마 전 루시는 뱃놀이를 하다가 연못에 빠졌다. 그 이후 시름시름 앓아누웠고 의원은 감기 몸살로 진단했다.

"그렇습니다. 감기 몸살에 걸린 적이 있습니다만, 금방 나았습니다."

"아닐걸."

"예?"

칸나는 칼렌에게서 시선을 떼고 이번엔 루시를 바라보았다.

"루시, 혹시 그 이후로 귀가 아프다거나 귀 안에서 우우웅, 하는 소리가 들리지는 않았어?"

"아뇨, 루시는 그런 이야기 한 적이……."

말을 잇던 칼렌의 목소리가 흐려졌다. 칸나가 단호하게 손을 들어 올려 저지한 것이다.

"너한테 물은 거 아니야, 칼렌."

칼렌의 미간이 좁아졌다.

자신이 모르면 누가 안단 말인가? 설마하니 루시가 그에게 아픈 걸 말하지 않았을 리도……

"……네, 네에. 이쓰요."

……없는데?

그럴 리가 없는데, 왜 루시가 고개를 끄덕이는 거지?

루시의 소심한 고갯짓이 칼렌의 뒤통수를 후려치고 지나갔다. 그러나 칸나는 완전히 이해했다는 표정이었다.

"역시 그렇구나."

발열, 기침. 그리고 귀의 통증.

바이러스 감염으로 인한 안면 마비의 전형적인 초기 증상이었다.

'그리고 가장 흔한 원인이기도 하지. 내가 치료했던 안면 마비 환자들이 다 이런 경우였고.'

안도의 한숨이 나왔다. 루시에게도, 그녀에게도 정말 다행인 일이었다.

'이 경우면 고칠 수 있을 거야.'

✤

잠시 후, 칼렌과 함께 그의 집무실로 이동했다.

"고칠 수 있겠습니까?"

"준비만 확실히 된다면."

"무엇을 준비해야 합니까?"

"동대륙의 약재 도감."

예상대로 칼렌이 인상을 즉시 찡그렸다.

"동대륙의 약재 도감이라고요?"

동대륙. 데보르 상단의 상단주가 처음 발견한 땅.

교류를 시작한 지 10년이 채 되지 않은 신대륙으로, 아직 많은 것들이 알려지지 않은 미지의 대륙이었다.

그러나 그런 점 때문일까? 동대륙의 문물은 서대륙 사람들에게 신비로운 매력으로 다가왔고, 엄청난 인기를 끌었다. 동대륙의 차 문화는 이제 귀족이라면 누구나 다 즐길 정도였으니까.

'주화의 기억이 맞는다면, 서대륙에도 동대륙의 약재들이 많이 들어와 있어. 귀족들에게 약차가 꽤 인기니까.'

엄마가 한의사니까, 주화도 그 이야기를 제법 관심 있게 들었다.

'그러나 정보가 많지는 않지. 특히나 동대륙의 의술은 거의 안 알려져 있고.'

동대륙의 작약 뿌리를 우려내서 마시면 빈혈에 좋다더라, 이 정도로 가벼운 수준의 단편적인 정보들만 알려져 있을 뿐.

함께 쓸 때 상극의 효능을 발휘하는 약재 배합법이라든가 함께 써서는 안 될 배합 금지 약재 등, 주화의 세계만큼 상세하지는 않았다.

그래서 건강에 좋은 약차 정도로만 활용되고 있었던 것이다.

'상관없어. 지식은 내 머릿속에 다 있으니까.'

이런 상황 때문일까? 칼렌은 즉시 신뢰를 잃은 눈으로 그녀를 바라보았다.

"동대륙의 약재 도감이 쓸모가 있을 거라 생각하십니까?"

"응."

필요한 약재들이 다 기록되어 있는지 확인해 보고 싶었다.

칼렌은 미심쩍은 기색이었지만, 이왕 이렇게 된 거 아예 믿어 보기로 했는지 고개를 끄덕였다.

"알겠습니다."

잠시 후, 시종들이 동대륙 약재 도감을 한 아름 안고 들어왔다.

'황기, 당귀, 적작약, 천궁, 도인 그리고 홍화.'

안면 마비에 처방하는 탕약 제조를 위해서는 위와 같은 약재들이 필요하다. 칸나는 정신없이 책장을 넘겼다.

그리고 칼렌은 그런 칸나를 말없이 응시했다.

검은 머리칼을 귀신처럼 늘어뜨린 채 책을 넘기는 칸나. 그 모습을 보고 있자니 문득 허탈감이 밀려왔다.

'내가 지금 뭘 하는 거지?'

쫓겨나듯 떠난 누이가 집에 돌아오다니. 심지어 자신의 소파에 앉아 동대륙 약재 도감을 보고 있다니, 이건 말도 안 된다.

그러나.

'헛소리하는 것 같지는 않다. 루시가 열과 기침을 앓았던 것을 알아냈어. 게다가…… 나도 몰랐던 증상까지 추측했고.'

칼렌의 얼굴이 급격히 어두워졌다. 루시는 열이 가라앉은 후에도 귀가 아프고, 이명이 들렸다고 했다. 그런데 왜 그 증상을 말하지 않았을까?

어째서인지 가슴이 꽉 막힌 듯 답답했다. 그는 견디지 못하고 입을 열었다.

"왜 그렇게 말씀하셨습니까?"

"나 지금 찾을 거 있어서 집중해야 해. 말 걸지……."

"루시가 귀가 아팠다고 고백했을 때."

칸나의 말을 무시하며, 칼렌은 계속 이야기했다.

"누님은 루시가 숨긴 걸 이해한다는 듯한 태도였습니다. 제 기분 탓입니까?"

"아니. 기분 탓 아니야."

칸나는 시큰둥하게 대답했다.

"너한테 일일이 다 말하지 않았을 수도 있다고 생각했어."

"어째서입니까?"

"나라면 그랬을 것 같거든."

순간, 칼렌의 말문이 막혔다. 칸나는 담담하게 말을 이었다.

"의원까지 다녀갔다며? 그런데도 계속 아프다고 말하는 게 눈치 보였겠지. 어쩌면 꾀병 아니냐는 소리 들을까 봐 무서웠을 수도 있고."

하지만 칼렌 아디스, 넌 이 말을 결코 이해할 수 없겠지. 태어나면서부터 모든 이에게 떠받들어지며 자란 너는 공감할 수도 이해할 수도 없을 거야.

"……그럴 리 없습니다. 저는 루시가 이 저택에서 편하게 지낼 수 있도록 노력하고 있습니다."

한참 후에서야 들려온 칼렌의 반박. 칸나는 코웃음을 참을 수 없었다.

"이 집에 너만 살아?"

"……."

"루시는 하녀의 딸이라며? 아무리 네가 잘해 줘도 네 형인 오르시니는 안 그럴 거 아니야? 네 여동생이나 어머니도 절대 그럴 리 없고."

그나마 칼렌이 잘해 주는 것 같으니, 아프다는 말을 꺼내는 거겠지. 어찌 됐든 들어 주는 사람이 있으니까.

……그런데 칼렌은 왜 루시에게 호의를 베푸는 걸까?

'신기하네. 내게는 그러지 않았으면서.'

루시와는 달리, 칸나에게는 아무도 없었다.

그래서 어린 시절에는 아플 때마다 입을 꾹 다물고 참았다. 아프다고 칭얼거리면 가족들이 더 싫어할까 봐 말도 못 하고…….

그러나가 언젠가 한번, 감기를 숨기지 못하고 심하게 기침했다.

그때 칼렌이 어떻게 반응했더라?

"쯧."

그 소리.

어린 칼렌이 혀를 찼던 소리가 아직도 생생했다. 그녀를 향한 경멸 어린 눈빛까지도.

"제게 가까이 오지 마세요, 누님."
"부탁인데 제발 눈에 띄지 마세요."
"누님을, 심지어 아픈 누님을 보고 싶어 하는 사람은 아무도 없어요. 그러니까 방에서 나오지 말아요."

너무나 차가웠던 칼렌의 목소리.

오랫동안 잊고 지냈던 기억이 거짓말처럼 선명하게 떠오른다. 순식간에 칸나의 얼굴이 싸늘하게 식었다. 책을 읽어 내리는 눈이 시커멓게 가라앉았다.

그래. 그랬다.

지금은 점잖은 척하고 있는 저 청년은 과거에 자신을 버리지 취급했던 소년이었다…….

'불쾌한 기억이 떠올랐어.'

그러나 기억은 기억일 뿐. 쓸데없는 감상에 젖는 건 사절이다.

칸나는 단번에 회상을 멈춘 후 다시 책에 집중했다. 다행히도 그 이후, 칼렌은 입을 열지 않았다.

그렇게 한참이 지나고 나서야.

"다 됐다!"

다행히 필요한 약재들 모두가 도감에 실려 있었다. 칸나는 약재명을 적어 칼렌에게 넘겨주었다.

"이걸 구해 와 줘."

목록을 확인한 칼렌은 인상을 찌푸렸다.

몇몇은 동대륙의 효과 좋은 약초로 알려진 거지만, 몇몇은 아예 들어 보지도 못한 것들이었다.

"정말 이것들로 루시를 고칠 수 있단 말입니까?"

"너야말로 전부 구해 올 수 있어? 동대륙에서 아예 안 들여왔을 가능성도 있잖아?"

"문제없습니다."

그래, 당연히 문제없겠지. 혹시나 해서 한번 물어본 것뿐이다. 이 세상천지에 아디스 가문이 못 구하는 것이 어디 있겠는가?

칸나는 찌뿌둥하게 굳은 어깨를 두드리며 말했다.

"다 준비되면 말해. 그동안 나는 연구실에 내려가 있을 거야. 내 방이랑 연구실은 그대로 있겠지?"

"예."

"……."

뭐? 지금 칼렌이 뭐라고 대답했지?

칸나는 고개를 슬쩍 들어 올렸다. 그녀의 의문을 읽은 듯 칼렌이 다시 한번 대답했다.

"그대로 있습니다."

칸나는 깜짝 놀랐다. 사실 별 기대 안 하고 물어봤는데, 그대로 있다고?

출입조차 못 하게 막아 놓았다는 이야기를 들었을 때, 당연히 자신의 모든 흔적을 지워 버렸을 거라고 예상했는데…….

"아버지께서 아무도 출입하지 못하도록 잠가 놨으니 열쇠를 가져가십시오."

칸나는 먼저 침실로 향했다.

'와아.'

시간을 그대로 건너온 것 같다.

뽀얀 먼지가 쌓인 침대와 탁자, 어지럽게 널려 있는 책과 소파 위에 대충 흘러내린 숄까지.

'주화가 마지막 날에 두고 간 그대로잖아.'

실비엔과 결혼하기 위해 이곳을 떠난 날. 그때 그 상태 그대로 멈추어 있었다.

아버지가 진즉에 모두 다 쓸어버렸을 거라고 생각했는데.

'왜 그대로 둔 거지?'

마치 방의 주인을 기억하고 싶어 하는 사람 같지 않은가? 혹은 언제든 돌아올 수 있도록 기다리는 사람이라든가…….

'말도 안 돼.'

칸나는 피식 웃었다.

아버지가 날 기억하고 싶어 한다니, 기다린다니. 세상에 그렇게 말도 안 되는 가정도 없다.

'그럴 리가 없지.'

아마 뭔가 착오가 있었을 것이다. 아버지가 일부러 자신의 흔적을 간직할 리가 없으니까.

같잖은 감상을 툭툭 털어 낸 후 바로 지하실의 연구실로 향했다.

'여기도 그대로야.'

연구실을 훑어보는 칸나의 눈동자가 전율했다.

주화의 몸에 빙의하기 전 그녀의 삶은 거의 이곳에서 이루어졌다.

연금술. 그녀에게는 연금술뿐이었으니까. 이 몸으로 돌아와서 단 하나 좋은 것은 연금술을 다시 할 수 있다는 것이다!

'연금술에는 마석이 필요한데 한국에는 존재하지 않으니까.'

칸나는 천천히 연구실을 돌아다니며 감회에 젖었다.

책상에 한가득 쌓여 있는 두꺼운 책을 손가락 끝으로 쓸었다. 모서리 끝이 닳아 있는 책이었다.

그녀보다도 오래된 책이기도 했지만, 어린 시절 거의 옆구리에 끼다시피 살아 마모된 것이다.

그래서인지 칸나는 이 연금술 서적들이 친구처럼 느껴졌다. 아니, 실제로도 친구였다. 어린 자신과 시간을 보내 주는 것은 연금술밖에 없었으니.

'오랜만이다……'

그렇게 한껏 기뻐하며 연구실을 구경하고 있을 때.

발소리가 들려왔다.

쿵쿵쿵. 다급한 걸음이 지하실 계단을 내려와 복도를 가로지르는 것이 느껴진다.

어째서일까? 하녀도, 시종도, 칼렌노 아닐 것 같나는 예감이 번개처럼 내리꽂혔다.

그와 동시에 문이 벌컥 열리고…….

"야, 오물."

익숙한 부름. 익숙한 모욕.

듣는 순간 작은 한숨이 흩어졌다. 연금술과 재회한 기쁨도 연기처럼 사라졌다.

역시나 불길한 예감은 비껴가는 법이 없다더니.

'그래, 당연히 만날 거라고 생각했지. 이곳은 녀석의 집이니까.'

예상은 했다. 했는데…… 이렇게 빨리 만나게 될 줄이야.

칸나는 천천히 등을 돌렸다. 그러자 그녀를 물끄러미 바라보는 남자와 시선이 마주쳤다.

"맞네. 네가 정말 맞아."

칼렌과 닮은 날카로운 이목구비, 그러나 그보다는 더 굵고 남성적인 인상이었다.

위압적일 만큼 큰 체격, 사자 갈기처럼 삐죽삐죽 흐트러진 붉은색 머리칼. 육식 동물을 연상시키는 초록색 눈동자.

그 폭력적인 눈빛에 절로 기억들이 밀려왔다.

"이 오물 덩어리, 차라리 자결해! 그게 가문을 위한 일이니까!"

"어딜 도망가? 넌 더 맞아야 해!"

뒤이어 화살처럼 푹푹 내리꽂혔던 비난들이 떠올랐다. 사정없이 그녀를 후려쳤던 손바닥까지 모두, 모조리 다 생각났다.

'오르시니.'

오르시니 아디스. 어린 시절, 자신에게 잔혹한 폭력을 저질렀던 남동생.

"네가 제 발로 이곳으로 기어들어 왔다기에, 설마설마했는데."

한 발짝, 한 발짝. 오래전 기억 속보다 훨씬 더 압도적인 체격으로 성장한 남자가 위협적으로 다가왔다.

"오물 누이께서 정말로 돌아왔군."

칸나의 두 다리는 제자리에 뿌리를 내린 듯 움직이지 않았다. 아니, 움직일 수 없었다. 쇠사슬이 온몸을 꽁꽁 결박한 것 같았다.

오르시니가 과거에 휘두른 폭력, 비난, 그 학대를 생각하니 손이 경련했다. 너무나도, 너무나도…….

화가 나서.

'저까짓 게, 나를 짓밟았지.'

어린 나를 때리고, 때리고, 때리고, 때리고…… 또 때리고.

얼마나 아팠던가. 비참했던가.

칸나는 떨리는 입술을 움직여 미소를 그려 냈다.

웃지 않을 수가 없었다. 과거 자신을 지독히 괴롭힌 사람과 재회했으니, 웃지 않을 수가.

"반가워, 오르시니."

"……뭐?"

오르시니의 얼굴에서 표정이 사라진다.

칸나는 그의 이목구비 하나하나 집어삼킬 듯 뜯어보며 짙게 미소 지었다. 머리카락 끝까지 전율이 몰아친다.

좋아서.

너무, 너부, 너무 좋아서.

"정말 반가워."

칸나로 돌아와서 좋은 것, 하나 더 추가다.

"네가 너무 보고 싶었어."

너를 만난 것이 너무 좋아.

"진심으로."

다시 너를 만난다면, 반드시 복수하겠노라 하늘에 맹세했거든.

⋘✿⋙

오르시니 아디스는 가족들보다 먼저 집으로 돌아왔다. 며칠 내내 이어진 연회가 슬슬 지루하게 느껴진 것이다.

그런데.

"뭐? 칸나 아디스가…… 아니, 칸나 발렌티노가 돌아왔다고?"

그 소식을 듣자 술이 확 깨는 기분이었다.

아버지, 알렉산드로 아디스가 칸나의 출입을 금지했다.

눈에 띄지 않길 바란다며, 친정집에 돌아오긴커녕 사교 파티에도 얼씬하지 말라고 으름장을 놓지 않았던가?

덕분에 칸나는 지난 긴 세월 동안 발렌티노 영지에 칩거하듯 지내 왔다. 눈에 띄지 말라는 아버지의 경고를 잘 지켜 온 것이다.

그런데 뭐? 제 발로 이곳에 찾아와?

"오물 덩어리 년이 재수 없게, 감히 여기가 어디라고!"

그렇잖아도 여동생인 루시가 괴병에 걸려 집안 분위기가 숭숭하지 않은가?

그런데 칸나까지 집으로 돌아왔다고?

"칼렌은 어딜 간 거지? 대체 왜 칸나를 안으로 들인 거냐?"

"발렌티노 공작 부인께 루시 아가씨의 치료를 맡긴다고 했습니다."

"뭐라고?"

"재료들이 준비되는 즉시 치료에 들어간다고 했습니다. 칼렌 도련님도 지금 그것들을 준비하기 위해 외출하셨……."

"미쳤군! 칸나는 어디 있나!"

"연구실에 계십니다."

그는 당장에 지하실로 향했다. 쿵쾅쿵쾅 걸어 내려가 연구실의 문을 열었다.

"야, 오물."

그리고 자신을 향해 몸을 트는 누이.

칸나는 그대로였다. 지독하게 못난 모습을 한, 여전한 누이였다.

"만나서 반가워, 오르시니."

아니, 그 말을 듣기 전까지는 그렇게 생각했다.

덥수룩하게 내려온 검은 머리칼, 그 아래로 드러난 입술. 칸나의 입술이 활짝 호선을 그린다.

어딘가 오싹한 미소에 오르시니의 등골에 소름이 돋아 올랐다.

"뭐라는 거야!"

그러나 곧 빈정거리는 웃음을 만들어 냈다.

"우리 관계가 어땠는지 기억 안 나나, 오물?"

그렇다면 다시 알게 해 줘야겠지.

그는 성큼성큼 다가가 칸나의 어깨를 강하게 움켜잡았다. 천천히 허리를 굽혀 눈높이를 마주했다. 코끝이 닿을 만큼 바짝, 얼굴을 가셔나 내며 으르렁거렸다.

"야, 오물. 너……."

그리고 마주쳤다.

빗살처럼 흐트러진 머리카락, 그 너머의 검은 눈.

"……."

잊었다.

순간, 자신이 무엇을 말하려 했는지, 완벽하게.

새하얗게 굳은 혀가 마땅한 발음을 찾아내지 못하고 얼어붙었다.

풍성한 속눈썹과 가느다랗게 진 쌍꺼풀, 사슴처럼 맑은 눈망울, 동시에 무엇보다 단단해 보이는 눈빛.

이렇게…… 생겼던가?

이런 눈빛이었던가, 칸나가?

"너무 가까운데, 오르시니."

오르시니는 순간 벼락을 맞은 듯 놀라 서둘러 손을 뗐다. 한 발짝, 또 한 발짝. 저도 모르게 뒷걸음질 쳤다가 재빨리 멈추었다.

그리고 왈칵 밀려오는 굴욕감.

오르시니의 얼굴이 구겨졌다. 한마디 소리치려 할 때.

"반가워, 오르시니. 너도 그렇지?"

칸나는 길게 진열된 약병들을 만지작거리며 웃었다.

"오랜만이잖아, 우리. 너는 내가 그립지 않았어?"

"그리워? 내가, 너를?"

어처구니가 없어서 웃음이 튀어나왔다. 칸나가 미치기라도 한 걸까?

"개소리하지 말고 꺼져. 아디스 가문에 튄 오물, 그게 바로 너란 걸 모르나?"

"나 당분간 이곳에 있을 건데. 아직 칼렌에게 얘기 못 들었나 봐?"

"뭐?"

"루시를 고쳐 주기로 했거든."

오르시니는 귀를 틀어막고 싶었다.

왜 자신이 아직 그녀가 지껄이도록 내버려 두는지, 왜 아직도 저 머리채를 휘어잡지 않는지 이해할 수 없었다.

그럴 생각으로 온 건데. 지금도 그럴 생각인데…….

'그래. 때리자. 후려치자. 다만 조금 힘 조절을 해서.'

그는 제국에서 손꼽히는 검사고, 그의 힘은 이제 돌을 부술 수 있을 정도였다.

딱 겁먹을 정도로 힘을 조절해서 뺨을 때리고, 그다음엔 머리채를 휘어잡고 끌어내는 거다. 그러면 된다…….

이런 생각할 동안 때리지 않고 뭐 하는 거야, 제기랄!

"당장 아디스에서 나가. 아니, 내가 쫓아내 주지."

그렇게 말하는 오르시니의 오른손이 획 올라갔다. 이번에야말로 정말로 그녀를 밀칠 생각이었다.

그러나 그때, 줄곧 약병을 더듬던 칸나의 손가락이 재빠르게 얇은 병을 집어 올렸다. 그리고 획, 앞으로 뿌린다.

그 동작이 어찌나 신속했던지 오르시니는 제 가슴팍이 젖고 나서야 깨달았다.

"……뭐야?"

"뭐긴 뭐야? 못된 남동생 버르장머리 고치는 거지."

"그게 무슨…… 으윽!"

통증은 뒤늦게 찾아왔다.

가슴의 살갗을 벗겨 내는 듯한 격통. 오르시니는 비명을 지르며 웃옷을 뜯어냈다.

"이, 이게 뭐야! 크윽!"

지글지글. 탄내와 함께 타들어 가는 가슴팍. 오르시니의 얼굴이 고통으로 일그러졌다.

"어릴 적에 만들었던 물약 중 하나야. 출혈 없이 살이 타들어 가게 만드는 액체지."

"이…… 이 미친년!"

"내가 만든 특제 약물이라서, 내 치료약을 쓰지 않으면 통증은 계속 갈 거야. 흉터도 남을 테고."

오르시니는 새빨갛게 타오르는 눈으로 그녀를 노려보았다. 잠시나마 폭력을 망설인 자신이 등신이었다!

"가만두지 않을 거다, 이 오물!"

그러나 지금은 그럴 때가 아니었다.

오르시니는 칸나의 몸을 밀친 후, 뒤에 늘어진 약병에 손을 뻗었다.

수십 개의 약병. 각양각색의 약물. 이 중 하나는 치료제일 텐데. 대체 무엇이…….

"사과하면 치료제를 줄 수도 있어."

"닥쳐!"

차라리 죽으라면 죽었지, 오물 따위에게 사과하지 않을 것이다!

그때였다.

"이게 무슨 일입니까?"

차갑게 얼굴을 굳힌 칼렌이 다가왔다.

그는 칸나와 웃통을 벗은 채 가슴팍이 타들어 가는 오르시니를 번갈아 보았다.

"칼렌! 너 때문이다! 네가 이 오물 덩어리를 집에 들여서…… 크윽!"

그러나 오르시니는 더는 이야기할 수 있는 상태가 아니었다. 그는 결국 바닥에 무릎을 털썩 꿇더니 정신을 잃었다.

"대체 뭡니까?"

그러나 칼렌은 일말의 동정도 없는 눈빛이었다.

"응. 오르시니가 날 때리려고 하기에 먼저 선수 쳤어."

오르시니. 그의 망나니 같은 형이 또 사고를 치려 한 모양이다. 그런데 칸나가 먼저 선수를 쳤다고?

"당신이 저런 겁니까?"

"응."

믿을 수 없었다.

칸나가 오르시니를 저렇게 만들었다는 걸 누가 믿는단 말인가?

"내가 열네 살 때 만들었던 약물이야."

"열네 살 때 만드셨다고요? 저걸?"

"응. 치료제도 있어. 오르시니가 사과하면 주려고 했는데 끝내 안 하고 기절했네."

열넷이면, 그녀가 한창 아디스 가문 사람들에게 핍박당하며 살 시기였다.

그 시기에 이미 저런 걸 만들어 냈다고?

무기에 가까운 약물을 가지고 있으면서도 왜 일방적으로 당하고 살았단 말인가? 그리고 지금은 대체 마음속에서 무엇이 변화했기에, 거침없이 사용한단 말인가?

궁금했다. 호기심 가득 찬 의문들이 목 끝까지 차올랐다. 저도 모르게 질문을 퍼부으려는 찰나.

"약재와 침은 잘 준비되고 있어?"

칸나의 말에 칼렌은 빠르게 정신을 되찾았다.

"예. 내일 저녁쯤이면 도착할 겁니다. 그리고 오르시니 형님은 시종에게 방으로 옮기라 해 둘 테니, 내버려 두십시오."

칼렌은 곧장 대답한 후 몸을 돌렸다. 그리고 미간을 가늘게 좁혔다.

조금 전, 하마터면 터무니없는 질문을 뱉어 낼 뻔하지 않았던가?

'루시의 치료를 위해서 집 안에 들인 거다. 그것 외에는 신경 쓰지 말자.'

❦

다음 날 저녁, 재료들이 완성됐다.

칸나는 각 약재의 무게를 신중하게 측정했다. 한 포씩 나누어 포장한 후 이번엔 침을 확인했다.

요구했던 대로 정확히 만들어진 상태라 굉장히 만족스러웠다.

'왠지 마법 도구를 얻은 기분이야.'

침술은 막힌 혈을 뚫고, 전신의 기혈이 원활하게 흐르도록 만든다. 그런데 침을 마석으로, 심지어 회복에 도움이 되는 치유 마석으로 만들었으니 효과가 아주 좋을 것이다.

'이걸로 모든 준비가 끝났어.'

치료를 하러 가기 전 칸나는 칼렌에게 종이 한 장을 내밀었다.

"잠깐 잊고 있었는데, 계약서부터 써."

계약서에는 그들의 약조가 고스란히 적혀 있었다.

"제 약속을 의심하시는 겁니까?"

"확실하게 하는 것뿐이야."

"어이가 없군요."

칼렌은 투덜거리며 자신의 인장을 찍었다.

"이렇게 된 이상 루시를 제대로 고쳐야 할 겁니다."

"알겠어. 자, 그럼 치료를 시작해 볼까?"

처음과는 달리 루시는 순순히 이불을 걷어 냈다. 그리고.

<언니, 저를 고칠 수 있다고 말씀해 주셔서 감사해요. 저는 언니를 믿어요.>

삐뚤삐뚤, 어설픈 글씨체로 쓴 카드를 내밀었다.

귀여워라. 칸나는 루시의 머리를 쓰다듬은 후 미소 지었다.

"루시, 너는 곧 나을 거야. 대신 언니가 하는 모든 치료를 믿고 따라와야 해. 알겠지?"

끄덕끄덕.

"좋아. 뒷덜미가 보이도록 머리를 묶은 후에, 뒤로 엎드려 볼래?"

루시가 시키는 대로 하는 동안 칸나는 침을 확인했다. 대부분의 치료에 사용되는 호침을 골라잡은 후 조용히 말했다.

"자, 그럼 시작할게."

루시의 가느다랗게 드러난 목덜미. 목의 위쪽- 풍지혈에 침을 놓으려는 순간.

"뭐 하시는 겁니까!"

탁! 칼렌이 그녀의 팔목을 잡아챘다.

"진료 중이야. 놔."

"진료? 미쳤습니까? 그 날카로운 걸 생살에 찌르는 게 진료라고요?"

그 순간, 루시가 겁을 먹은 듯 움찔거렸다. 그 반응에 칸나의 눈매가 사납게 올라갔다.

'겁을 주면 어떻게 해!'

긴장하면 근육이 경직된다. 침이 들어갈 때 통증이 생길 수도 있다는 소리다.

그래서 어린아이들을 치료할 때 긴장을 풀어 주는 게 가장 중요한데…….

'이 자식이 그걸 방해하다니.'

칸나는 침을 내려놓은 후, 자신의 손을 붙잡은 칼렌의 손등 위에 손을 올렸다.

"하지 말까?"

칸나는 무서울 만큼 침착하게 되물었다.

"다 그만둘까? 아무것도 하지 말고 여기서 멈출까?"

칼렌의 말문이 막혔다.

위험해 보여서 잡긴 했지만, 정말 그만두게 할 것인지는 결정하지 못했다.

"……그런 치료법은 어디서도 본 적 없습니다."

"말했잖아. 내가 연금술을 연구하다가 발견한 치료술이라고. 너는 그 말을 신뢰해서 나에게 치료를 맡겼어. 안 그래?"

"……."

"할 거면 하고, 말 거면 말아. 둘 중 하나만 선택해. 그런 어중간한 태도로 되는 일은 세상 어디에도 없어."

칼렌은 이를 악물었다. 이상했다. 너무 많은 것들이.

'어떻게 이렇게까지 자신할 수 있는 거지?'

지금 칸나는 얼굴이 빛나 보일 정도로 당당한 태도였다. 제 능력에 대한 믿음, 확고함이 없다면 결코 이럴 수가 없을 텐데.

그래서일까. 칸나가 옳아 보였다.

손등 위로 겹쳐진 그녀의 손은 답을 알고 있는 것 같아서, 그저 와락 붙잡고 싶었다. 하마터면 정말 움켜잡을 것 같아 칼렌은 주먹을 말아 쥐었다.

그러나.

'저런 날카로운 것으로 루시를 찌른다니.'

물론 저것은 가지고만 있어도 원기가 회복된다는 치유 마석으로 만들었다.

게다가 바늘보다도 가늘어 상처를 입히기도 어려워 보인다. 저것 때문에 루시가 위험해질 일은 없다.

그래도, 그런 치료법이 세상 어디 있단 말인가! 말도 안 되는 방법이다!

'그런데 왜?'

칸나는 왜 돌팔이처럼 보이지 않는 걸까? 대체 왜?

잠시 후 칼렌의 입술이 열렸다.

"저는……."

"……."

"믿겠습니다. 계속하십시오."

"그럼 방해되니까 뒤로 빠져 있어."

의사 특유의 권위가 느껴지는 목소리였다. 칼렌은 잠시 머뭇거렸으나 곧 그녀의 말에 따랐다.

방해꾼이 이제야 사라졌군. 칸나는 속으로 한숨을 내쉰 후, 긴장한 루시의 어깨를 어루만졌다.

"루시, 너도 언니를 믿는다고 했지?"

끄덕끄덕. 루시의 대답에 칸나는 빙긋 웃었다.

"그렇게 말해 줘서 고마워. 루시가 다 나으면 어디 놀러 나가는 것도 좋겠어."

칸나는 그녀의 목덜미를 풀어 주듯 계속 주물러 주며 말을 이었다.

"어디가 좋을까? 날씨도 좋으니까 소풍을 가 볼까?"

산들바람처럼 부드럽게 말하며, 톡! 목의 혈도에 침을 놓았다. 루시는 무슨 일이 일어났는지 전혀 모르는 기색이었다.

그사이 한 번 더 톡, 침을 놓았다.

"다 같이 숲에 놀러 가는 거야. 숲에는 토끼도 있고, 다람쥐도 있어."

마음에도 없는 소리로 루시의 주의를 끌었다.

톡, 침을 하나 더 놓자, 등 뒤에서 칼렌이 신음을 참는 소리가 들렸다.

'저게 진짜⋯⋯.'

칸나는 그를 경고의 시선으로 노려보았다. 그러자 칼렌이 입을 꾹 다물며 얼굴을 돌렸다.

"토끼랑 다람쥐랑 뭘 하고 노는 것이 좋을지, 눈을 감고 상상해 볼까?"

칸나는 본격적으로 침구 치료를 시작했다.

합곡혈과 족삼리혈― 손과 다리 쪽의 혈자리에 차분하게 순서대로 침을 놓았다. 그리고 그 상태로 한동안 시간이 흐르도록 내버려 두었다.

루시가 깜빡 잠들 만큼 평온한 시간.

칸나는 침을 뽑은 후 루시를 깨워 앞으로 돌아눕게 했다.

자, 지금이 중요하다. 이제부터는 루시의 안면혈, 즉 얼굴에 침을 놓을 테니까, 겁을 먹지 않도록 달래는 게 관건이었다.

"잘했어, 루시. 눈 감고 상상하는 동안에 치료가 거의 다 끝났는걸."

그러자 루시가 믿을 수 없다는 듯 눈을 크게 떴다.

"이게 다 루시가 잘해 줘서 그래. 이제 정말 조금 남았는데 지금처럼 아무 느낌 없을 거야. 그러니까 지금처럼 눈 감고, 다 나으면 놀러 갈 상상 하고 있자. 알겠지?"

끄덕끄덕. 루시가 고개를 끄덕이자 칸나가 방긋 웃었다.

"착하다, 루시. 정말 착해."

한편 칼렌은 못마땅한 얼굴로 그녀를 바라보고 있었다.

루시가 아파하지 않아서인지 걱정이 저절로 사그라든 참이었다. 그 대신 이번에는 기이한 불만이 치고 올라왔다.

'누님은 이중인격인가?'

자신에게는 아주 냉정하거나, 무덤덤하거나, 혹은 시큰둥하거나 셋 중 하나다.

그런데 지금 그녀는 천사처럼 상냥하게 루시를 상대하고 있다.

'태도가 완전히 다르군.'

……다르든 말든 알 게 뭐란 말인가? 내가 왜 이런 쓸데없는 생각을 하는 걸까?

칼렌은 뒤늦게 혀를 차며 고개를 흔들었다.

"놀랍군요."

단 1회 치료 만에 변화가 나타났다.

뻣뻣하게 굳었던 루시의 입술 근육이 부드럽게 풀려 동그랗게 오므릴 수 있게 된 것이다.

"이렇게 즉각적으로 효과가 나타날 줄은 몰랐습니다."

칼렌의 반응에 칸나는 콧방귀를 끼었다.

"말했잖아. 난 저렇게 될 줄 알았어."

사실 몰랐다. 이렇게 빨리 효과가 나타날 줄이야!

새침한 척 말하고 있긴 하지만, 칸나는 내심 환호를 내지르는 중이었다.

'효과가 예상했던 것보다 뛰어나.'

이게 다 치유 마석으로 만든 침 덕분이다.

"앞으로 며칠 정도만 더 하면 완치될 거야. 그리고 내가 한 포씩 싸 준 약재는 매일 꼬박꼬박 달여서 마셔야 해. 알겠지?"

"알겠습니다."

"그럼 난 자러 갈래."

"누님."

"응?"

칼렌이 무엇인가 말하고 싶은 듯한 얼굴로 그녀를 바라보고 있었다.

"무슨 일인데?"

그러나 칼렌은 깊은 한숨을 내쉬며 한 발짝 뒤로 물러났다.

"아닙니다. 쉬십시오."

뭐야? 싱겁기는. 그러나 칸나는 더 기다리지 않고 곧장 몸을 돌렸다. 뭔가 하고 싶은 말이 있는 것 같지만 굳이 채근해 가면서 듣고 싶지 않았다. 사실 딱히 궁금하지도 않다.

'응. 전혀 안 궁금해.'

무엇 하나 궁금한 것 없다. 칼렌이 하려던 말도, 아디스 가문도, 아무것도.

그저 필요에 의해 이용하는 것뿐.

'어차피 저 녀석은 나를 싫어하니까. 그런 사람을 상대로 잘 지내려고 노력하고 싶지 않아.'

어렸을 때는 잘 보이고 싶었다.

동생들에게, 아버지에게, 어머니에게. 그래서 그들의 말이라면 무엇이든 따랐다.

"언니. 그냥 쥐새끼처럼 지하에 처박혀 있으면 안 돼? 나 언니가 창피하단 말이야."

"꺼져, 오물!"

"제 눈에 안 띄는 곳에 계세요, 누님."

눈앞에 보이지 말라고, 꺼지라고 몇 번이나 욕을 했던 가족들.

그래서 칸나는 더더욱 연구실에 처박혔다. 사실은 도피였다.

가족들이 날 싫어해서 숨어 있는 게 아니야, 연금술이 좋아서 혼자 있는 거야. 이렇게 스스로를 위로하고 합리화하면서.

'바보들. 내가 얼마나 괜찮은 사람인데 날 싫어하고 그래?'

이 집 사람들은 다 바보, 멍청이라니까.

이제 칸나는 그들의 사랑을 원하지 않았다. 도리어 비웃으며 침대 위로 드러누웠다.

잔뜩 쌓인 피로가 해일처럼 그녀를 덮쳐 왔다.

'내가 일어날 때까지 아무도 깨우지 않았으면 좋겠다.'

"당장 일어나지 못해!"

쫘아악!

뺨 위로 내리꽂히는 통증. 칸나는 깜짝 놀라 눈을 떴다.

"너! 네가 오르시니를 저렇게 만들었다고? 네가 내 아들을!"

잔뜩 화가 난 여자가 그녀를 노려보고 있다. 눈이 마주치자마자 누구인지 바로 알아차렸다.

클로이 아디스. 자신의 계모였다.

"왜 때려요?"

칸나는 험악한 목소리로 중얼거렸다. 다짜고짜 따귀를 맞으면서 일어나다니, 굉장히 불쾌했다.

그러나 클로이는 개의치 않고 뺨을 한 대 더 치려는 듯 팔을 번쩍 치켜들었다.

"그만두십시오!"

칸나가 몸을 웅크리려 했으나, 그보다도 더 먼저 클로이의 팔목이 잡혔다.

소식을 듣고 서둘러 달려온 칼렌이었다.

"어머니! 이게 무슨 짓입니까!"

"칼렌, 칸나가 오르시니를!"

"제가 집 안으로 들였습니다. 제 손님이니 예를 갖추세요!"

클로이는 칼렌의 팔을 거칠게 뿌리쳤다. 그러나 아들의 말을 무시할 수는 없는지 더는 손을 휘두르지 않았다.

"이게 어떻게 된 거야? 옛적에 내쫓긴 칸나가 들어와 있지를 않나, 오르시니가 다치질 않나!"

"내쫓기다뇨? 저는 결혼을 해서 나간 것뿐인데요."

칸나가 불만스럽게 투덜거리자 클로이의 눈에 불똥이 튀었다.

그러나 그뿐. 그녀는 칼렌의 존재에 평정을 되찾은 듯했다.

"칸나, 오랜만이다. 하지만 반갑다는 말은 할 수 없겠구나."

"저도 마찬가지예요."

"지금 오르시니가 아주 아파하고 있단다. 치료약은 너에게만 있다 던데, 오르시니를 괴롭히지 말고 어서 주려무나."

"조금 전 일 사과하시면 주겠어요."

"정말 미안하다. 잘못했단다. 다시는 그러지 않으마."

거침없이 나오는 사과에 칸나는 눈을 가느다랗게 떴다. 역시나 연 륜이 있어서인지 오르시니보다는 똑똑했다.

"알겠어요."

칸나는 태평하게 수납장에서 약병을 꺼내 내밀었다.

"여기요. 한 방울씩 떨어뜨리면 상처가 아물 거예요."

오르시니가 직접 사과하기 전까지 주지 않겠다고 했지만, 사실 분 풀이였다.

오르시니의 사과 따위 중요하지 않다. 사과하든 말든 그 녀석이 싫 은 건 마찬가지니까.

그저 옛날의 복수를 하고 싶었을 뿐.

"네가 가서 해 주는 게 좋겠구나. 네가 입힌 상처니까, 치료도 직접 해 주는 게 맞겠지?"

아마 못 믿는 모양이었다. 예상한 반응이었기에 칸나는 고개를 끄 덕이며 몸을 일으켰다.

"알겠어요."

＊＊＊＊

"오물, 이 썩을……."

"시끄러워, 오르시니. 더 말했다가는 내가 실수로 약병을 깨뜨릴지도 몰라."

몇 번이나 정신을 잃었다가 되찾기를 반복했는지, 오르시니의 안색은 말이 아니었다.

칸나는 혀를 끌끌 차며 그가 누운 침대맡에 앉았다.

"많이 아파?"

"젠장, 그걸 말이라고 지껄여?!"

"날 믿어?"

"……뭐?"

"이 약물이 이번엔 네 살을 뚫고 심장을 태우지 않으리라고 확신해?"

그때 클로이가 날카롭게 소리쳤다.

"칸나, 대체 무슨 말을 하는 거니!"

뭐 하긴요? 협박하는 거죠. 앞으로 알아서 잘 행동하라고 겁주는 거라고요.

"농담이에요, 농담."

"그런 무서운 농담 하지 마라."

"오르시니처럼 실력 있는 검사가 겨우 이 정도로 무서워하겠어요?"

"칸나!"

네, 네. 알겠어요.

칸나는 약병의 마개를 연 후 천천히 상처 위로 흘렸다. 그러자 상처가 거짓말처럼 아물기 시작했다.

클로이는 그 장면을 거의 경악에 가까운 표정으로 지켜보았다.

'이걸 칸나가 만들었다고?'

칸나가 어린 시절 내내 연금술 연구에 몰두한다는 건 알고 있었지만, 결과물을 본 적은 한 번도 없었다. 아니, 아예 관심조차 없었다. 연금술에도, 칸나에게도.

그저 할 일 없는 꼬마 계집애의 형편없는 취미라고 생각했는데!

그때, 치료를 마친 칸나가 자리에서 벌떡 일어났다.

"됐어. 이제 안 아플 거야. 난 다시 자러 간다."

칸나는 곧장 방을 빠져나갔다. 이번에야말로 푹 잘 생각이었다. 아주 푹.

"……"

그러나 발걸음이 뚝 멈췄다.

방문 앞, 거대한 그림자가 져 있다. 그녀의 몸까지 한 번에 집어삼킬 수 있을 만큼 큰 그림자가.

칸나는 고개를 내린 채 멍하니 상대의 다리를 보았다.

태산처럼 우뚝 서 있는 다리.

순간, 소름이 확 돋아 올랐다. 온몸의 솜털이 바짝 곤두서고 목뒤가 뻐근해졌다.

그만큼이나 압도적인 기운이었다. 태양처럼 이글거리는 존재감에 저절로 온몸의 근육이 긴장했다.

칸나는 조용히 호흡하며 천천히 고개를 들어 올렸다.

아주 건장한 체격이었다. 오르시니와 칼렌보다도 훨씬 더 커다랗게 느껴지는 키, 산을 깎아 조각한 듯 위압감마저 밀려드는 체구.

천천히 올라간 칸나의 시선이 마침내, 정상에 도달한다.

매서운 눈매. 사막처럼 건조한 초록색 눈동자.

어느덧 칸나의 호흡이 완전히 끊겼다.

"……."

아버지, 알렉산드로 아디스 공작이었다.

어째서일까? 두 남동생도 계모도 아무렇지 않았는데…… 지금은 짐승에게 심장을 콱득 물린 것만 같았다.

아무런 말도, 심지어 숨결조차도 쉬이 내뱉을 수 없었다.

알렉산드로 아디스는 그대로였다.

초월적인 수준에 도달한 무인은 쉽게 늙지 않는다고 했던가? 그 가설을 증명하듯 그는 여전히 젊은 청년의 모습을 하고 있었다.

언제나처럼 아름답고 건장한 모습 그대로. 칸나가 어릴 적에 보았던 모습 그대로.

그때, 아버지의 석상 같은 입술이 움직인다.

"칸나."

네, 아버지…… 칸나는 그리 대답했다.

아니, 대답했나?

어찌나 머리가 새하얗게 물들었는지 자신의 반응을 제대로 알 수가 없었다. 그저 관객처럼 지켜볼 뿐이었다.

아버지가 자신의 얼굴을 뜯어내듯 응시한다. 그리고 천천히 손을 들어 올린다.

뺨에 와 닿는 커다란 손바닥.

"……!"

그가 자신을 만지는 건 처음인지라, 머리가 돌아 버릴 만큼 당혹스러웠다. 그러나 알렉산드로의 표정은 지극히 여유로웠다. 원하는 때 언제든 누릴 수 있는 당연한 권리였다는 듯.

"칸나 아디스."

그리고 낮게 호명한다. 그 음성이 동굴 안에서 울리는 듯 묵직했다.

"네가 돌아왔구나."

그 순간, 말도 안 되는 생각이 들었다.

어쩌면 알렉산드로가 내내 이 순간을 기다려 온 것 같다는…….

그런 미친 생각이.

'미친 생각이지. 그럴 리가 없잖아.'

칸나는 정신을 다잡았다. 이제는 정말 제대로 반응해야 할 때였다.

"오랜만이에요, 아버지."

순간 기이한 위화감이 뒷머리를 긁어 왔다.

잠깐만. 그러고 보니 조금 전에 아버지가 뭐라고 했지?

'칸나 발렌티노가 아니라…… 칸나 아디스라고?'

……아니. 지금 그런 것을 신경 쓸 때가 아니다. 칸나는 다른 곳으로 새려는 정신을 꽉 붙잡았다.

"제가 다 설명해 드릴게요. 제가 왜 이곳에 있냐면……."

다짜고짜 닥치라고 하지는 않을까, 내쫓지는 않을까, 칸나는 조심 소심 말을 이어 나갔다.

그러나 의외로 알렉산드로는 말을 끊지 않았다. 도리어 기이할 만큼 그녀를 빤히 바라보며 침묵했다.

마치…… 마치 경청하는 것처럼.

그것이 너무나도 이상하고 거북했지만, 칸나는 제 입장을 전달하는 것에 집중했다.

"……그래서 제가 이곳에 오게 된 거예요. 루시를 고쳐 주는 조건으로 들어오게 됐습니다. 그러니 칼렌을 꾸짖지 말아 주세요."

간신히 말을 끝냈다.

홀가분해진 칸나는 그의 눈치를 힐끔 살폈다. 판결을 기다리는 죄인이 된 심정이었다.

그녀가 오면 문조차 열어 주지 말라는 명령까지 내렸는데 어기고 들어왔으니 당연히 화가 나겠지.

그런데…….

'대체 왜 가만히 계시는 거야?'

칸나는 숨을 죽이며 손가락을 꼼지락거렸다.

알렉산드로는 그녀를 뚫어지게 응시할 뿐 입을 열지 않았다. 겹겹이 쌓이는 침묵이 산처럼 그녀를 짓눌렀다. 거의 질식할 지경까지 되고 나서야, 그의 입술이 열렸다.

"그래."

"……예?"

"그렇게 해라."

그것이 전부였다. 알렉산드로는 등을 획 돌렸다. 그리고 그대로 성큼성큼 걸어 사라졌다.

의외의 대답에 어안이 벙벙해진 칸나가 잡을 사이도 없이, 아주 빠르게.

"……어?"

칸나는 완전히 얼이 빠져 버렸다. 고개를 돌려 보니 계모 클로이가 똑같은 표정을 짓고 있는 게 보였다. 아주 해괴한 것을 보고 들은 자의 표정.

그렇게 해라?

그렇게 해라, 라고?

그렇게 해 봐라 죽고 싶으면, 이 아니라?

이자벨 아디스. 그녀는 가족 중 제일 늦게 귀가한 사람이었다. 덕분에 이 상황을 가장 받아들이기 힘들었다.

"이게 뭐야!"

어떻게 칸나가 다시 돌아올 수 있단 말인가?

7년 전, 언니가 시집갔을 때 이젠 영원히 만날 일 없다고 생각했다. 아버지가 '눈에 띄지 마라'라고 확실하게 경고했으니 사교계에서 볼 일도 없었다.

실제로 그러했다. 지난 7년간 이자벨은 칸나의 머리카락 한 올조차 보지 못했으니. 아주 만족스러운 시간이었다. 가문의 명예를 더럽히는 언니 따위 창피하기만 했으니까.

꼴에 시집은 잘 간지라 맹렬한 질투심이 끓어오르기도 했지만, 곧 사그라들었다.

소문으로 듣자 하니 언니는 발렌티노 가문에서도 고철 덩어리 취급을 받는다고 했다. 발렌티노 공작이 황녀의 애정 공세를 막기 위해 꾸민 연극이란 걸 모르는 사람이 없다.

그런데…… 칸나가 돌아왔다고?

"엄마, 대체 어떻게 된 일이야!"

"칼렌이 칸나와 계약서를 작성한 모양이구나. 루시를 낮게 해 주는 조건으로 이곳에 머물 수 있도록 말이야."

미쳤어! 이자벨은 곧장 칼렌의 방으로 뛰어갔다. 칼렌 아디스, 그녀의 쌍둥이 오빠에게.

"오빠!"

"이자벨."

"얘기는 들었어. 왜 그런 이상한 짓을 한 거야! 언니가 고치긴 뭘 고쳐! 걔가 의사라도 돼?"

"어제 겨우 한 번 치료했을 뿐인데, 루시가 많이 좋아졌다."

"웃기지 마!"

그럴 리가 없다! 칸나, 그 오물 덩어리 같은 계집애가 뭘 할 줄 안다고!

"오빠, 언니를 믿어? 언니가 의술을 할 줄 안다는 게 말이 돼? 설령 진짜 고친다고 해도, 고작 그까짓 이유로 집에 들여?"

"……고작 그까짓 이유?"

아차, 실수했다.

입을 틀어막았지만 이미 진심을 말한 이후였다.

"루시의 병이 너에게는 고작 그까짓 이유인가?"

사실 그랬다. 천한 하녀의 딸, 루시의 얼굴이 뒤틀리든 말든 알게 뭐란 말인가?

이자벨은 억울해졌다. 아무리 그래도 그렇지, 별 같잖은 말실수 좀 했다고 저렇게 노려보다니.

"난 오빠의 쌍둥이 동생이야! 왜 나보다 루시를 더 아끼는 거야?"

"이자벨 아디스, 내 방에서 나가."

"오빠!"

그러나 칼렌은 고개를 내렸다. 시선조차 주지 않는 완벽한 무시였다.

씩씩거리며 숨을 몰아쉬던 이자벨은 결국 방에서 뛰쳐나갔다.

'대체 내가 뭘 잘못했다고!'

이번엔 큰오빠, 오르시니에게 뛰어갔다.

"오르시니 오빠!"

오르시니는 연무장 벤치에 덩그러니 앉아 있었다. 보기 드물 정도로 넋 나간 얼굴이었다.

"오빠, 이건 정말 말도 안 돼! 칸나 그 오물 덩어리가 우리 집에 다시 왔대!"

"……."

"오빠?"

그러나 오르시니는 대답하지 않았다. 아예 이자벨의 말을 듣고 있지를 않았다. 완전히 다른 생각에 빠진 것이다.

'대체 왜 저래?'

어쨌든 오르시니 역시 대화할 상태가 아니었다. 이제 누구에게 하소연해야 할까?

이자벨은 한참 고민하다가 아버지의 집무실 앞까지 찾아갔다. 그러나 들어가기 직전, 마음을 바꿔 먹고 발걸음을 돌렸다.

'역시 무서워서 안 되겠어.'

어릴 때부터 아버지는 공포의 대상이었다. 딱히 체벌하거나 꾸짖은 적도 없는데도 언제나 두려웠다.

전설 속 뱀파이어처럼 늙지 않는 외모 때문일까? 솔직히 아버지는 아무리 많이 봐줘도 20대 후반 정도로 보였다.

잘생기고 젊은 얼굴의 무인. 심지어 공작가의 가주.

그래서인지 그는 기혼에 자식까지 있음에도 불구하고 여전히 많은 여자의 짝사랑 대상이었다. 심지어 이자벨 또래의 친구들마저도 상사병을 앓았으니.

누군가는 이자벨을 부러워했다. 멋있고, 초월자인 데다가, 권력까지 가진 아버지를 두어서 부럽다고.

아무것도 모르고 하는 헛소리.

'아버지에게 나는 무생물이나 마찬가지인걸.'

길가에 굴러다니는 바위나 뺨을 스치는 바람 같은 것.

알렉산드로는 누구도 사랑하지 않는다. 그의 가족 누구도.

그러니 자신의 의견 따위 알렉산드로에게 중요하지 않을 것이다. 말해 봤자 소용없다.

'그럼 어떻게 해야 하지? 난 언니가 이 집에 있는 거 싫어! 다들 욕한단 말이야. 창피해. 왜 그런 게 내 언니로 태어나서는.'

입술을 잘근잘근 씹으며 걷고 있을 때였다.

"……."

창밖, 정원을 산책하고 있는 여자의 뒷모습이 도드라진다. 검은색. 밤이 물든 듯한 그 짙은 검은색 때문에.

"언니!"

가슴에서 들끓는 분노가 드디어 방향을 잡고 돌진한다. 그녀는 뛰쳐나가 칸나에게 접근했다.

"언니, 정말 오랜만이야! 잘 지냈어?"

일부러 명랑하게 외치며 칸나의 팔짱을 꼈다.

으, 더러운 오물. 검은색이 옮지는 않겠지? 마음이 찜찜했지만 참았다.

"난 잘 지냈어. 이자벨, 너야말로 그동안 잘 지냈니?"

이자벨은 눈을 동그랗게 떴다. 웬일로 어깨를 안 움츠리고 말을 할까?

"이렇게 만나서 반가워, 언니. 언니가 왔다는 소식을 듣고 얼마나 기뻤는지 몰라!"

"진심이니?"

"당연하지! 내가 얼마나 보고 싶었는데. 그동안 왜 발렌티노 영지에 칩거한 거야? 집에 놀러도 안 오고, 파티 같은 곳에도 안 나왔잖아."

재잘재잘 떠드는 이자벨의 눈이 칸나의 얼굴을 훑었다.

어라. 언니 피부가 이렇게 좋았나?

가까이에서 본 칸나의 얼굴─ 그러니까 앞머리 아래로 드러난 뺨과 입술이 생각보다 미려했다.

"그런데 언니, 그 말이 정말이야? 언니가 루시를 고쳤다며?"

"치료하려고 노력하는 중이야."

웃기시네. 제까짓 게 무슨 재주로?

칼렌 오빠는 칸나 덕에 루시가 나아지고 있다고 했지만 그게 진짜일 리 없다. 어쩌면 루시는 자연적으로 치유되는 중인지도 몰랐다.

그러는 와중에 칸나가 끼어들어 이득을 보는 거고.

"정말 대단해!"

만약 그게 아니더라도, 정말로 칸나가 제 실력으로 루시를 고치는 것이라 하더라도.

싫다. 정말 싫다.

칸나도, 루시도. 천한 피를 가진 자매들 따위!

"어떻게 고치는 거야? 다른 의원들은 손도 못 대던데, 언니는 어떻게 고쳐? 나한테 알려 줄 수 있어?"

"아니."

"……어?"

"알려 줄 수 없어, 이자벨. 그리고……."

툭. 더러운 것이라도 묻은 것처럼 칸나가 이자벨의 팔을 떨쳐낸다. 구겨진 옷깃을 툭툭 털어 내며 말한다.

"나한테 친한 척하지 마."

"미친년."

아까 일을 회상하던 이자벨의 입에서 욕설이 터졌다.

친한 척하지 마. 그 말을 한 후 칸나는 종종걸음으로 사라졌다.

"드디어 미쳐 버렸나 봐."

7년의 공백이 있긴 했지만 이자벨은 칸나의 여동생이다. 가족이다. 그렇기에 칸나가 어떤 사람인지 아주 잘 알고 있었다.

'내가 잘해 주면 좋아서 헤헤거리던 언니가…… 친한 척하지 말라고?'

어찌 됐든, 이자벨은 이대로 두고 볼 수 없었다. 이러다가 칸나가 집 안에 눌러앉으면 어쩌려고?

'오빠는 대체 왜 이런 사고를 친 거야? 아버지는 왜 허락하신 거고?'

칸나는 해충이다. 비유적인 표현이 아니라, 실제로 가문에 폐를 끼치는 존재였다.

이자벨은 들어서 알고 있는 이야기지만, 칸나가 태어났을 때 아디스 가문은 엄청난 추문에 시달렸다고 한다. 알렉산드로 아디스가 검은 사도와 결탁했다느니, 검은 사도와 아이를 낳았다느니 등등.

그러한 모함들은 커지고 커져서 후에는 그의 작위를 박탈해야 한다는 말까지 나왔다.

물론 말만으로 끝났다. 때마침 검은 안개에서 괴수들이 폭발적으로 쏟아져 나와 수도를 어지럽혔고, 그 괴수들을 처리한 것이 바로 아버지였으니.

심지어 아버지가 검은 용을 죽인 일화는 마치 과장된 전설처럼만 느껴져서, 친딸인 이자벨조차 믿기 힘들 정도였다.

'그래, 그런 아버지가 더러운 검은 사도와 아이를 낳았을 리 없잖아!'

의심은 완전히 사그라졌지만 그럼에도 여전히 불길한 시선은 따라붙었다. 칸나의 검은 머리, 검은 눈. 볼 때마다 소름이 끼친다. 가족임에도 불구하고 이 정도인데 다른 사람들에게는 어떨까?

아마 해충처럼 보이겠지.

'싫어.'

그런 칸나가 자신의 집에 지낸다니. 바퀴벌레를 끌어안고 사는 것처럼 끔찍했다.

'하지만 언니가 칼렌 오빠와 계약서를 썼다고 했는데…….'

오빠는 대체 왜 그런 바보 같은 짓을 해서는.

끄으응. 한동안 머리를 굴리던 이자벨의 표정이 어느 순간 확 밝아졌다. 칸나는 루시를 고쳐 주는 대신 이 저택에 머무를 수 있게 해 달라 했다. 그 말인즉슨.

'루시가 계속 아프면 되는 거 아냐?'

왜 이걸 이제야 생각해 냈지? 결국 루시가 계속 아프면 해결되는 일이잖아!

만약 지금의 병- 얼굴이 뒤틀린 그 병이 낫는다고 해도 다른 쪽으로 아프게 되면 칸나의 탓으로 돌아갈 거다. 치료 중에 뭔가 잘못됐다고 여기겠지.

"역시 난 천재야!"

이자벨은 혼자 깔깔거리며 웃다가 천장에 달린 금줄을 잡아당겼다. 딸랑딸랑, 맑은 종소리가 울렸다.

잠시 후 얌전한 얼굴의 하녀가 들어왔다.

"아가씨, 부르셨습니까?"

"너 아버지가 약초상이라고 했지?"

"예."

"그래, 그렇단 말이지."

잠시 고민하던 이자벨이 밝게 말했다.

"효과 약한 독초, 구할 수 있어?"

"예?"

"안 유명한 거. 사람들이 쉽게 못 알아보는 걸로…… 그래, 동대륙의 것이 좋겠어!"

그러자 하녀의 얼굴이 새하얗게 질렸다.

"도, 동대륙의 것은 구하기가 어렵습니다. 특히나 저 같은 평민은……."

이자벨은 길게 말하지 않았다. 서랍에서 주먹만 한 크기의 다이아몬드 브로치를 꺼내 다이아를 떼어 내밀었다. 하녀가 입을 딱 다문다. 이자벨은 천진하게 웃으며 말했다.

"자, 이제 구할 수 있지?"

"탕약이 많이 쓸 텐데 잘 먹는구나. 앞으로도 남기지 말고 다 먹어야 해."

루시가 힘차게 고개를 끄덕인다. 희망을 보아서일까? 루시는 처음 만났을 때와 비교할 수 없을 정도로 명랑해졌다.

"고, 고마어요. 이 으내를 오또케 가파야 할지……."

잘 안 움직이는 입을 조물조물 움직여 열심히 말한다.

그 모습이 너무나 귀여웠기에 칸나는 저도 모르게 웃었다. 루시의 보랏빛 곱슬머리를 쓰다듬으며 말했다.

"은혜는 저기 있는 저 무서운 애가 대신 갚았거든. 그러니까 루시는 마음 놓아도 돼."

"……무서운 애라뇨. 제게 하는 말씀이십니까?"

"어머, 듣고 있었니?"

그들의 뒤에 앉아 있던 칼렌은 인상을 팍 찡그렸다. 그는 역시나 칸나가 이중인격임이 분명하다고 생각하는 중이었다. 루시 앞에선 자신을 대할 때와 태도는 물론 목소리조차도 달랐으니까.

함께 방을 나온 후, 칼렌은 넌지시 항의했다.

"이중적인 면이 있으시군요."

"그게 무슨 뜻이야?"

"루시와 저를 대할 때 온도 차가 심하다고 말씀드리는 겁니다."

"당연하지. 루시는 귀엽잖아."

"저는 흉측한 괴물이라도 됩니까?"

"뭐, 비슷한데."

칼렌은 할 말을 잃었다. 내가 흉측한 괴물 같다고?

순간 칼렌은 저도 모르게 제 얼굴을 더듬었다. 잘생겼다는 소리를 숱하게 들어 와서 이제는 성가실 정도인데, 괴물이라니…… 대체 어디가?

'아니. 그럴 만한가?'

칼렌은 주먹을 꽉 틀어쥐었다.

그는 바보가 아니다. 과거의 일을 고스란히 기억하고 있었다. 그렇기에 칸나가 그를 괴물 취급하는 것도 당연했다.

어린 시절에는 칸나를 악의적으로 대하지 않았던가?

'그래. 그때는 누님이 정말 못마땅했지.'

검은색. 모두가 악마의 색이라 손가락질하는 색. 칸나는 그 색을 가지고 있었으니까.

세상 모두가 돌을 던졌기에 어리디어린 소년이었던 그 역시도 따라서 했을 뿐이었다.

그러나 이제 더는 검은 머리에 검은 눈이 불길하다는 미신에 휘말릴 만큼 어리지도, 어리석지도 않다.

나이가 들어가며 칼렌은 깨달았다. 누님은 악마가 아니다. 검은 안개에 감염된 것도 아니고 검은 안개를 신봉하는 검은 사도도 아니다.

그저 검은색 머리칼을 가지고 태어난 불운한 사람일 뿐.

어린 시절의 자신은 잘못을 저질렀다. 칼렌도 진작 알고 있었다. 어릴 때는 그가 잘못한 거다. 그러니…….

"누님. 식……."

식사 같이하시겠습니까?

그 말이 나오려 했으나 입안을 꽉 깨물었다. 미친 모양이다. 자신이 칸나에게 먼저 식사를 청하려 하다니.

그러나 칸나는 이미 그가 하고픈 말을 알아들은 듯했다. 그녀는 칼렌을 빤히 쳐다보더니 픽 웃었다.

"루시 때문이라면 굳이 그러지 않아도 돼."

"예?"

"너는 나 싫어하잖아."

순간 칼렌의 입안이 텅 비었다. 칸나의 말이 뒤통수를 후려갈기고 지나갔다.

"어차피 이곳에 오래 있을 생각 없어. 일이 다 끝나고 마무리되면 떠날 거야."

"……떠난다고요?"

칼렌은 왜 자신의 목소리가 쉰 것처럼 새어 나오는지 알 수 없었다.

"그게 무슨 말씀이십니까? 발렌티노를 떠나서 이곳으로 돌아오신 게 아닙니까?"

"맞아. 나, 무슨 수를 써서라도 이혼할 거야. 이혼이 마무리되면 이곳을 떠나 혼자 살 거고."

이번에야말로 칼렌은 완전히 할 말을 잃었다.

"어쨌든 그때까지만 참아. 그 이후로 다시는 날 볼 일 없을 테니까."

그 말을 끝으로 칸나가 획 지나간다.

그녀의 검은 머리칼이 그의 가슴팍 앞을 살랑거리며 물처럼 흘렀다. 그 순간 칼렌은 저도 모르게 손을 뻗었다가, 감전된 사람처럼 깜짝 놀라며 서둘러 내렸다.

'내가 미쳤나?'

왜 떠나는 누님을 붙잡으려 했지?

칼렌은 서둘러 몸을 틀었다. 잡념을 떨치기 위해 연무장으로 향했다. 검을 휘둘렀다. 평소에는 제 수족처럼 느꼈던 검인데 오늘따라 유독 묵직했다.

'왜 이렇게 누님이 신경 쓰이는 거지?'

설마 어린 시절의 죄책감 때문일까?

그럴듯했다. 과거, 칸나에게 얼마나 못되게 굴었던가?

굽실거리는 꼴이 더욱 얄미워 일부러 창문 밖으로 모자를 툭 떨어뜨리기도 했다. 그리고 주워 오세요 누님, 하며 개처럼 부렸지. 그러면 칸나는 헤실헤실 웃으며 모자를 주워 왔다.

그럴 때마다 칼렌은 더더욱 부아가 치밀어 올랐다. 차라리 그녀가 왈칵 화를 내거나 자신을 혼냈더라면, 그랬더라면 존중했을지도 모를 텐데.

누님은 그러지 않았다. 바보처럼 싫은 소리 한마디 못 하고 하라는 대로 했다.

그래서 무시했다. 모욕했다. 철저하게.

그런데 이제 와서 잘해 보고 싶다고? 과거를 고쳐 쓰고 싶다고? 그것이야말로 기만이 아닐까?

'미쳤군.'

땀범벅이 되고 나서야 검을 내렸다. 하늘은 이미 짙은 노을이 내려앉아 있었다.

"도련님!"

그때, 시종이 헐레벌떡 달려왔다.

"무슨 일이지?"

"루시 아가씨께서……!"

칼렌의 표정이 확 밝아졌다. 혹시 루시가 그새 완전히 낫기라도 한 걸까?

"루시 아가씨께서 쓰러지셨습니다!"

칼렌과 헤어진 후, 칸나는 느긋하게 휴식을 즐기고 있었다.

주화가 이 몸으로 살면서 쓴 일기장을 보며 찻잔을 기울였다.

<아무래도 칸나는 가족들 사이에서 왕따였던 모양이다. 다들 나를 오물이라고 부른다.>

<가족들만 칸나를 싫어하는 게 아니었어. 그냥 다 싫어해. 모두 다. 전 세계인에게 왕따를 당하고 있어.>

<칸나의 삶이 너무 비참하다. 이제 내 삶이 된 칸나의 삶이.>

<아무도 날 좋아하지 않아. 다 날 싫어해.>

"……."

팔락. 종이를 넘길수록 마음이 심란해진다.

일기장에 좋은 이야기는 거의 없다. 간간이 실비엔 발렌티노에게 설레는 글을 제외하면 오로지 고통뿐인 기록으로 가득했으니.

반면 자신은 주화의 몸에 들어간 이후 좋은 일뿐이었다. 평등을 지향하는 사회, 그리고 따뜻한 가족들 사이에서 얼마나 행복했던가?

그러나 주화는 아니다.

'주화는 내 삶을 산 거니까.'

칸나 아디스의 삶. 오물의 삶.

아마 자신이 계속 그런 환경에서 살았더라면 결코 지금처럼 변하지 않았을 것이다. 그만큼 끔찍한 삶이었다.

그런데 주화는 고작 열일곱 살 어린 나이에 그런 환경에 떨어져 버렸다. 자아가 확고하게 자리 잡지 않은 사춘기에, 모두가 적의를 보이는 환경에, 홀로.

'주화를 탓할 게 아니었어.'

지금까지 잘못 생각했다.

주화가 12년간 자신의 몸으로 비굴하게 살아온 건 그전까지 자신이 그렇게 살았기 때문이다.

그리고 그것은 주화의 탓도 자신의 탓도 아니었다. 그것은.

'다 나를 핍박한 사람들 때문이지.'

주화와 자신은 피해자일 뿐. 화살은 가해자들에게 돌아가야 한다.

탁! 칸나는 일기장을 덮었다. 일기장을 보고 나니 이 집 사람들에 대한 혐오감이 더 강해졌다.

'빨리 떠나고 싶다.'

그리 생각하며 소파에 등을 묻었다. 한숨을 내쉬며 동대륙의 식물 도감을 펼쳤다. 최근 시간이 날 때마다 동대륙의 식물, 그리고 약재 도감들을 모조리 섭렵하는 중이었다. 그때.

"칸나 아가씨."

벌컥, 노크도 없이 문이 열렸다.

하녀가 저벅저벅 걸어 들어와 칸나의 팔을 잡고 강제로 일으켰다. 마치 도주를 막아 연행하는 듯한 태도였다.

"뭐야, 왜 이래?"

"루시 아가씨께서 위독하십니다."

칸나는 눈을 휘둥그레 떴다. 루시가 위독하다니, 갑자기 그게 무슨 소리란 말인가?

"마님께서 아가씨를 모셔 오라 명하셨습니다."

모셔 오라는 게 아니라 끌고 오라는 명령을 받았겠지. 그녀는 하녀의 팔을 거칠게 뿌리쳤다.

"내 발로 갈 테니까 놔."

칸나는 빠르게 걸어갔다.

그런데 루시가 위독하다고? 오늘 오전 두 번째 치료를 마칠 때까지만 해도 호전했는데?

무엇보다, 안면 마비는 애초부터 생명에는 지장 없는 병인데?

"언니, 왔어?"

루시의 방에는 이미 가족들이 모여 있었다.

"어쩌면 좋아? 루시 상태가 너무 안 좋아, 언니."

안타까운 척 가증스러운 표정을 짓고 있는 이자벨.

"대체 루시에게 어떤 짓을 했기에 이렇게 된 거니? 흐흑, 가여운 루시……."

마찬가지로 손수건으로 눈물을 찍고 있는 클로이, 그리고…….

칼렌.

그가 루시의 옆에 어깨를 늘어뜨리고 앉아 있었다. 돌아보지도 않는 그 뒷모습에서 지독한 절망, 그리고 분노가 풍겼다.

"칼렌, 비켜 봐. 내가 루시의 상태를……."

탁! 칸나가 손을 뻗자 칼렌이 뿌리쳤다. 아주 거칠게.

"건드리지 마십시오."

억눌린 목소리가 새어 나왔다. 억지로 화를 눌러 참고 있는 자의 음성이었다.

"당신에게 루시의 치료를 맡긴 게 잘못이었습니다."

칸나는 손을 천천히 거두었다. 따끔따끔, 손등이 얼얼했다.

"칼렌, 루시의 상태를 보게 해 줘."

그러자 칼렌이 자리에서 천천히 일어났다. 몸을 돌리자, 분노로 얼룩진 얼굴이 드러났다.

이게 다 칸나의 탓이었다. 아니…… 아니.

'내 탓이다.'

애초부터 칸나를 믿어서는 안 되는 거였다. 갑자기 의술을 안다고 나설 때, 그저 코웃음 치고 지나쳤어야 했다. 왜 믿었을까?

아니면, 루시의 몸에 침인가 뭐가 하는 그 바늘 같은 것을 쑤셔 넣을 때라도 막았어야 했다. 생전 듣도 보도 못한 괴기한 짓거리, 그걸 치료라고 한답시고 나설 때 막아야 했는데.

'다 내 탓이야.'

지독한 죄책감에 칼렌의 속이 울렁거렸다.

루시 아디스. 일곱 살짜리 어린 여동생에게는 자신밖에 없다.

아버지와 형님은 루시에게 아예 무관심했고, 여동생과 어머니 클로이는 루시를 미워했으니까. 하녀 소생이라는 이유만으로 외톨이처럼 고립된 어린 소녀. 그 아이를 보며 칼렌은 기이한 기시감에 젖었다.

'언제였더라. 이런 장면을 본 적이 있는 것 같은데.'

분명히 비슷한 일이 예전에 일어났었는데…….

그리고 마침내 그는 기억해 냈다.

칸나 아디스. 오래전 이 집안에서 일어났던 학대. 자신조차도 가해자로 가담했던 그 짓. 아무것도 몰라 어리석게 굴었던 어린 시절의 흠집.

그러나 지금 칼렌은 성장했다. 그때의 어린 소년이 아니었다. 그렇기에 그는 자신의 행동이 편견에 젖은 얼간이 짓이었음을 알고 있었다. 옳지 못한 행위라는 것 또한.

잘못된 짓을 행했다는 찜찜함, 그리고 죄책감. 그것이 루시에게 친절을 베풀게 했다. 그때 해야 했던, 그러나 하지 못했던 일을 지금이라도 하고 싶었다.

어차피 칸나에게 행한 짓들은 되돌릴 수 없으니 다른 사람에게라도 잘하고 싶었다. 틀리게 쓴 답을 억지로 고쳐 쓰듯이, 그렇게.

그런데 그 아이가 아프다. 자신이 책임져야 할 어린 동생이.

그래서 지푸라기라도 잡고 싶었다. 그리고 그 선택은 루시를 더더욱 막다른 길로 몰아갔다.

칸나를 믿으면 안 되는 거였는데…….

"이게 다 당신 탓입니다. 지금까지 이렇게까지 아픈 적은 단 한 번도 없었는데, 당신이……."

꾸역꾸역 듣고 있던 칸나는 결국 끝까지 참지 못하고 한숨을 내쉬었다. 그리고 눈을 확 치켜떴다.

"너 지금 징징거릴 때야?"

칼렌이 입을 다물었다.

"울고불고 난리를 칠 거면, 그렇게 해. 저주하고 원망하고 싶으면, 그렇게 해. 단, 지금은 아니야. 네 감정에 휩쓸려서 잊은 모양인데!"

강하게 말을 끊었다. 획, 손을 들어 올려 루시를 가리켰다.

"지금 네 동생이 아프잖아! 당장 비키지 못해?"

혼쭐을 내듯 불호령이 떨어신다.

칼렌은 완전히 어안이 벙벙해져서, 더는 아무런 말도 할 수 없었다. 뒤통수를 맞은 듯 머리가 얼얼했다. 죄책감과 슬픔에 젖어 흐려졌던 정신이 번쩍 돌아왔다.

그러든 말든, 칸나는 그를 밀치고 루시에게 다가갔다. 그들의 말대로 상태가 좋지 않았다.

'갑자기 왜 이렇게 된 거지?'

위독까지는 아니지만 충분히 그렇게 보일 만한 상태였다. 심각한 발열. 경련. 게다가 호흡 쇠약까지 나타났으니.

'이건 안면 마비와는 관계없어.'

또한 갑자기 새로운 질병에 걸렸을 일도 없다.

병세라는 것은 본래 빗방울에 옷이 젖는 것처럼 순차적으로 진행된다. 즉, 이상 징후를 하나둘 보이면서 드러난다는 것이다.

그러나 몇 시간 전까지만 해도 루시의 호흡과 맥박, 체온, 모두 다 정상이었다. 멀쩡했던 사람이 갑작스레 상태가 악화하는 경우는.

'딱 하나밖에 없지.'

칸나는 곁에서 울먹이고 있는 루시의 하녀에게 시선을 주었다.

"오늘 루시가 뭘 먹었지?"

"예?"

"루시가 오늘 하루 종일 먹은 것들, 다 말해 봐."

그때, 이자벨이 잽싸게 끼어들어 칸나의 팔을 붙들었다.

"언니! 이제 그만해. 루시를 이렇게 만든 걸로 충분하잖아!"

이자벨의 눈에는 눈물이 그렁그렁했다.

"언니가 이 집에 돌아오고 싶어 하는 건 알겠어. 하지만 루시를 이용하는 건 잘못된 일이야. 의술에 대해 잘 알지도 못하면서 어설프게 나섰다가 이렇게 된 거잖아!"

"그래. 칸나, 내가 공작님께 말씀드려서 아무 조건 없이 네가 머물 수 있도록 허락을 받아 보마. 그러니 이제 그만하렴. 루시가 가엾지도 않니?"

클로이까지 나서자 하녀가 입을 다물었다. 그러나 칸나는 애초부터 그들의 말을 듣고 있지도 않았다.

"왜 말하지 않지? 루시가 뭘 먹었는지 빠짐없이 말해 보라고."

"저어, 그것이……."

하녀는 클로이와 이자벨을 흘끔 살폈다. 그러나 끝내 입을 열지 못하고 눈치를 살폈다. 여기서 말했다가는 이자벨과 클로이의 뜻을 어기는 꼴이 되니 어쩔 도리가 없었다.

"루시는 오늘 오전까지만 해도 정상이었어. 몇 시간 만에 이렇게 증세가 악화할 만한 이유는 단 하나야. 뭔가 잘못 먹은 거지."

그 말에 하녀가 눈을 동그랗게 떴다. 무언가 마음에 걸리는 듯한 눈빛이었다. 칸나는 그 망설임을 놓치지 않았다.

"내가 루시에게 식단을 짜 줬을 텐데, 혹시 그것 외에 먹은 게 있어?"

"그만둬!"

찢어지는 듯한 비명이 울린다.

어찌나 큰 외침이었는지, 칸나마저도 깜짝 놀라 이자벨을 돌아보았다.

"그만두라고 했잖아, 칸나 언니!"

칸나는 이자벨의 손끝이 경련하는 것을 똑똑히 목격했다. 입술 역시 새파랗게 질려 바르르 떨고 있다. 마치 겁에 질린 사람처럼.

실제로 그러했다. 이자벨은 지금 공포에 잠식되어 가고 있었다.

왜냐하면, 자신이 루시에게 독을 먹였으니까.

하지만…….

'이렇게 될 줄은 몰랐단 말이야!'

분명히 복통 정도로 끝날 거라고 했는데. 크게 아프지는 않을 거라고 했는데. 며칠간 위가 쓰라리고, 복통을 앓고, 설사하고, 열이 나는, 그 정도로 끝날 거라고 했는데.

그 말을 믿고 루시가 즐겨 먹는 차통에 '그것'을 넣었는데!

'나, 나는 루시를 이렇게까지 만들 생각은 없었어!'

차를 마신 후 얼마 가지 않아 루시는 구토했다. 먹은 것을 모두 게 워 낸 후…… 하혈했다.

고작 일곱 살짜리 여자아이가, 하혈을.

그 후 금방이라도 숨넘어갈 사람처럼 컥컥 호흡 곤란을 일으키더니 눈을 까뒤집고 혼절했다. 그리고 지금까지 혼수상태.

이 모든 것이 단 몇 시간 만에 일어난 일이었다. 자신이 독초를 넣 은 차를 마신 이후에!

'내 잘못이 아니야. 난 그렇게 만들 생각 없었어.'

루시가 이대로 죽어 버릴 것만 같아 두려움이 왈칵 밀려왔다.

'이게 다 칸나 언니 때문이야. 애초부터 언니가 이 집에 안 왔으면 내가 이런 일을 할 이유도 없었고, 루시가 아플 일도 없었어!'

극도의 공포감이 그녀를 벼랑 끝으로 몰고 갔다. 모든 게 칸나 탓 이긴 하지만, 어찌 됐건 들키면 안 된다. 자신이 루시의 차에 독초를 넣었다는 사실을.

"루시를 위해서라도 더는 언니를 이대로 둘 수 없어!"

이자벨은 사나운 기세로 걸어가 문을 발칵 열었다. 호위 기사들에 게 소리쳤다.

"어서 칸나 언니를 데려가서 방에 가둬!"

기사들이 머뭇거리자 지켜보던 클로이가 냉큼 한마디 얹었다.

"이자벨의 말대로 해라. 지금 칸나가 흥분한 모양이니, 방 안에서 좀 쉬는 게 좋겠구나."

"예, 부인."

공작가 안주인의 명령이 내려졌으니 더는 망설일 것이 없다.

칸나는 완전히 어처구니가 없어져서 그 꼬락서니를 지켜보았다. 기사들이 들어와 정말로 양팔을 잡아끌기 시작하는 것이 아닌가?

"이것 놔. 지금 이럴 때가 아니잖아!"

그녀가 버둥거리자 기사들이 난감한 듯 망설였다. 어찌 됐든 귀족은 귀족. 결코 함부로 대해서는 안 될 대상이었으니까. 보다 못한 이자벨이 답답한 듯 가슴을 쳤다.

"몸을 들어 올려! 강제로 끌고 가란 말이야!"

클로이마저 그렇게 하라는 듯 곧장 고개를 끄덕인다.

"……!"

칸나는 놀라서 비명조차 지를 수 없었다. 가장 덩치 큰 기사가 그녀의 허리를 잡고 번쩍 들어 올린 것이다!

그녀의 몸이 기사의 어깨 위로 올라갔다. 마치 짐짝처럼 짊어진 모양새인지라, 얼굴이 확 달아오른다.

이건 거의 가축 취급이잖아!

그만두라고, 항의의 소리를 지르려 할 때.

"무슨 짓이야!"

칼렌의 목소리가 먼저 튀어나왔다.

성큼성큼, 단 몇 걸음 만에 다가온 칼렌이 기사의 어깨를 강하게 틀어쥐었다.

"멈춰, 당장."

어찌나 위협적인 기세였는지 칸나조차도 순간 입을 떡하니 벌렸다.

칼렌의 표정이 저토록 일그러진 것은 생전 처음 보았다. 표정의 변화가 거의 없는 녀석인데, 지금은 얼굴 전체가 분노로 이글거리고 있다.

"그 손 놔라."

"하지만 도련님……."

칼렌은 이 이상 참을 수가 없었다. 기사의 이야기를 끝까지 듣기도 전, 손을 뻗었다. 대롱대롱 매달린 누이의 허리를 두 손으로 잡아 올렸다.

그 짧은 찰나 칼렌은 눈썹을 찌푸렸다.

누님은 왜 이렇게 가느다란 걸까, 가벼운 걸까. 평생을 고생한 사람처럼, 대체 왜…….

그러나 말 그대로 순간이었을 뿐. 칸나는 번쩍 들어 올려짐과 거의 동시에 바닥에 내려왔다. 그녀를 감쌌던 체온이 빠르게 떨어져 나간다. 칼렌은 기사를 노려보며 다시 한번 명령했다.

"나가라."

상반된 명령 사이에서 갈등하던 기사는, 곧 결정을 내렸다.

"명령 따르겠습니다, 도련님."

문이 닫히고 나서도 이자벨은 곧장 반응할 수가 없었다. 방금 본 광경이 너무나 말도 안 되는 일인지라 바로 받아들이지 못했던 것이다. 그러다 뒤늦게 발악하듯 소리를 질렀다.

"오빠! 이게 무슨 짓이야!"

"그 입 다물어."

칼렌은 기다렸다는 듯 이자벨을 쏘아보았다. 그 맹렬한 적의에 이자벨이 움찔 어깨를 떨었다.

"이자벨, 너야말로 무슨 짓을 한 거지?"

칼렌이 고함친다. 불똥이 뚝뚝 떨어지는 눈으로 노려보며, 사납게.

"어떻게 이런 짓을 할 수 있는 거냐!"

그동안은 그저 경멸의 눈빛을 보내거나 싸늘한 무시를 해 왔던 오빠다. 단 한 번도 크게 화를 낸 적 없는데.

"감히 누님 몸에 손대라는 명령을 내려?"

어떻게 이럴 수가! 이런 적은 지금껏 단 한 번도 없었는데!

이자벨의 눈가에 눈물이 왈칵 치밀어 올랐다.

무섭고, 서운하고, 화가 나고, 모든 감정이 소용돌이처럼 휘몰아쳤다. 그래서 울었다. 엉엉, 눈물 줄기를 쏟아 내며 칭얼거렸다.

"내가 뭘 잘못했다고 그래! 내가 뭘 어쨌다고?"

이렇게 울고 있음에도 칼렌의 표정은 더더욱 사나워졌다. 이자벨은 서둘러 지원군을 찾았다.

"엄마! 오빠가 하는 짓 좀 봐!"

그러나 클로이는 이번만큼은 이자벨의 편을 들지 않았다. 더는 끼어들어서 득 볼 게 없다는 것을 알아차렸는지, 피곤한 척 머리를 어루만질 뿐이었다.

"신경을 썼더니 피곤하구나. 나는 이만 가서 쉬어야겠어."

"엄마!"

"이자벨, 너도 같이 가자꾸나. 밤이 늦었어."

"나…… 나는 이곳에 있을 거야!"

이자벨은 눈물을 뚝뚝 흘리며 고개를 저었다. 이대로 가면 안 된다. 만약에 칸나 언니가 자신이 한 짓을 알아내면 어떡하라고!

"이자벨, 나가."

"오빠!"

"나가라고 했다."

칸나는 그 모습을 빤히 보다가 피식 웃었다. 아까부터 왜 저 정도로 이상하게 행동하나 했는데…….

'뭔가 있어.'

촉이라고 해야 할까? 아주 예리한 감각이 그녀에게 무언가를 속삭였다.

"됐어, 칼렌. 이자벨을 내버려 둬."

그 말에 이자벨이 미심쩍은 시선을 던졌다. 칸나는 그녀를 더 상대하는 대신, 다시 하녀에게 물었다.

"루시가 뭘 먹었는지 말해."

그러나 하녀는 바로 대답하지 못했다. 이자벨이 옆에서 닭똥 같은 눈물을 흘리며 쳐다보고 있었는데, 어째서인지 말하면 가만두지 않을 것 같은 기이한 예감이 들었던 것이다. 하지만.

"말해라."

조용한 목소리가 명령했다. 그새 화를 가라앉힌 칼렌은 심호흡을 한 후 다시 한번 말했다.

"누님의 말에 따라라."

그제야 하녀는 안심하고 입을 열었다.

"식사는 알려 주신 식단대로 맞춰서 드셨습니다. 그 외에 간식 같은 것은 드시지 않았고요. 다만…….."

"다만 뭐?"

"식사 후에 차를 마셨는데, 차 맛이 조금 이상하다고 하셨어요."

"차?"

"예. 루시 아가씨가 평소에 즐겨 드시는 차가 있거든요."

"가져와 봐."

하녀는 곧 찻잎을 담은 새하얀 도자기를 내밀었다.

칸나는 곧장 도자기 뚜껑을 연 후, 테이블 위로 쏟았다. 바짝 마른 라벤더 잎이 흩어짐과 동시에 달달한 향이 퍼져 나가기 시작했다. 그런데…….

'다른 향이 섞여 있는 것 같은데?'

칸나는 향에 아주 민감했다. 특히나 라벤더처럼 한국에서 인기 있는 향은 모르려야 모를 수가 없다.

인터넷 쇼핑몰에서 판매했던 천연 향초 중에서 가장 인기 있는 향기였으니.

그런데 지금, 이 라벤더 향 속에 다른 것이 섞여 있었다. 아주 미세한 향이지만 칸나는 똑똑히 느낄 수 있었다. 그러나.

"……이건 라벤더 찻잎 같은데."

칼렌이 말하자 하녀도 동의의 뜻으로 고개를 끄덕였다. 당연한 반응이었다. 칸나처럼 매일같이 라벤더 향을 맡아야 했던 사람이 아니고서야 모를 수밖에 없다.

"그, 그래! 라벤더 찻잎이잖아, 이거!"

아니나 다를까 지켜보고 있던 이자벨 역시 한마디 던졌다.

"이건 흔하디흔한 차인걸. 나도 이 차를 얼마나 좋아하는데! 분명히 루시가 입맛이 변해서 헛소리한 걸 거야!"

그녀를 물끄러미 바라보던 칸나는 조용히 반박했다.

"아냐. 다른 게 섞여 있어."

"웃기지 마! 여기서 라벤더 향기 말고 다른 향이 나? 다른 게 섞여 있다면 분명히 향이 났겠지."

이자벨은 정신이 나간 사람처럼 쏘아붙이며 찻잎을 내밀었다.

"오빠, 그러지 말고 가져가서 자세히 맡아 봐! 내 말이 맞을걸!"

칼렌은 이자벨의 말처럼 찻잎을 그러쥐고 향을 맡았다. 아무리 가까이에서 맡아 봐도 라벤더 향 외에는 나는 것이 없었다.

그렇다면 다른 게 섞여 있다는 칸나의 말은 무엇일까?

"거기 너, 하녀! 너도 말해 봐! 네가 루시에게 차를 타 줬을 것 아니야!"

"그…… 그렇습니다. 아가씨, 저도 라벤더 향기만 느껴집니다."

하녀의 말이 이자벨의 사기를 높여 주었다. 이대로 밀고 나가면 아무 문제 없을 것이다!

"언니, 이제 그만해. 대체 언제까지 루시를 이용할 작정이야? 아무리 이곳에 있고 싶어도 그렇지, 이건 너무 심하잖아."

칸나가 아무 말 않자 이자벨의 용기는 더 커졌다. 역시나 칸나도 알아차리지 못했다. 하기야, 이건 전문가가 아닌 이상 구분할 수 없다고 했으니!

"이 일은 그냥 넘길 수 없어. 언니, 미안하지만 아버지에게 언니를 내보내자고 말씀드릴 거야."

"그래?"

"지금도 끝까지 의술을 할 줄 아는 척하며 시간을 끌고 있잖아. 어떻게 사람이 그럴 수 있어? 그렇게 안 봤는데, 정말 악랄해!"

"이자벨, 너무 흥분한 것 같구나."

"뭐?"

"그러니까 일단은 차 한잔하면서 진정할까?"

그 순간, 불길한 예감이 덜컥 밀려왔다. 이자벨이 할 말을 잃은 사이 칸나가 하녀에게 명령했다.

"도자기 안에 남아 있는 찻잎으로 차를 우려내. 이자벨에게 한 잔 줘."

"……!"

이자벨의 입술이 떨렸다. 그녀는 파들파들 경련하는 손으로 드레스 자락을 움켜쥐었다. 노골적으로 굳은 표정이었다.

잠자코 지켜보던 칼렌이 한마디 얹었다.

"뭐 하나? 어서 이자벨에게 차를 내줘라."

잠시 후, 따뜻한 찻잔이 이자벨의 앞에 놓였다. 그러나 이자벨은 석상처럼 얼어붙어 움직이지 못했다.

"……."

모두가 그 모습을 가만히 지켜보았다. 그녀가 평소에 좋아한다는 차를 앞에 두고, 사약을 앞에 둔 것처럼 움츠러든 그 모습을.

칼렌은 그저 지켜보며 아무 말도 하지 않았다. 칸나 역시 마찬가지였다.

기이하게 뒤틀린 정적 속. 찻잔에서 김이 모락모락 피어올라 새하얗게 흩어졌다.

"나…… 나는."

이자벨은 자신이 악수에 걸려들었음을 깨달았지만, 이미 때는 늦어 있었다. 이제 와서 무슨 말을 할 수 있을까? 아니, 이제는 무슨 말을 해도 소용없다. 거짓말을 하든 변명을 하든 빠르게 반응해야 했는데…… 이미 바르르 떠는 모습을 보여 준 후다.

늦었다. 아까 전 엄마가 같이 나가자고 했을 때 따라갔어야 했는데.

그러나 후회는 아무리 빨라도 늦은 법. 이자벨은 꾸역꾸역 대꾸했다.

"차, 차를 마시고 싶지 않아."

"왜? 너도 라벤더 차 좋아한다며?"

"지금은 마실 기분이 아니야!"

이자벨은 울상을 지으며 고개를 젓다가 칼렌과 눈이 마주쳤다.

그 순간 심장이 덜컹 내려앉았다. 쓰레기 더미 속 구더기 보듯 경멸 어린 눈빛. 그 어느 때보다도 적나라한 멸시가 깃든 눈빛. 그의 시선은 그 어떤 비난보다도 맹렬했고, 그 어떤 실망보다도 끔찍했다.

이자벨의 입술이 덜덜 떨렸다.

들켰다. 들켜 버렸어. 칼렌 오빠가 눈치채 버렸어!

"나…… 나는 나가겠어! 더는 이런 바보 같은 일에 시간 쓰고 싶지 않아!"

이자벨은 버럭 소리를 지른 후 방을 박차고 뛰어나갔다. 누가 봐도 도망이었다.

이자벨의 뒷모습을 지켜보던 칼렌이 두 손으로 얼굴을 감쌌다.

"이자벨이……."

잠시 후, 그는 심호흡하며 얼굴을 들어 올렸다.

"대체 찻잎에 무엇이 섞여 있기에 저러는 겁니까?"

"이거."

칸나는 조용히 손가락을 짚었다. 탁상 위 흐트러져 있는 마른 잎들.

"대부분의 잎은 뻣뻣하게 펴져 있지만 잘 보면 여기, 동그랗게 말린 찻잎이 보일 거야. 색도 조금 더 진해."

"구분이 잘 안 됩니다."

"그렇겠지."

바짝 마른 찻잎은 색상도, 모양도 비슷해져서 구분하기 힘들어진다.

"이건 팥꽃나무 꽃이야. 정확히 말하자면, 꽃봉오리지."

하지만 수많은 약재를 다뤄 본 칸나에게는 아니었다. 이것은 한국에서도 쓰이는 약재였고, 수십 번 수백 번 만져 봤으니까.

"팥꽃나무는 애초부터 향이 거의 없어서 냄새만으로는 절대 눈치 못 채. 루시처럼 직접 마신다면 모를까."

"독초입니까?"

"아니, 약초야."

칼렌의 눈이 휘둥그레졌다. 약초라고? 이것이?

하지만 약초라면 왜 루시가 저렇게 됐단 말인가? 이자벨은 왜 꽁지가 빠지도록 도망을 쳤고?

"대신 다량을 섭취할 때는 독초가 되지. 그래서 반드시 의사의 처방이 필요한 약재인데……."

독초. 칸나의 입에서 나온 그 단어에 칼렌의 얼굴이 시퍼레졌다.

"위험한 독초입니까?"

"사실 별로 위험한 건 아니야. 중독되면 복통, 설사, 뭐 이 정도 증세랄까."

"루시가 하혈을 했습니다."

칼렌의 목소리에 분노가 뚝뚝 떨어졌다.

"구토에, 경련에, 발작에, 숨 쉬는 것도 힘들어하고 있습니다. 가벼운 복통 따위가 아니지 않습니까!"

"내가 처방한 약재와 상반된 성분을 가지고 있어서 그래."

팥꽃나무는 잘 쓰면 약초, 잘못 쓰면 경미한 수준의 독초다. 그러나.

"루시가 지금 복용 중인 탕약에 감초리는 약재가 들어가. 팥꽃나무꽃이 감초와 만나면 독성이 몇 배로 강화되지."

팥꽃나무는 감초와 만날 경우 아주 위험한 독초가 된다. 그래서 이 정도로 심하게 중독이 된 것이다.

"이 짓을 꾸민 사람도 이렇게까지 일이 커질 줄은 몰랐을 거야. 그저 루시를 조금 아프게 하고 싶었던 것 같아."

그 말에 다시 한번 정적이 내려앉았다.

칸나는 조용조용 말을 이었다.

"아마 나 때문이겠지. 루시가 계속 아프면, 내가 계약을 못 지킨 꼴이 되니까…… 이 집을 나가야 하잖아."

"……."

"내가 이 집에 있는 걸 싫어하는 사람이 이번 일을 꾸몄겠지. 생각보다 일이 심각해졌으니 지금쯤 떨고 있겠네."

이름은 말하지 않았다. 추측성 발언도 하지 않았다. 그러나 두 사람의 머릿속에는 같은 사람이 떠올라 있었다.

"자, 여기 약재 목록이야."

중독된 원인을 알아냈으니 해독은 어렵지 않다. 그녀는 해독약 처방전을 써 준 후 칼렌에게 내밀었다.

"이대로 달여서 먹으면 금방 나을 거야. 장담할게."

칼렌은 입을 꾹 다물고 종이를 내려다보았다. 그 옆모습을 보며 칸나는 덧붙였다.

"다만 주의를 기울여. 누가 또 장난질할지 모르니까."

이걸로 됐다. 완전히 진이 빠진 칸나는 그대로 몸을 돌렸다. 그저 빨리 이 방을 나가서 쉬고 싶었다.

그러나…….

"누님."

칼렌의 목소리가 그녀의 발을 붙잡았다.

"아까는 죄송했습니다."

허?

칸나는 저도 모르게 헛웃음을 내뱉었다. 아주 웃긴 소리를 들어 버렸다.

그녀는 천천히 등을 돌려 칼렌을 바라보았다. 그녀의 얼굴엔 미처 감추지 못한 어색함이 득실거렸다.

"죄송하다고?"

칸나는 어처구니가 없어져서 다시 한번 웃었다. 웃음을 참을 수가 없었다.

"새삼스럽게 왜?"

순간 칼렌의 눈동자가 흔들렸다.

"내가 그럴 필요 없다고 했지? 네가 굳이 그러지 않아도 루시는 끝까지 치료할 거야. 그러니까 이상하게 굴지 마, 칼렌. 너답지 않아."

"누님, 저는……."

"그리고 너, 왜 자꾸 날 누님이라고 불러?"

싹둑. 그 말에 칼렌은 혀가 잘려 나간 듯 말을 잃었다.

칸나는 그를 괴이쩍게 응시하며 제안했다.

"아까처럼 그냥 당신이라고 불러 줄래? 너도 그게 편할 거 아냐?"

그것을 끝으로 미련 없이 방을 휙 빠져나왔다.

'어이없어.'

죄송하다고? 고작 그 정도 일로?

예전엔 더 심한 일도 해 놓고. 나를 괴롭혀 놓고. 미워해 놓고. 내게 씻을 수 없는 상처를 줘 놓고는…… 뭐? 고작 이런 일로 미안해?

'루시가 그렇게 소중한가 봐.'

이복 여동생을 위해 그렇게 쉽게 사과를 하다니, 참으로 대단한 애정이다.

'내게는 단 한 번도 그런 적 없으면서.'

그러니 웃음이 나올 수밖에.

"언니!"

테라스에서 차를 마시던 중이었다.

문이 열리고 소녀가 달려왔다. 칸나는 활짝 웃으며 팔을 벌렸다.

"루시, 잘 잤어?"

"네, 언니. 좋은 아침이에요! 안녕히 주무셨어요?"

으, 귀여운 것. 그녀는 제 무릎에 앉은 루시를 꽉 끌어안으며 보랏
빛 머리칼을 쓰다듬었다.

"응, 잘 잤어. 루시는? 좋은 꿈 꿨어?"

"네! 꿈에서 언니랑 놀았어요!"

"정말? 뭐 하고?"

"꽃밭에 소풍 갔어요. 샌드위치도 먹고, 우유도 먹고, 꽃도 구경했
어요! 칼렌 오빠도요!"

그 말에 칸나의 얼굴에서 웃음이 사라졌다. 칼렌이랑 같이 놀러 갔
다고? 나한텐 좋은 꿈이 아닌데……. 그렇게 생각하는 찰나.

"제가 그렇게 싫으십니까?"

루시와 함께 온 걸까? 칼렌이 문에 비스듬히 몸을 기대고 있었다.
그러나 칸나는 그쪽을 쳐다보지도 않고 대꾸조차 안 했다. 답할 가치
조차 없는 물음이었으니.

"루시, 이제 몸은 좀 어때?"

"좋아요! 언니가 고쳐 줘서 이제 아무렇지도 않아요!"

치료를 시작하고 1주 차, 팽팽하게 당겨졌던 눈꺼풀 근육이 차차 늘

어지기 시작했다. 2주 차, 우측 안면이 정상적으로 돌아왔다. 3주 차 때에 좌측의 마비도 서서히 풀려 겉보기에 불편하지 않을 정도였고, 한 달이 지난 지금.

루시의 얼굴은 누가 봐도 정상이었다.

'이 정도면 빠르게 치료된 편이지.'

그녀의 얼굴도, 건강도, 모두 다 정상으로 돌아왔다.

안면 마비가 사라진 루시는 수수한 인상의 소녀였다. 그 나이대 특유의 귀여움은 있지만, 알렉산드로의 자식들이 물려받은 화려한 이목구비는 갖지 못했다. 아버지를 닮은 오르시니와 칼렌, 이자벨은 어디를 가도 시선을 확 집중시킬 만큼 미남 미녀였으니.

'엄마 쪽을 닮았나 보군.'

희귀한 보랏빛 곱슬머리와 평범한 얼굴은 모친에게 물려받은 모양이다. 오로지 선명한 초록색 눈동자만이 알렉산드로를 닮아 있었다.

"어디 보자. 음, 정말 이제는 다 나은 것 같네."

그 말인즉.

'이제 아버지에게 이야기를 꺼내 봐야겠다.'

알렉산드로 아디스를 상대해야 할 때가 온 것이다.

"언니, 우리 놀러 가요!"

"응? 어디로?"

"저 시내 구경 가고 싶어요. 언니랑 오빠랑 같이!"

칸나는 곧장 대답하지 못했다. 그러자 잠자코 듣고 있던 칼렌이 조용히 말했다.

"저 때문이라면, 동행하지 않겠습니다. 안심하십시오."

"아니, 그런 게 아니라."

루시에겐 미안하지만 놀 시간 따위 없다. 빨리 이 집을 떠나고 싶다고…….

애초부터 이 집에 머무르는 이유는 두 가지뿐이었다.

첫째, 알렉산드로 아디스에게 이혼 허락을 받는 것.

둘째, 연금술 도구들을 챙기는 것.

그 외에는 아무런 미련조차 없다.

연금술 도구는 필요한 것만 선별해서 짐을 꾸리는 중이다. 거의 다 끝나 가니 이제 이혼 허락만 받으면 된다. 그렇게 되면.

'아디스와는 영원히 작별이야.'

그러기 위해서는 반드시 아버지의 허락을 받아야 한다.

이 세계의 여자는 남자 보호자─ 남편이나 아버지의 허락 없이는 거주지조차 옮길 수 없다. 새로 집을 구해 나가 살기 위해서는 남성 가족의 허가가 필요한 것이다.

그야말로 남녀가 불평등한 최악의 사회!

"일단 그건 나중에 얘기하자, 루시. 알겠지?"

"음…… 네, 알겠어요 언니."

착하기도 해라. 일곱 살밖에 안 됐는데 조르지도 않고.

칸나는 루시의 머리를 쓰다듬은 후 자리에서 일어났다. 목적지는 알렉산드로 아디스─ 아디스 공작 가주의 집무실.

이제 결전을 치러야 할 때였다.

chapter 2

"아버지께 가시는 겁니까?"

아버지의 집무실로 향하던 중 목소리가 날아왔다. 칼렌이었다.

칸나는 시큰둥하게 그를 돌아보았다. 더 무슨 용건이 있다고 이렇게 접근하는지 알 길이 없다. 설마 아직도 루시에 대한 불안감이 남아 있는 걸까?

"루시는 이제 괜찮아. 봐서 알고 있잖아?"

"정말 떠나실 겁니까?"

"응. 얘기했잖아?"

루시를 고친 후 이혼 허락을 받고 혼자 나가서 살겠다고, 자신의 계획을 일찌감치 이야기했었다. 혹여나 자신이 이곳에 자리 잡지는 않을까 괜한 염려를 할 수도 있으니까.

'아, 혹시 그 말을 못 믿는 건가?'

이곳에 계속 있을까 봐 걱정할 수도 있겠다. 칼렌에게 자신은 가문의 명예를 더럽히는 오물이니까.

"지금 아버지께 이혼 허락받으러 가는 길이야. 일이 잘 마무리되면 떠날 테니까 걱정하지 마."

그렇게 끝내려 했지만 칼렌은 아직 할 이야기가 있는 모양이었다.

어째서인지 그는 조금 긴장한 듯 얼굴을 쓸어내리더니, 빠르게 말했다.

"원하신다면 제가 지낼 만한 곳을 마련해 드리겠습니다."

"필요 없어."

칸나는 1초도 지체 않고 곧장 답을 뱉었다.

"루시 일로 보답할 생각이라면, 안 그래도 돼. 이곳에 잠시 머물게 해 준 것만으로도 충분하니까."

"……."

"이후로는 서로 볼 일 없을 거야."

그 순간 칼렌이 입매가 기묘하게 굳었다. 마치 쓴 약을 입에 잔뜩 문 듯한 표정이었다. 왜 저러는 건지 이상했지만, 궁금하지는 않았다. 칸나는 그대로 등을 돌렸다. 지금은 더 중요한 일이 있으니 그것에 신경 써야 한다.

'아버지가 과연 허락해 주실까?'

안 된다고 할 것 같은데 어떻게 설득하지?

나를 싫어하는 사람을 상대로, 어떻게?

"아버지."

집무실 앞에서 한참을 서성거린 끝에 간신히 용기를 냈다. 똑똑, 노크한 후 말했다.

"들어가도 될까요?"

"들어와라."

생각보다도 빠르게 돌아오는 대답. 그러나 칸나는 곧장 들어가지 못했다. 얼마 전, 남편인 실비엔 발렌티노의 방에 들어갈 때보다 훨씬 더 긴장한 것이다.

'후우, 후우. 용기를 내자, 칸나.'

그리고 마침내 문을 열었다.

커다란 창가 앞의 탁상, 알렉산드로는 조용히 앉아 서류를 읽는 중이었다.

그의 등 뒤로 쏟아지는 밝은 햇살에 칸나는 눈살을 좁혔다.

아버지의 붉은 머리카락, 그리고 새하얀 셔츠가 빛살에 스며들어 유독 도드라져 보였다. 사각사각. 알렉산드로의 정갈한 손에서 만년필이 움직인다.

칸나는 말없이 서서 그 모습을 지켜보았다.

알렉산드로는 집무를 볼 때만큼은 안경을 꼈는데, 지금 이 순간의 그는 꼭 문인처럼 보였다. 대륙을 호령하는 검사보다는 평생 학문을 탐구한 학자 같은 모습이었다.

'정말, 아버지는 그대로구나.'

모르는 사람이 보면 자신을 그의 딸이라기보다는 또래의 누이 정도로 생각할 것이다.

칸나는 새삼 감탄하며 주위를 두리번거리다 문득 벽난로 안에 쌓인 수많은 편지를 발견했다.

'저것도 옛날이랑 똑같아. 여전히 연서를 장작으로 쓰시네.'

여전히 아름다운 청년의 모습이어서일까, 알렉산드로는 예나 지금이나 수많은 연서를 받아 왔다.

그리고 단 하나도 열어 보지 않고 벽난로에 처박았다. 조금도 변함이 없다.

그러니 당연히 변함없이 자신을 미워하고 있겠지.

"아버지, 괜찮으시다면 잠시 시간을 내주실 수 있을까요?"

그 말에 알렉산드로가 얼굴을 들어 올렸다.

반듯한 안경알 너머 무감동한 초록색 눈동자. 너무나 무미건조해서 바짝 마른 에메랄드를 박아 넣은 것만 같다.

"지금 내주고 있지 않은가."

"……."

아, 그렇지. 들어오라는 것 자체가 시간을 허락해 준 거지. 바보 같은 말이었기에 칸나의 양 뺨이 살짝 붉어졌다.

"드릴 말씀이 있습니다."

"해라."

"발렌티노 공작과의 이혼을 허락해 주세요."

"……."

뚝. 글자 휘갈기는 소리가 멈춘다.

알렉산드로는 만년필을 내려놓았다. 안경을 벗은 후, 눈매를 주무르듯 어루만졌다. 그리고 두 손을 깍지 끼며 탁상 위로 올렸다.

"이혼?"

"유책 사유는 발렌티노 가문에 있습니다."

혹시나 자신이 잘못했다고 여길지도 모르니 빠르게 덧붙였다. 바로 이 순간을 위해 종아리를 희생했다.

"조세핀 엘레스터 백작님을 아실 겁니다. 제 시어머니 되시는 분이죠. 그분께서 하루 세 번, 정해진 시간 때마다 문안 인사를 올리라 명하셨어요. 저는."

말을 하자 울화가 솟구쳐 감정이 격해졌다. 꿀꺽, 칸나는 침을 삼키며 분노를 밀어 넣은 후 말을 이었다.

"저는 지난 7년, 결혼 생활 내내 그 짓을 했습니다."

"……."

"저는 하녀에게도 무시당하면서 지냈어요. 저를 깨우는 하녀는 매번 꽃병의 물을 뿌리거나, 가끔은 따귀를 때려서 깨웠습니다."

그리고 일전에 있었던 일을 설명했다. 메리와의 마찰, 조세핀이 휘두른 회초리, 방치…….

"그런 가문에 있다가는 죽을 것 같습니다. 아니, 죽을 거예요."

"……."

"저는 살기 위해서라도 이혼을 해야 합니다. 그러니 허락해 주세요."

칸나는 알렉산드로의 눈을 똑바로 바라보며 호소했다.

당연히 그가 자신을 동정할 거라고는 생각하지 않는다.

다만 이 일이 '아디스 가문'을 무시한 일로 취급되기를 바랐다. 칸나가 아닌 '아디스'를 무시한 행위. 그렇게 되면 알렉산드로도 기분이 좋지 않을 테니까.

그러니까…….

"그래."

"……."

어?

"내가 집사를 통해 서류를 준비시키겠다."

어? 어? 어?

뭐라고? 지금 뭐라고 하신 거야, 아버지가?

칸나는 도저히 믿을 수 없었다. 이혼하라고? 그것도 집사가 대신 서류를 처리해서 보낼 거라고?

'자, 잠깐만. 진정. 진정.'

기대했던 것 이상의 상황이었지만, 조금도 기쁘지 않았다. 왜냐하면 너무나도 완벽한 대답이었기에. 아버지가 자신의 바람을 이렇게 순순히 들어줄 리 없으니까.

차라리 죽어도 거기서 죽으라고, 당장 눈앞에서 사라지라고 말할 줄 알았는데.

"허락하신 건가요?"

그러자 알렉산드로가 고개를 기울인다.

"철회를 원하나?"

"아뇨! 전혀요! 하게 해 주세요, 이혼!"

"알겠다."

정말인가, 이거? 꿈인가?

칸나는 하마터면 제 뺨을 스스로 꼬집는 추태를 부릴 뻔했다. 당연히 이건 꿈이 아니었다.

정말로, 아버지가, 단칼에 이혼을 허락하신 거다!

'역시나 아버지도 아디스가 모욕당하는 게 거슬리시나 봐!'

아무리 자신이 싫어도 어찌 됐든 아디스의 혈족이니까. 타 가문에, 심지어 함께 검은 안개를 수호하는 발렌티노 가문에서 온갖 혹사를 당했으니 불쾌할 수도.

"감사합니다. 아버지, 정말 감사해요."

대화가 끝났다고 생각한 걸까? 알렉산드로는 별반 대답 없이 다시 고개를 내려 안경을 잡아 올렸다.

그때, 칸나는 재빨리 덧붙였다.

"아, 하지만 걱정하지 마세요. 곧 이 저택을 떠나 다른 곳에 자리 잡도록 하겠습니다."

혹시나 생각이 바뀔 수도 있으니 충분히 설명해 놓아야 한다.

만약 자신이 이곳에 눌러앉을 수도 있다고 오해하면?

미워하는 딸을 계속 보느니 차라리 발렌티노로 내쫓는 게 더 속 편하다고 생각하게 될 거다. 그렇게 되면 이혼 허락을 철회하겠지.

'그러면 낭패야.'

그러니 사전에 잘 설명해 놓아야 한다.

"사실 저는 줄곧 제국을 떠나고 싶었어요. 얄덴 왕국의 해안 마을에서 사는 게 소원이었거든요."

당연히 그런 소원 따위 없었다. 얄덴 왕국의 해안 마을도 며칠 전지도를 펼쳐 찾아낸 거니까.

다만 아버지의 비위를 맞추기 위해 자신이 원하는 척하는 것이다.

'아버지가 싫어하니까 떠나 줄게– 이런 어감은 반항하는 것처럼 보일 수 있잖아.'

그리고 이는 아버지를 불쾌하게 만들 수 있다. 그렇잖아도 싫어하는 딸이 감히 반항까지 하면.

'그냥 발렌티노에서 죽으라고 할 수도 있어.'

그러니까 방긋, 웃으며 마음에도 없는 말을 했다.

"이혼이 성립되는 즉시 떠나겠습니다."

"……."

"그리고 다시는 돌아오지 않을게요."

이걸로 됐겠지? 칸나는 허리를 꾸벅 굽혔다.

"그럼 이만 나가 보겠습니다. 방해해서 죄송……."

"마음이 바뀌었다."

깊게 숙인 머리 위로, 알렉산드로의 목소리가 뚝 떨어진다.

"이혼을 허락하지 않겠다."

이혼을 허락하지 않겠다. 허락하지 않겠다. 않겠다…….

않겠다고?

한 번, 두 번, 세 번. 허리를 숙인 자세 그대로 호흡을 내뱉었다. 그러든 말든, 다시금 사각거리며 들려오는 만년필 소리.

칸나는 천천히 몸을 들어 올렸다.

알렉산드로가 다시 그녀에게서 시선을 거둔 채 서류를 써 내리고 있었다. 햇살이 잔잔히 내려앉은 그의 손등이 너무나 평온해 보여 칸나는 자신이 잘못 들은 줄로만 알았다.

하지만 아님을 안다.

"어째서죠?"

뭐지? 그 짧은 사이, 내가 무슨 실수를 저질렀지?

"어째서죠, 아버지?"

"설명할 의무는 없다."

"하지만 갑자기 말씀을 바꾸시니까!"

"번복도 내 권한이다."

쳐다보지도 않고 선언하는 아버지.

그래, 당신은 그럴 필요 없겠지. 무소불위의 아디스 공작. 천여 년 전부터, 남대륙에서부터, 검은 안개와 대항하여 인류를 수호해 온 위대한 성기사의 후예.

마도 대륙 시절의 성기사에 비견할 만큼 강력하다는 대륙 최강의 무인, 알렉산드로 아디스.

황제조차도 한 수 접어준다는 그는 태어나면서부터 수많은 권리를 손아귀에 거머쥔 강자였다. 구태여 누군가의 동의조차 바랄 필요 없는 사람인 것이다.

그렇지만. 하지만.

"아버지……."

칸나는 입안이 텅 비어 가는 것만 같은 절망감에 휩싸였다.

아무리 생각해 봐도 무엇을 잘못 말했는지 알 수 없다. 무엇이 그를 거슬리게 만든 걸까? 무엇이?

"아버지께서 허락해 주시지 않으면 저는 이혼할 수 없어요. 다시 발렌티노에서 수난을 당하면서 살라는 말씀이세요?"

"발렌티노로 돌아갈 필요 없다."

"네?"

"별도의 지시가 없는 이상 이 집에 머물러라."

발렌티노로 돌아갈 필요 없다고?

헛웃음이 튀어나온다. 도저히 대화의 흐름을 좇아갈 수가 없다. 해일에 휩쓸린 것처럼 정신을 찾을 수 없는 칸나와 달리 알렉산드로는 지루할 만큼 여유롭게 말했다.

"너는 내 허락 없이는 떠날 수 없다. 얄덴 왕국으로의 이주는 꿈도 꾸지 말도록."

아― 그렇구나. 칸나는 그제야 아버지가 무엇을 원하는지 알 것 같았다.

'희망 고문을 하려 하는구나.'

그는 칸나가 이혼 허락을 구하기 위해 전전긍긍하는 꼴을 보고 싶은 것이다.

'내가 꼴 보기 싫을 텐데, 그걸 감수할 정도로 내가 괴로운 걸 보고 싶은 거야?'

마음 같아서는 나를 세상 저 끝으로 보내 버리고 싶을 텐데.

그는 자신을 괴롭힐 기회를 놓치지 않았다. 여기까지 생각이 이르자 칸나는 마침내 자신의 실수를 깨달았다.

'얄덴 왕국에서 사는 게 소원이란 말, 그 말이 실수였어.'

아버지는 내가 행복해지길 바라지 않는다. 미워하는 딸이 소원을 이루는 꼴은 볼 수 없는 것이다.

'그래. 내가 자꾸만 잊어버리네. 아버지가 날 얼마나 미워했는지, 자꾸만 잊어.'

무슨 말을 해야 할까? 수많은 원망과 설득의 말이 입안에 맴돌았지만, 혀는 뻣뻣이 굳어 움직이질 않았다.

알고 있다. 아무 말도 통하지 않을 거란 것을.

적어도 지금은, 절대로.

잔인할 만큼 차가운 진실이었으나 받아들여야만 했다. 설령 자신이 이곳에 드러누워 엉엉 울며 떼를 써도 그는 절대 들어주지 않을 테니.

"……알겠습니다."

다음 순간 나오는 목소리가 놀랍도록 냉랭했다. 한기가 느껴지는 음성이었다.

그 차가움에 알렉산드로가 고개를 들어 올렸다. 어떤 일이 있어도 예의가 바르게 행동했던 칸나가 이런 식으로 반항을 표출한 적은 없으니.

"하지만 이건 알아주세요. 저는."

그러나 이번엔 그러기로 했다. 기분이 상했으니 감추지 않을 것이다.

칸나는 아버지의 시선이 제게 닿는 순간, 단숨에 잡아챘다. 눈을 떼지 못하도록 열렬하게 쏘아보았다. 부디 자신의 뜨거운 분노에 조금이라도 데이길 바라며.

"아버지께 실망했습니다."

착각일까? 알렉산드로가 손아귀에 쥔 만년필이 흔들린 것 같았다.

"훗날엔 다른 결정을 내려 주시길 바랄게요, 아버지."

곧바로 문을 열어 방을 빠져나갔다. 그러나 너무 화가 나서인지 한동안 움직이지 못했다. 문 앞에서 죽은 듯 멈춰 서 있기를 수십 분. 다리에 쥐가 나기 시작하자 칸나는 한숨을 내쉬었다.

'됐어. 돌아가자.'

뒤늦게 방으로 돌아가려 걸음을 뗄 때, 문득 깨달았다. 문을 꽉 닫지 않았는지 슬쩍 열려 있었던 것이다.

다음 순간 또다시 밀려오는 깨달음.

방을 나온 순간부터 지금까지…….

만년필 소리가 들리지 않았다. 서류를 넘기는 소리조차도.

아무 소리도.

기분이 완전히 상해서 방으로 돌아가는 길.

칸나의 발걸음이 뚝 멈춰 섰다. 앞서 걸어오던 사람과 부딪칠 뻔한 것이다.

"……언니."

이자벨이었다. 이자벨 역시도 놀란 것인지 얼굴을 딱딱하게 굳혔다. 칸나는 그녀를 경멸의 눈으로 흘끗 바라보았다.

'제 잘못을 알긴 아나 봐.'

그날 이후 이자벨은 완전히 기가 죽어 쥐새끼처럼 숨어 다녔다.

듣자 하니 칼렌에게 불려가 몇 시간 내내 잔소리와 설교를 들었고, 며칠 내내 침실에서 훌쩍이는 소리가 들렸다고 한다. 아마 칼렌이 엄청나게 혼낸 모양이었다.

"아버지에게 다녀오는 길이야? 설마……."

"네가 루시에게 독 탄 거 말했냐고?"

이자벨의 얼굴이 새하얗게 질렸다. 파르르 떨리는 그녀의 입술을 보며 칸나는 비웃음을 머금었다.

"네가 한 짓이 나쁘다는 건 알고 있나 봐?"

아버지에게는 아무 말도 하지 않았다. 어차피 말해 봤자 알렉산드로는 눈곱만큼도 관심 갖지 않을 테지만, 그 때문에 침묵한 것은 아니었다.

칸나는 더는 그들과는 조금이라도 엮이고 싶지 않았다. 그저 한시라도 빨리 떠나고 싶었을 뿐.

"……기다려."

그대로 지나치려 한 칸나의 손목을 이자벨이 붙들었다.

"언니, 이거 받아."

이자벨은 칸나의 가슴팍으로 봉투를 내밀었다.

"황실에서 온 초대장이야. 얼마 후면 2황녀 전하의 생신 연회가 있는 것 알고 있지? 물론 언니는 안 가겠지만."

꽈아악. 이자벨의 손톱이 점점 더 강하게 파고든다.

"아니, 못 가는 거겠지. 가 봤자 예전처럼 사람들 눈 피해 커튼 뒤에 숨기나 할 테니까."

"뭐?"

"왜 갑자기 다른 사람처럼 변해서 이상하게 구는지 모르겠지만, 똑똑히 들어."

탁! 이자벨이 칸나의 손목을 더러운 오물처럼 뿌리쳤다.

"내가 뭔 짓을 했어도 난 여전히 아디스 가문의 사랑받는 딸 이자벨이야. 그리고 언니는? 여전히 못생긴 오물이지. 알아들어?"

뭐라는 거야? 무관심하게 듣고 있던 칸나는 그대로 등을 휙 돌렸다.

그런 태도에 더 열이 오른 이자벨이 씩씩거렸지만, 돌아보지 않았다. 이자벨 따위에게 신경 쓸 여유 없다.

꿈꿈꿈

"망할!"

지하의 연구실에 들어오고 나서야 칸나는 분노를 터뜨렸다. 초대장을 거칠게 내동댕이치며 머리를 쥐어뜯었다.

"망할, 알렉산드로 아디스, 이 망할 자식아!"

한참 동안 머리를 쥐어뜯으며 씩씩대던 칸나는 바닥에 철푸덕 엎어졌다.

"젠장, 이 씹어 먹어도 시원찮을 아디스, 콱 망해 버려라."

계획이 무산됐다. 완전히.

적어도 지금은 이혼할 수도 없고 아디스 가문을 떠날 수도 없다. 알렉산드로는 칸나가 아디스 가문을 떠나 희희낙락 사는 것을 절대 용인치 않을 것이다.

"내가 아디스에서 괴로워하는 모습을 보고 싶다, 이거지."

알렉산드로 아디스, 이 망할 아버지.

변태 같은 사디스트에 사이코패스!

"내가 그런 모습 보여 줄 것 같아? 두고 봐. 난 어디서도 행복하게 잘 지낼 테니까!"

그는 예전과도 같은 칸나를 원할 것이다. 쥐새끼처럼 숨어 사는 칸나. 남들 눈에 띄지 않으려고 애쓰는 칸나.

"그래…… 아버지, 당신이 원하는 나는 그런 거지."

칸나는 허탈하게 웃으며 주위를 둘러보았다.

연금술 도구들로 가득한 연구실. 작은 창문에서 들어오는 빛살, 흐린 촛불만이 전부인 지하.

이 정도가 알렉산드로가 칸나에게 허용한 공간이었다.

겨우 이 정도가.

'그래, 그랬지. 아버지는 내가 이런 초라한 곳을 벗어나길 바라지 않아. 그래서 내가 연금술에 재능이 있다는 것도 완전히 무시하셨지.'

미워하는 딸, 그래서 무시하는 딸, 그 딸의 잘난 점은 눈에 들이밀어도 보려고 하지 않았다.

칸나는 입꼬리를 쓰게 비틀었다. 문득 어린 시절의 기억이 떠올랐다.

열 살 때였던가? 연금술 책에 나온 대로 몇 번 실험을 해 보던 그녀는, 제대로 된 결과물을 만들어 내고는 깜짝 놀랐다.

"와아. 내, 내가 해냈어!"

시들어 가는 꽃을 단박에 살릴 수 있는 약물이었다.

신기했다. 자랑하고 싶었다. 이 사실을 다른 사람들이 알게 되면 칭찬받을 수도 있다고 생각했다. 그래서 두근두근하는 마음으로 아버지에게 결과물을 가지고 달려갔다.

그걸 본 아버지가 뭐라고 했더라?

"내 눈앞에서 치워라."

"그리고 이따위 걸 다른 자들에게 보이지 마라. 함부로 떠들고 다녔다가
는 연구실을 폐쇄하겠다."

그렇게 경고하고 가 버렸다. 그것이 전부였다.

'그래. 내 재능을 무시하는 것뿐만 아니라, 숨기려고까지 했으니까.
내 행복을 바란다면 그러지 않았겠지.'

그렇다. 이건 재능이었다.

연금술은 마석에서 마력을 추출하는, 타고난 능력이 없으면 할 수
없는 학문이었다.

그러나 알렉산드로는 무시했다. 아니, 도리어 짓누르려 했다.

지하로. 남들 눈에 띄지 않는 어두운 곳으로.

'이젠 싫어.'

그러나 그녀는 더는 그렇게 살고 싶지 않았다. 이주화로 살았을 때
처럼 살고 싶다.

온갖 성취를 거듭하고 많은 이들과 어울리며 살아가는, 사회적으
로 성공한 삶. 그런 삶이 얼마나 풍족한지 알아 버렸다.

그렇기에 그 전으로는 결코 돌아갈 수 없었다.

'어쩌면 다시는 주화로 돌아가지 못할 수도 있어. 그러니까 지금 이
삶을 시궁창 속에 내버려 두면 안 돼.'

다시 주화의 삶으로 돌아가는 것이 최고의 시나리오지만.

'지금 나는 여기, 이곳에 있으니까.'

그러니까 이 삶을 끌어 올려야 한다. 가고 싶은 방향으로 향하도록 이끌어야 한다.

칸나는 자신이 원하는 것을 확실하게 되짚었다.

'이혼 후 분가하는 것. 그리고 의사 일을 하는 것. 내 병원을 차리는 것.'

내 이름으로 된 병원 개업. 그것은 한국에서 주화로 살 때 품었던 목표이기도 했다.

비록 장소와 껍데기는 바뀌었지만 알맹이는 같다. 그녀는 누가 뭐래도 제 이름으로 된 병원을 차리고 싶었다.

그러나 지금 당장은 아무것도 할 수 없다. 아버지가 이혼을 허락해 주기 전까지는 '발렌티노 공작 부인'일 수밖에. 제대로 된 대우를 못 받는 공작 부인. 하녀들에게도 오물 취급받는 공작 부인.

'그런 공작 부인 따위 지금 당장 때려치우고 싶다고.'

그렇다고 해서 마냥 이혼만을 목 빠지게 기다리며 살 것인가? 지금 처럼? 누구에게나 천대받는 공작 부인으로?

'망할, 나 그렇게 안 살 거라니까!'

칸나는 바닥에 패대기친 초대장을 들어 올렸다.

제2황녀, 릴리엔느 이자베르크의 생일 연회. 아마 이곳에 권세 높은 귀족들은 다 모일 것이다.

"내가 참가 안 할 거라고?"

이자벨이 말이 떠오르자 웃음이 나왔다.

어찌 됐든 칸나는 귀족이다. 귀족 여인이 사교계에서 무시당하면 초라한 삶을 살게 된다.

지금까지의 칸나 같은 삶.

"나, 그렇게 안 살아."

이 망할 것들아.

"절대, 절대 그렇게 안 살 거야."

이쯤 되니 분노로 일그러진 마음이 진정되고 차가운 이성이 돌아왔다. 지금 당장은 이혼할 수도 집을 떠날 수도 없다. 병원을 차릴 수도 없다. 그렇다고 다 놓고 포기하고 싶지도 않았다.

'결론은 하나뿐이지.'

이 거지 같은 환경을 외면하지 않고 극복할 거다.

그러기 위해서는……

칸나는 슬쩍 얼굴을 돌렸다. 한쪽 벽에 붙어 있는 거울 속 여인이 눈에 들어왔다.

부스스, 음침, 음울. 정돈되지 않은 긴 머리, 특히나 덥수룩한 앞머리가 지저분해 보였다.

누가 봐도 못난 외관이다.

이곳은 한국보다도 더 외모 지상주의가 심한 나라다. 이 꼴로 다니다가는 모두가 다 경멸 어린 눈으로 노려보겠지.

제대로 살기 위해서, 이제 이런 귀신 같은 몰골로 다니는 것은 그만둬야 했다.

'일단, 앞머리부터 잘라야겠다.'

검은 눈을 가리기 위해 길렀던 앞머리 덕분에 보이는 것이라고는 턱선과 입술밖에 없다.

'바꿀 수 없는 것을 감추고 사느니, 차라리 뽐내는 게 낫지.'

그녀는 거울 앞까지 바짝 다가가 앞머리를 확 걷어 올렸다. 자신의 얼굴을 빤히 바라보던 그녀는 웃음을 터뜨렸다.

'조금 기대되네.'

다들 그녀가 굉장한 추녀인 줄 알고 있다. 오르시니는 대놓고 못난이라고 불러 댈 정도니까.

하기야 항상 귀신처럼 머리를 덥수룩하게 내리고 빌빌거리고 다니니 무리도 아니다.

목표가 생겨서일까, 기운이 조금씩 돌아오기 시작했다.

일단 파티 전날까지는 무조건 미용 관리를 하는 거다. 최근 한의학은 미용 목적으로도 널리 쓰이고 있었는데, 칸나는 그 전문가였다.

'이렇게 된 김에 향수도 하나 만들어야지. 이곳에서는 절대 맡을 수 없는, 끝내주는 향으로.'

그렇게 탈바꿈을 한 후, 2황녀 릴리엔느의 생일 파티에 참가하자. 그리고 그녀를 만나서…….

'동맹을 맺자.'

실비엔과의 혼인을 원하는 황녀. 실비엔과의 이혼을 원하는 자신.

그들의 이해관계는 완벽하게 일치한다. 그렇다면 당연히 손을 잡아야 하지 않겠는가? 아버지의 반대에 부딪힌 지금, 그녀를 도와줄 사람이 절실하게 필요했다.

'그래, 가서 황녀와 이야기를 해 봐야겠어.'

그때였다.

"들어가도 되겠습니까?"

노크 소리와 함께 칼렌의 목소리가 들려왔다. 발소리조차 듣지 못했던 칸나는 흠칫 놀랐다. 서둘러 앞머리를 내린 후 대답했다.

"들어와."

어째서인지 칼렌은 조금 망설이는 듯했다. 그러나 곧 문이 열리고 칼렌이 들어왔다.

"아버지께서 이혼을 불허하셨다 들었습니다."

혹시 계속 머무는 것을 항의하러 온 걸까? 칸나는 그가 화내기 전에 재빨리 덧붙였다.

"날 내보내고 싶으면 아버지께 말씀드려. 이곳에 계속 머물라고 한 건 아버지니까."

표정이 더 딱딱해졌다. 역시나 화가 난 걸까?

"나도 계속 여기 있을 생각 없어. 어떻게든 아버지 허락을 받아 나갈 거야. 그때까지는 그냥 날 없는 사람이라고 생각해."

그 말에 칼렌의 입매가 굳었다. 자신이 이곳에 있는 게 어지간히 거슬리는 모양이었지만, 방법이 없었다.

잠시 후 칼렌이 마른세수를 하며 한숨을 내쉬었다.

"그러면 계속 이런 곳에서 지내실 겁니까? 연구실을 위층으로 옮기시지요. 이런 지하에 계시지 말고요."

"……?"

대체 무슨 말을 하는 걸까? 칸나는 칼렌의 의도를 짐작할 수 없었다. 한동안 칼렌을 빤히 쳐다보다가 불현듯 옛 기억이 떠올랐다.

"그러고 보니 옛날 생각난다."

"예?"

"네가 예전에 날 여기에 가뒀었잖아."

칼렌의 안색이 흐려졌다. 칸나는 피식피식 웃으며 그때의 기억을 회상했다.

"너와 연속으로 나흘을 마주쳤지. 그래서일까, 네가 꼴 보기 싫다면서 올라오지 말라고 했어. 연구실 문을 잠그고 가서 얼마나 당황했는지 몰라."

열셋, 열넷쯤이었던가?

어린 칸나는 연구실에 며칠을 갇혀 지냈다. 꺼내 달라고 울면서 소리쳤지만 지하의 비명은 지상의 그 누구에게도 닿지 않았다.

"살려 주세요!"

"연구실 문이 잠겼어요, 살려 주세요!"

"제발…… 살려 주세요……."

그러나 누구도 구해 주지 않았다. 누구도.

가족 중 자신을 찾으러 올 사람은 아무도 없을 테고, 이대로 영원히 잊혀서 연구실에 갇혀 쫄쫄 굶어서 죽을 거라고 생각했다. 그럴듯한 가설이었다.

다행히 사흘이 지나고, 칸나는 지하실 창고를 찾아가던 하인의 손에 발견되었다. 눈물조차 말라 비쩍 비틀어진 채로.

"기억나지, 칼렌?"

칸나는 빙긋 웃었다. 그때 자신을 지하에 가둔 소년이 이제 와 지상을 허락하다니. 그 속에 어떤 꿍꿍이가 있을지 짐작조차 되지 않았다.

칼렌은 시선을 떨구었다. 아래로 내리박힌 녹색 눈동자가 수치와 죄책감으로 물들었으나 칸나는 알아보지 못했다. 설령 보았더라도 믿지 않았을 것이다.

한참 후에야 그가 꽉 다문 입술을 열었다.

"……그때는."

변명하려는 걸까? 아니면 그게 뭐 어쨌느냐고 욕을 하려는 걸까?

어느 쪽이든 듣고 싶지 않다.

"이제 와서 널 탓하려는 게 아니야. 그럴 가치도 없고."

칸나는 어깨를 으쓱이며 칼렌의 말을 잘랐다.

"그냥, 딱히 중요한 용건이 없으면 이 지하실에 내려오지 말라고, 그 얘기를 하고 싶었어. 서로 마주치는 일 없게 잘 지내는 게 좋잖아?"

"누님."

"누님?"

하, 밭은 웃음을 뱉으며 말꼬리를 올렸다.

누님? 누님이라고?

"그 얘기 끝난 거 아니었어? 그냥 당신이라고 불러."

그 말의 뜻은 명확했다. 넌 나를 누님이라고 부를 자격이 없다. 허락하지 않겠다.

한참의 침묵 끝에 칼렌이 입술을 열었다.

"당신은…… 적어도 지금은 저와 대화할 생각이 없어 보이는군요. 제가 무슨 말을 해도 듣지 않을 테지요."

"그걸 이제야 알았어?"

"제가 설령 선의를 베풀어도 받아들이지 않겠죠."

"……무슨 꿍꿍이야?"

그제야 칼렌은 완전히 납득했다.

자신이 무슨 말을 해도, 어떤 것을 주어도, 칸나는 결코 받아들이지 않으리라는 것을. 오히려 수상쩍어하며 경계심만 키워 가리라는 것을.

"저는, 이곳에."

칼렌은 한차례 호흡을 끊었다가 내쉬었다. 냉정해지기는 아주 쉬웠다.

"거래를 제안하러 왔습니다."

"거래?"

칸나는 솔깃해서 귀를 기울였다. 그제야 대화할 가치를 발견한 듯.

"말해 봐."

거래, 계약. 칸나는 오로지 그런 일로만 자신을 상대한다. 칼렌은 목을 가다듬으며 말했다.

"루시의 건강을 계속 보살펴 주십시오."

"뭐? 설마 아직도 완치됐다는 걸 못 믿는 거야?"

"그런 게 아닙니다. 루시는."

칼렌은 낮은 한숨을 내쉬며 말을 이었다.

"루시는 딱히 건강한 아이가 아닙니다. 체격도 그 나이 또래에 비하면 작고, 심기가 쇠약하죠."

"뭐…… 그렇긴 하더라."

"하녀가 낳은 아이입니다. 형님이나 어머니, 특히나 이자벨…… 그들은 루시에게 그다지 다정하게 대하는 편은 아닙니다. 오히려 지독하게 굴 때가 많지요. 그래서인지 언제나 위축되어 있습니다."

칸나는 이제야 칼렌이 무엇을 제안하려는지 알 것 같았다.

루시의 나이 일곱 살. 성장기의 소녀가 스트레스를 받으면 당연히 성장판에도 문제가 생긴다.

"심신을 강화할 수 있는 보약을 만들어 주십시오. 그리고 아파도 꾹 참는 아이니 자주 건강 체크를 해 주시고요."

"대가는?"

"원하시는 대로 드리겠습니다."

"한 달에 2000골드."

하는 일에 비하면 과하긴 했지만 귀족 여인의 한 달 생활비로는 적은 편인지라 일부러 강하게 나갔다. 얼마를 불러도 어차피 상대는 깎을 테니까.

그러나.

"좋습니다."

"……뭐?"

"한 달에 2000골드. 그리고?"

뭐라는 거야, 저 자식이?

"2000실버가 아니라 2000골드야. 2000골드라니까? 한 달에?"

"2000실버나 2000골드나 저에겐 다를 것 없습니다. 2000실버를 원하신다면 그리 드리지요."

"……"

아. 맞다. 상대는 칼렌 아디스였지.

"더 없으십니까?"

"……전속 하녀를 하나 붙여 줘. 실력과 인성이 제대로 된 애로."

"알겠습니다. 그리고?"

"……"

"또 무엇을 바라십니까?"

"정말로 더 들어줄 거야? 대체 왜?"

"루시를 위해서입니다."

그러니까, 원하는 것은 다 해 줄 테니 루시를 부탁한다는 건가?

'칼렌이 그 정도로 루시를 아낀다는 거겠지.'

칸나는 팔짱을 낀 채 곰곰이 생각에 잠겼다.

칼렌은 왜 그렇게 루시를 아끼는 걸까? 어린 시절에는 자신을 그렇게 못살게 굴었으면서?

'루시에게 베푼 친절의 반의반만큼이라도 내게 베풀지 그랬어.'

만약 그랬더라면, 이 집에 조금은 좋은 추억이 있었을지도 모르는데. 어쩔 도리 없이 배알이 비틀려 왔다. 칸나는 칼렌을 노려보고 싶은 것을 꾹 참으며 주먹을 움켜쥐었다.

"에스코트."

"예?"

"황녀 전하의 생신 연회 때 날 에스코트해 줘."

칼렌의 에스코트를 받아 입장하면 그녀에겐 큰 득이 될 것이다. 그러나 칼렌에게는 아주 끔찍한 치욕이겠지. 꼴 보기 싫어서 지하실에 가둘 만큼 싫어했던 자신을 에스코트해야 하니까.

그러니까, 이건 자신을 위한 일이자 그를 향한 심술이었다.

그녀는 이것만큼은 칼렌이 거부할 거라고 생각했다. 그러나.

"좋습니다."

그렇게 말한 후, 칸나가 말이라도 바꿀까 걱정하는 사람처럼 서둘러 선언했다.

"지금 당장 계약서를 쓰지요."

"……정말?"

"어서 씁시다."

"……."

수상했지만 자신에게는 잘된 일이었다.

칸나는 종이에 계약서를 써 내린 후 사인했다. 칼렌에게 내밀자 기다렸다는 듯 서명한다.

"이제 거래는 무를 수 없습니다. 하녀는 내일 중으로 보내 드리죠."

“앞으로 공작 부인을 모시게 될 레아 마르윈이라고 합니다.”

다음 날, 하녀가 찾아왔다.

“시키실 일이 있으면 언제든 지시해 주십시오, 부인.”

칸나는 그녀가 한눈에 마음에 들었다. 자신의 검은 머리를 보고서도 한 번도 인상을 찡그리지 않은 것이다.

‘실력도 괜찮은지 한번 봐야겠지?’

칸나는 화장대 앞에 앉으며 명령했다.

“앞머리 잘라 줘.”

덥수룩한 앞머리가 눈썹을 경계로 잘려 나갔을 때 즈음, 칸나와 레아는 동시에 놀랐다.

“레아, 너 머리카락 잘 자르네. 자연스럽고 예쁘다.”

레아는 곧바로 대답하지 못했다. 입마저 살짝 벌린 채 넋 놓고 그녀를 보다가 곧 실례임을 깨닫고 서둘러 허리를 숙였다.

“죄송합니다. 너무 아름다우신 나머지…….”

칸나는 깔깔 웃으며 종이를 내밀었다. 머리칼과 피부 등 미용 관리를 위한 재료를 쓴 종이였다.

“여기에 적은 것 사 와. 괜찮은 의상실도 알아보고.”

연회까지 앞으로 2주 남았다.

‘그때까지 열심히 관리해야겠다.’

"뭐?"

오르시니 아디스는 배를 잡고 웃음을 터뜨렸다.

"칼렌, 정신이 나갔구나. 대체 왜 그런 모욕을 감수해야 하는 거냐!"

오늘은 2황녀의 생일 연회가 있는 날이다.

제일 먼저 준비를 끝낸 오르시니는 로비에서 이자벨과 칼렌을 기다렸다. 대부분의 경우 연회에 그들 셋은 함께 입장했으니까.

그러나 칼렌의 말을 들은 오르시니는 폭소를 참을 수 없었다.

"너 대체 왜 그러는 거냐? 칸나, 그 오물에게 약점이라도 잡힌 거야?"

"그런 것 아닙니다."

"그런데 대체 왜 그 오물 덩어리를 에스코트한다는 거야? 그래 봤자 네 평판만 떨어진다!"

오르시니의 어깨에 소름이 돋았다.

그 못생긴 오물과 함께 입장한다는 상상만 해도 구역질이 나는데, 칼렌에게는 현실이라니.

"오빠! 기다렸어?"

다가온 이자벨은 칼렌의 눈치를 살피더니 재빨리 오르시니의 팔짱을 꼈다.

"오르시니 오빠, 오늘 나 어때? 예뻐?"

"이자벨, 너 그 얘기 들었냐? 칼렌이 칸나를 에스코트한다고 하는데?"

그 이야기를 듣자마자 이자벨의 안색이 새하얘졌다.

그녀는 믿기지 않는다는 표정으로 칼렌을 쳐다보았지만 아무런 말도 할 수 없었다. 다만 꽉 쥔 주먹을 드레스 자락에 숨길 뿐.

그러나 결국 견디지 못하고 한마디 툭 내던졌다.

"……나는 칸나 언니와 함께 입장하고 싶지 않아."

"나도 마찬가지다. 칼렌, 네가 정 그러겠다면 우리는 따로 가도록 하지."

오르시니까지 합세하자 이자벨의 얼굴이 확 펴졌다.

그러나 칼렌은 애초부터 그들이 뭐라 하든 관심이 없었다.

"마음대로 하십시오. 저는 칸나 누님과 함께 가겠습니다."

그렇게 이자벨과 오르시니가 먼저 떠나고, 칼렌은 소파에 앉아 느 긋하게 기다렸다.

그 시간 동안 그는 칸나에 대해 생각했다.

칸나가 지금까지 참가한 파티의 수는 총 다섯 번도 되지 않을 것이 다. 눈에 띄지 말라는 아버지의 명령도 명령이지만, 그녀가 애초부터 많은 사람 속에 섞이는 것을 좋아하지 않았던 것이다.

'당연한 일이지. 검은색에 대한 부정적인 인식이 강하니.'

칼렌은 한숨을 내쉬었다. 칸나가 두문불출한 지 벌써 2주. 지난 2주간 칸나의 얼굴을 한 번도 볼 수 없었다.

그녀는 자신과는 한 번도 마주치지 않았으면서 꼬박꼬박 루시의 진 료를 보러 갔다. 그의 훈련 시간이나 집무 시간 때만 맞춰서 가는 것 이다.

'설마 나를 피하는 건가?'

그래서 연회 준비는 제대로 하고 있는지 아는 것이 없다. 하녀 레아 가 이것저것 바쁘게 준비하고 있는 것 같긴 했지만 아무것도 물어보 지 못했다. 만일 뒷조사하는 걸 들켰다가는 칸나는 더 차가워질 것이 다. 그렇잖아도 지금도 충분히 얼음 같은데…….

싸늘한 칸나. 차가운 누님.

'그게 뭐 어쨌다는 거지?'

최근 칼렌의 마음은 몹시 복잡했다. 그리고 그런 자신을 이해할 수 없었다.

어린 시절 악행에 대한 죄책감 때문일까? 사과를 들을 생각도 없는 칸나 때문일까?

고작 그뿐이라면 이렇게 심란할 이유는 아무 데도 없다.

칼렌은 자신이 정이 많지도, 착하지도 않음을 아주 잘 알고 있었다. 도리어 세간에서는 알렉산드로를 빼닮아 냉정하다는 평가를 받고 있었으니.

게다가 애초부터 칸나에게는 아무 관심도 없지 않았는가.

그런데 이제 와서 왜……?

칼렌의 눈빛이 점점 메마르게 굳어 갔다. 생각을 거듭할수록 점점 불쾌해졌다.

'내가 왜 이런 잡념으로 시간 낭비를 하고 있는 거지?'

스스로에 대해 의문을 갖는 것, 통제되지 않는 생각을 품는 것. 이런 건 딱 질색이다. 이번 에스코트 일만 마무리 지으면 일말의 관심조차 주지 않으리라. 그렇게 결정했을 때였다.

"칼렌."

턱을 괴고 있던 칼렌은 고개를 획 돌렸다. 그리고 그대로 얼어붙었다.

"많이 기다렸어?"

또각또각, 넓은 홀에 구두 굽 소리가 울렸다. 그 소리가 아주 가까워져 제 앞에 멈춰 설 때까지 칼렌은 움직이지 못했다. 가까워지는 여자에게서 시선조차 뗄 수 없었다.

"칼렌?"

그제야 칼렌은 그녀가 칸나임을 깨닫고 입을 열었다. 누님…… 그렇게 발음하려 했으나 그랬다가는 그녀가 질색한다는 것을 본능적으로 떠올리고는.

"칸나?"

"응."

칸나는 고개를 끄덕이며 손을 내밀었다.

새하얀 레이스 장갑을 낀 뽀얀 손. 칼렌의 눈동자가 천천히 그녀의 손끝으로 내려왔다.

"에스코트."

내려오는 명령. 칼렌은 어째서인지 목이 아파 와 침을 삼켰다. 목울대가 크게 울렁였다. 그는 주먹을 한 번 쥐었다 편 후, 자리에서 일어나 그녀의 손끝을 받쳤다.

"예."

그녀의 곁에 선 순간 은은한 향기가 코끝을 적셨다. 처음 맡는 향기. 놀랍도록 매혹적인 그 향에 칼렌은 저도 모르게 숨을 크게 들이마셨다.

"어때?"

"예?"

"나한테서 나는 냄새 말이야."

냄새라니. 이 향에 그 단어는 어울리지 않았기에 칼렌은 멋대로 바꾸었다.

"향기가 좋습니다."

그러자 그녀가 만개한 꽃처럼 활짝 웃었다.

"다행이다. 역시 여기 사람들에게도 좋게 느껴지는구나."

뜻 모를 말이었으나 이해할 필요도 없었다. 칼렌은 그저 그녀의 말이 옳다고, 맞장구를 쳤다.

◦❀❀◦

"뭐?"

아슬란 제국의 2황녀, 릴리엔느는 자신의 귀를 의심했다.

"영애, 지금 뭐라고 했죠?"

"오늘 칸나 언니가 올 거예요, 전하."

"……."

"칼렌 오라버니가 직접 에스코트해 올 거예요. 조만간 도착하지 않을까 싶네요."

"칸나 발렌티노가 연회에 온다고요?"

"예. 정말 잘됐지요? 그동안 언니를 많이 궁금해하셨잖아요."

"그렇긴 하죠."

릴리엔느는 순순히 고개를 끄덕였다.

실비엔 발렌티노가 자신을 거절하기 위해 사용한 여자, 칸나.

지금껏 그녀를 한 번도 본 적이 없었다. 그만큼 두문불출한 여자였다. 듣자 하니, 칸나가 지금껏 파티에 참여한 건 한 손으로 셀 수 있을 정도라고 한다.

'그리고 그때마다 늘 정원 같은 곳에 처박혀 숨는다고 하지.'

황녀의 입꼬리가 삐뚜름하게 올라갔다.

칸나 발렌티노.

사람들의 시선을 피해 도망가는 여자. 파티를 즐기지 못하는 여자.

누가 볼까 봐, 경멸의 눈으로 쳐다볼까 봐 구석으로 기어들어 가 숨는 여자.

불쌍하기도 하고, 안타깝기도 하고…….

'천하기도 하고.'

그래서인지 칸나를 목격한 귀족들은 거의 없었다.

'게다가 발렌티노 공작이 제대로 된 결혼식도 안 치렀으니 볼 기회가 없었지.'

지독하게 형식적인 관계이기에 결혼식조차 생략했다. 그들이 종이 인형 같은 부부라는 건 모두가 아는 사실이었다.

'거의 집에, 아니, 방 안에 칩거한다고 들었는데.'

그런 여자가 집 밖으로 나와서, 심지어 자신의 연회에 참가하다니…… 칸나의 여동생인 이자벨에게 직접 들은 이야기임에도 불구하고 믿기 힘들었다.

그때였다.

"칸나 발렌티노 공작 부인, 칼렌 아디스 공작 영식 입장하십니다!"

때마침 온 모양이다.

황녀는 앉은 몸을 앞으로 길게 빼내었다. 그녀뿐만이 아니었다.

"칸나 발렌티노라고?"

"발렌티노 공작 부인!?"

"그 검은 여자?"

수군수군, 파문처럼 퍼져 가는 목소리들. 이윽고 파티장 안의 모든 시선이 입구로 향했다.

큰 키의 훤칠한 사내가 한 여인의 손을 붙잡고 걸어 들어왔다. 남자는 유명한 칼렌 아디스였고, 여자는…….

"……어?"

옆에서 이자벨의 바보 같은 신음이 터져 나왔다. 릴리엔느 역시 마찬가지였다.

아름다운 여자가 칼렌과 함께 걸어오고 있었다. 등장하는 순간, 연회장의 빛이 모조리 그녀에게 쏟아지는 것 같은 여자. 보기 드물 정도의 미인이었다.

그런데…….

'저 여자가 정말 칸나 발렌티노라고?'

만약에 칸나가 청초하고 수수한 인상의 미인이었다면 이렇게까지 놀라진 않았을 것이다.

그러나 그녀는 가시를 품은 새빨간 장미꽃 같았다. 장미를 인간으로 형상화한 듯한 여인이었다.

한편, 칸나는 이런 반응을 충분히 예상하고 있었다.

'좀 성깔 있게 생겼지, 내가.'

눈매와 입꼬리는 위로 말려 올라가 있고 코끝은 귀족적이라는 말이 어울릴 만큼 날카롭다. 연약해 보이는 외모가 아닌지라 그간 '칸나'의 이미지와는 아주 다르게 느껴질 것이다.

아나나 다를까 입장한 지 30분이 지난 지금까지도 그녀는 곁눈질을 당하고 있었다. 이것 역시 예상했던 일이었기에 상관없지만…….

'얘는 대체 왜 붙어 있는 거야?'

흘끗. 옆에 서서 와인을 기울이고 있는 칼렌을 쳐다봤다.

대체 무슨 생각인지, 칼렌은 내내 곁에 붙어 있었다. 에스코트해 주는 것으로 의무는 다했을 텐데.

"칼렌, 이제 그만 볼일 보러 가."

"아뇨, 딱히."

"뭐가 딱히야?"

"됐습니다."

그러니까 뭐가 딱히고, 뭐가 됐다는 건데? 칸나는 뾰로통해서 그를 올려다보다가 한숨을 내쉬었다.

'네가 옆에 있으면 일 진행이 안 된다고.'

칸나는 흘끗 시선을 움직였다. 그 즉시 짙은 갈색 머리 여자와 눈이 마주쳤다. 황족들만이 앉을 수 있는 자리에 느른하게 기댄 여자. 아마 저 여인이 바로 릴리엔느 이자베르크일 것이다.

'계속 나만 보고 있는 걸 보니 관심 끄는 데는 성공한 모양인데.'

옆에 이렇게 붙어 있으니 뭘 어떻게 할 수도 없고…… 대체 칼렌을 어떻게 떼어 내야 할까?

그렇게 생각할 때 마침 귀족 남성이 접근해 왔다.

"칼렌 아디스. 기껏 왔는데 여기 숨어서 뭘 하는 거야?"

칼렌 또래의 남자가 반갑게 인사하는 척하며 칸나에게 접근했다.

"그나저나 옆의 아름다운 레이디는 누구지?"

검은 머리에 검은 눈. 누구인지 뻔히 알 텐데도 모르는 척 넉살을 떤다. 칼렌이 말없이 인상을 찡그리자 칸나가 나서서 인사했다.

"반갑습니다. 칸나 발렌티노라고 해요."

"아하. 설마설마했는데, 역시나 칼렌의 누이 되시는 분이 맞았군요!"

아름다움이란 게 얼마나 강력한 무기인지 지금은 아주 잘 알고 있었다. 그것을 효과적으로 써먹지 못했던 자신과 주화가 바보 같을 뿐.

지금도 보라. 활짝 웃기만 했는데도 상대는 금세 얼굴을 붉히지 않는가?

"저는 콜린 데비스입니다. 어린 시절부터 칼렌의 절친한 친우였는데 이제야 만나 뵙게 되다니 믿을 수가 없군요."

"누가 절친한 친우지?"

칼렌이 다소 위협적으로 중얼거렸지만 콜린은 들은 척도 안 했다. 사실 그의 눈에 칼렌은 들어오지도 않았다. 오로지 칸나만이 눈부신 후광에 휩싸여 반짝거릴 뿐.

검은 머리에 검은 눈을 가진 여자. 소문으로 들을 때는 인상을 찡그렸는데······.

'검은색이 이렇게 아름다울 줄이야!'

눈처럼 흰 피부와 대비되어서일까, 가녀린 목덜미 위로 흘러내린 검은 머리칼은 아찔할 만큼 고혹적이었다. 게다가 그녀의 도드라지는 붉은 입술에서는 색기가 물씬 풍겼고 흑요석 같은 눈동자는 빨려 들어갈 것처럼 신비로웠다.

이렇게 화려한 인상의 미인은 처음인지라 보고 있자니 입안이 바짝 말라 왔다. 심지어 은은하게 풍기는 향기까지 더해져 콜린의 가슴이 두근두근 거세게 뛰었다.

그 꼴을 보다 못한 칼렌이 낮은 목소리로 뇌까렸다.

"약혼녀는 어디에 두고 혼자 있는 거지, 콜린?"

"아······ 음. 정원에 나가 있는 모양인데."

"그렇다면 내가 약혼녀가 계신 곳까지 배웅해 주지."

칼렌은 콜린의 팔뚝을 잡아챈 후 칸나에게 말했다.

"이곳에 계십시오. 곧 돌아오겠습니다."

아니, 이대로 꺼져 주렴.

콜린은 아쉬운 눈빛을 남기면서 칼렌에게 질질 끌려갔고, 그제야 그녀는 혼자가 되었다.

'됐다.'

이제야 파티장 안에 홀로 남았다. 칼렌 아디스 없이.

칸나는 시종에게 샴페인 한 잔을 건네받으며 슬쩍 몸을 틀었다. 그러면서 자연스럽게 다시 한번 황족들의 좌석을 살폈다.

그곳엔 아무도 없었다.

그리고 다시 고개를 돌리자, 인파를 가르며 가까워지는 갈색 머리 여인이 보였다.

'온다.'

눈을 아래로 내리깔았다. 한 모금 살짝 마시면서 속으로 숫자를 셌다. 하나, 둘, 셋, 넷……

"발렌티노 공작 부인?"

왔다!

속으로는 환호를 내질렀지만, 한 줌의 내색도 없이 태연하게 고개를 들어 올렸다. 풍성한 곱슬머리를 늘어뜨린 미녀가 앞에 서 있다.

"황녀 전하를 뵙습니다."

제2황녀, 릴리엔느 이자베르크.

칸나는 눈을 가느다랗게 접어 미소 지었다.

"만나 뵙게 되어 영광입니다, 진하."

칸나가 공식적인 자리에 나타나는 건 거의 없는 일이었다. 그러니 자신이 궁금해서라도 찾아올 거라고 생각했다. 그리고 릴리엔느는 눈치가 아주 빠른 여자였다.

"착각일까요? 아까부터 부인이 저를 부르는 것처럼 느껴졌는데."

"그러셨나요?"

"시치미 떼시긴."

릴리엔느가 눈을 접어 고혹적으로 웃었다.

"만약 부인이 남자였다면 분명 저를 유혹하고 있다고 생각했을 겁니다. 그만큼 노골적이었죠."

그래, 그랬지. 칸나는 굳이 숨기지 않았다.

"예, 맞아요. 전하를 꼭 만나 뵙고 싶었습니다."

"어째서?"

릴리엔느의 입꼬리가 올라갔다.

"내가 원하던 것을 빼앗아 간 부인께서, 왜 날 만나고 싶어 했을까?"

그녀는 쫙 펼친 부채를 살랑살랑 흔들며 칸나를 위아래로 훑어보았다.

"미리 조언해 주는 건데, 나는 빙빙 돌려 말하는 것을 좋아하지 않아요. 그러니 용건이 있다면 단도직입적으로 말하세요."

그러면 나야 좋지. 칸나는 짐짓 서글픈 척 어깨를 축 늘어뜨렸다.

"제가 남편에게 당한 홀대는 이미 알고 계시리라 믿어요."

알지. 릴리엔느는 픽 웃었다. 실비엔이 제 부인을 언제든 밟아도 되는 잡초 취급하는 걸 모르는 사람이 어디 있겠는가?

그러나 릴리엔느는 조금 더 우아하게 순화했다.

"발렌티노 공작 부부의 관계가 소원하다는 것 정도는 알지요."

"그리고 실비엔 공작님께서는 변하지 않을 분이라는 것, 황녀 전하께서도 잘 알고 계시겠죠."

"잘 알아요. 쉽게 변하지 않는 게 그의 매력 아니던가요?"

아닌데요……. 칸나는 진심으로 그녀를 말리고 싶어졌다.

'그 사람 성격 완전 개차반인데 매력은 무슨.'

왜 그런 쓰레기 같은 남자를 좋아하는 걸까? 나라면 한 트럭을 줘도 안 가질 텐데. 그러나 칸나는 아쉬운 듯 한숨까지 쉬어 가며 열연했다.

"솔직하게 말씀드릴게요. 저는 그분의 계속된 냉대에 지쳤습니다. 예, 저는 지쳤어요, 전하."

"……그래요?"

"예. 그래서 지금 친정에 돌아와 있답니다."

슬슬 운을 뗐다. 아니나 다를까 릴리엔느는 완전히 칸나의 말에 집중한 기색이었다.

"귀족 여성에게 이혼은 쉽지 않은 일이죠. 가문의 명예와 관련한 일이니까요. 그렇기에 제 아버지께서도 허락하지 않으셨어요. 하지만……."

꿀꺽. 릴리엔느가 침을 삼키는 소리가 들렸다. 먹음직스러운 만찬에 초대받은 것처럼 형형하게 빛나는 눈. 칸나는 그 앞에 대고 미끼를 살랑살랑 흔들었다.

"하지만 결혼을 유지할 수 없는 상황이 만들어진다면…… 이야기는 달라지겠죠."

가령, 실비엔이 다른 여자와 바람이 난다든가. 혹은 황녀가 알렉산드로에게 계속해서 압력을 넣으면 귀찮아서라도 이혼을 허락해 줄 수도 있다. 그러니까 결론은.

'나와 동료가 되자!'

한편이 되어 이혼을 향해 달려가 보자는 제안이었다. 혼자서는 힘들지만, 황녀와 함께 계략을 짠다면 가능할 것이다!

잠시 후, 릴리엔느가 입을 열었다.

"지금 나보고 그 말을 믿으라는 겁니까, 부인?"

그렇게 말하긴 했지만 꽤 흔들리는 눈치였다. 여기서 조금만 더 속삭이면 넘어올 것이 분명할 터. 재빨리 덧붙이는 말을 꺼내려 할 때.

"황녀 전하, 무슨 대화를 나누고 계십니까?"

쑥 끼어드는 목소리. 그 음성에 칸나는 저도 모르게 나오는 신음을 삼켰다.

조세핀 엘레스터─ 망할 시어머니가 나타난 것이다!

그러나 칸나와는 달리 릴리엔느는 반갑게 조세핀을 맞이했다.

"흥미로운 이야기 중이었습니다, 엘레스터 백작. 지금 발렌티노 공작 부인께서 아디스 가문에 머무신다고 하던데요."

"예, 그렇습니다. 제가 내쫓았지요."

"……백작이 내쫓은 거라고요?"

릴리엔느가 미간을 좁혔다. 그리고 즉시, 어떻게 된 일인지 묻는 듯한 시선으로 칸나를 쏘아보았다. 네가 나간 거라며?

그러자 조세핀이 깔깔 웃음을 터뜨리며 속삭였다.

"예. 돌아오지 않는 것을 보니, 실비엔의 관심을 끌기 위해 새로운 방법을 쓰는 것 같습니다. 황녀 전하께서는 신경 쓰실 필요 없어요."

순간 릴리엔느는 최면에서 깨어난 듯한 기분이 들었다. 칸나와 단둘이 이야기할 때는 잠시 홀린 것 같았는데, 조세핀과 이야기하니 현실감이 확 느껴졌다.

'그래…… 맞아. 저 여자가 이혼을 바랄 리 없잖아?'

너무나도 당연한 일인데. 왜 잠시 혹했던 걸까?

'당연히 그럴 리가 없지.'

얼마 전엔 실비엔의 바짓가랑이에 매달려 울부짖었다는 소문도 들었다. 고용인들의 입을 통해 이미 쫙 퍼진 일이었다.

그런 여자가 갑자기 이혼을 원한다고?

게다가 정말 이혼할 생각이라면 이제 와서 제 외모를 과시하는 일 따위는 하지 않을 터.

'하마터면 칸나 발렌티노에게 놀아날 뻔했어.'

조세핀의 말이 옳다. 새로운 방식, 즉 자신을 이용하여 관심을 끄는 수작을 부릴 생각이었겠지.

'날 이용해서?'

그 사실이 릴리엔느의 자존심을 확 휘갈기고 지나갔다.

"간도 크군요, 발렌티노 공작 부인. 제가 그리 우습게 보였나요?"

"오해하고 계십니다, 전하."

"오해?"

하. 릴리엔느의 입꼬리가 비틀렸다. 그녀는 칸나가 쥔 샴페인을 빼앗더니, 촤악! 단숨에 칸나의 드레스 자락 위로 쏟아부었다.

"……!"

몰래 지켜보던 귀족들이 숨을 삼켰다. 순식간에 분위기가 살얼음처럼 얼어붙었다.

"오해하지 말아요, 공작 부인. 실수니까."

당연히 칸나가 울 거라고 생각했다. 이런 수모를 당했으니 당연히 눈물을 또르르 흘릴 거라고.

그러나.

"그래요."

휙, 고개를 들어 올린 칸나는 활짝 웃고 있었다.

"실수하셨네요, 전하. 손이 미끄러지신 모양이에요."

릴리엔느를 포섭하려고 했던 계획은 실패했다. 칸나는 빠르게 그녀를 포기했다. 물론 아무 방해도 없이 제대로 된 대화를 나누면 제 편으로 끌어들일 자신은 있지만······.

이제는 그러고 싶지 않아졌다. 굳이 이런 여자의 비위를 맞춰야 할 정도로 절실하지는 않다. 이혼할 방법은 얼마든지 있으니까.

릴리엔느가 까르르 웃음을 터뜨렸다.

"실수라고? 정말 그렇게 생각해요, 공작 부인?"

"전하께서 그리 말씀하셨으니 그 말이 맞겠지요."

"그럼 이건?"

릴리엔느가 이번엔 칸나의 머리 위로 샴페인 잔을 올렸다. 칸나는 반사적으로 드레스 자락을 꽉 움켜쥐었다. 설마 머리 위로 쏟아부으려고······.

"왜 이리 소란스러운가?"

그때, 릴리엔느가 재빨리 손을 내렸다. 근엄한 인상의 여인이 다가왔다. 그녀의 등장에 릴리엔느는 물론 조세핀마저도 놀라 허리를 굽혔다.

"황후 폐하를 뵙습니다!"

"무슨 소란이냐고 물었다."

힐난조로 묻는 것을 보니 이미 모두 다 지켜본 기색이었다. 칸나의 치마에 샴페인을 들이붓고 머리에 부으려고 하는 것까지 다.

'아, 혹시 이거 기횐가?'

그렇다면 놓칠 수 없지. 칸나는 흑흑, 소리를 내며 고개를 떨구었다.

"흑, 흑흑. 죄송합니다. 흑, 제가 부족하여, 흑."

그 꼴을 지켜보던 릴리엔느의 입이 벌어졌다.

울어? 갑자기? 조금 전까지만 해도 태연자약했으면서?

"어, 어허! 눈물을 거두지 못하겠느냐! 감히 어느 안전이라고!"

"엘레스터 백작, 소리를 낮추게."

황후는 흐느끼는 칸나의 어깨를 감싸며 토닥였다.

"괜찮으니 눈물을 거두게. 얼마나 서러웠으면 이럴까."

순간 칸나는 당황했다.

여러분, 내가 피해자입니다! 라고 외치는 듯한 행동을 하고 있었지만 이렇게까지 자신을 보듬어 줄 줄은 몰랐다.

그래, 기왕 이렇게 된 거 제대로 하자. 칸나는 어깨까지 떨며 연출에 박차를 더했다.

"요, 용서해 주세요, 전하. 다음부터는 절대, 흑, 전하의 심기를, 거스르는 일은 하지 않겠습니다……!"

멍하니 지켜보던 릴리엔느의 얼굴이 새빨개졌다. 저런 가증스러운 눈물이라니!

"릴리엔느 황녀, 정말이지 실망스럽군. 대체 언제까지 그리 뿔 달린 망아지처럼 굴 생각인가?"

"……송구스럽습니다, 폐하."

그러나 할 말이 없었다. 샴페인을 머리에 부으려고 하는 걸 들킨 마당에 무슨 말을 하겠는가? 마음에도 없는 사과를 하고 끝내려 했으나 황후는 여기서 끝낼 생각이 없었다.

"황녀의 언니를 좀 본받도록 하게. 1황녀의 부드럽고 따뜻한 성품의 반의반만이라도 따라갈 생각을 하란 말이야."

역시나 이럴 줄 알았지!

릴리엔느는 입술을 질끈 깨물며 고개를 숙였다. 그녀는 황후가 아닌 후궁의 딸이다. 그래서일까, 황후는 릴리엔느를 깎아내리는 것을 아주 좋아했다.

'황후가 있을 때는 조심했어야 했는데. 칸나 때문에 내 눈이 뒤집혀서……'

그때였다.

"무슨 일이신가요?"

험악한 분위기 위로 상냥한 음성이 흐른다. 그 목소리를 듣는 순간, 릴리엔느는 안도의 한숨을 내쉴 뻔했다. 살았다!

"황후 폐하, 혹 릴리엔느가 무례라도 저질렀나요? 그렇다면 제가 대신 사과드리겠습니다."

칸나는 다가오는 여인을 보고 눈을 휘둥그레 떴다.

순간 깜짝 놀랄 만큼 아름다운 여자였다. 붓으로 그려 낸 듯 미려한 얼굴, 희게 빛나는 백금발, 신비한 자줏빛의 눈동자. 가까이 다가오는 모습이 마치 나비가 날아오듯 청초했다.

"부디 제 여식의 잘못을 용서해 주세요. 제가 단단히 타이르도록 하겠습니다, 폐하."

"……어머니."

릴리엔느가 어머니, 라고 불렀다. 칸나는 그제야 여자가 누구인지 알아차렸다. 도저히 모를 수 없는 여자였다.

저 여자와 황제를 모티프로 한 온갖 낭만 소설, 연극들이 인기를 얻고 있는데, 모를 수가 없다.

'황제의 후궁. 천민 출신 귀비.'

릴리엔느의 모친이자 황제의 총애를 받고 있다는 여인. 테레사 이자베르크였다. 황후는 테레사를 지긋이 응시하더니, 입꼬리를 올려 미소를 만들었다.

"귀비께서 그렇게까지 말하니 더는 아무 말 하지 않겠네."

"폐하의 자비에 감사드릴 뿐입니다."

더는 이야기를 섞고 싶지 않은지 황후는 등을 획 돌렸다. 그리고 칸나의 어깨를 감싸 안으며 말했다.

"자, 발렌티노 공작 부인은 나를 따라오게. 내가 따뜻한 차 한잔 대접하리다."

⊰᯽⊱

황후는 칸나를 파티장 내부, 휴식을 취할 수 있는 방으로 데려왔다.

"여기서 잠시 대화를 나누지."

소파에는 한 여인이 외딴섬처럼 홀로 앉아 있었다. 얼마 전의 루시처럼 베일이 달린 모자를 쓴 채로.

"인사 올리게. 내 딸, 제국의 1황녀일세."

칸나는 번듯하게 허리를 굽혔다.

"만나 뵙게 되어 영광입니다, 황녀 전하. 칸나 발렌티노라고 합니다."

"……."

돌아오는 대답이 없다. 못 들은 걸까?

'아니, 못 들었을 리가 없는데.'

설마 대놓고 무시를 하는 걸까? 의아했지만, 황녀의 얼굴은 베일 아래 가려져 있기에 알 수가 없었다.

그때, 황후가 말했다.

"자네가 아디스 가문의 막내딸을 고쳤다고 들었네. 기이한 의술을 쓴다던데, 그게 사실인가?"

그 말에 칸나는 내심 놀랐다. 공작가에서 쉬쉬하며 숨기는 일인데, 대체 어떻게 알았단 말인가?

"클로이 아디스 공작 부인이 내게 말해 주었네."

"……."

"사실인가?"

클로이가 황후에게 그 이야기를 했다고? 대체 왜?

칸나는 베일을 쓴 황녀를 흘끗 쳐다봤다.

그러고 보니 1황녀가 아주 오랫동안 피부병을 앓아 왔다고 들었다. 그래서 은둔자처럼 방에 틀어박혀 지낸다고.

그리고…….

'지금까지 황녀를 고치지 못한 의원들, 모두 수도 밖으로 쫓겨났다고 하던데.'

하녀 레아에게 들은 일화를 떠올리는 순간 한숨이 목 끝까지 차올랐다. 클로이가 무엇을 노렸는지 알 것 같았다.

'일부러 나를 부르게끔 유도한 거잖아.'

루시의 괴병을 고친 기이한 의술. 그 이야기를 들은 황후는 지푸라기라도 잡는 심정으로 칸나를 부를 거다. 그리고 클로이는 당연히 자신이 못 고칠 거라 생각했겠지. 그렇게 되면.

'나는 황후의 분노를 사겠지. 다른 의원들처럼.'

그렇게 되어도 클로이는 손해 볼 일 없다. 어차피 루시도, 칸나도, 그녀의 친딸이 아니었으니.

아무리 그래도 그렇지, 이런 일을 꾸미다니…… 클로이는 칸나가 아주 못마땅한 모양이었다.

'하지만 그건 내가 못 고쳤을 때의 이야기지.'

위기는 곧 기회라는 말이 있지 않은가?

만약 황녀를 고친다면 그녀에게는 아주 좋은 기회가 될 것이다. 생각을 마친 칸나는 담담하게 고개를 끄덕였다.

"예, 사실입니다."

"그래. 그렇군. 그렇다면…… 좋아."

황후는 혼자 중얼거리며 무언가를 결정하더니, 황녀에게 명령했다.

"황녀, 모자를 벗어 보렴."

황녀에게 아무런 반응이 없자 황후는 다시 한번 채근했다.

"어서."

"……싫습니다."

드디어 나온 대답.

"싫어요. 벗지 않겠어요."

그러자 황후가 엄격하게 타일렀다.

"황녀, 말 듣게."

"싫다고 했습니다, 황후 폐하."

"이멜리아 황녀!"

황후는 결국 언성을 높였다. 아멜리아는 분노한 듯 어깨를 크게 떨었다. 그러나 결국, 황후를 이기지 못하고 모자를 벗었다.

"자요!"

진한 금발. 그리고 잔뜩 달아올라 있는 금빛 눈동자. 마주치는 순간 등골이 오싹했다.

"자요, 벗었습니다!"

"……."

"이제 만족하십니까!"

그녀의 얼굴은 처참했다.

빰과 이마, 광대에 검붉게 피어오른 반점들. 반점 근처로 하얗게 벗겨져 가는 살갗. 마치 피부에 곰팡이가 핀 것처럼 보였다.

씩씩거리는 아멜리아를 복잡한 눈으로 응시하며, 황후가 말했다.

"지금껏 많은 의원이 치료했다네. 효과는 미미했지. 피부가 잠깐은 좋아지는 것 같다가도, 다시 원래대로 돌아오더군. 아무도 근본적인 문제를 해결하지 못했어."

"……."

"어떤가? 내 딸을 고칠 수 있겠는가?"

"저는 아직 황녀 전하의 병명이 무엇인지도 모릅니다. 제대로 살펴볼 기회를 주시겠습니까?"

"그래. 내가 조급했군."

황후는 제 실책을 인정한 후 손을 휘저었다.

"아멜리아, 어서 옷을 벗고 다 보여 주거라."

……뭐? 칸나는 자신이 잘못 들은 줄 알았다. 그러나 황후의 표정은 진지했다.

'여기서 벗으라니. 그건 좀…….'

그 순간, 쾅! 아멜리아가 벌떡 일어나 테이블을 걷어찼다. 유리잔이 와장창 깨졌다.

'세상에.'

생각보다 훨씬 더 과격한 반응에 칸나는 어안이 벙벙해졌다.

테이블을 걷어차? 저래도 되나? 황후 앞에서?

"지금 이 방에서, 파티장에서 벌거벗으란 말씀이세요? 차라리 절 죽이세요!"

그러나 황후는 아멜리아의 저런 행동에 꽤 익숙한 듯 놀란 기색이 아니었다.

"몸에도 피부병이 번져 있지 않지 않은가. 그걸 공작 부인이 살펴봐야 하지 않겠나!"

"싫어요, 싫다고요!"

그러더니 귀신 같은 눈으로 칸나를 노려보았다.

"이곳에서 부인에게 내 몸을 보일 생각은 없어! 꿈도 꾸지 마!"

왜 화살이 나한테 돌아오는 거야? 내가 보여 달라고 한 것도 아닌데. 억울해졌지만, 그래도 황녀의 마음을 이해할 수 있었다.

'아픈 사람들이 얼마나 예민한데.'

심지어 황족인데, 아랫사람 앞에서, 그것도 파티장에서 옷을 벗어 환부를 보이라고 하다니. 황후의 태도는 지나치게 배려가 없었다.

"황녀가 그렇게 소극적으로 나오니까 병이 낫지 않는 게다!"

그러나 황후는 답답한 듯 제 가슴을 쾅쾅 두드렸다.

"발렌티노 공작 부인! 부디 황녀의 피부병을 고쳐 주게. 벌써 몇 년째 저런 흉측한 피부를 가지고 살았단 말이야! 남들이 뭐라고 하는 줄 아는가? 내가 썩은 시체를 낳았다고 떠들고 다닌다네!"

흉측한 피부. 그리고 썩은 시체. 그 말에 아멜리아가 왈칵 울음을 터뜨렸다. 눈을 부릅뜬 채 눈물을 줄줄 흘렸다.

"그래요, 그런 말 들으시게 해서 정말 죄송해요, 폐하. 차라리 제가 죽어 없어졌으면 더 편했을 텐데, 그렇죠?"

"말을 가려서 하게, 황녀!"

"폐하야말로 제발 말씀 좀 가려서 해 주세요! 흉측하다뇨, 썩은 시체라뇨! 어떻게 그런 말씀을 하세요?"

"무엄하구나! 어디서 그런 되바라진 말버릇을 배운 거야!"

그 이후로 이어지는 모녀간의 살벌한 말다툼.

"솔직하게 말씀하세요! 그냥 내가 죽어 없어졌으면 좋겠다고! 병자를 낳았다는 소리 듣고 싶지 않다고, 어머니의 귀한 아들의 앞길에 방해가 된다고!"

아무리 가족이어도 황후는 황후다. 상대가 친딸이어도 저런 태도는 용납되지 않을 터.

"차라리 죽어 달라고 말씀하시라고요! 그럼 죽어 드릴 테니까!"

"말조심하라고 했다, 황녀! 진정 벌을 받고 싶은 게야?"

그럼에도 아멜리아는 고래고래 소리쳤다. 눈에 보이는 것이 없는 것 같았다. 아마 오랫동안 고통 받은 시간이 그녀를 마모시켰으리라.

직업 때문일까, 칸나는 환자 편에 서서 생각할 수밖에 없었다.

'그래도 상대는 딸이잖아. 게다가 환자고. 말 좀 예쁘게 해 주지.'

쯧, 속으로 혀를 차며 조심스럽게 끼어들었다.

"폐하, 제가 다음번에 황녀 전하를 따로 찾아뵙겠습니다."

그제야 뚝, 두 사람의 말다툼이 끊겼다.

일순 칸나의 존재를 잊었던 걸까? 황후는 잠시 이성을 잃었던 것이 수치스러운지 입을 꾹 다물었다.

"지금은 진료 도구도 없고 장소가 적절치 않으니, 추후에 제가 황궁으로 찾아뵙겠습니다."

"그래…… 그러도록 하게."

이제 가도 되겠지. 제발 가게 해 줘.

다행히 황후가 나가 보라는 듯 손짓했다. 칸나는 재빨리 몸을 일으켜 허리를 숙였다.

"그럼 다음번에 뵙겠습니다, 황후 폐하. 그리고 황녀 전하."

그렇게 고개를 들어 올리는 순간, 아멜리아 황녀와 눈이 마주쳤다.

눈물로 젖은 촉촉한 금색 눈동자.

분노. 수치. 슬픔. 고통. 절망. 절망. 절망. 끝없는 절망.

그럼에도 불구하고 도저히 포기하지 못하고, 일말의 희망을 품은 눈빛.

칸나가 시선을 마주하자, 아멜리아는 재빨리 모자를 들어 올려 베일을 눌러썼다. 아마 흉한 피부를 보고 있다고 생각한 모양이다.

바들바들 떨리는 그녀의 손끝이 안타까웠다.

'흐, 힘들어.'

칸나는 곧장 테라스로 빠져나왔다. 엄청난 모녀 싸움을 봐서일까, 온몸의 진이 다 빠진 듯 힘이 없다.

'정신이 하나도 없네.'

아마 그들은 지금도 싸우고 있겠지. 빠르게 도망 나와서 정말 다행이다.

칸나는 한숨을 내쉬며 하늘을 올려다보았다. 이느덧 밤이 어둑하게 내려와 있었다.

'잠깐 사이에 정말 많은 일이 있었어.'

릴리엔느에게 샴페인 벼락을 맞고, 황후의 도움을 받나 싶더니 황녀와의 말다툼을 구경하고……

'그래도 수확은 있었어.'

황후와 대면을 마친 후, 방 밖으로 빠져나왔을 때 모든 사람이 그녀를 쳐다봤다. 파티장의 모든 사람이.

비록 그 누구도 다가오지 않았지만, 동시에 누구도 그녀를 무시하지 못했다. 누군가는 경멸 어린 눈으로, 누군가는 호기심 가득한 눈으로, 누군가는 설레는 눈으로 바라보았으니.

'분명한 건 모두가 날 궁금해한다는 거지.'

오랜 기간 은둔하면서 지낸 공작 부인. 오물이라고 불렸던 불길한 존재가 어느 날 갑자기 눈부신 모습으로 나타났다. 그러니 당분간 모든 귀족, 특히 여인들의 관심사는 단 하나일 것이다.

칸나 발렌티노.

그녀가 어떤 화장수를 쓰는지, 향수를 쓰는지, 입욕제를 쓰는지, 피부 관리는 어떻게 하는지. 왜 황후의 호의를 받는지.

'이렇게 관심이 고조된 상태에서 황녀를 치료하는 데 성공한다면……'

칸나에 대한 인식이 좋아질 것이다. 그러니 이번 기회를 잘 활용해야 했다.

'나중에, 이혼에 성공한 후 내 병원 차릴 때도 도움이 될 거야. 그러니까 잘해 내야 해.'

그렇게 결심할 때 덜컥, 문이 열리더니 한 남자가 들어왔다.

"……."

오르시니 아디스. 그녀의 첫째 남동생이었다. 오르시니는 칸나가 안에 있는 줄 몰랐는지 깜짝 놀란 기색이었다.

'파티장에서 한 번도 안 보이더니, 재수 없게 여기서 마주쳤네.'

당연히 상대도 똑같이 생각하겠지.

'깔끔하게 입었다고 번드르르해진 것 봐. 하여간 허우대만 멀쩡해서는.'

알렉산드로의 아들답게 외모만큼은 조각처럼 번듯했으니까.

'그러나 속 알맹이는 망나니 중 망나니지.'

칸나는 그가 오물이 어쩌고저쩌고 욕을 퍼붓거나, 바로 테라스를 나가거나, 최악의 경우 한 대 칠 거라고 예상했지만…….

"실례했습니다. 안에 아무도 없는 줄 알고."

……이건 예상하지 못했는데?

부드러운 저음의 목소리라니, 오르시니가?

저절로 소름이 오소소 돋아 올랐다. 칸나가 괴이쩍은 눈으로 보자 오르시니가 미소를 지었다. 미소를. 오르시니가. 미소를…….

'미쳤나?'

그가 뚜벅뚜벅 다가와 바로 옆에 서서 빙긋 미소 짓는다. 오르시니가 또 미소를.

"아름다운 밤이군요. 그렇지 않습니까?"

"……."

"미인과 함께해서인지 유독 아름답게 느껴지는 모양입니다."

푸ー읍! 칸나는 재빨리 입을 틀어막았다. 그렇지 않았다가는 미친 듯이 웃음을 터뜨릴 것 같았기에.

그러니까, 저 녀석…….

'지금 날 못 알아본 거야?'

하기야 지금은 어두운 밤, 야외에 나와 있다. 그래서 머리칼과 눈 색이 잘 안 보이는 모양이다. 짙은 밤색 혹은 루시 같은 어두운 보랏 빛 계열이라고 생각하고 있겠지.

'정신 나간 놈. 미인과 함께해서 뭐 어쨌다고?'

웃고 싶은 마음과 한 대 치고 싶은 마음이 휘몰아쳤다. 그러나 그녀는 시치미를 뚝 뗐다.

"과찬이십니다."

"아뇨, 전 진실만을 말했습니다. 달빛조차도 빛을 잃을 만큼 아름다우십니다."

참아. 토하면 안 돼, 웃으면 안 돼!

'소문 퍼뜨리고 다녀야지!'

정말이지 이건 평생의 놀림감이다.

뭐? 달빛조차도 빛을 잃어? 지금 저 대사를 칸나에게 했다는 것을 알게 되면 오르시니는 죽을 때까지 지옥 불에서 고통 받을 것이다!

'미치겠네. 생각만 해도 웃겨.'

그래, 이렇게 된 거 놈을 깊은 수렁으로 빠뜨려 버리자!

칸나는 짐짓 부끄러운 척 두 손으로 뺨을 감쌌다. 오르시니에게 엿을 먹이기 위해서라면 이 정도는 감수할 수 있었다.

"처음 뵙는 여성분이군요. 혹시 전에 뵌 적이 있습니까?"

"아뇨. 제가 연회는 좋아하지 않아서 잘 오지 않는 편이에요. 그래서 아는 분이 별로 없어요."

"그렇습니까?"

오르시니는 한시도 칸나에게서 눈을 못 떼고 있었다. 항상 난폭하기만 했던 남동생의 저런 표정을 감당하고 있자니 속이 울렁거렸지만.

'저 녀석, 진실을 알게 되면 혀를 깨물고 죽을지도 몰라.'

그 생각으로 기꺼이 버텼다. 칸나는 방긋방긋 웃으며 눈웃음까지 지었다.

"오늘 모처럼 참석했는데, 역시나 저와는 잘 맞지 않는 것 같아요. 잠시 쉴 겸 테라스로 나왔어요."

"그렇군요. 저 또한 그렇습니다. 파티는 딱 질색이죠."

웃기시네. 너 술 먹고 노는 거 좋아하잖아.

'설마 지금 내숭 떠는 거야? 오르시니가?'

오르시니는 점잖은 남자 코스프레 중이었다. 예의 바르고, 진지하고, 몸가짐 바른 신사 같다고 해야 할까? 성별과 신분 안 가리고 모두에게 제멋대로 구는 망나니 녀석이! 계모 클로이가 본다면 분명 두 눈을 의심할 거다.

"그렇다면 정원을 산책하시는 건 어떻습니까? 괜찮으시다면 제가 에스코트해 드리고 싶습니다."

"영광이에요."

칸나는 소름이 돋는 것을 참으며 오르시니의 손바닥에 손을 얹었다. 돌덩어리처럼 단단한 피부에 닿는 순간,

'욱.'

토할 뻔했지만 간신히 참아 내었다. 반면 오르시니는 딱 봐도 황홀한 눈치인지라, 어처구니가 없었다.

그래, 오르시니. 더 좋아해라. 더 두근거려라. 잠시 후 딱 그만큼 절망하게 될 거다!

칸나는 호호호 웃으며 테라스의 계단을 내려갔다.

그때, 옆 테라스에서 한 남녀를 내려다보던 한 사내가 말했다.

"발렌티노 공작. 자네 부인이 다른 남자와 정원에 들어가는데?"

테라스 난간에 기대어 있던 실비엔이 고개를 돌렸다. 그러나 이미

거대한 정원수에 가린 남녀는 보이지 않았다.

"잘못 보신 것 아닙니까?"

"아니야. 뒷모습이라 잘 안 보였지만 공작 부인이 입은 드레스가 확실했다."

충격적일 만큼 아름다운 등장이었기에, 그녀의 드레스는 물론이거니와 귀걸이, 목걸이까지 기억하고 있었다.

"공작이 지금 막 도착해서 아무 소식 못 들으신 모양인데, 오늘 발렌티노 공작 부인은 정말 아름다웠어."

"……"

"지금껏 그런 여자를 홀대하다니. 공작, 설마 남자 취향인 것 아닌가?"

제1황자, 아르곤이 웃으면서 빈정거렸다. 저급할 만큼 노골적인 도발이었기에 실비엔은 산들바람처럼 흘려보냈다.

"아닙니다."

실비엔은 나지막이 답한 후 정원에서 시선을 돌렸다. 더는 아무런 관심도 없어 보였다. 그러나 황자는 미련을 못 버렸는지 그녀가 사라진 곳을 뚫어지게 바라보며 말했다.

"어떤 놈인지 몰라도 정원으로 끌고 들어가는 걸 보니 밀회를 즐길 것 같은데."

"……"

"내버려 둘 건가? 명색이 자네 부인이잖아?"

실비엔은 입꼬리를 올렸다. 와인 잔을 들어 올리며 한 모금 가볍게 축였다.

여기저기서 들려오는 이야기를 듣자 하니 칸나가 아주 예쁘장하게 꾸미고 나타난 모양이었다. 평생을 그늘에 젖은 것처럼 숨어서 살다.

그는 이미 칸나의 얼굴을 본 적이 있었다.

언제였더라? 한 번은 칸나가 실오라기 하나 걸치지 않은 채로 침실에 숨어든 적이 있다.

그때 그녀는 머뭇거리면서 제 앞머리를 걷어 올렸었다. 아마 얼굴에는 자신이 있었나 보다. 그 자신감은 인정할 만했다. 누구도 헐뜯을 수 없을 만큼 화려한 인상의 미인이었으니까.

"뭐 하십니까?"

"공작님. 저, 저희는 부부예요. 그러니까……."

"돌아가십시오. 고용인들을 시켜 끌어내기 전에."

그날이 처음이자 마지막이었다.

어쨌든 칸나가 이렇게까지 제 얼굴을 만천하에 드러낸 적은 없었다. 검은 눈이 드러나 여기서 더 경멸받지는 않을까, 전전긍긍하며 감추고 살았던 여자가 갑자기 이렇게 바뀌어? 게다가 하필이면 지금, 자신의 시야에서 다른 남자와 함께 정원으로 사라졌다?

속이 훤히 내다보여 웃음조차 나오지 않았다. 발치에 매달리며 사랑해 달라고 울고불고하는 것도 먹히지를 않고, 가출한 것도 아무 소용이 없으니, 이제는.

'다른 수를 쓰는 모양이군.'

한편, 칸나는 신세계를 경험하는 중이었다.

"훗날 결혼을 하게 된다면 전 아마도 가정적인 남자가 될 것 같습니다."

가정적인 남자? 웃기시네, 가정 파탄범이겠지.

"다른 귀족 남성들은 흔히 여러 명의 부인을 맞이하지만, 전 아닙니다. 한 명의 부인이면 충분하지요."

어디까지 지껄이나 가만히 듣고만 있었는데 가면 갈수록 가관이었다.

'깡패 주제에 안정적인 가정이 뭐가 어째?'

그래, 계속 지껄여라! 한마디 한마디가 삽질이 되어 너의 무덤을 파고 있으니!

"훌륭하시군요. 오르시니 님의 부인 되실 분께서는 행복하겠어요."

돈과 권력, 그리고 외모만 보고 결혼한다면 뭐, 행복할 수도 있겠지…… 그렇게 속으로 빈정거리는 순간.

'헉.'

칸나는 아주 우스운 것을 목격했다.

오르시니가. 오르시니가 양쪽 뺨을 발그레…….

'아, 이건 무리.'

봤다가는 토할지도 몰라. 칸나는 속이 울렁거리는 것을 느끼며 고개를 숙였다가 들어 올렸다. 다행히 그때쯤, 오르시니도 표정 관리를 어느 정도 한 후였다.

"예. 제가 반드시 행복하게 만들어 줄 겁니다."

"그렇군요."

제발 평소처럼 껄렁껄렁한 어조로 말해 주길 바랐지만 그는 세상에 둘도 없는 낭만주의자처럼 부드럽게 이야기하고 있었다. 아주 역겹게도 말이다.

"제 아내가 될 사람에게는 모든 것을 다 바쳐 헌신할 생각입니다."

아, 내 귀! 저 대사 못 들은 귀 사고 싶어!

'호, 호흡 곤란. 호흡 곤란!'

서서히 숨이 막혀 오기 시작했다. 속이 느글느글, 두통까지 오는 것이 한계에 다다르고 있었다.

"그, 그렇군요. 혹시 약혼자라도 있으신지?"

"아뇨. 실은 지금까지 단 한 번도 진지하게 여성을 상대해 본 적이 없습니다."

당연히 그렇겠지. 이 단순한 놈아.

예전부터 오르시니는 술과 검, 그것 외에는 그다지 관심을 두지 않았다. 그런 주제에 사랑이 어쩌고저쩌고…….

그때였다. 우뚝, 오르시니가 자리에서 멈춰 섰다.

"……죄송합니다. 사실은 거짓말입니다."

"네?"

"가정이니 아내니, 애초부터 관심을 가져 본 적은 단 한 번도 없습니다."

칸나는 가만히 그를 올려다보았다. 달빛이 오르시니의 얼굴 위로 내려앉았다. 생전 처음으로 보는 진지한 얼굴이었다.

"평소 여자의 환심을 사기 위해 입에 발린 소리 하는 녀석들을 얼간이 취급했는데…… 제가 지금 그 얼간이처럼 굴고 있습니다. 왜냐하면."

그리고 설레고 있는 것이 명백한 얼굴이었다.

"첫눈에 반했습니다. 당신에게."

통렬하게 내리꽂힌 자살골. 마침내 그는 자멸했다.

칸나는 잠시 눈을 감고 승자의 기쁨을 흠뻑 만끽했다. 그리고 환영했다.

어서 와, 오르시니. 흑역사는 처음이지? 넌 앞으로 평생 이 순간만 떠오르면 머리를 쥐어뜯게 될 거란다.

"그러고 보니 아직 통성명을 안 했군요. 성함이 어떻게 되십……."

오르시니가 그렇게 묻다가 말을 뚝 멈추었다.

통성명을 안 했는데. 이 여자는 어떻게 자신의 이름을 알고 있었지?

불길함이 비수처럼 목을 관통했다. 그 예리함에 침을 삼키는 찰나, 칸나가 활짝 웃었다.

"내 이름은…… 푸훗!"

참지 못하고 터뜨려 버렸다. 칸나는 두 손으로 얼굴을 감싼 채 어깨를 부르르 떨었다.

안 돼, 참아. 여기서 조금만 더 진창으로 만들고 싶은데…….

한편 오르시니는 다소 놀란 상태였다. 갑자기 눈앞의 여자가 이상한 소리를 내더니 고개를 푹 수그리고 부들부들 떨기 시작한 것이다.

"왜 그러십니까?"

왜 그러긴, 이 자식아. 도저히 못 참을 것 같으니까 그렇지!

"혹시 제가 부담스러우셨습니까? 제가 이런 면에는 좀 서툴러서. 죄송합니다. 그러니까……."

맙소사, 이제 정말 무리야!

"아하하하!"

더는 참을 수가 없었다.

쩔쩔거리면서 부담스러우냐고, 서툴러서 그렇다고 변명하는 꼴이라니, 오르시니가! 폭력배에 생양아치 망나니인 오르시니가!

칸나는 배를 잡고 미친 듯이 깔깔거렸다.

오르시니의 미소부터 시작해서 바보처럼 우물대는 꼴까지, 아주 잘

봤다. 재밌었다. 간만에 아주 재밌고 역겨운 것을 보았어!

"왜 그러십니까?"

잠시 후, 겨우 진정한 칸나가 눈가에 고인 눈물을 닦으며 말했다.

"웃겨서."

"……."

"안 웃겨, 이게?"

순간 오르시니의 얼굴이 어두워졌다. 아까부터 그를 맴돌던 기이한 기시감, 안개 속에 있는 듯한 의문이 조금씩 형체를 갖추기 시작했다.

"그런데 좀 슬프기도 하다. 가여운 오르시니, 너의 역겨운 염원은 이루어질 수 없으니까."

무엇보다, 이 빈정거리는 듯한 어조는…….

"미안하지만 우리는 가정을 꾸리기엔 조금 힘들지 않겠니?"

마침내 오르시니의 턱이 단단하게 당겨졌다. 목덜미 위로 굵은 핏줄이 콱 돋아났다. 새빨갛게 달아오르는 그의 얼굴을 보며 칸나는 진심으로 미안한 어조로 사과했다.

"미안. 하지만 요즘 시대에 근친혼은 어지간해서 잘 안 하잖아? 게다가 난 일단은 유부녀인걸."

미안해서 죽을 것 같다는 목소리였지만 실제로는 거세게 비웃고 짓밟고 있었다. 시체의 정수리를 향해 화살을 쏘기는 것과 같았다.

"그러니까 너도 포기해. 마음이 아프지만 어쩔 수 없잖아. 안 그래?"

결국 오르시니의 얼굴이 조각조각 부서졌다. 그러고는 그의 눈빛이 서서히, 아주 서서히 짐승이 이를 드러내듯 험악해졌다.

그 극렬한 감정의 변화가 어찌나 통쾌하던지…….

이 순간을 영상으로 찍어 놓지 못하는 것이 한이었다.

"너."

위협적인 음성이 악문 잇새로 흘렀다. 살기 어린 숨결이었으나 칸나는 두근두근하는 마음으로 기다렸다.

그래, 발광해라. 어서 빨리 미쳐서 날뛰어라 오르시니!

그리고 역시나 오르시니는 기대를 저버리지 않았다.

"읏."

눈 깜빡한 사이 단숨에 가까워졌다. 오르시니가 콰득 목을 틀어잡았다. 그녀를 그대로 목 졸라 죽일 듯 살기 어린 안광으로 노려보았다. 그리고 번쩍, 다른 쪽 손을 치켜들었다.

칸나는 목이 잡힌 채로 입꼬리를 올렸다.

"때려."

칸나는 광분한 소를 부추기는 투우사같이 재촉했다.

"뭐 해? 빨리 때리라니까."

"너, 죽여 버릴 테다!"

"응, 알겠으니까 그렇게 해. 예전처럼."

순간 오르시니의 손이 허공에서 얼어붙었다.

"왜 그래? 혹시 너무 오래돼서 기억이 안 나는 건가? 옛날엔 네 습관 중 하나였는데 말이야."

착각일까? 그녀의 목덜미를 쥔 손바닥이 떨리는 것 같았다. 칸나는 그의 사나운 눈을 똑바로 쏘아보며 명령했다.

"하던 대로 해."

이곳에 와서 좋은 건 딱 두 가지라고 생각했다.

하나는 연금술을 할 수 있는 것. 그리고 오르시니와 재회한 것.

다른 가족들도 자신을 괴롭혔지만 오르시니만큼은 아니었다. 어린 칸나에게 그는 뿔 달린 악령이나 마찬가지였다.

그에게 얻어맞아 몇 번이나 입안이 터졌던가? 눈두덩이 부었던가? 그러니 당연히 반가울 수밖에.

"기억 안 나? 너 잘하던 거 있잖아. 뺨 연속으로 계속 때리는 거."

창백한 달빛 때문일까. 오르시니의 얼굴이 새하얗게 질린 것 같았다. 그녀의 목을 틀어쥐고 있으면서, 정작 자신이 목덜미를 잡힌 사람처럼.

칸나는 자신이 만든 작품을 감상하듯 만족스럽게 웃었다.

"그러니까 하던 대로 해."

그러나 가시 같은 정적만이 그들을 내리눌렀다.

"그래서?"

오르시니가 크게 가슴을 들썩였다. 불 숨처럼 뜨거운 호흡을 뱉는다.

"그래서, 복수라도 해 볼 생각인가? 네까짓 게?"

그의 음성 한 자 한 자에서 지독한 모멸감과 수치, 분노가 들끓었다.

"하, 그래! 불쾌하긴 하지. 너 같은 오물 덩어리를 몰라보고 별 개소리를 지껄였으니. 그런데 그게 뭐? 네가 큰일이라도 한 것 같아?"

"……."

"네까짓 게 날 모욕할 수 있을 것 같으냔 말이다!"

말과는 달랐다. 뜨겁게 부풀어 오른 그의 눈동자는, 건드리는 순간 터질 것만 같았다.

"응."

"……뭐?"

"성공한 것 같은데?"

그 순간, 다시 한번 오르시니의 손아귀에 힘이 불끈 들어갔다.

"네가 죽고 싶은 모양이구나. 너 하나 죽는다고 누가 신경이나 쓸 것 같나?"

"읏."

"아니! 내가 지금 여기서 널 죽여도 아무도 신경 안 써. 그게 너야. 그게 너라고, 칸나!"

점차 숨이 막혀 왔다. 설마 정말로 목 졸라 죽이려는 건가?

그런 생각이 들자마자 오르시니가 그녀를 확 밀쳤다. 단숨에 뒤로 자빠졌지만 푹신한 잔디밭인지라 아프지는 않았다. 서둘러 고개를 들어 올렸을 때.

"······."

오르시니는 이미 사라져 있었다.

멍하니 있던 칸나는 주위를 두리번거렸다.

'뭐야?'

설마 간 거야? 이대로? 이렇게 빨리? 이렇게 허무하게?

텅 빈 자리를 쳐다보고 있자니 기운이 쭉 빠져 버렸다. 벌러덩, 뒤로 누워 버렸다.

'이걸로 끝이야?'

그럴 리 없는데. 그 오르시니 아디스가, 그냥 목 조르는 시늉 좀 하다가 뒤로 밀치는 거로 끝낸다고?

'술 취했나? 제정신이면 이 정도로 넘어갈 리가 없는데.'

저 녀석 술 먹으면 더 포악해진다고 들었는데······.

그의 발광을 잔뜩 기대했기에 실망감이 컸다.

'기껏 공들여서 약 올려 놨는데.'

실은 오르시니가 한두 대 때려 주길 기다리고 있었다. 명확한 증거가 남는 형태로. 예전처럼 입술이 터지거나 뺨이 부풀어 오르거나 하는 수준으로. 그렇게 되면 폭행을 핑계 삼아 아버지에게 출가를 요구해 볼 수 있지 않은가?

'이 정도는 금방 가라앉아서 티도 안 나는데. 오르시니가 그런 적 없다고 잡아떼면 증명할 길도 없고……'

대체 어울리지도 않게 왜 저런단 말인가? 기왕 이렇게 된 거 뺨이나 한 대 쳐서 증거 좀 남기고 갈 것이지.

'뭐, 그래도 열 받아서 바르르 떠는 꼴은 제법 볼만했지.'

목덜미를 쥔 손가락의 경련. 그 떨림이 아직도 느껴지는 듯해서 웃음이 흘러나왔다. 아마 오르시니는 살면서 이 정도로 누군가의 손에 놀아난 적이 없을 것이다. 죽고 싶을 만큼 수치스럽겠지.

'이 정도로 만족하고 돌아갈까?'

칸나는 몸을 일으켰다. 구겨진 치맛자락을 펼치고 풀 하나하나를 뗀 후 다시 고개를 들어 올렸다. 그리고 푸른 눈과 마주쳤다.

"……"

칸나의 등을 타고 오한이 흘러내렸다. 실비엔 발렌티노였다.

언제부터 저기에 있었던 걸까? 기척조차 느끼지 못했는데.

'설마 다 본 건 아니겠지?'

칸나는 그를 노려보다가 몸을 획 돌렸다. 실비엔이 서 있는 반대 방향, 즉 오르시니가 떠나간 쪽으로 걸어가려 할 때.

"아직."

목소리.

그의 목소리에 저도 모르게 멈춰 섰다. 그리고 의심했다.

혹시 지금 나한테 말 건 건가?

"아직 풀이 붙어 있습니다."

"……."

칸나는 믿기지 않아서 천천히 몸을 돌렸다. 착각이 아니었다.

'말을 걸어?'

실비엔이 먼저 말을 걸었다. 그가 먼저. 자신에게.

단 한 번도 그런 적 없는데.

'왜?'

주화의 기억 속에 실비엔은 언제나 대답만 하는 사람이었다. 단 한 번도, 정말이지 7년 동안 단 한 번도 먼저 말을 건네 온 적이 없었던 것이다.

그런데…… 그런데 고작 풀때기 따위로 말을 걸어?

"……네."

빠르게 당황을 수습한 후 다시금 시선을 피했다. 대체 풀이 어디에 붙어 있다는 거야? 고개를 이리저리 돌려가며 찾고 있을 때…….

'뭐야?'

뚜벅뚜벅. 느리지도 빠르지도 않게 걸어오는 발소리가 들려왔다.

'뭐지?'

칸나는 침을 꿀꺽 삼켰다. 착각일까, 점점 가까워지는 것 같은데.

'설마 나한테 오는 건 아니겠지?'

아냐, 오든 말든 나랑 뭔 상관이야?

서둘러 무시하려 했지만 불가능한 일이었다. 차가운 빙하가 떠내려오는 것처럼 막대한 존재감, 그 냉기는 도저히 모른 척할 수 있는 것이 아니었다.

마침내 그 발걸음 소리가 뒤에 멈춰 선 순간.

"······!"

무언가가 등줄기를 스치고 지나갔다. 일순 쫙 돋은 소름이 목덜미까지 타고 흘렀다. 칸나는 호흡을 씹어 삼키며 그를 쏘아보았다.

"지금······."

지금 저 남자가 자신의 등을 만진 것이다!

"무슨 짓이죠?"

"여기."

실비엔의 손가락 사이에서 달랑거리는 풀잎. 칸나는 그 풀잎을 사납게 째려보다가 외쳤다.

"다음부터는 말로 해 주세요. 제가 직접 할 수 있으니까."

실비엔은 대답하지 않았다. 그 대신, 손가락 사이에 낀 초록 부스러기를 관찰하듯 응시했다.

"격하게 뒹구신 모양입니다."

툭. 그의 손가락에서 풀잎이 떨어져 내린다. 그 궤적을 따라 실비엔의 시선이 아래로 쭉 내려갔다가, 다시 올라왔다. 건조할 정도로 담백한 눈이었지만 이미 모든 것을 훑은 후였다.

엉망으로 구겨진 치마. 목덜미의 손자국. 그리고 흐트러진 머리칼.

"그 남자는 정리도 안 해 주고 간 겁니까?"

"······?"

그 남자?

'무슨 소리야?'

칸나는 인상을 찌푸렸다. 오르시니를 말하는 것 같은데, 반대 방향에서 온 탓에 남자의 정체까지는 확인하지 못한 모양이다.

"그런 사람을 고르다니, 칸나 양은 남자 보는 눈이 형편없군요."

"……?"

잠시 의아했지만 곧장 번뜩 눈치챘다.

실비엔은 지금 뭔가 오해하고 있다.

아무래도 자신이 외간 남자와 '그런 식'으로 뒹굴었다고 여기는 것 같았다. 그러니까…… 이를테면 정원에서의 불장난 같은 것.

'이게 웬 떡이람?'

이건 실비엔이 이혼을 주도하게 만들 좋은 기회지 않은가?

실비엔은 지금껏 칸나를 허수아비 인형으로 잘 활용해 왔다. 있는 듯 없는 듯 숨죽여 사는 공작 부인. 애정 공세로 성가시게 구는 것을 제외하면 더할 나위 없이 만족스러웠을 것이다.

칸나가 이혼을 요구하면 받아들이기는 하겠지만 먼저 주도할 생각은 없을 테지. 공작 부인의 자리를 메꿔 줄 쉬운 여자였으니.

어쩌면 칸나가 조세핀에게 얻어맞아 다쳤을 때— 그때 즈음 실비엔의 발에 매달려 울고불고하는 사건만 없었으면 구해 줬을지도 모른다.

쓸 만하니까.

하지만 그 여자가 다른 남자와 바람을 피우고 있다면? 그것도 개처럼 졸졸 쫓아다니던 여자가?

비록 칸나에게 아무런 감정이 없어도 불쾌할지도 모른다. 다른 허수아비로 갈아 치워야겠다는 생각이 들지도 모르지.

'실비엔이 주도해 주면 나야 고맙지. 아버지도 결국엔 허락하셔야 할걸.'

거기까지 생각이 다다르자 입꼬리가 올라갈 뻔했다.

'이건 좋은 기회야.'

간신히 잡아당기고는 큼큼, 헛기침했다.

"맞아요."

"……."

"그동안의 저는 남자 보는 눈이 형편없었죠."

"……."

"그러니까 공작님이랑 결혼한 것 아니겠어요?"

"그렇다면 인정하시는 겁니까?"

칸나는 시치미를 뚝 뗐다.

"인정하다뇨? 무엇을요?"

"무엇이라."

실비엔의 눈가가 가느다랗게 휘어졌다. 벽안에 맺힌 서리가 유독 차
갑다.

"밤에, 아무도 없는 정원에서, 이렇게 흐트러진 채로."

"……."

"이런. 얼굴도 상기해 있군요."

"그래요? 생각보다 덜 격렬해서 실망한 참이었는데, 얼굴이 아직 빨
간가 보네요."

잠깐 목이 졸려서 얼굴이 붉어지긴 했지만, 확실히 덜 격렬했지. 오
르시니가 더 거세게 발악하는 걸 보고 싶었는데 말이야.

칸나는 능청맞게 웃으며 허리를 숙였다.

"사소한 것까지 신경 써 주셔서 감사하군요, 공작님. 하지만."

다소 성가시다는 듯 한숨을 내쉬었다.

"언제부터 제 사생활에 신경 쓰셨나요? 그러실 필요는 없는데 말이죠."

어차피 실비엔은 아무것도 보지 못했다. 증거도 증인도 없다. 그저 실비엔 혼자서 의심만 할 뿐. 그렇기에, 자신에게 해가 될 일은 아무 것도 없었다.

"……."

실비엔은 곧바로 대답하지 않았다. 마치 기이한 현상을 관찰하듯 천천히 그녀를 뜯어보다가 입을 열었다.

"칸나 양이 무엇을 하고 다니든 상관없습니다. 다만 발렌티노의 명예란 것을 조금 더 신경 써 주십시오."

그러더니 구둣발로 잔디밭을 꾹 눌렀다가 뗐다.

"야외의 잔디밭이라니. 금수만도 못하지 않습니까?"

뭐? 칸나의 태연한 얼굴에 금이 갔다. 지금 저 사람이 뭐라고 한 거지?

"금수? 지금 금수라고 하셨습니까?"

그러자 실비엔이 더없이 정중하게 웃었다.

"고상한 취향은 아니잖습니까?"

칸나는 주먹을 쥐었다.

그래, 의도한 일이긴 하다. 실비엔의 속이 뒤틀려서 힘차게 이혼을 밀고 나가게끔 일부러 대화를 유도하긴 했는데.

'네가 뭔데 그런 말을 해?'

왈칵 열이 받는 건 어쩔 수가 없다. 자신 때문이 아니라, 주화 때문에 열이 받는다. 주화가 그토록 애정을 갈구하는 동안 눈길 하나 안 주던 남자가 뭐가 잘났다고!

'다른 남자랑 그러면 어찌할 건데? 7년 동안 손가락 하나 닿지도 않았으면서, 심지어 결혼 첫날밤에는 아예 소박을 놓았으면서.'

첫날밤, 주화는 침대에 홀로 우두커니 앉아 실비엔을 기다렸다. 아무 소식도 전해 듣지 못했기에 당연히 올 거라 생각하며 두근두근 기다렸다.

그렇게 해가 뜰 때가 되고 나서야 깨달았다.

실비엔은 오지 않는다는 것을.

'그래. 그건 그렇다 쳐. 어차피 계약 결혼이니까.'

그래도 이건 아니지 않은가?

그동안 자신을 동등한 인간으로도 안 봤으면서, 그런 주제에 딴 남자랑 정원에서 뒹굴었다고 금수니 뭐니 하는 말을 지껄여? 실비엔에게 그럴 자격이란 게 있나? 내가 죽든 말든 내버려 뒀던 인간이?

칸나는 실비엔을 노려보았다. 자신을 분노에 휩싸이게 만들어놓고, 그는 얼음 달처럼 저 홀로 고고했다. 우아했다. 그래서 더 화가 났다.

"공작님 취향은 얼마나 고상하시기에."

침을 삼키며, 쏘아붙였다.

"그런 말씀을 하시는지 모르겠네요."

"……."

"결혼 첫날밤에도 나타나지 않고, 지금껏, 7년 내내 부인을 독수공방시킨 사람에게도 취향이란 게 있기는 한가요?"

이주화, 만약에라도 만나면 넌 나한테 혼날 줄 알아라. 이런 빙신 같은 남자가 뭐가 좋다고 그렇게 매달린 거냐?

그런 생각을 하며 실비엔을 맹렬히 노려보았다.

'……?'

계속 쏘아보고 있자니 어쩐지 기분이 이상해졌다. 왜냐하면.

'이렇게까지 오랫동안 눈을 마주쳐 본 적이 있던가?'

실비엔은 늘 언제나 스쳐 지나가듯 그녀를 보았을 뿐. 이렇게 눈길을 오래 준 적은 단 한 번도 없었는데…….

이윽고 조각처럼 닫혀 있던 입술이 열렸다.

"그래서 이런 겁니까?"

"……예?"

"제가 칸나 양을 안지 않으니까?"

…….

…….

…….

3초간의 정적이 흐른 후, 칸나는 자신의 자제력에 감탄했다. 다행이다. 하마터면 나도 모르게 미친 새끼, 라고 말할 뻔했어.

"왜 그렇게 생각하시는지 모르겠군요. 전 그냥 단순하게 비꼬고 싶었던 것뿐이에요."

"예전 일로 상심이 크신 것 같기에."

실비엔이 조용하게 웃었다.

예전 일? 대체 그게 무슨……?

"……."

아. 맞네. 이주화. 침실에 숨어든 적이 있구나…… 반년 전쯤에…….

순간 얼굴이 확 달아오를 뻔했으나, 혀를 깨물면서 참았다. 흐트러지는 표정을 보여 주고 싶지 않았다. 오히려 칸나는 같잖은 이야기를 들은 듯 콧방귀를 끼었다.

"아아, 생각해 보니 그런 일도 있었지요. 하지만 염려 마시길. 결코 그 일 때문은 아니니까요. 오히려……."

칸나는 눈을 반짝이며 짓궂게 미소 지었다. 심술 맞은 어린아이 같은 표정이었다.

"오히려 그일 이후로 공작님과는 부부 관계를 가질 일이 없겠구나, 확신한걸요."

"무슨 뜻입니까?"

"업무가 많으시다 보니 피곤하실 테고, 여러모로 힘이 없으시겠죠. 젊은 나이에도 불구하고…… 쯧. 가여우셔라."

아주 더러운 모욕이라는 걸 안다. 그러나 조금도 거리끼지 않았다.

그가 먼저 자신을 모욕했으니, 이번엔 자신의 차례였다. 칸나는 결코 참고 사는 성미는 아니었다. 받은 게 있다면 반드시 돌려줘야 했다. 가능하다면 두 배 세 배 더 얹어서. 실비엔이 먼저 자신을 짐승만도 못한 여자 취급을 했으니까 똑같이 하는 것뿐이다.

"하지만 걱정 마세요. 저 입 무거워요. 소문 안 낼게요."

어때? 약 오르지? 성불구자 취급하는데, 불쾌하지 않을 리 없다.

"제가 공작님이 그런 사람인 줄 알았다면 애초부터 결혼하지도 않았을 텐데……."

"그렇습니까?"

실비엔이 입꼬리를 올렸다. 미소 짓는다. 그러나 웃지 않는 눈동자였다. 약간의 흥미가 스쳐 지나갔지만, 슬슬 지루해하는 푸른 눈이었다.

"혹여니 제가 칸나 양의 의혹을 해소하려 나서길 기대하신 게 아니길 바랍니다."

얘기가 또 왜 그렇게 흘러가? 설마, 내가 그쪽 관심 끌려고 이러는 줄 아는 건가?

칸나는 장난스러운 웃음기를 싹 거두며 무섭게 정색했다.

"그럼요. 전혀요."

"……."

"똑바로 들으세요. 이제 저는 공작님께 아무 마음 없습니다."

"그러십니까?"

"그래요. 당장 이혼하고 싶지만 아버지께서 허락해 주지 않으셔서 지체되는 것뿐이에요. 언젠가는 반드시 하고 말 겁니다, 이혼."

"알겠습니다."

순간 혈압이 빠르게 상승했다. 저 새끼 안 믿는다. 눈곱만큼도 안 믿고 있어!

……하기야.

'이주화, 작작 좀 하지 그랬냐!'

주화가 좀 대단했어야지. 얼마 전까지만 해도 저 남자의 바짓가랑이를 잡고 제발 한 번만 자신을 봐 달라고 흑흑 엉엉 울었으니…….

당연히 실비엔이 저런 오해를 할 만했다.

"그럼, 좋은 밤 되시길."

실비엔은 더는 칸나에게 관심이 없는지 가볍게 걸어와 그녀를 스쳐 지나갔다. 칸나는 멀어지는 그의 뒷모습을 맹렬하게 노려보았다.

정말이지 재수 없는 자식이었다.

저택으로 돌아온 후 칸나는 이불 속에서 안도의 한숨을 내쉬었다.

무사히 끝났다. 첫 사교계 진출이라는 아주 큰 산을 넘겼다. 앞으로 무슨 일을 하든, 오늘보다는 수월할 것이다.

'예상치 못한 일들이 벌어지긴 했지만, 어쨌든 이 정도면 충분히 성

공적이었어.'

분명 앞으로도 골치 아픈 일들이 벌어지겠지. 하지만 분명히 잘될 거다. 내가 잘해 낼 테니까.

'응. 잘할 수 있어.'

한국에서 그랬던 것처럼.

'한국에서도 잘 적응했잖아. 그러니까 이 세계에서도 잘할 수 있을 거야.'

잠은 금세 그녀를 적셔 왔다. 벌써 꿈이 시작된 걸까? 처음 주화의 몸에 빙의했을 때가 스쳐 지나갔다.

너무 놀라 식음을 전폐하고 집에만 틀어박혔을 때. 침대에 숨어 밖으로 나가지 않았을 때.

"애오옹."

이불을 비집고 들어와 내 팔에 얼굴을 비벼 주었던 고양이, 내 또또.

"밖에 나가기 싫다고? 괜찮아. 나가지 마. 학교도 가기 싫어? 그것도 괜찮아."

"……."

"밖에 안 나가도, 학교에 안 나가도 안 죽어. 큰일도 아니야. 그저 나중에 네가 하고 싶은 게 생기면, 그게 뭔지 말해. 엄마가 도와줄게."

주화의 엄마는 강제로 그녀를 끌어내지 않았다. 병에 걸리거나 어디 문제가 있는 아이인 것처럼 취급하지도 않았다. 그저 그녀가 원하는 것을 말할 때까지 차분하게 기다려 주었다. 그렇기에 빠르게 침대 밖으로 나올 수 있었다.

그러나 고등학교는 가지 않았다. 아직은 낯선 세계가 두려웠으니까. 그저 어머니의 서재에서 약초학에 관련한 것들을 종종 꺼내 읽었다.

연금술을 연구하던 그녀에게는 아주 재미있게 느껴졌으니.

그것을 가만히 지켜보던 엄마가 어느 날 제안했다.

"검정고시를 보자, 주화야. 그리고 네가 원하는 것을 계속 공부할 수 있는 대학에 진학해."

그러나 혹여 부담될까, 빠르게 덧붙였다.

"그런 길이 있다고 제시하는 것뿐이야. 네가 원하지 않으면 하지 않아도 좋아. 네가 무엇을 하든 엄마와 아빠는 널 사랑하니까."

남동생도 그녀를 결코 함부로 대하지 않았다.

"누나, 만약 밖에서 누가 못살게 굴면 말해. 내가 혼내 줄게."

결국 칸나는 웃고 말았다. 그 애정이 너무나 고마워서, 즐거워서. 천국 같아서.

주화는 그곳으로 돌아가서 행복할까?

분명히 행복하겠지.

엄마와 아빠와 동생이 있는 곳. 또또가 있는 곳. 그리고.

"이주화."

……그가 있는 곳.

"사랑한다, 이주화."

칸나는 더 깊은 잠에 빠져들었다. 꿈속 세상에는 그녀가 사랑하는 것들로 가득했다. 사랑, 사랑, 오로지 사랑으로 가득한 세상. 내 아름다운 천국.

잠든 얼굴 위로 맑은 미소가 맺혔다.

chapter 3

다음 날.

오르시니가 검술 수행을 떠났다는 소식이 전해졌다. 견습 기사들이나 떠나는 무사 수행. 오르시니처럼 제국에서 손꼽는 기사가 떠나는 경우는 지금껏 없었다.

즉 그는.

'튀었네.'

튄 것이다. 칸나를 피해서.

그 심정은 이해가 갔다. 당연히 얼굴 보기 창피할 테지.

"공작 부인, 손님이 찾아오셨습니다."

연구실에서 시간을 보내고 있을 때, 하녀 레아가 찾아왔다.

"손님?"

"예. 1황자 전하께서 기다리고 계십니다."

"누구?"

"1황자 전하께서 기다리고 계십니다."

"누구라고?"

칸나는 자신이 잘못 들은 줄 알았다. 그럴 만했다. 1황자라니, 갑자기, 뜬금없이?

다행히 레아는 인내심이 좋은 하녀였다.

"아르곤 이자베르크 황자 전하께서 찾아오셨습니다. 공작 부인."

그게 무슨 헛소리야? 난 그와 아무런 친분이 없는데?

"드디어 만나는군."

레아의 말은 진실이었다.

응접실 소파, 처음 보는 백금발의 미남자가 아주 거만하게 다리를 꼬고 앉아 있었다. 그는 입에 물고 있던 시가를 내려놓으며 연기를 훅 내뿜었다.

"오래 기다렸어. 뭐 괜찮아. 미인은 그래도 돼."

남자, 아르곤이 자리에서 일어났다.

"……!"

깜짝이야.

그는 단 몇 걸음 만에 단숨에 그녀의 앞까지 다가와 멋대로 손을 잡아 올려 손등에 입술을 맞추었다. 입술을 내리누른 상태로 눈만 들어 올려 실실 웃었다.

"가까이서 보니 더 아름다우시군."

샅샅이 훑다 못해 안으로 꿰뚫고 들어오는 듯한 자주색 눈동자. 순간 그가 표적물을 살피는 맹수처럼 느껴졌다. 저절로 눈을 피할 만큼 강렬한 시선이었지만 칸나는 용케 마주 보며 대답했다.

"만나 뵙게 되어 영광입니다, 황자 전하."

"목소리도 예쁘시고. 이런, 좋은 향기까지 나네."

칸나는 슬그머니 그에게서 손을 뺐다.

"무슨 일로 찾아오셨습니까?"

"황후 폐하께서 그대를 모시라고 하시더군."

아직 24시간도 안 지났는데 벌써 데리러 왔단 말인가?

'어지간히 급한가 보군.'

어차피 곧 갈 생각이었다. 칸나는 고개를 끄덕였다.

"서둘러 채비하고 나오겠습니다."

"응. 천천히 나와도 돼. 나 미인을 기다리는 건 좋아해. 설레거든."

……뭐 저런 자식이 다 있어?

대사와는 달리 아르곤은 순진한 소년처럼 활짝 웃었다.

"그럼 마차에서 기다릴게."

아뇨, 필요 없는데요. 혼자 갈 수 있는데요.

그런 말을 할 권리가 있는 세계였다면 얼마나 좋을까? 칸나는 한숨을 참았다.

'이 망할 신분 제도 같으니라고.'

칸나는 방을 나서며 주변을 훑었다. 그러고 보니 그의 수행원이 단한 명도 보이지 않는다.

'호위 기사는커녕 수행원 하나 없이 혼자 다녀?'

황족이 그래도 되나?

걱정과는 달리 마차 안은 평화로웠다. 초반에 대화를 조금 나누더니 아르곤은 책을 펼쳐 독서를 시작한 것이다. 대화라고 해도 별것 없었다.

"그 가방은 뭐야?"

"별것 아닙니다."

더는 묻지 말라는 어조. 그 차가운 대답에 아르곤은 "응, 알았어." 순순히 대답하며 정말로 더는 묻지 않았다.

'진상 부릴 줄 알았는데, 다행이다.'

아르곤 이자베르크. 릴리엔느의 친오빠라고 했지.

어쩌면 그녀를 닮아 성격이 더러울 수도 있다고 생각했는데 아무래도 편견이었던 모양이다.

'외모도 안 닮았어. 남자인데도 이쪽이 더 예뻐. 테레사 귀비를 완전히 빼닮았네……'

칸나는 은근슬쩍 아르곤을 살폈다.

'근데 황후는 왜 이 일을 아르곤에게 시킨 거지?'

어쨌든 아르곤과 아멜리아는 배다른 남매다. 그는 황후의 친아들이 아니다. 친아들은 따로 있는데.

'황녀의 치료를 맡기는 일, 꽤 민감한 일일 텐데 친아들이 아닌 후궁의 아들을 시켜?'

의아함이 비수처럼 날아들었다. 단숨에 목뒤가 뻐근해졌다.

그때, 책을 읽던 아르곤이 고개를 획 들어 올렸다. 그리고 툭 던지는 질문.

"릴리엔느가 부인을 울렸다며?"

"……예?"

"부인이 울었다던데."

뜬금없이 무슨 얘기를 하는 건가?

'아, 어제 파티 얘기인가?'

갑자기? 책 읽다가, 갑자기?

"네…… 그렇습니다."

"흐응. 안타깝네."

의외였다. 설마 위로해 주려는 걸까?

"나도 부인 우는 것 보고 싶다."

"……."

"나는 계속 테라스에 나가 있어서 못 봤어."

"……."

"뭐, 나중에 기회가 있겠지."

무슨 기회?

'뭔 개소리를 하는 거야?'

폭탄 같은 말을 던져 놓고, 아르곤은 다시 흥미를 잃은 듯 독서를 시작했다.

'엄청난 괴짜라는 소문을 듣긴 했는데…… 그게 정말인가?'

서서히 의심되기 시작할 때. 끼이익!

"……!"

마차가 거칠게 멈추자 칸나의 몸이 옆으로 휙 쏠렸다. 얼굴이 벽에 쾅 부딪치기 직전.

"괜찮아?"

아르곤이 그녀를 끌어당겼다. 그가 아니었으면 속절없이 안면 강타를 당할 뻔했기에, 가슴이 쿵쿵 뛰었다. 부딪쳤다면 아마 코뼈가 와그작 부서졌을 것이다.

"괜찮습니다. 그런데 이게 무슨……?"

그때 마차 문이 덜컹 열렸다. 난처한 얼굴의 마부였다.

"죄, 죄송합니다. 마차 바퀴에 문제가 생긴 모양입니다."

"바퀴?"

"예. 정말 죄송합니다만, 잠시 밖으로 나와 주실 수 있겠습니까? 바퀴를 빼내어 수리해야 할 것 같아서."

"뭐, 그러지."

아르곤은 대수롭지 않게 말하며 마차 밖으로 나갔다. 발이 땅에 닿는 즉시, 그의 인상이 일그러졌다.

"이런. 진흙밭이네."

황실로 가는 지름길, 울창한 숲 안. 땅은 질척질척한 진흙밭이었다. 아르곤은 끄응, 잠시 고민하더니 그녀에게 손을 내밀었다.

"구두가 더러워지겠어. 내가……."

끝까지 듣지도 않았다. 칸나는 즉시 마차 밖으로 훌쩍 빠져나갔다. 진흙 안으로 구두가 푹 빠지고 치맛자락이 더러워졌지만 개의치 않았다.

"말씀만으로도 감사합니다만, 괜찮아요."

아르곤은 뻗었던 손을 뒤늦게 거둬들였다. 그리고 고개를 갸웃 기울였다.

"내 호의를 거절하는 거야?"

"제가 충분히 감당할 수 있는데, 폐를 끼칠 수는 없지요."

"아하. 혼자서 감당할 수 있다."

"네."

"서운해라."

"……네?"

"나 서운해."

아르곤이 웃었다. 이번에도 역시나 어린아이처럼 해맑은 웃음. 그러더니.

마부의 목을 베었다.

"……!"

그것이 어찌나 빠른 속도였는지, 칸나는 그가 검을 뽑는 것조차도 눈으로 좇을 수 없었다. 그저 뺨을 스쳐 지나간 풍압과 거칠게 튀어 오르는 피 분수만을 느낄 뿐.

풀썩! 마부의 몸이 그대로 무너져 내렸다. 아마 그는 자신이 죽는 것조차도 느끼지 못했으리라. 그만큼 자비 없는 살인이었다.

"이게……."

뒤통수가 얼얼했다. 마구잡이로 얻어맞은 것처럼 머릿속이 새하얗게 물들었다.

"이게, 무슨 짓인가요?"

"글쎄."

아르곤은 심드렁하게 대꾸하며 제 검날을 응시했다. 그의 나른한 눈동자가 느릿하게 칸나에게 닿았다.

"무슨 짓일 것 같아?"

칸나는 가방을 동아줄처럼 꽉 쥐며 냉정하게 생각하려 노력했다.

'괴짜라는 말, 취소야.'

이건 괴찌가 아니라 미친놈이잖아!

'설마 이 사람 날 죽이려고 하는 건가?'

이렇게 황가의 마차를 타고 가다가 살해당하면, 범인은 뻔할 텐데?

만약 죽일 의도가 아니라면 왜?

"자, 어떻게 할 거야?"

다음 순간, 그의 칼끝이 칸나에게 향했다.

'아.'

그 순간 검날이 아주 살짝 팔을 스치고 지나갔다.

"어, 미안. 그건 실수."

아르곤은 능청스럽게 사과했지만, 결코 검을 거두지 않았다. 칸나의 숨이 콱 막혀 왔다.

"이것도 너 혼자 충분히 감당할 수 있겠어? 아니면."

그가 눈을 곱게 접어 웃었다.

"이제는 내 호의가 필요할 것 같아?"

그 순간 칸나는 확신했다.

'이 새끼 보통 미친놈이 아니구나.'

가슴이 쿵쾅거렸다. 상식이 통하지 않는 미친놈이다. 호의가 거절당했다는 이유로 기이한 협박을 해 오는 미친놈. 협박을 위해 살인마저도 마다치 않는, 미친놈.

그의 자줏빛 눈은 정상이 아니었다. 어린 소년처럼 천진해 보이지만, 끝을 알 수 없는 광기가 번들거린다.

'어떡하지?'

가방 안에 호신용 약물들이 있긴 하지만.

"……예."

저 미친놈에게는 통할 것 같지도 않았다. 칸나는 바로 백기를 들었다. 기어야 할 때는 기어야 한다.

"필요해요, 호의."

떨리는 손끝으로 그의 칼날을 꾹 밀었다.

"그러니까 살려 주세요."

"흐응."

아르곤은 이제 와 고민하듯 심드렁하니 그녀를 훑어보았다. 그리고 예고도 없이 휘파람을 불었다.

휘익!

"부르셨습니까, 전하."

풀숲에서 여러 명의 남자가 쏟아지는 것을 본 순간, 칸나는 자신이 옳은 선택을 했음을 깨달았다. 순순히 따르길 잘했다. 호신용 약물을 사용했더라면 참혹한 죽음을 맞이했으리라.

"마차 고쳐. 아, 그리고 내가 그 마부 죽였거든. 네가 말도 몰아."

"존명."

그리고 황자는 다시 환하게 미소 지으며 제안했다.

"그럼 우리는 다시 들어갈까? 나 진흙 안 좋아하거든. 구두랑 옷 더러워지는 건 질색이야."

이, 미친놈……

칸나는 완전히 파랗게 질려서 고개를 끄덕였다.

"그래. 그럼 이번엔 내가 부축해 줘도 될까?"

끄덕끄덕. 칸나는 고분고분하게 굴었다. 그제야 아르곤이 만족한 듯한 미소를 지었다. 이 정도를 얻어 내려고 살인을 하다니.

'미친 새끼.'

영원 같은 시간이 흐르고 드디어 황녀궁에 도착했다.

"왔는가, 공작 부인."

황후는 칸나의 팔을 흘끗 바라보며 걱정스럽게 물었다.

"팔을 다쳤나?"

"네, 조금."

"치료하는 것이 좋겠군. 의원을 불러 주겠네."

그러나 칸나는 고개를 저었다. 깊게 베이지도 않았고, 스친 정도였다.

"괜찮습니다. 제가 나중에 직접 치료할 수 있습니다."

황후는 안타까운 듯 미간을 찌푸렸다.

"아르곤 황자와 문제가 있었던 것 같군. 내가 따끔하게 혼쭐을 내 주겠네."

"신경 써 주셔서 감사합니다."

칸나는 정신을 가다듬으며 심호흡을 했다.

'정신 차리자, 칸나. 지나간 일이니까, 지금 이 순간에 집중해.'

조금 전 있었던 지독한 경험 때문에 이 기회를 놓칠 수는 없다.

마음을 다잡은 칸나는 아멜리아의 전신을 꼼꼼히 살펴봤다. 다행히 이번에 황녀는 아주 협조적으로 나왔다.

'정말로 온몸에 퍼져 있네.'

황후가 일전에 한 말이 옳았다. 얼굴뿐만 아니라 팔, 다리, 등, 온몸이 붉은 습진으로 가득했다.

불그스름하고 동그란 형태의 습진이 전신 곳곳에 퍼졌고, 노란 진물까지 고여 있었다.

한참 살펴본 결과 칸나는 병명을 진단했다. 동그란 화폐 모형의 습진이라 하여 화폐상습진이라 불리는 피부병이었다.

"황녀 전하, 그동안 병 관리는 어떻게 하셨습니까?"

"의원들의 충고대로 따랐지."

대답은 황후에게서 돌아왔다.

"하루 세 번씩, 꼬박꼬박 약초를 우려낸 온수에 몸을 씻었다네. 최근에는 의원이 준 약도 바르고 있고."

반쯤 예상한 답이었다. 지금 이 시대에서 피부병은 무조건 좋은 물로 자주 목욕해야 한다고 믿었으니까.

"약을 살펴봐도 될까요?"

"저기, 그 통에 있는 게 약이라네."

칸나는 새하얀 유리병을 들어 올렸다. 검은색에 가까운 연한 회색의 연고가 담겨 있다.

'잠깐…… 검은색에 가까운 연한 회색의 연고?'

그 순간, 문득 스쳐 가는 기억.

대학 시절의 조별 과제였다. 주제가 뭐였더라?

그래, '동서양 의학사에서 잘못 사용된 약을 조사하시오'였다.

'망할 조별 과제, 나 혼자 다 독박 썼었지.'

그때 같은 조였던 조원 중 하나가 자료 조사랍시고 메일을 하나 보냈는데.

<수은 치료는 연고로 만들어 바르거나 증기로 쪄서 호흡하는 방식 등이 있어요. 수은 연고는 검은색에 가까운 연한 회색이었다고 합니다.>

그게 전부였다. 고작 저 정도만 달랑 써 놓고 끝.

지금 장염으로 입원해서 일주일 뒤에 퇴원한다나 뭐라나, 온갖 말도 안 되는 헛소리를 변명이랍시고 덧붙였었지.

너무나도 성의 없었던 메일, 수은 연고 색깔 묘사를 보고 어처구니가 없었고.

그런데 이 연고를 보고 있자니 그 문장이 확 스쳐 지나갔다.

'설마 이거 수은인가?'

과거 서양에서는 매독과 피부병 치료제로, 동양에서는 진시황제가 불로불사의 영약으로 추구한 수은.

이 수은에 중독된 자들의 결말이 어떠하던가?

파국이다.

칸나는 떨리는 목소리로 물었다.

"이거 혹시…… 수은 연고인가요?"

"그래. 잘 아는군."

순간 눈앞이 캄캄해졌다. 수은 연고라니…… 혹시나 했는데 역시나였다!

'사람 사는 곳 다 똑같네. 여기도 약으로 쓰고 있어.'

그래, 수은이 살균 효과가 있긴 하다. 실제로 매독이나 기타 염증을 치료할 때도 있었으니.

'그 대신 다른 새로운 병을 선물해서 문제였지!'

지켜보던 황후가 초조하게 물어왔다.

"어떤가? 약이 약한가?"

"이 약 사용하신 지 얼마나 됐죠?"

"이건 얼마 안 됐다네. 이제 3주쯤……?"

칸나는 내심 안도했다. 다행히 정말로 얼마 안 됐다. 지금 당장 끊는다면 문제없을지도.

"이 약은 쓰시면 안 됩니다."

"뭐?"

그 말에 황후가 눈을 크게 떴다.

"하지만 이 약을 안 바르면 황녀의 간지럼증이 심해진다네."

간지럼증이 심해진다고? 아마 수은 연고에 다른 성분도 첨가한 모양이다.

'하지만 안 되는 건 안 되는 거지.'

칸나는 고개를 저었다.

"그래도 사용하시면 안 됩니다. 그리고 목욕 횟수를 줄이셔야 합니다. 불편하시더라도 당분간은 이틀에 한 번 정도만 씻어 주세요."

"……."

"씻을 때도 최대한 환부에 물이 닿지 않게 피해 주세요. 진물은 따로 물수건으로 걷어 내고……."

그때 하, 거친 숨소리가 튀어나왔다. 지금껏 잠자코 듣고 있던 아멜리아였다. 그녀는 칸나를 죽일 듯 노려보며 이를 악물었다.

"약을 바르지 말라고? 그럼 난 피부가 가려워서 죽어 버릴지도 모르는데?"

한마디 한마디에서 느껴지는 분노. 불끈 쥔 주먹이 부르르 떨리고 있었다.

"그리고, 뭐? 목욕을 하지 말라고? 진물이 줄줄 흐르는데 그대로 내버려 두라고? 지금 나랑 농담해?"

그러고는 휙, 황후를 향해 화살을 돌렸다.

"정말 대단한 의원을 데려오셨군요, 황후 폐하! 다시 물리세요! 저는 돌팔이에게 치료받지 않겠습니다!"

그러나 칸나는 눈썹 하나 깜빡하지 않았다.

"지금까지의 치료 방법을 고수하신다면, 병은 낫지 않을 겁니다."

도리어 강압적일 만큼 단호한 어조로 권고했다.

"물론 청결도 중요하지만, 하루 세 번 목욕은 과합니다. 과도한 목욕과 세안은 피부를 건조하게 만들고, 건조한 피부는 병을 악화시킵니다. 그리고 이 약도 절대 쓰면 안 됩니다. 일시적으로 가려움증을 낫게 할지는 모른다만 수은은……."

……아니지.

지금 수은에 대해 '몸에 엄청 나빠! 자주 쓰면 중독돼서 죽어!'라고 말해 봤자, 믿을 리가 없다.

이미 너무나도 많은 이들이 신뢰하며 쓰고 있으니까. 그 인식을 바꾸기에는 자신은 아직 아무런 명성도, 권력도, 영향력도 없으니까.

어쩌면 상식조차 모른다고 매도하며 치료 기회를 박탈할 수도 있다. 그렇기에 즉시 단어를 바꾸었다.

"이 약은 독해서 피부를 약하게 만듭니다."

"……그래서?"

아멜리아가 애써 화를 참으며 말했다.

"의원이 잘못 처방했다는 거야? 지금 황실의 의원을 어떻게 보고!"

"전하를 못 고친 사람으로 보지요."

칸나는 딱 잘라 말했다. 그러니까 황후한테 내쫓겼지.

"전하의 피부병이 오래됐다 들었습니다. 그 말은 즉, 지금까지의 모든 치료법이 전하에게 맞지 않는다는 뜻이지요."

맞는 말이었기에, 아멜리아는 이를 으득 악물었다.

"그러면 내 가려움증은 어떻게 해?"

"참으셔야 합니다."

"참으라고? 참으라고?"

결국 분노를 터뜨린다. 지금 당장에라도 달려들어 뺨을 때리고 싶어 하는 눈빛이었다.

폭력적인 기색마저 느껴졌지만 칸나는 당황하지 않았다. 본래 오랫동안 병에 고통받은 사람들은 날카로워지기 마련이니까. 그런 환자일수록 단호한 태도로 신뢰를 주는 게 중요했다.

"네, 참으셔야 합니다."

"그렇게 쉽게 말하지 마! 참는 게 쉬우면 약 따위 바를 필요도 없지!"

쾅! 아멜리아가 발을 구르며 벌떡 일어났다.

"그게 얼마나 괴로운 줄 알아? 온몸이 간지러워서 죽을 것 같아! 산 채로 화형당하는 것처럼 고통스럽다고!"

"병이 낫고 싶다면 이를 악물고서라도 참으셔야 합니다, 전하."

그리고 조용히 덧붙였다.

"제가 도움 되는 약을 만들어 오겠습니다. 그걸 바르면 좀 나아지실 겁니다."

아멜리아의 어깨가 바르르 떨렸다. 혈안이 되어 노려보았지만 칸나는 거침없이 말을 이었다.

"그리고 옷을 바꾸시는 게 도움이 될 겁니다. 면 소재로 바꾸세요."

"면?"

아멜리아가 다시 한번 어처구니없다는 듯 웃었다.

"지금 나보고 평민 행세를 하라는 기야?"

칸나는 아멜리아의 분노를 이해했다. 귀족이나 황족들은 실크와 새틴, 벨벳 소재 등을 주로 입는다. 면 소재는 주로 평민들이나 입는 것. 그런 것을 제국의 황녀에게 입으라고 말했으니 당연히 어이가 없을 수밖에.

"전신 곳곳에 환부가 퍼져 있으니 통기성이 좋은 옷을 입으셔야 합니다. 실크보다는 면 소재가 좋아요."

"제기랄!"

아멜리아는 황녀답지 않은 욕을 내뱉었다. 지금 당장에라도 가구를 때려 부술 황소처럼 씩씩거렸다.

그러다가 번쩍, 손을 들어 올렸다!

'설마 때리려고?'

눈살을 찌푸리는 순간, 딸랑딸랑.

종소리가 울렸다. 아멜리아가 종을 울려 하녀를 부른 것이다.

"지금 당장 면 소재 옷을 구해 와!"

"……."

"그리고 또 뭐! 또 뭘 해야 하는데, 부인! 빨리 말해!"

뭐야, 되게 협조적이네.

갑작스러운 태도 전환에 칸나는 얼떨떨한 채 몇몇 조언을 덧붙였다.

"가능하다면 침구류도 바꾸시길 추천합니다. 면 소재의 이불을 여러 장 겹겹이 덮으시는 게 좋을 겁니다. 그리고……."

그러자 아멜리아가 하녀에게 소리쳤다.

"어서 받아 적어! 하나라도 빼놓으면 안 돼!"

"……."

진짜 낫고 싶은가 보다. 지금 이 시대의 사람에게는 헛소리로밖에 들리지 않을 텐데도 이렇게 간절하게 매달리다니.

아까 칸나가 한 말ㅡ 지금까지 치료 방법이 잘못됐기에 낫지 않았다, 그 말이 그녀의 가슴에 꽂힌 걸지도 몰랐다.

하녀가 사라진 후 지금껏 조용히 지켜보던 황후가 물었다.

"그게 다인가? 혹시 약은 필요 없는가?"

"필요합니다. 그래서 말인데, 혹시 동대륙의 약재를 구해 주실 수 있습니까?"

"물론이지. 내 데보르 상단과 연이 깊으니 동방의 것이라면 무엇이든 구할 수 있다네. 그러니 말만 하게."

그러고는 깊은 한숨을 내쉰다.

"아멜리아를 고칠 수 있다면 무엇이든 할 수 있어."

그렇게 첫 번째 진료를 마친 후, 칸나는 황궁을 나섰다. 이번에는 황후가 직접 마차까지 배웅해 주었다.

"아멜리아는 성정이 불같은 편이지. 오랫동안 아파서 그런 거니 부디 이해해 주게, 공작 부인."

의외의 말이었다. 이러니저러니 해도 딸을 아끼는 마음이 있는 걸까?

"병 때문에 난폭해졌지만 어릴 때는 아주 착한 아이였어. 말도 참 잘 듣고……."

잠시 회상하던 황후가 빠르게 고개를 흔들었다.

"미안하네. 괜한 소리를 했군."

"아뇨, 괜찮습니다."

"부디 아멜리아를 잘 부탁하네. 자네만 믿겠어."

몸을 돌리다가 멈칫, 황후가 몸을 멈춘다.

"그러고 보니 자네에게는 늘 좋은 향기가 나는군. 못 맡던 향인데, 대체 어떤 향수를 쓰는 건가?"

"시중에서는 구하기 힘든 향수입니다. 원하신다면 이후에 선물로 가져오지요."

"고맙네. 그렇게 하게."

마침내 집으로 돌아가는 마차 안. 현기증이 머리를 뒤흔들었다.

'어지러워.'

문득 쌉쌀한 혈향이 코끝을 스쳤다. 고개를 내려다보니 아니나 다
를까, 어깨 쪽 옷깃이 붉게 젖어 가고 있었다.

아까 아르곤이 낸 상처였다.

'이상하네. 왜 이러지?'

깊게 찔리지도 않았고 그다지 아픈 것도 아닌데 피가 멈추지 않았
다. 칸나는 미리 챙겨 왔던 붕대로 대강 질끈 감았다.

그럼에도 불구하고 어지러움은 계속됐다. 황녀를 진료할 때 내내
긴장하고 있어서일까, 뒤늦게 아픔이 밀려오는 것만 같았다. 게다가.

엎친 데 덮친 격으로 아버지와 마주쳐 버렸다.

"……."

칸나는 로비에서 우뚝 멈춰 섰다.

약간은 떨어진 곳, 알렉산드로 아디스도 칸나를 발견하고 멈춰 선
상태였다. 검은 안개 순찰이라도 가는 걸까? 그는 허리춤에 검까지
찬 완전 무장 상태였다.

'검.'

어깨를 가볍게 스쳤던, 그 칼날. 오전의 기억이 생각나 얼굴이 더
하얗게 질렸다. 칸나는 아버지에게 허리를 꾸벅 숙여 보인 후 그대로
지나쳤다. 그러나.

"기다려."

"……."

힘없이 고개를 돌리자 어느덧 바로 옆까지 다가온 아버지가 보였다. 그의 서늘한 눈이 칸나를 위아래로 훑었다.

송골송골 땀이 맺힌 얼굴과 축 늘어진 어깨. 그리고 그녀에게서 느껴지는 혈향. 피에 젖은 옷깃. 그 모든 것을 차분히 살핀 알렉산드로가 물었다.

"무슨 일인가?"

지친다. 제발 들어가서 쉬게 해 주면 안 될까?

그러나 알렉산드로는 손을 뻗었다. 손가락 끝으로 그녀의 턱을 잡아 올렸다. 힘없이 까닥 올라가는 종잇장 같은 얼굴. 알렉산드로의 눈매가 찌푸려졌다.

"무슨 일이 있었던 거지?"

"별일 없었어요."

있었지. 미친 황자에게 살해당할 뻔했으니까.

순간 웃음이 나올 뻔했다.

'아마 고분고분 안 굴었으면 난 죽었을 거야.'

문득 오르시니의 말이 떠올랐다. 나 하나 죽어도 아무도 신경 안 쓸 거라는 그 말. 있든 말든 변하는 건 없다는, 그 말.

그렇기에 아르곤도 거리낌 없이 검을 들이댄 거겠지. 발렌티노 공작 부인이자 아디스 가문의 딸인 칸나에게. 그녀는 그 누구도 지켜 주지 않는 여자니까.

'그게 뭐 어쨌다고? 난 혼자서도 잘할 수 있어.'

지금까지 그래 왔으니 앞으로도 그럴 것이다. 그러니까 됐다.

게다가 겪었던 일을 말해 봤자 어차피 아무것도 변하지 않을 것을 알고 있다. 그 차가운 진실을 칸나는 담백하게 받아들였다. 그렇기에 미주알고주알 떠들고 싶지도 않았다.

"별일 없었습니다. 그러니까 놓아주세요."

그러나 턱을 쥔 손아귀는 떨어지지 않았다. 그뿐만이 아니었다. 알렉산드로는 그녀의 어깨를 잡아 제 쪽으로 돌려세웠다. 상처가 있는 부위였기에 저도 모르게 짧은 비명이 튀어나왔다.

"앗!"

알렉산드로가 어깨에서 손을 뗐다. 그리고 자신의 손을 뒤집어 확인했다.

손바닥에 묻어난 피. 선명한, 붉은색의……

"무슨 일이냐고 물었다."

착각일까? 자신을 붙잡은 그의 손이 창백하게 식은 것만 같았다.

"아무 일도 아니라니까요."

정말이지 짜증이 나서 견딜 수가 없었다. 제발 나 좀 내버려 두라고 소리를 치고 싶었다. 다 귀찮으니까, 내버려 두었으면. 그냥 내가 방에 들어가서 누워 쉴 수 있게 해 주었으면.

"대답해라."

그의 물음이 단호했다. 대답하지 않으면 영원히 비켜서지 않을 강철의 문처럼 느껴졌다. 그 거대함에 칸나는 막막함과 절망감, 그리고 분노를 느꼈다.

대체 왜 이렇게 날 괴롭히는 걸까? 어차피 당신이 알아 봤자 아무 것도 안 변할 텐데 내가 왜 말해야 해? 당신은 내가 죽든 말든 관심도 없잖아.

아, 아니면.

"왜요? 이렇게 만든 사람 찾아내서, 포상이라도 해 주시려고요?"

입술을 비집고 조롱이 튀어나왔다. 뜨거운 열에 젖은 숨이었지만 지독히도 차가웠다.

칸나는 알렉산드로를 똑바로 쏘아보며 말했다.

"상금이라도 내려 줄 생각이세요?"

하기야, 당신이 미워하는 나를 대신 괴롭혀 줬으니 기쁘기도 하겠네.

"그게 아니라면, 놔주세요. 제발요."

완전한 포기, 체념, 피곤함. 모든 것이 깃든 목소리는 차라리 한숨 같았다.

한동안 그녀를 응시하던 알렉산드로는 천천히 뒤로 물러났다. 그의 손이 떨어져 나가자 칸나는 몸을 돌렸다. 차분하게 걸어갔다. 한 걸음, 두 걸음, 그리고 세 걸음째에…….

"……!"

휘청. 눈앞이 뿌옇게 흔들린다. 무릎이 푹 꺾였다.

바닥을 향해 거세게 엎어지는 것을 마지막으로, 그녀는 정신을 잃었다.

칼렌이 그들을 목격한 것은 바로 그 순간이었다.

"누님!"

그는 빠르게 달려와 칸나를 안아 올렸다. 그러고는 깜짝 놀라 고개를 내렸다.

그녀의 몸이 불덩이처럼 뜨거웠다!

상처를 입은 것인지 어깨에는 붕대가 감겨 있었고, 소맷자락은 피로 축축이 젖어 있었다. 그리고 코끝을 확 스치는 혈향. 그렇잖아도 하얀 피부는 시체처럼 창백하게 질려 있었다.

마치, 정말 죽은 사람처럼.

"아버지, 대체 이게 무슨 일입니까!"

칼렌은 서둘러 캐물었다. 그리고 동시에 흠칫 굳었다.

칸나를 응시하는 알렉산드로의 눈이-

지나치게 차가워서.

일순 그에게서 무너진 겨울 성처럼 날카롭고 난폭한 감정이 스치는 듯했다.

"……!"

칼렌은 저도 모르게 뒤로 물러났다. 당장에라도 알렉산드로가 누군가를 죽여 버릴 것만 같았기에. 그것이 자신이든, 혹은 칸나든. 아니면 그녀를 이렇게 만든 자든, 누구든.

"칼렌 아디스."

그러나 다음 순간 들려오는 아버지의 목소리는 침착했다. 언제나와 같이 메마른 모래알처럼 건조했다.

대체 무슨 명령을 내릴 것인가? 칼렌은 조용히 가주의 결정을 기다렸다. 칸나를 치료해라? 아니면 칸나를 이렇게 만든 사람을 찾아내라?

"……."

어떤 하명도 없었다. 그대로 등을 돌리자 알렉산드로의 붉은 망토가 펄럭였다. 걸음의 궤적을 따라 흔들리던 망토는 문이 닫히자 사라졌다.

그것으로 끝이었다.

"주화야, 많이 아프니?"

응응, 엄마. 나 아파.

"우리 주화 아파서 어떡해. 아빠가 죽 만들어 줄게."

고마워 아빠. 전복죽으로 해 줘.

"애오오옹."

아, 귀염둥이 내 또또. 놀아 줘야 하는데. 미안해.

"주화 누나, 괜찮아?"

괜찮아, 선홍아.

"평소에는 산적 같은 게 왜 이렇게 비실대?"

산적? 너 말 다 했어?

"그래, 다 했어. 그러니까 빨리 좀 나아, 주화 누나. 그래야 치킨 먹지."

으이구. 알겠어.

"괜찮으십니까?"

그녀는 피식 웃었다.

"정말 괜찮다니까, 내 동생……."

그렇게 속삭이면서 눈을 깜빡였다.

"……."

그러나 다른 얼굴이었다.

흐린 시야가 또렷해질수록 망막에 맺히는 것은 칼렌 아디스의 얼굴. 그녀의 동생— 이선홍이 아니었다.

칼렌이 다소 기묘한 눈빛으로 그녀를 바라보고 있었다.

선홍이가 아니라, 칼렌이.

"……왜……?"

왜 네가?

"왜……?"

네가 아니야.

오히려 칼렌 넌 꿈에서라도 보고 싶지 않은 얼굴이라고.

그를 더는 시야에 담고 싶지 않아 눈을 꽉 감았다. 그리고 깨달았다.

'……꿈일 리가 없잖아.'

오히려 선홍이를 본 게 꿈이겠지.

비몽사몽이었던 의식이 점차 또렷하게 돌아온다. 칸나는 다시금 눈을 떴다.

"일어나셨습니까."

칼렌 아디스가 차분하게 말했다.

"……."

칸나는 멀뚱히 그를 쳐다보다가 주위를 둘러보았다. 높은 천장. 새하얗게 늘어진 침대의 휘장. 이제는 제법 익숙해진 장소.

'내가 왜 여기 누워 있지?'

로비에서 아버지와 이야기를 하고 있었는데…… 그 의문을 알아차렸는지 칼렌이 말했다.

"기절하셨습니다."

"아."

역시나. 칸나는 고개를 끄덕였다. 그럴듯했다. 오늘 너무 이상한 일들을 겪어서 몸에 힘이 쫙 빠져 버린 모양이다.

"어깨의 상처는 뭡니까?"

"몰라도 돼."

칸나는 대수롭지 않게 이야기하며 침대에서 몸을 일으켰다.

창문을 보니 이제야 노을이 지는 저녁인데, 이대로 자고 싶지는 않았다. 그녀가 몸 위로 숄을 걸치자 칼렌이 다가와 잡아당겼다.

"……?"

뭐야? 칸나는 그의 손아귀를 내려다보다가 숄을 빼내기 위해 낑낑거렸다. 그러나 조금도 움직이지 않았다.

"뭐 하자는 거야?"

"얘기 중입니다."

"내가 너랑 무슨 얘기를 해?"

"저는 할 얘기도, 들어야 할 얘기도 있습니다."

"난 없어."

"누님!"

아 진짜!

칸나는 참지 못하고 눈을 날카롭게 떴다. 칼렌은 제 말실수를 깨달은 듯, 빠르게 입술을 씹었다.

"……지금 호칭이 중요한 게 아니잖습니까. 대체 그 상처는 뭡니까?"

"넘어졌어. 계단에서 데굴데굴 구르다가 모서리에 콱 찍혔지 뭐야."

"그걸 믿으라고 하는 소리입니까? 그리고 지금 이 시간에 어딜 갑니까?"

"연구실. 만들어야 할 게 있어."

"대체!"

칼렌이 언성을 높이자 칸나는 깜짝 놀라 어깨를 움찔 떨었다.

"……"

일그러졌던 칼렌의 얼굴이 흐려졌다. 질끈 깨문 입술과 꽉 쥔 주먹. 그리고 가냘프게 떨리는 어깨.

칸나가 떨고 있었다.

'아, 씨.'

칸나도 자신이 떨고 있음을 알아차렸다. 칼렌 앞에서 이런 약한 모습을 보여 주는 건 죽기보다 싫었기에, 심호흡을 했다. 그러나 생각보다 진정하는 게 쉽지 않았다.

'사람이 죽는 것을 봤어. 그리고 나도 죽을 뻔했어.'

실제로 사람이 죽는 것을 목격한 적은 단 한 번도 없었다. 하물며 목이 단칼에 잘려 나가는 끔찍한 장면을 본 적 있을 리가. 그래서일까, 아직까지 공포의 잔재가 남아 있었다.

그러나 그녀의 정신은 그것을 용납할 수 없었다.

무서워서 변하는 게 뭐가 있어? 약해지지 말자.

"⋯⋯놀라게 할 의도는 없었습니다."

"알아. 그러니까 놔줘."

스르륵. 칼렌의 손아귀에서 숄이 빠져나간다. 그제야 어깨 위로 걸친 후 빠르게 방을 빠져나갔다.

'연구실. 연구실.'

비척비척 걸어 지하로 내려가자 따라오는 발소리가 들렸다. 결국 칸나는 연구실 안까지 들어와서야 뒤를 돌아보았다. 역시나 그곳에 칼렌이 있었다.

"왜?"

"또 쓰러지실지도 모릅니다."

그 말이 속을 날카롭게 긁고 지나갔다. 칸나의 눈매가 점점 사납게 얼어붙었다. 힘든 하루여서일까? 인내하는 것이 평소보다 더 힘들었다.

대체 왜.

"그 상처, 누가 그런 것인지 말씀해 주십시오."

왜 저 녀석은.

"그리고 오늘은 이만 쉬시는 게 좋을 것 같습니다. 안색이 창백합니다."

저 녀석은, 계속 왜.

"……누님."

툭. 팽팽하게 늘어진 인내의 줄이 끊겼다. 칸나는 그 소리를 똑똑히 들었다. 머릿속의 무언가가 뚝 끊어지는 그 소리를.

"너 뭐야."

더는 참을 수가 없었다. 아니, 참고 싶지 않았다.

"내가 그렇게 부르지 말라고 했지."

다 짜증 난다. 어깨의 이 상처도. 한국이 아닌 이 제국에 있는 것도. 꼴 보기 싫은 가족들을 봐야 하는 것도.

"누가 네 누님이야, 누가!"

칼렌이 이를 악물었다. 무언가를 꾹 눌러 참는 그 꼴을 보면서도 분노는 줄어들지 않았다. 아니, 더 거세졌다.

칸나는 그를 죽일 듯 노려보며 외쳤다.

"네가 뭔데 참견해. 네가 뭔데 충고를 해?"

"……누님."

"그렇게 부르지 말라고 했지!"

소리쳤다. 토해 내듯, 뱉어 내듯.

"누님이라고 부르지 마! 넌 나한테 아무것도 아니야. 그리고 나도! 나도 너한테 아무것도 아니고!"

칼렌의 얼굴이 새하얗게 질려 가고 있었다. 그 모습이 마치 충격을 받은 것처럼 보여서 더욱 어처구니가 없었다.

이 정도로 충격을 받는다고? 고작 이 정도로?

이런 말은 네가 나한테 했던 짓에 비하면 아무것도 아닌데!

"네가 무슨 생각으로 날 누님 취급하는지 모르겠지만, 그만둬. 어차피 한순간의 변덕인 것 다 알아."

잠자코 듣고만 있던 칼렌이 마침내 입술을 열었다. 기분 탓일까? 그의 입술이 떨리는 것만 같았다.

"옛날 일은 진즉에 후회하고 있었습니다. 앞으로라도 관계를 바로잡고 싶어서⋯⋯."

"누구 마음대로?"

칸나는 밀려오는 비웃음을 참을 수가 없었다. 아하하, 노골적으로 깔깔거리며 신랄하게 지껄였다.

"넌 항상 네 마음대로야, 칼렌 아디스."

어렸을 때도, 그리고 지금도.

칼렌은 지독하게 이기적이다.

"네가 날 싫어할 때는 알아서 기어야 하고, 싫지 않을 때는 살갑게 굴어야 하고, 그러길 바라니? 내가 왜 그래야 해?"

"⋯⋯."

"왜 항상 너에게 맞춰 줘야 하냔 말이야!"

"그런 게."

칼렌이 주먹을 꽉 쥐었다. 모욕이라도 당한 듯 뺨이 붉어졌다.

"그런 게 아닙니다. 그렇게 말씀하지 마십시오."

칸나가 무어라 대꾸하기도 전에 그가 빠르게 덧붙였다.

"어차피 계속 보고 지낼 사이지 않습니까. 앞으로 계속 저를 배척하실 생각입니까? 과거가 어쨌든 우리는 오누이입니다. 누님도……"

말하다가 초조해졌는지 그가 마른 입술을 핥았다. 일말의 기대감이 스쳐 지나가는 눈빛이었다.

"누님도, 아픈 와중에 저를 찾지 않았습니까?"

"……뭐?"

"저를 보면서 내 동생이라고 하셨습니다. 필시 마음 어딘가에는 가족에게 의지하고 싶은 바람이 있는 거겠죠."

칸나는 완전히 할 말을 잃었다.

칼렌을 찾았다고? 자신이?

'아니야.'

그래, 분명히 동생을 찾았다. 무의식중에 엄마와 아빠, 또또와 선홍이를 찾았다. 심신이 약해질 때는 기대고 싶은 대상, 즉 가족이 생각나는 건 어쩔 수 없으니까.

그런데 칼렌은 그녀가 자신을 찾았다고 믿는 모양이다. 그녀가 부른 그 '동생'이 자신일 거라고.

어찌나 가증스러운 착각인지.

"제게 의지하십시오. 누님에게는 저밖에 없습니다."

"……."

"오르시니 형님께 의지하실 겁니까? 아니면 이자벨? 어머니께?"

아무것도 모르는 칼렌은 열렬하게 제 의지를 피력했다.

"그것도 아니면 아버지께 의지하실 겁니까? 아버지는 누님이 쓰러지는 걸 그저 보고만 계셨습니다. 아시겠습니까?"

"……."

"누님에게는 저밖에 없습니다."

"……."

"오로지 저뿐입니다."

허탈한 웃음이 나왔다.

칼렌의 그 오만함이 같잖아서.

또 아버지의 행동이 지독하게 예상대로여서.

역시나 아버지는 자신이 죽든 말든 상관 안 하는 게 분명했다. 피 묻은 옷을 보고 조금 놀란 것 같다고 생각했는데…….

'놀란 것과 걱정하는 것은 별개지.'

대체 언제까지 이 헛소리를 들어 줘야 하는 걸까?

지금 당장 만들어야 할 약물이 한두 개가 아닌데, 시간이 아깝다. 그래서 칸나는 진실을 말해 주기로 했다.

"너 아니야."

"……예?"

"내가 찾은 동생, 너 아니라고."

"제가 아니라면 누굽니까? 설마 이자벨입니까? 아니면 오르시니 형님?"

"다 아니야."

"그럼……."

"다른 사람이야."

칼렌의 얼굴이 얼어붙었다. 따귀라도 맞은 듯한 표정이었다.

"너랑 나랑 떨어져 지낸 세월이 7년이야. 그동안 나에게 친동생 같은 존재가 생겼다고 해도 이상하진 않잖아?"

"……."

"그런 애가 있어. 너랑 비슷한 나이대의 남자고, 난 그 애를 동생처럼 여기고 있어. 아니, 내 동생 맞아."

그러니까 이제 좀 꺼져 줄래? 칸나는 그렇게 말하는 눈빛으로 쏘아보았다.

"내가 찾은 건 걔야. 네가 아니라."

칼렌은 한동안 움직이지 않았다. 마치 그녀가 내뱉은 모든 말이 폭력이 되어 그를 때린 것 같았다.

잠시 후, 칼렌이 눈을 감으며 손으로 얼굴을 문질렀다. 그리고 갈라진 목소리로 물었다.

"누굽니까?"

"……뭐?"

"누굽니까, 그 자식은?"

"그 자식?"

이게 어디서 내 동생한테 그 자식이래?

칸나의 얼굴이 구겨지자 칼렌은 더더욱 거칠게 몰아붙였다.

"왜요? 고작 그 자식, 그런 말을 했다고 화가 나신 겁니까? 그 동생 같다는 사내자식한테?"

머리가 지끈거린다. 칸나는 의자에 걸터앉으며 한숨을 푹 내쉬었다.

내가 왜 이런 바보 같은 소모전을 하고 있는 걸까?

"나가."

아무런 가치도 없는 감정 낭비, 체력 낭비다. 그녀는 칼렌 아디스에게 그 어떤 것도 낭비하고 싶지 않았다.

"내 연구실에서 나가, 칼렌 아디스."

"좋습니다."

칼렌은 더는 설득하려 하지 않았다. '그 자식'의 존재가 도화선에 불을 붙인 듯, 도리어 역으로 분노했다.

"그렇게 원하신다니 꺼져 드리죠, 칸나 발렌티노."

"……."

"앞으로 더는 신경 쓰지 않을 테니, 이제 당신 마음대로 하십시오!"

쾅! 문이 닫히고 거친 발걸음 소리가 멀어졌다. 칸나는 그제야 해방된 듯 숨을 몰아쉬었다.

'…….'

수많은 생각이 머릿속에 몰아쳤다.

옛날 일을 진심으로 반성한다고?

'개소리.'

애초에 이 연구실을 어떻게 찾아냈더라?

그래, 처음엔 오르시니를 피해 도망치다가 발견했다.

먼지가 뽀얗게 쌓여 있었던 연금술 연구실. 오랫동안 아무도 쓰지 않은 듯한 버려진 방.

그런데 왜 이곳에 자주 드나들게 됐더라?

사라지고 싶어서.

이곳에 있는 동안만큼은 다른 세계에 와 있는 것 같아서.

'반성한다고?'

탁상 위에 늘어선 수많은 약병. 그중 가장 붉은 약물이 든 병을 어두운 눈으로 응시했다.

열네 살의 어느 날에 만들었던 저 약물은…… 죽으려고 만든 약이었다. 차라리 죽고 싶어서.

고통 없는 죽음을 바랐기에 점차 잠에 빠져들듯, 심장이 서서히 멈추는 약물을 만들었다.

비록 제대로 된 효과를 못 봐 죽는 데에는 실패했지만, 열네 살짜리가 스스로를 위한 독약을 만들 만큼 처참한 생활이었다.

그것에 일조한 사람이 누구인가? 바로 아디스 가문의 가족들이다.

그런데 이제 와서 반성한다고?

'됐어.'

다음 순간, 칸나는 고개를 획 들어 올렸다.

여기까지다. 약해지는 건 딱 여기까지 하고, 궁상은 여기까지 떨고.

'이러고 있을 여유 없어. 해야 할 일을 하자.'

"나 공작의 아내를 만났어."

실비엔은 고개를 들지 않았다. 심지어 손아귀에 쥔 만년필의 기울기도 흐트러지지 않았다. 그 자태가 완벽할 만큼 태연한지라 마치 아무것도 듣지 못하는 아름다운 조각상 같았다.

"가까이에서 보니 굉장한 미인이던데. 나 설레 버렸잖아. 공작은 그런 적 없어?"

"없습니다."

"이상하네. 공작, 정말 남자 취향 아니야?"

"아닙니다."

서류 하단에 서명하며 실비엔은 조용히 대답했다. 그 모습을 지켜보던 아르곤은 재미없다는 듯 표정을 구겼다.

"정말 하나도 안 궁금한가 보네."

"예."

"내가 왜 공작 부인을 만났는지, 어쩌다가 품에 안아 봤는지, 겁에 질린 얼굴을 보게 됐는지, 안 궁금해?"

"예."

"내가 검으로 벴는데, 그것도 안 궁금해?"

그제야 실비엔의 손아귀가 멈추었다. 느릿느릿 고개를 들어 올렸다. 한 줌의 감정도 없는 곧고 맑은 눈이 아르곤을 직시한다.

"죽였습니까?"

"응."

그 말에 실비엔의 눈이 낮게 가라앉았다. 순식간에 서리가 맺히는 눈빛. 아르곤이 장난스럽게 덧붙였다.

"공작 부인 말고 마부 행세하던 첩자. 그동안 귀찮아서 그냥 내버려 뒀는데, 이번 기회에 그냥 죽였어."

"그럼 됐습니다."

"⋯⋯그게 다야?"

"예. 죽지 않으니 새로 아내를 구할 일은 없겠군요."

잠시 그의 집중을 빼앗은 문제는 그것으로 끝이었다. 실비엔의 고개가 다시 미련 없이 아래로 떨어지자 아르곤은 씩 웃었다. 표정에 소년 같은 장난기가 맴돈다.

"내 검에 마석이 섞인 건 알고 있지? 살짝 스친 정도지만 출혈이 심할 거야. 못해도 한 번은 기절했을걸."

"⋯⋯."

관심 없으니 정보조차 제공하지 말라는 듯, 실비엔은 더는 대답조차 하지 않았다. 정말로 알고 싶지 않은 기색이었다.

"만약 그런 미인이 내 아내라면 매일매일 옆에 붙어서 떨어지지 않을 텐데. 공작은 정말 어리석어."

"그렇군요."

"정말 안 궁금해? 내가 왜 칸나를 만났는지?"

아르곤이 킥킥 웃었다.

"칸나 말이야, 뭔가 귀찮은 일에 휘말릴 것 같던데."

"관심 없습니다."

"그래? 나는 좀 궁금하던데? 그게 말이지……."

"전하가 관여하실 일도 아닙니다."

사각사각, 만년필이 우아하게 춤을 춘다. 산들바람 같은 어조가 흘러든다.

"발렌티노에게 관심 두지 마십시오."

다행히도 그날 이후로는 평화롭게 흘러갔다.

단 하나, 검은 안개에서 마물이 대거 출현하여 아버지와 칼렌, 그리고 실비엔 발렌티노가 함께 기사들을 이끌고 원정에 나선 것 외에는 모든 것이 순조로웠다.

그러나.

"간지러워서 죽을 것 같아!"

쨍그랑! 아멜리아가 던진 꽃병이 깨졌다.

'몇 번째지?'

만날 때마다 한 병씩 깼으니까, 이것까지 총 다섯 병째. 익숙한 행태였기에 칸나는 놀라지조차도 않았다.

'게다가 항상 내가 있는 곳과는 정반대 방향으로 던지니까.'

그것도 칸나에게 물 한 방울 안 튈 만큼 멀- 찍이.

즉 다치게 할 의도는 전혀 없고, 그냥 고통을 못 이겨서 발버둥 치는 것이었다.

"듣고 있어? 간지러워서 죽을 것 같다고! 차라리 죽어 버리고 싶단 말이야!"

엄살이 아니라, 아멜리아는 정말로 고통에 미쳐 가는 것만 같았다.

"약! 새로운 약을 준다고 했잖아! 대체 그건 언제……."

"그렇지 않아도 오늘 완성이 되어서."

칸나는 스윽, 유리병을 내밀었다.

"가지고 왔습니다."

"……!"

"오래 걸려서 죄송합니다, 전하."

"이, 이걸 바르면 정말 안 간지럽다고?"

"꾸준히 바르면 효과가 있을 겁니다. 지금은 제가 발라 드릴 테니, 잘 보시고 같은 방식으로 바르시면 돼요."

칸나는 유리병 안에서 적당량의 연고를 퍼내었다.

이 연고의 이름은 자운고. 〈동의보감〉에도 저술되어 조선 시대부터 현대에 이르기까지, 오랫동안 널리 쓰인 한방 외용제였다. 칸나가 한국에서 운영했던 인터넷 쇼핑몰에서도 인기 있었던 상품 중 하나였고 말이다.

'황후가 재료를 늦게 줘서 그렇지, 여러 번 만들어 봐서 만드는 건 금방이었어.'

순간 문득 궁금해졌다. 지금쯤 내 인터넷 쇼핑몰은 어떻게 돼 가고 있을까?

'주화가 잘 관리해 주고 있겠지?'

매출 상승까지는 바라지도 않아. 제발 말아먹지만 말아라, 주화야.

칸나는 아멜리아의 피부 위에 연고를 발라 주며 말했다.

"전하, 제가 어제 황후 폐하께 약재들을 받았다는 이야기는 들으셨지요?"

"그래. 폐하께서 부인에게 전달하셨다는 말을 들었어."

"네. 지금까지는 병이 더 악화하지 않도록 생활 습관을 바꾼 것뿐이고, 오늘부터가 본격적인 치료라고 생각하시면 됩니다."

약을 발라 주고 있어서일까? 아멜리아는 기가 꺾인 듯 순한 양처럼 고개를 끄덕였다.

'그런데 손톱으로 긁은 자국이 하나도 없네.'

기존에 황녀가 쓰던 약을 갑자기 끊었다. 그러니 피부가 타들어 가는 것처럼 간지러웠을 텐데 정말이지 있는 힘껏 참은 모양이다. 입술을 씹어 가면서, 눈물을 흘려 가면서, 온 힘을 다해서.

그 지독한 고집스러움, 낫고 싶다는 열망, 포기하지 않는 의지.

칸나는 이런 환자를 볼 때마다 마음이 울렁거렸다. 어떻게 해서든 돕고 싶었다. 치료해 주고 싶었다.

잠시 후, 아멜리아가 얼떨떨한 표정으로 중얼거렸다.

"부인…… 저, 정말로, 조금 나아진 것 같아."

"참을 만하지요?"

"여전히 간지럽긴 한데, 그래도 참을 만해! 정말이야, 참을 만해!"

지금까지는 참기 힘들 정도로 간지러웠다는 소리다. 그 정도 고통이면 기존의 약을 찾을 만도 한데.

'내가 절대 쓰지 말라고 했지. 그 말을 지켰네.'

황녀가 기특해진 칸나는 부드럽게 미소 지었다.

"오늘부터 하루 세 번 탕약이 올라올 겁니다. 많이 쓸 텐데, 남김없이 잘 드셔야 해요."

"응, 그렇게, 그렇게 할게!"

격렬하게 고개를 끄덕이는 아멜리아. 칸나는 자리에서 일어났다.

"저는 내일 또 오겠습니다. 그럼……."

"자, 잠깐."

아멜리아가 자리에서 일어나 칸나의 옷깃을 잡았다.

"저기, 부인."

"예?"

"……꽃병 던지면서 성질 부려서 미안해."

"괜찮아요."

칸나가 돌아서려 하자 아멜리아가 다시 한번 잡았다.

"차 한잔 마시고 갈래?"

아멜리아가 얼굴을 붉히며 횡설수설 중얼거렸다.

"폐하께서 선물을 주셨거든. 부인이 요청한 동대륙의 약재를 구하면서, 다른 것도 사들이신 모양이야. 아주 희귀한 차라고……."

"좋아요."

나쁠 거 없지. 칸나는 빙긋 웃었다.

그로부터 며칠이 지났다.

아멜리아의 치료가 순조롭게 되어 가고 있을 때, 황후가 칸나를 소환했다. 칸나는 얼마 전 약속했던 대로 황후에게 향수를 선물했다.

"정말로 선물해 줄 줄은 몰랐군. 이게 자네가 쓰는 향수인가?"

"예, 폐하."

황후는 팔목에 향수를 뿌리더니 눈을 감고 향을 맡았다. 그리고 만족스럽게 웃었다.

"향기가 정말 좋군. 고맙네. 잘 쓰겠어."

"영광입니다, 폐하."

겉치레는 이 정도면 됐다고 생각했는지, 황후는 즉시 본론을 꺼냈다.

"그나저나 황녀의 치료는 잘되고 있는 건가? 벌써 시작한 지 2주가 지났는데……"

근심이 깊은 듯 한숨을 푹, 내쉰다.

"겉보기에는 아직 큰 변화가 없는 것 같더군."

"단기간에 완치할 수 있는 병이 아닙니다. 그리고 간지럼증은 거의 다 잡아 가고 있어요. 순조롭게 치료되는 과정이니 마음 놓으세요, 폐하."

오래 앓은 피부병이 2주 만에 뚝딱 사라질 리가 있나?

'아멜리아는 잘 참고 따라 주는데, 황후는 너무 조급해.'

속으로 혀를 차고 있을 때 노크 소리와 함께 시종의 목소리가 들려왔다.

"황후 폐하, 제2황자 전하께서 찾아오셨습니다."

"어서 들라 하게!"

그리고 문이 열리자 한 청년이 들어왔다.

"크레센트!"

순식간에 황후의 얼굴이 밝아진다. 조금 전까지의 근심이 모두 다 날아간 표정이었다.

"내 귀하신 아드님이 이곳까지 어쩐 일로 행차하셨을까! 전령을 보냈으면 이 어미가 직접 갔을 텐데."

"누님의 주치의가 왔다는 소식을 듣고 찾아왔습니다. 이분이십니까?"

이제 막 스무 살쯤 되었을까?

청년과 소년의 경계에 걸친 진중한 인상의 소년으로, 진한 황금빛 머리칼이 아멜리아와 몹시도 닮아 있었다.

"처음 뵙겠습니다, 공작 부인."

"칸나 발렌티노입니다. 만나 뵙게 되어 영광입니다, 황자 전하."

"요새 누님 상태는 어떻습니까? 병문안을 가고 싶은데 어머님께서 극심히 만류하셔서."

아니나 다를까 황후가 재빨리 끼어들었다.

"안 됩니다! 크레센트, 황녀의 궁에는 절대 가지 말아요. 병균 소굴이나 다름없는 곳에 절대 들어가서는 안 됩니다. 알겠지요?"

병균 소굴. 그 적나라한 표현에 칸나는 인상을 찡그릴 뻔했다.

아무리 아들이 귀해도 그렇지, 딸이 사는 곳인데 병균 소굴이라니…….

"염려 마십시오."

"약속하세요! 크레센트는 이 어미와의 약속을 자주 어기지 않습니까!"

황후는 열렬하게 외치며 황자의 어깨를 잡았다.

"절대 접근하지 마세요. 특히나 예전처럼 황녀와 티타임을 가져서는 안 됩니다! 전염될 수도 있지 않습니까, 안 그렇습니까?"

그러자 크레센트가 입꼬리를 틀어 올렸다.

"왜요? 설마 누님이 저를 독살하기라도 할까 봐요?"

"크레센트!"

"농이었습니다. 이번만큼은 반드시 약속 지키겠습니다."

황후는 몇 번이나 약속을 받아 낸 후에야 크레센트 황자를 놓아주었다.

칸나는 그 장면을 가라앉은 시선으로 지켜보았다.

"부인."

총총걸음으로 떠나는 찰나, 크레센트가 쫓아왔다.

"이제 아멜리아 누님께 가시는 길입니까?"

"예."

"그 전에 잠시 함께 산책하시지요."

거절할 명분이 없었기에 그와 함께 황궁의 정원을 걸었다.

"이번 릴리엔느 누님의 생일 연회 때는 몸이 좋지 않아 불참했습니다. 그러나 부인의 아름다움에 대한 소문은 익히 들었지요."

"과찬이십니다."

별 시답잖은 이야기를 하면서 걸었다. 그런데 기분 탓일까? 어쩐지 크레센트가 인적이 드문 쪽으로 인도하고 있는 것 같았다.

'짐짐 사람이 없어지는 것 같은데…… 기분 탓인가?'

혹시 아르곤 같은 미치광이면 어떡하지? 칸나가 잔뜩 경계하고 있을 때.

"이제야 아무도 없군요."

우뚝. 크레센트가 예고도 없이 자리에 멈춰 섰다. 그리고 부드럽게 미소 지었다.

"드디어 부인과 단둘이 되었습니다."

역시나, 일부러 인적 드문 곳으로 온 것이 맞았다! 칸나는 온몸의 솜털이 바짝 곤두설 만큼 긴장했다.

"무슨 일이신가요?"

그러자 크레센트가 칸나의 손을 덥석 잡았다. 화들짝 놀라 반사적으로 뿌리쳤으나 실제로는 조금도 벗어날 수 없었다.

"전하?"

"부인, 잠시 실례를."

크레센트가 입꼬리를 비스듬히 올려 미소 지었다. 그리고 허리를 굽혀 칸나의 귓가에 무언가를 속삭였다.

"다른 사람에게는 비밀입니다."

"……."

그제야 그의 손이 떨어졌다. 그때, 칸나의 손아귀에는 작은 물병이 쥐어져 있었다.

이것은…….

"부인과 누님을 살릴 수 있는 물건입니다."

"……."

"해독제예요."

칸나는 가만히 그를 바라보다가 물었다. 대체 무슨 말씀을 하시는 거냐고, 무엇을 말하는 거냐고, 아멜리아에게 왜 해독제를 줄 생각을 하게 됐냐고 물으려 할 때…….

"발렌티노 공작 부인."

잔디를 밟고 다가오는 발걸음 소리가 들려왔다. 무장한 기사들이 접근하고 있었다.

"제2황자 전하를 뵙습니다."

그들은 크레센트에게 허리를 숙여 인사한 후 지극히 사무적인 어조로 말했다.

"실례하겠습니다. 발렌티노 공작 부인을 체포하라는 황명이 내려왔습니다."

칸나의 어깨가 멈칫 굳었다. 체포? 황명? 누구를? 나를?

"대체 그게 무슨 소리죠?"

그때 크레센트가 입술을 깨물었다. 한발 늦은 건가, 작게 속삭이는 소리가 들린다…….

"조금 전, 아멜리아 황녀 전하께서 서거하셨습니다."

아멜리아 이자베르크가 죽었다.

목격한 하녀의 말에 따르면 오늘 하루 내내 피곤하다는 말을 하더니…….

왈칵, 피를 내쏟았다. 그렇게 쓰러져 다시는 일어나지 않았다.

의원이 달려와 그녀를 진찰했고, 더는 심장이 뛰지 않음을 확인했다. 정체 모를 독에 중독된 것이다.

이 소식은 번개처럼 황궁을 내리쳤다.

크레센트와 칸나가 나가자마자 시종이 달려와 황후에게 전달했다. 황후는 잠깐 실신했지만 곧장 정신을 차렸다.

그리고 범인을 추측해 냈다. 독에 중독될 이유는 단 하나뿐이다. 최근 들어 칸나에게 기이한 약재가 포함된 약을 받아서 먹고 있었으니.

"칸나 발렌티노를 당장 잡아들여라!"

❦

덜컹!

눈앞에서 철장이 닫혔다. 칸나는 멀거니 쇠창살을 쳐다보다가 한숨을 내쉬었다.

'정말 갇혔네.'

아멜리아가 죽었다고 한다. 사인은 독으로 인한 중독사. 최근 그녀를 치료 중이던 칸나가 범인으로 몰렸다.

"확실한 증거도 없으면서."

칸나는 투덜거리며 자리에 주저앉았다.

'아무리 그래도 그렇지, 권력자의 말 한마디에 이렇게 연행돼서 처박히다니.'

이게 다 자신이 허울뿐인 공작 부인이기 때문이다.

스스로를 지킬 힘이 없어서. 그리고.

'아무도 지켜 줄 사람이 없어서.'

역시 이 세계는 무섭다. 몇 번이나 깨닫는 거지만, 제대로 살기 위해서는 힘이 필요하다. 오로지 그녀 자신만의 힘이…….

그때였다. 덜커덩! 쇠창살이 흔들리는 소리가 들렸다. 생각에 잠겨 있던 칸나는 고개를 번쩍 들어 올렸다.

황후였다.

"네가."

대동하고 온 기사가 감옥의 문을 연다. 끼이익, 열리는 순간 황후가 짐승처럼 달려들었다.

"네가 내 딸을 죽였어!"

멱살이 잡혔다. 그리고 뺨 위로 격통이 떨어졌다. 손톱에 긁힌 것일까, 피가 주르륵 흘러내렸다.

"내 딸을 고치라고 붙여 줬는데, 네가! 네가 내 딸을 죽였어!"

평소와 달리 황후는 완전히 이성을 잃은 상태였다. 기사들이, 간수들이 보고 있음에도 불구하고 미친 듯이 소리를 질러 댔다.

"널 믿었는데! 그런데 네가, 네가!"

그러나 기사들은 놀란 기색이 아니었다. 도리어 자식 잃은 어미의 당연한 반응이라는 듯, 동정심 섞인 눈빛이었다.

"네가 내 딸을 죽였어!"

쫘아악! 칸나는 질끈 눈을 감았다. 뺨이 찢어진 듯 얼얼했고, 귀에서 이명이 울리기 시작했다.

"제가 그런 것이 아닙니다."

"이것이, 아직도 정신을 못 차리고!"

쫙, 쫙. 연달아 내리치는 따귀에 칸나는 주먹을 꽉 쥐고 버텼다.

"황족이 매끼 먹는 음식은 독 검사를 완료한 뒤 올라온다! 그러니 독에 중독되었다면 네가 준 약밖에 없어!"

"제가 그런 것이 아닙니다."

"그렇다면 누가! 누가, 어떻게 아멜리아에게 독을 먹일 수 있어! 가능한 사람은 너밖에 없다, 너밖에!"

황후가 그녀의 멱살을 쥐고 흔들며 사납게 씹어 뱉었다.

"인정해라. 그리고 사죄해라! 널 믿고 치료받은 죄로 죽은 내 딸에게 사죄해!"

"제가 그런 것이 아닙니다."

"네가 끝까지!"

황후는 손을 부들부들 떨더니, 눈물을 주룩 흘렸다.

"내 딸을 죽여 놓고, 뻔뻔하게……!"

그러나 다음 순간, 빠르게 눈물을 닦았다. 냉정을 되찾으려는 듯 심호흡하며 명령했다.

"지금부터 이 죄수에게 밥 한 끼, 물 한 모금 주지 마라!"

황후가 나가자, 칸나는 완전히 진이 다 빠져 바닥 위로 드러누웠다.

'난폭한 아줌마 같으니라고. 역시나 본성은 무시무시할 줄 알고 있었어.'

쓰라려. 따끔따끔해. 욱신욱신해.

'……서글퍼.'

이상하게도 몸보다도 마음이 아팠다.

짐승처럼 얻어맞아서. 짐승만도 못한 취급을 받아서.

'회초리로 맞았을 때랑은 완전히 달라.'

시어머니 조세핀에게 회초리로 맞았을 때는 이런 기분이 아니었다.

'왜지? 회초리로 맞았을 때가 더 심했잖아. 지금은 그저 손으로 몇 대 맞은 것뿐인데.'

그러나 이상하게도 지금이 더 서글펐다. 비참할 정도로.

'아파.'

……엄마.

내가 이렇게 맞고 다니는 거 알면 분명 엄청나게 속상해하시겠지. 마음 약한 아빠는 분명히 우실 거야. 선홍이는 나보다 더 화가 나서 길길이 날뛸 거고.

그리고 내 남자 친구는…….

'아니야.'

문득 서러움이 왈칵 밀려온다. 칸나는 재빨리 억눌렀다.

'아니지, 가족들 찾지 말자. 남자 친구도 찾지 마. 어차피 그들은 내가 칸나인 줄도 모르잖아. 그러니까 찾지 마.'

그러니까 떠올리지 말자. 떠올리면 약해지니까.

'정신 꽉 붙잡아, 칸나. 지금 이 세상에 믿을 건 나 하나밖에 없어. 내가 무너지면 다 끝나는 거야.'

어차피 예상했던 일이지 않은가. 그러니 새삼 억울함에 사로잡힐 필요 없다.

'어차피 다 괜찮아질 거야.'

정말로.

'괜찮아질 거야.'

칸나를 만난 후, 황후는 곧장 아멜리아에게 향했다.

확인하기 위해서였다. 딸아이가 정말로 죽었는지.

정말, 정말, 정말 죽었는지,

이 두 눈으로 직접 확인해야만 했다. 어쩌면 의원의 착각일 수도 있으니까.

그러나.

"아아……."

역시나. 황후의 눈에서 눈물이 툭툭 떨어졌다.

아멜리아. 나의 딸.

"왜 심장이 뛰질 않는 거니, 아멜리아."

황후는 흐느끼며 침대 아래에 주저앉았다. 아직은 온기가 남아 있는 아멜리아의 손을 붙잡았다.

"미안하다. 미안해. 가시 돋친 말로 상처만 줘서 미안하다. 미안해. 그러니까 제발……."

"황후."

뒤에서 들려오는 목소리. 진작 그의 존재를 눈치채고 있었지만, 황후는 돌아보지 않았다.

"아멜리아가 정말 죽은 건가?"

황제였다. 그는 심장이 뛰질 않는 아멜리아를 멀거니 내려다보았다.

"짐의 딸이 죽었군."

"흑, 흐흑, 다 제 탓입니다. 폐하, 제가 발렌티노 공작 부인에게……."

"이야기는 들었소."

그리 중얼거리는 황제의 목소리에 옅은 분노가 배어 나왔다.

"어찌 그런 짓을 할 수 있단 말인가, 황후."

황제는 진심으로 어처구니가 없었다. 의원도 아닌 자에게 황족의 치료를 맡기다니. 그것도 모두가 기피하는 칸나 발렌티노에게!

"제가…… 제가 제정신이 아니었나 봅니다. 아멜리아의 병을 고쳐 보겠다는 생각에 잠시 미쳤던 게 분명합니다. 이게 다 제 잘못입니다, 폐하."

황제는 위로하지 않았다. 내심 황후의 말에 동의했기 때문이다. 그녀가 미치지 않은 이상 그런 어리석은 일을 저질렀겠는가?

'황후는 미련한 여자가 아니다.'

잔혹하고 표독하긴 하지만, 절대 우둔하진 않다.

황제는 황후를 사랑하지 않았지만 그녀가 어떤 사람인지는 아주 잘 알고 있었다. 그렇기에 이번 일에 굉장한 충격을 받았다. 황후답지 않게 어리석은 일을 벌였으니.

'그러나 어쨌든 벌어진 일.'

황제는 이 난장판에서 그가 취할 수 있는 이득이 있는지 살폈다. 이익을 찾는 것, 황제로 살아온 그에게는 숨 쉬듯 당연한 일이었다. 그리고 발견했다.

"내일 재판을 열 것이오."

"……네?"

황후는 멍하니 황제를 올려다보았다. 황제는 이미 머릿속에 계산을 끝낸 듯, 차분하게 말을 꺼냈다.

"마침 발렌티노와 아디스 공작이 지금 검은 안개에 들어가 있소. 그동안은 세상과 완전히 차단되니, 돌아오기 전에 모든 일을 끝내는 게 좋을 테지."

"하지만……."

"황녀가 살해당했소. 짐이 강경하게 일을 밀어붙일 만한 명분은 충분해."

대체 무슨 소리를 하는 겁니까? 황후는 그런 표정으로 황제를 응시했다.

"재판을 열어 칸나 발렌티노에게 사형을 선고할 것이오."

황제는 제게 온 기회를 놓치는 자가 아니었다. 설령 그것이 제 딸의 죽음으로 빚은 기회일지언정. 그렇게 살아왔기에 황제의 자리에 오른 사내였다.

"칸나 발렌티노는 황족을 살해했소. 발렌티노도, 그리고 아디스 가문도 그 죄에서 자유로울 수 없을 터."

발렌티노, 그리고 아디스.

성기사의 후손. 때때로 황가보다도 더 고귀하게 여겨지는 혈통. 그들의 존재는 황제에게 평생 동안 눈엣가시였다. 그러나.

'그러나 서대륙에는 그들이 필요하다.'

결코 파멸시킬 수 없지만…… 한 번쯤 망신을 주는 것도 좋겠지. 그렇다면 그들도, 그들을 지켜보는 온 천하도 알게 될 것이다.

고고한 성기사 가문의 목줄을 쥔 주인이 누구인지.

이것은 그들의 명예를 추락시키고 황가의 위엄을 높일 기회였다. 그러기 위해서는.

"공개 재판을 할 것이오."

평민들도 관람할 수 있는 공개 재판. 그것보다 좋은 무대는 없다.

"짐의 권한을 황후에게 일임하겠소. 황후가 참석하여 주관하도록."

"……제가요?"

"그렇소. 다만, 발렌티노와 아디스에게는 죄를 묻지 말고 칸나 발렌티노에게만 사형을 내리시오."

"……."

"대법관에게는 말을 해 놓을 테니 걱정 마시고."

평민들 앞에서 아디스 가문의 장녀를, 발렌티노 가문의 공작 부인을 우스갯거리로 만들 것이다. 그 정도만으로도 두 가문을 모욕하기엔 충분했다.

황제는 황후의 어깨를 툭툭 두드렸다.

"기운 내시오, 황후. 황후에게는 크레센트 황자가 있지 않은가."

"……."

"아멜리아 황녀는 오랫동안 황후를 마음 고생시키지 않았던가. 불효녀라고 생각하고 잊어버리시오. 그것이 황후에게도, 크레센트에게도, 나아가 황실에도 좋은 일일 테니."

그 말을 끝으로 황제가 떠났다.

황후는 멍하니 그의 등을 응시했다. 그러는 동안에도 뺨 위로 굵은 눈물이 흘러내렸다.

뚝, 뚝. 하염없이.

⚜

다음 날, 칸나는 재판장으로 끌려갔다. 그리고 깜짝 놀랐다.

"거, 검은 머리다!"

"진짜 검은 머리에 검은 눈이야!"

"맙소사, 검은 눈은 처음 봐!"

"나 너무 놀랐어!"

이것들아, 내가 더 놀랐다……!

칸나의 심장이 벌렁벌렁 뛰었다. 농담이 아니라, 갑자기 엄청난 괴성이 터져서 정말로 놀라고 말았다.

재판장에 웬 평민들이 저리 많단 말인가? 귀족석에 앉아 있는 귀족들보다 훨씬 더 많아서, 어림잡아 백 명은 될 것 같았다!

'잠깐. 설마 공개 재판이야?'

어지간해서는 안 열리는 게 공개 재판인데? 발렌티노 공작 부인인 나에게, 공개 재판이라고?

그 의도는 어렵지 않게 짐작할 수 있었다.

'이번 기회에 발렌티노와 아디스에게 망신을 주려는 모양이야.'

하기야 내가 이용하기에는 딱 좋지. 그렇게 빈정거리고 있을 때.

"황후 폐하 드십니다!"

재판장의 문이 열렸다. 다음 순간, 모든 웅성거림이 가라앉았다. 붉은 비로드 카펫 위로 황후가 호위들에게 둘러싸인 채 걸어 들어왔다.

'안색이 말이 아니군.'

그러나 위엄을 세우려는 듯 고개를 치켜들고 있었다. 그녀는 가장 높은 곳에 위치한 자리에 앉은 후 가볍게 손짓했다. 그러자 기립해 있던 귀족들과 평민이 일제히 자리에 앉았다.

'와, 저것이 권력의 힘.'

손짓 한 번에 좌중을 일으켰다가 앉혔다가, 권력은 역시 참 대단하구나…… 속으로 그런 한가한 생각이나 하고 있을 때.

"재판을 시작해라."

황후의 명령이 떨어졌다. 그러자 새까만 법의를 입은 노인이 탕탕탕 나무망치를 두드렸다.

"재판을 시작하겠습니다. 칸나 발렌티노 공작 부인께서는 자리에서 일어나 주십시오."

칸나가 자리에서 일어나자 관람석에서 야유가 슬그머니 흘러나왔다.

"우우……."

"우……."

처음에는 소심하게. 흘끗흘끗 귀족들과 황후의 눈치를 보면서. 그러나 황후는 말없이 칸나를 응시할 뿐 아무런 반응이 없었다.

'당연히 그렇겠지. 평민들을 왜 불렀겠어? 야유하고 모욕하라고 부

른 거지.'

아니나 다를까, 황후가 묵인하자 야유는 점차 과격해졌다.

"우우우!"

"검은 머리다, 불길한 검은 머리야!"

"검은 머리가 황녀 전하를 죽였어! 살인자!"

"사형해라! 마녀는 거꾸로 매달아 화형해야 해!"

아직 판결 안 났거든! 짜증이 확 치솟아 관람석을 찌릿 째려보았다. 그 순간.

'……어?'

칸나의 눈이 반짝였다. 방금 관람석에서 누군가를 본 것 같은데…….

"칸나 발렌티노 공작 부인. 부인께서 황녀 전하의 치료를 맡으셨다는데, 그것이 사실입니까?"

아니지, 한눈팔 때가 아니지. 칸나는 곧장 관람석에서 시선을 떼고 대법관을 응시했다.

"네, 맞습니다."

"치료약으로 동방의 약재를 사용하셨다고 하는데, 그것 역시 사실입니까?"

"네, 그렇습니다."

그러자 야유가 더 거세게 쏟아졌다. 또한 일부러 들으라는 듯 커다랗게 수군거리는 대화들이 튀어나왔다.

"고작 약차 따위로 중병을 고친다니, 그게 말이 돼?"

"말도 안 되지, 당연히!"

"심지어 의술을 공부한 적도 없다는데!"

네네, 마음껏 떠드세요. 칸나는 아예 그쪽을 신경 쓰지 않기로 작정했다.

"조용, 조용. 재판 중입니다."

대법관은 탕탕, 나무망치를 두드려 청중을 조용히 시켰다. 그러나 딱히 의욕은 없어 보였다. 하기야 대법관 역시 공개 재판을 연 목적을 알고 있으리라. 그러니까 저렇게 떠들도록 내버려 두는 거겠지.

"공작 부인께서 사용하신 약재의 목록을 확보했습니다."

"……."

"하여, 동방 약차원을 운영하시는 약재 전문가를 참고인으로 모셨습니다."

약차원을 운영하는 약재 전문가라고?

'약차원이라면, 찻집 같은 거잖아? 약차 만드는 사람을 약재 전문가라고 해?'

뭔가 아주 이상했지만, 어쨌든 타칭 '약재 전문가'는 증인석으로 올라왔다. 온몸에 주렁주렁 보석을 매달고 옆구리에 약재도감을 들고 있는 남자. 딱 봐도 벼락 졸부였다.

"약재 전문가로서, 공작 부인이 사용한 약재가 적절했는지 의견을 주십시오."

"네, 네에."

졸부, 아니, 약재 전문가는 아주 긴장한 듯 헛기침을 했다. 그리고 증언을 시작했다.

"부, 부인께서 사용한 약재 중 조각자라는 것이 있습니다. 주엽나무의 가시를 말린 약재인데……."

"몸에 해로운 겁니까?"

"그, 그렇지 않습니다. 다만 저, 그것이."

"말씀 계속하십시오."

졸부가 망설이자 대법관이 재촉하듯 캐물었다.

"그것이, 조각자는…… 에 좋은 약재입니다."

"안 들립니다. 똑바로 얘기하십시오."

"……비요."

"다시 한번."

"벼, 변비요!"

싸아악. 장내가 차갑게 식었다.

"……지금 변비라고 하셨습니까?"

"예, 변비. 조, 조각자는 변비에 좋은 약재입니다."

다음 순간.

"맙소사!"

비명 같은 웅성거림이 파도처럼 퍼져 나갔다.

"이럴 수가, 변비라니!"

"엉터리잖아!"

"변비 치료용 약재를 황녀 전하께 쓴 거야?"

"황녀 전하는 피부병이라고 들었는데!"

"돌팔이! 돌팔이다!"

청중의 반응에 용기를 얻은 듯, 약재 진문가는 더 힘차게 말을 이었다.

"그뿐만이 아닙니다. 공작 부인께서는 여러 약재를 한 번에 끓여 약차를 만드셨다고 들었습니다. 조각자뿐만이 아니라 대황, 금은화, 진피, 당귀미, 백지, 적작약, 천화분, 유향 등등, 총 열 가지가 넘는 동방 약재를 한꺼번에 잡탕처럼 끓이셨지요."

그러고는 고개를 절레절레 저었다.

"이건 위험한 방식입니다. 약차는 한 재료만을 사용하여 우려냈을 때 제대로 된 효능을 볼 수 있습니다."

"확실합니까?"

"예. 약재를 두 개 이상 혼용하면 독성이 생길 가능성이 큽니다."

침을 꿀꺽 삼키며 뒤이어 말했다.

"즉 공작 부인의 처방이 독이 되었을 가능성이 높습니다. 그렇지 않더라도, 일단은 조각자를 다량으로 복용했기에 탈수 증상이 나타났을 수도……."

더는 못 들어 주겠다. 잠자코 있던 칸나는 한숨과 함께 입을 열었다.

"잘못된 이야기입니다."

순간, 모든 시선이 그녀에게 쏠렸다. 칸나는 약재 전문가를 응시하며 또박또박 설명했다.

"조각자가 변비에 좋다는 건 사실이 아닙니다."

"……예?"

"변비 치료용 약재로 쓰는 것은 조각자, 즉 주엽나무의 가시가 아니에요."

"그게 무슨……?"

"변비 치료는, 주엽나무의 씨앗 껍질을 벗겨 말린 것을 약재로 쓰죠."

그 말에 남자의 얼굴이 벌겋게 달아올랐다. 그는 처음에는 당황했으나 곧 모욕감을 느꼈다.

자신은 동방 약재를 공부한 사람이다. 그런데 곱게 자란 온실 속 귀족 여인이 뭘 안다고 지적한단 말인가? 울컥 화가 났지만, 애써 억누르며 반박했다.

"저는 약재 전문가입니다, 공작 부인. 그런 저에게 약재를 가르치시는 겁니까?"

"가르치는 게 아니라 잘못된 점을 지적해 주는 거예요."

게다가 이건 내 목숨이 달린 일이잖아? 이 정도 권리는 있다고! 칸나는 당연하다는 듯 어깨를 으쓱했다.

"지금 당장 약재도감을 펼쳐서 확인해 보세요. 제 말이 맞을 겁니다."

"예, 좋습니다! 지금 당장 확인해 보도록 하지요!"

그는 곧장 약재도감을 펼쳐 자신만만하게 책장을 넘겼다. 당연히 그럴 리 없다고 생각해서였다. 당연히…….

그러나.

'어?'

곧바로 흙빛이 되는 얼굴. 그 모습을 조용히 지켜보던 대법관이 물었다.

"왜 말이 없는가?"

"아, 그것이."

그가 더듬거리며 아무 말 못 하자 칸나는 조금 안타까워졌다.

창피하겠지. 곤란하겠지. 게다가 약차의 주 고객들인 귀족들 앞에서 이런 망신을 당하니, 덜컥 생계 걱정부터 했을 것이다.

그러나.

'미안하지만 나는 목숨이 달렸다고요.'

그렇기에 가차 없이 말했다.

"주엽나무의 가시, 조각자는 부기를 가라앉히고 고름을 배출하는 역할을 합니다. 피부 질환을 치료하는 데 아주 좋은 약재 중 하나예요."

"……."

"도감에도 비슷하게 서술되어 있을 겁니다."

남자의 얼굴은 이제 터질 것처럼 새빨개져 있었다. 그녀의 말은 정확했다. 대체 어떻게 그걸 알고 있는지 모르겠다만…….

"……공작 부인의 말씀이…… 맞습니다."

진실은 진실. 약재 전문가는 떨리는 목소리로 인정했다.

"그, 그러나 열 가지가 넘는 약재들을 한 번에 사용한 건 잘못된 행위입니다. 공작 부인께서 황녀 전하께 아주 위험한 처방을 하신 것만큼은 확실합니다!"

그 말도 틀렸지만, 사람들은 옳다는 듯 고개를 끄덕였다.

'이 세계에서는 그게 진실로 여겨지고 있지.'

그렇다고 해서 이대로 포기할 수는 없기에 꿋꿋하게 주장했다.

"물론 약재를 함부로 배합하는 것은 위험합니다. 정확히 말하자면, 배합이 금지된 상극의 약재를 함께 혼용할 때 위험하죠. 그러나 궁합이 잘 맞는 약재를 배합한다면 아주 좋은 효과를……."

그때였다.

"후우."

낮게 들려오는 한숨.

그 숨소리에 칸나의 말이 뚝 끊겼다. 그녀뿐만 아니라 법정 내의 모든 시선이 한곳에 집중되었다.

짧은 숨결, 그뿐이었지만 모두의 신경을 송두리째 잡아챘다. 그것은…….

"대체 언제까지 저 헛소리를 더 듣고 있어야 하는 거지?"

그것은, 황후의 한숨이었으니.

"대답하게, 대법관."

"폐, 폐하."

"대법관은 공작 부인의 죄가 명명백백 드러났음에도 불구하고 판결을 지체하고 있네. 이 일이 그리 우스워 보이는가?"

쾅! 황후가 나무 탁상을 내리쳤다.

"제국의 황녀가 죽었다!"

황후의 진노에 모두가 서둘러 고개를 조아렸다.

"감히 황손에게 이교도들이나 사용할 법한 처방법을 내리다니! 이는 황녀뿐만 아니라 황실을 모욕한 것! 그 죄는 삼대를 멸함이 옳으나!"

소리친 후 짧게 호흡한다. 그리고 묵직하게 목소리를 내리깔았다.

"황제 폐하께서는 그간 발렌티노와 아디스 가문의 공적을 높이 사 연좌를 적용하지 않겠다고 하셨다."

"……."

"하여 이는 공작 부인 개인의 처벌로 끝냄이 옳을 터."

이럴 줄 알았지. 칸나는 속으로 빈정거렸다.

'이 세계에서는 재판이니 뭐니 해도 황실의 명령이 최우선이니까.'

그런데 뭐? 이교도나 할 법한 처방?

'당신이 먼저 나보고 치료해 달라고 매달렸으면서!'

그러나 황후는 그런 기억은 조금도 없다는 듯 근엄하게 말했다.

"황실의 판단이 그르다고 생각한다면, 말하라."

"폐하의 판단이 옳습니다."

대법관이 기다렸다는 듯 판결했다.

"안전이 보증되지 않은 위험한 처방으로 황녀 전하를 죽음에 이르게 한 죄, 이는 제국법상 삼대를 멸해야 마땅한 중죄이지만 황제 폐하께서 자비를 베푸셨기에, 이를 참작하여 칸나 발렌티노 공작 부인에게만 사형을 선고합니다."

탕탕탕! 책상을 두드리자 기사들이 칸나의 팔을 잡아끈다. 그때.

"죽어라, 검은 사도!"

관람석에서 날아온 외침. 칸나는 고개를 슬쩍 들어 올렸다. 그러나 워낙 많은 사람이 있기에 누가 외쳤는지 알 수 없었다. 그저 무시하려 했지만…….

"그, 그래! 검은 사도! 검은 머리 마녀!"

"감히 황녀 전하를 살해하다니, 죽어서 그 죄를 갚아라!"

"이교도는 죽어야 해!"

첫 외침이 포문을 터뜨렸는지 평민들의 비난이 쏟아졌다.

칸나는 그들의 욕설을 얻어맞으며 기사들에게 질질 끌려갔다. 고개를 푹 숙였다. 이곳의 모든 이들은 그녀가 울음을 터뜨렸다고 생각했지만…….

'도대체, 어찌 된 게.'

사실은 숨긴 것뿐이었다. 이 심드렁한 표정을. 지루하기까지 한 이 얼굴을.

'예상과 다르게 흘러가는 게 하나도 없냐?'

사형을 선고받은 후, 칸나는 도로 감옥에 갇혔다.

'처음에는 귀족 전용 감옥이었는데.'

이제는 사형수이기 때문일까? 그녀는 극악한 죄수들이 갇히는 아주 차갑고 음습한 감옥으로 이동됐다.

'추워.'

차가운 돌바닥, 벽, 천장에서 뚝뚝 떨어지는 물방울.

'게다가 옷도 빼앗겼어.'

황족을 살해한 죄인은 비단옷을 입을 자격이 없다며 드레스까지 빼앗아 갔다. 즉, 지금 슬립 원피스 하나만 덜렁 입고 있는 상태였던 것이다.

'죄수복이라도 줄 것이지. 옷 입을 인권도 없다는 거야?'

칸나는 구석에 쭈그려 앉았다.

추워. 추워. 춥다. 감기 걸릴 것 같아. 내 침대에 눕고 싶어. 이곳 말고 한국에 있는 우리 집 침대에. 내 고양이, 또또 끌어안고 자고 싶어…….

그런 생각을 하다가 스르륵, 저도 모르게 잠이 들었다.

그렇게 얼마나 시간이 흘렀을까?

"……."

어딘가 불편한 기분이 들어 잠에서 깨어났다. 창문 밖으로 내려앉은 어둠. 어느새 새벽이 온 모양이었다. 그리고…….

"……!"

깜짝이야!

쇠창살 너머에는 한 사내가 서 있었다. 위압적일 만큼 커다란 체구, 달빛에 어슴푸레 드러난 붉은 머리칼. 잘못 본 건가 싶어 눈을 깜빡였지만 그가 맞았다.

"……오르시니?"

그러자 어둠 속 남자의 입꼬리가 비틀어졌다.

"꼴좋군."

정말 오르시니였다! 이곳에서 볼 거라고는 상상도 못 했던 얼굴이다. 대체 언제부터 저곳에 서 있었던 걸까?

"네가 왜 여기 있어? 수행 떠난 거 아니었니?"

"네가 뒈지는 꼴 구경하러 달려왔다."

"……."

저 개자식이. 칸나는 표정을 확 구기며 고개를 돌렸다.

"아, 그래. 멀리서 오느라 고생했겠네."

그러다가 문득 떠올랐다. 오늘 재판, 관람석에서 보았던 누군가. 후드를 푹 눌러써서 얼굴이 잘 보이지는 않았지만…….

"너 혹시 아까 재판 구경 왔었어?"

"온갖 건방은 다 떨더니 결국 이 꼴이로구나."

그러나 오르시니는 칸나의 질문에 대답하지 않았다. 대신 매섭게 비아냥거렸다. 그런데 어째서일까, 즐거운 것 같지는 않았다.

그것이 이상하여 칸나는 다시 그를 물끄러미 올려다보았다.

역시나 오르시니는 웃고 있지 않았다. 그저 사납게 일그러진 얼굴로 그녀를 쏘아볼 뿐.

"언젠가 네가 이리 될 줄 알았지. 더러운 오물처럼 언젠가 가문의 명예를 더럽힐 줄 알았어."

"아하. 아주 대단한 예언가시네. 점집이라도 차리지 그래?"

그러자 오르시니가 창살을 콰득 움켜쥐었다. 한 발짝 가까이 다가오자 얼굴이 더 자세히 드러났다.

"언제까지 콧대 높은 척할 생각인가! 네 꼴을 봐라!"

"내 꼴이 뭐 어때서?"

"눈이 있으면 직접 살펴보지 그래? 얻어터져서 멍이 든 얼굴에, 거리의 창부처럼 제대로 된 옷 하나 걸치지 않고!"

아, 그렇지. 외관상 별로긴 하지. 칸나는 순순히 인정했다.

"왜? 네가 보고 싶어 했던 모습 아니야?"

"⋯⋯."

"실컷 봐. 오늘이 지나면 보기 힘들 테니까."

다시는 이런 꼴이 될 일 없을 거라는 이야기였다. 하지만 오르시니는 다르게 알아들은 모양이었다.

사형을 당하면 다시는 볼 일이 없을 거라는, 그런 작별의 뜻으로.

창살을 쥔 그의 손등에 핏줄이 도드라졌다. 파르르 경련한다.

"너는 곧 사형당한다."

"알아."

"아버지나 네 허울뿐인 남편이 나서지 않는 이상 이 일은 아무도 못 막아."

"당연히 그렇겠지."

"제기랄, 이 등신 같은 년이! 완전히 돌아 버리기라도 한 거냐!"

쾅! 그가 벽을 걷어차며 욕설을 지껄였다.

"잘 들어, 오물. 넌 내일이면 뒈진단 말이다. 알겠어? 뒈진다고!"

칸나는 그를 빤히 올려다보았다. 대체 왜 저렇게 발악을 해 대는지 도저히 알 수 없다.

'설마.'

마음에 짚이는 것이 생긴 칸나는 서글픈 척 어깨를 늘어뜨렸다.

"미안해, 오르시니."

"⋯⋯뭐?"

"내가 뭐라고 할 말이 없네."

오르시니는 곧장 반응하지 못했다.

그만큼 갑작스러운 태도 전환이었다. 제 목숨을 운운하고 있는데도 지루한 표정을 짓고 있던 칸나가 갑자기 한 떨기 연약한 꽃잎처럼 굴고 있으니.

"가문의 명예에 먹칠한 건 정말 미안해. 나도 이럴 생각은 없었는데…… 나 때문에 아디스 가문이 황실에 빚을 지게 생겼어. 특히나 황후 폐하에게."

이 대사를 원한 거겠지.

아니나 다를까, 완전히 말문이 막힌 오르시니가 창살만을 죽어라 꽉 쥔 채 그녀를 응시하고 있었다.

그 넋 나간 꼬락서니를 보자 순간 혀를 차고 싶어졌다. 아휴, 저 등신. 이걸 또 속아요.

"……라고 할 줄 알았니?"

헛웃음을 뱉어 내며 벽에 등을 기대어 앉았다. 가운뎃손가락을 내밀어 보이며 말했다.

"하나도 안 미안하거든. 너한테 사과할 일 없으니까 그만 꺼져."

"……그 손동작은 뭐냐?"

"아아. 죽이고 싶을 만큼 사랑한다는 뜻이야."

"미친년."

잠시 후 오르시니가 잠긴 목소리로 겨우 뱉어 냈다.

"어쩌다가 이렇게 미친 것인지 모르겠지만, 넌 제정신이 아니다. 옛날의 칸나 아디스가 아니야."

"네네."

알겠으니 그만 좀 가 주세요.

칸나가 파리 쫓는 동작으로 손을 획획 내저었으나 상대방은 떠나지 않았다. 한참 후에서야 다시 한번 그의 목소리가 들려왔다.

"빌어라."

뭐래, 또?

"살려 달라고 애원해 봐."

"……."

"빌어. 내 자비를 구걸해라. 그런다면 널 구해 주지."

순간 칸나는 웃음을 터뜨릴 뻔했다.

"구해 주겠다고? 나를? 네가?"

정말이지 상상도 못 한 신선한 제안이었다.

'이건 좀 흥미진진하네.'

이번에 자신에게 일어난 모든 일 중 이것만큼은 결코 예상하지 못했다. 아멜리아가 죽고 감옥에 갇히고 사형 선고를 받기까지, 그 무엇도 그녀를 놀라게 하지 못했다.

그러나 오르시니의 이런 제안은 상상조차 못 했는데.

'좋아. 상으로 한 번 더 같이 어울려 줘 볼까?'

칸나는 짐짓 심각한 표정을 만들어 내며 또다시 연기했다.

"어떻게? 사형을 막을 수 있어?"

"아니, 적어도 아버지가 오시기 전까지는 불가능하다. 하지만 그 전까지 널 이곳에서 빼내어 다른 곳에 숨겨 둘 수는 있지."

"……."

"물론 아버지가 널 모른 척하신다면, 평생 숨어 살아야겠지만."

오르시니는 상상만 해도 즐거운지 키득 비웃었다.

"칸나 발렌티노로도, 칸나 아디스로도 살 수 없을 거다. 새로운 신분과 이름으로 그림자처럼 숨어 살아야 할 테지."

녹색 눈이 열기로 달뜬다. 어쩐지 그쪽이 좀 더 그의 구미에 맞는 것 같았다.

"걱정하지 마라. 그리되면 숨어서 살 곳도 마련해 줄 테니. 다만, 평생을 내 노예가 되어 살아간다고 맹세해야 한다."

그가 양손으로 창살을 쥔 채 가까이 다가온다. 잔인한 쾌감으로 번들거리는 눈빛은 폭력에 가까웠다.

"그러니 어디 한번 개처럼 매달려 봐, 오물."

칸나는 처연하게 그를 올려다보다가 조그맣게 속삭였다.

"내가 뭘 어떻게 하면 돼?"

그러자 오르시니가 킥킥거리며 창살 안으로 제 발을 집어넣는다.

"내 발끝에 입 맞춰라. 내게 굴종해. 노예답게⋯⋯."

퉤엣!

"⋯⋯."

정적이 흘렀다.

칸나의 행동이 너무 재빨라서일까, 아니면 조금 전까지의 고분고분했던 태도와는 달라서일까? 오르시니는 자신이 당한 일을 곧바로 받아들이지 못했다.

칸나가 그의 신발에 침을 뱉은, 그 일을.

"꺼져. 등신아."

그녀는 입술을 닦으며 다시금 벽에 등을 기대어 앉았다. 놀아 주는 것도 정도가 있지, 이 이상은 피곤했다.

"이⋯⋯."

어둠 속에서도 그의 얼굴이 불타듯 달아오른 것이 느껴졌다.

와그작, 그가 쥔 창살이 우그러진다. 녹색 눈동자가 귀신처럼 타올랐다. 당장 상대를 죽이고 뼛속까지 씹어 먹을 것만 같은 살기가 밀려왔다.

설마 창살을 부수고 들어오려나? 그렇게 생각하는 찰나.

"하하하하!"

돌연 웃음을 터뜨렸다. 그는 한 손으로 머리를 감싸 쥔 채 고개를 설레설레 젓는다. 킥킥거리는 실소가 입술을 비집고 튀어나왔다.

……너무 화가 난 나머지 실성했나?

"큭, 크크크……."

그러더니 불쑥, 창살 안으로 손을 뻗었다. 단숨에 칸나의 멱살을 잡아채고 확 끌어당긴다. 쇠창살에 어깨가 쾅 부닥치자 통증이 밀려왔다.

"난 지금 당장 널 죽일 수도 있어."

그가 얼굴을 바짝 들이대어 으르렁거렸다. 짐승의 것 같은 야만적인 호흡이 느껴졌다.

"알아? 네 알량한 목숨 따위, 내가 손아귀에 힘만 주면 부스러진단 말이다!"

으, 아파. 무방비한 상태로 창살에 부딪쳤기에 어깨와 목, 이마가 욱신거렸다. 그러나 그 무엇보다 끔찍한 것은.

"좀 떨어져. 내 숨결이 아주 불쾌하니까."

숨이 닿다니, 이건 좀 심한 고문이지 않은가! 상대가 선홍이었어도 견디지 못했을 거다.

"그래."

그녀를 죽일 듯 노려보던 오르시니가 손을 확 뿌리쳤다.

"차라리 죽음을 택하겠다는 거지?"

"어."

"……."

"그러니까 꺼져."

오르시니는 입을 꾹 다물었다. 굽힌 무릎을 천천히 펼쳐 자리에서 일어난다. 한 자 한 자 씹어 먹듯 내뱉었다.

"등신 같은 년. 네 마음대로 해라. 어차피 네가 죽든 말든 내 알 바 아니다."

"……."

"오물, 너다운 죽음이구나. 아주 꼴좋아!"

쾅! 도저히 분노를 참을 수 없는지 그가 벽을 걷어찼다. 어깨를 들썩이며 거친 숨을 몰아쉬더니, 등을 획 돌렸다. 고집부리듯 돌아보지 않고 감옥을 떠나갔다.

'이제야 갔네. 귀찮아.'

드디어 혼자가 된 칸나는 편안한 마음으로 눈을 감았다.

그러자 오르시니가 남기고 간 말이 귓가에 메아리친다. 오물다운 죽음이라고. 얼마 전엔 또 뭐랬더라? 나에게는 그 누구도 신경 안 쓸 거라고. 지켜 주지 않을 거라고 했던가?

'아니.'

칸나의 입꼬리가 호선을 그렸다.

'내가 이렇게나 신경 쓰는데.'

내가 날 지켜 주면 되는 거 아니야?

칸나는 창밖을 응시했다. 깊은 새벽이 지나면 곧 아침 해가 뜰 것이다. 그 말인즉.

'이제 슬슬 시작되겠군.'

다들 많이 놀라겠어.

'특히 황후는 거의 자지러지겠지.'

칸나는 늘어지게 하품을 하며 눈을 감았다. 한숨 푹 자 볼 생각이었다.

이제 기다리는 일만 남았다.

"뭐?"

쨍그랑!

아침 일찍 차를 마시던 황후의 손이 얼어붙었다.

"그게 무슨!"

동방에서 들여온 귀한 도자기 찻잔이 산산이 부서졌다. 그러나 알아차리지도 못했다.

"지금 뭐라고 했지?"

시녀가 오들오들 떨고 있다. 귀신이라도 보고 온 양 창백한 기색이었다.

"그, 그것이……."

"지금 뭐라고 했느냐 물었다."

"아, 이멜리아 황녀 전하께서……."

시녀가 숨을 헐떡였다. 황후에게 겁을 먹어서 호흡이 거칠어진 것이 아니었다. 그만큼 아주 놀라운, 놀라운 것을 목격했기에.

"아멜리아 황녀 전하께서 살아나셨습니다!"

황녀의 시신은 백합으로 파묻힌 관 속에 비치되어 있었다. 내일, 대신전에서 사제가 찾아와 국장을 치를 예정이었다.

그러나 취소됐다.

황녀가 관에서 몸을 벌떡 일으켰기에.

"제, 제가 보았습니다! 저뿐만이 아니라 다른 시녀들도!"

"……."

"의, 의원께서 찾아오셔서 진맥을 보셨습니다. 다, 다시 맥이 뛰신다고 하셨습니다. 게다가 아주 건강한 상태라고……!"

"분명 맥이 멈추었다 하지 않았느냐?"

"예. 하지만 지금은 뛰고 있는 것을 보니, 아무래도 일전에는 오진을 한 것 같다고 하셨습니다."

황후의 입술이 벌어졌다. 혀뿌리까지 송두리째 뽑힌 것처럼 아무런 말도 튀어나오지 않았다.

"그럴 리가 없다."

"소, 송구하오나 폐하…… 황제 폐하께서도 확인하신 일입니다. 아멜리아 황녀 전하께서 살아나셨습니다."

"……그럴 리 없어."

비쩍 말라붙은 혀가 간신히 중얼거렸다.

아니, 거짓말이야.

그럴 리 없어. 그럴 리가 없어야 하는데…….

"어디서 거짓을 고하느냐? 황녀가 살아날 리 없다!"

그때였다. 똑똑, 노크 소리와 함께 문이 벌컥 열린다.

그리고 우아하게 들어오는 한 여자.

그 여자와 눈이 마주친 황후의 안색이 살얼음처럼 파리해졌다. 손가락 끝이 미세하게 경련했다. 순식간에 온몸에 식은땀이 맺혔다.

아멜리아 이자베르크가 공손하게 허리를 숙여 인사했다.

"황후 폐하, 그간 안녕하셨습니까."

획, 고개를 들어 올린다. 날카롭게 입꼬리를 올린다. 웃는다.

"그동안 심려 끼쳐 죄송합니다."

황후의 입술이 덜덜덜 경련했다. 입에서 거품이라도 나올 기세였다.

황녀였다. 아멜리아 이자베르크.

자신의 못난 딸. 자신의 오점. 자신의 실패작. 자신의 망신거리. 자신의 방해물.

자신의, 자신의, 자신의…….

죽어야만 하는 딸.

"네가 어떻게……?"

목이 졸린 듯 잔뜩 갈라지고 쉰 목소리가 튀어나왔다. 그러자 아멜리아가 싱긋 미소 지었다.

"왜요? 제가 살아 돌아와서 기쁘지 않으신가요?"

"그, 그럴 리가!"

"그럼 기뻐해 주세요, 폐하."

아멜리아가 웃는다. 황후도 따라서 웃었다. 뻣뻣하게 경직된 입꼬리가 괴기하게 올라갔다. 도저히 웃는 것처럼 보이지 않았다.

그래, 웃을 수 있을 리가 없지 않은가!

'살아 돌아올 리가 없는데.'

왜냐하면 내가 너를 직접 죽였기 때문이다.

너는 반드시 죽어야만 하는 딸이다.

몇 년 동안이나 징그러운 피부병에 시달린 너 때문에. 어딜 가든 음침한 베일을 쓰고 다니는 너 때문에. 바람에 베일이 날아가면 괴물 같은 피부가 드러나 모두가 수군거리는 너 때문에.

심지어 황제 폐하께서는 이런 말씀을 하셨다.

"황후, 짐의 귀한 피를 타고난 여아가 어찌 저런 꼴을 하고 있단 말인가?"

"폐, 폐하."

"왜 황녀의 질환은 낫지 않는가? 이러다가 황가의 족보에 불치병 환자를 남기게 되면 어찌할 것이오? 난 죽어서도 선황을 뵐 면목이 없게 될 거요!"

"그것이……."

"짐의 혈족들은 깨끗하오. 그 누구도 괴병을 앓지 않았소."

"……."

"필시 황후의 혈통 중 불순물이 있어서겠지. 그것이 짐의 자식에게 내려간 것이야."

"……."

"훗날 크레센트의 자식들에게 저런 증상이 나타나면 어찌할 건가?"

그러고는, 쯧쯧쯧. 통렬하게 혀를 차셨다.

모든 것이 다 내 잘못이라는 듯. 내 피가 더럽다는 듯.

그 말씀을 남기신 이후로 폐하께서는 단 한 번도 나와 합궁을 하지 않으셨다. 어쩌면 또 너 같은 것이 나올까 봐 염려하신 걸 수도 있지.

너 때문에 내 평판이, 그리고 내 귀한 아드님의 평판이 얼마나 떨어졌는지 알고는 있느냐?

네까짓 딸년이 나와 내 아드님의 앞길을 막고 있어!

'아니! 그래서는 안 되지.'

내 아드님은 장차 이 제국의 황제가 되실 몸인데. 이 대륙에서 가장 고귀하신 분인데!

너 따위가 내 아드님의 앞길에 오점을 남길 수 없다.

칸나가 아멜리아를 고칠 수 있을 거라고는 믿지도 않았다. 그동안 수많은 의원이 달려들었지만, 그 누구도 완치하지 못했다. 고작 잔재주 좀 부리는 공작 부인 따위가 고칠 수 있을 리 없지.

아나나 다를까 칸나는 역시나 괴상한 말이나 내뱉었다. 옷을 면으로 바꾸라는 둥, 목욕하지 말라는 둥, 말도 안 되는 헛소리를 처방이라고 지껄었어.

'그래서 이 서대륙에는 없는 독초를 구해서 선물했는데, 결국 넌 죽었는데.'

대체 어떻게 살아난 거지?

지금으로부터 며칠 전.

황후에게 약재를 받은 다음 날, 칸나는 자운고를 만들어 아멜리아에게 발라 주었다.

"차 한잔 마시고 갈래?"

물끄러미 바라보자 아멜리아가 얼굴을 붉히며 횡설수설 중얼거렸다.

"폐하께서 내게 선물을 주셨거든. 부인이 요청한 동대륙의 약재를 구하면서, 다른 것도 사들이신 모양이야. 아주 희귀한 차라고……."

"좋아요."

나쁠 거 없지. 칸나는 빙긋 웃었다.

아멜리아는 기분이 좋아졌는지 밝은 얼굴로 떠들었다.

"잘 생각했어. 이거, 서대륙에는 아예 재배되지 않는 거래. 동대륙에서도 엄청나게 구하기 힘든 차인가 봐. 아주아주 비싸고 몸에 좋은 거니까 나 혼자만 마시라고 주셨거든."

차를 본 순간, 칸나는 눈을 휘둥그레 떴다. 이건······.

"이걸 누가 줬다고요?"

"응? 황후 폐하께서······."

칸나는 자신이 들은 말을 믿을 수 없었다.

'이건 초오잖아.'

초오. 과거에는 사약의 재료로 쓰였을 정도로 높은 치사율의 독초. 얼마 전 이자벨이 루시에게 장난질을 쳐 댔던 팥꽃나무 꽃과는 비교조차 되지 않을 정도로, 아주 위험한 독성을 가졌다.

"황후 폐하께서 이걸 주시면서 뭐라고 하신 말씀 없으신가요?"

"보존 기간이 길지 않아서······ 적어도 사흘 이내에는 다 우려내 마셔야 한다고 하셨어."

사흘 이내, 이 정도의 양을 다 먹는다면.

그랬다가는 반드시 죽는다.

'어떻게 이런 걸 딸에게 줄 수 있는 거지?'

아니, 어쩌면 독초라는 것을 모를 수도 있어. 동방의 것이니 잘못 알려진 효능을 듣고 샀을 수도 있지.

"황후 폐하께서 이걸 언제 주셨죠?"

"오늘 오전에······ 왜?"

"······."

"무슨 문제 있어, 공작 부인?"

우연일까?

기이한 예감이 실처럼 가느다랗게 관통한다. 굽이굽이 길게 이어진다.

하필이면 내가 약재 치료를 시작하기 직전, 오전 일찍, 극독의 독초를 선물했다고?

'만약 아멜리아가 초오를 먹고 죽었으면, 내가 죽인 것처럼 보일 수 있었어.'

지금껏 그녀의 목덜미를 간지럽혔던 기이한 의문이 점점 또렷해지기 시작했다.

이상하다. 뭔가 이상하다.

'그러고 보니 황후가 약재를 꽤 늦게 구해다 줬지. 칼렌은 요구한 다음 날에 바로 구해 왔는데.'

늦장을 피웠던 걸까? 아멜리아의 치료에 그렇게 조급하게 굴었던 사람이? 일부러 느긋하게 군 게 아니라면, 약재를 구하기 어려웠던 걸까?

'하지만 칼렌은 요구했던 다음 날 다 구해다 줬잖아.'

칸나가 요구한 약재들은 모두 동대륙 약재도감에 기록되어 있는 것들이었다. 서대륙에 다 구비되어 있는, 권력과 돈만 있다면 구하기 어렵지 않은 것들.

황후가 과연 그것들을 구하기 어려웠을까?

아니면……

'혹시 초오를 구하느라 늦은 건 아닐까?'

이 초오. 이것은 어디에도 기록되어 있지 않은 식물이었다. 약재도감은 물론, 동대륙 식물도감에도 초오는 나와 있지 않았다.

'독초라서 기록이 안 된 것은 아니야.'

식물도감에는 독초도 명시되어 있었으니까. 그러나 초오는 없었다. 그 이유는 무엇일까? 너무 위험해서? 아니면…….

'아직 동대륙에서도 효과가 확실하게 입증되지 않은 식물이라?'

만약 그렇다면. 초오가 동대륙에도 독초로 잘 알려지지 않았다면. 그래서 식물도감에 기록되지 않은 거라면.

'……확실히 보장되지 않은 식물을 감히 황후에게 판매한다고? 도감에도 기록되어 있지 않은 걸?'

여기까지 생각이 다다르자 머리 위로 얼음이 쏟아져 내린 듯 정신이 번쩍 들었다.

그런 걸 판 사람도 이상하지만, 구입한 황후가 더 이상하다.

도감에도 실리지 않은 불분명한 것을 사서.

아파서 치료받고 있는 딸에게.

'사흘 안에 다 먹으라고 했다고?'

감쪽같이 죽기를 바라는 게 아니고서야…….

덜컥, 심장이 떨어져 내렸다. 기이한 상상은 꼬리를 물고 이어졌다.

'그러고 보니 그것도 이상했지.'

아르곤이 자신의 마중을 나온 것. 친아들도 아닌, 후궁의 아들. 분명 황후와는 데면데면한 사이일 텐데 왜 그를 시킨 걸까? 게다가 그가 수틀리면 검부터 휘두르는 미친놈인 걸 분명히 알았을 텐데.

'침착하게 생각해. 생각을 해 봐, 칸나.'

만약 황후가 모든 것을 다 알고 행동했다고 전제해 보자.

'만약에 황녀가 독에 중독되어 죽는다면.'

황녀에게는 미안하지만, 황후에게는 이득일 것이다.

칸나도 검은 머리에 검은 눈, 외모 문제로 인해 오랫동안 배척당해

왔다. 황녀 역시 오래 앓아 온 피부 질환으로 온갖 추문에 시달렸으리라.

즉, 황후의 평판에 독이 되는 존재였다.

'그럼, 아르곤이 내게 해코지를 하면?'

실제로야 어떻든, 황후는 대외적으로 자신을 총애하는 척하고 있었다. 파티장에서 이상할 만큼 친절을 베풀지 않았던가?

그런 상황에서 아르곤이 자신에게 해를 가한다면?

1황자에게 질책을 내릴 만한 핑곗거리를 하나 만들어 주는 거다. 황후에게는 소소한 이득이었다.

'그럼 마지막으로, 만약에 내가 의료 사고를 내서 황녀를 죽인 것처럼 되면?'

그것 역시 황후에게 이득이지.

어찌 됐든 자신은 아디스 가문의 장녀이자 발렌티노의 안주인이다. 그 이름을 달고 있는 이상, 두 가문에 자신이 저지른 일의 책임은 어느 정도 물을 수 있다.

순간 소름이 돋았다.

모든 것이 맞아떨어졌다. 모두 다 황후에게 득이 되는 상황이었다.

죽이고 싶은 딸을, 자신에게 득을 안겨 줄 수 있는 상대의 손으로 죽이도록 누명 씌우는 것. ㄱ 누구도 누명을 파헤치려고 노력하지 않을 외톨이 같은 존재에게.

그러니까 처음부터 모든 것이 함정이었다. 황후는 애초부터 칸나가 아멜리아를 치료할 수 있다고 믿지도 않았을 거다.

"……."

칸나는 눈을 감았다가 떴다. 방금 자신이 알아낸 진실은 결코 과대

망상이 아니다. 이 모든 것이 우연이라고 믿는 게 오히려 망상이었다.

"지금부터, 제 말 잘 들으세요, 전하."

잠시 후, 모든 이야기를 들은 황녀의 표정은 침착했다.

"그렇군."

"제 말이 거짓 같나요?"

"아니. 믿어."

"……."

"사실은 알고 있었어. 언젠가는 폐하께서 날 죽일지도 모른다는 걸."

"……."

"몇 년 전부터, 가끔 날 보는 눈빛이……."

그러나 아멜리아는 말을 잇지 못했다. 입술이 파르르 떨린다.

"그분은 진심으로 날 수치스럽게 생각하셔. 그리고 크레센트의 앞길에 방해가 된다고 여기시지. 폐하가 누구보다도 사랑하는 크레센트의 방해물."

그러고는 구슬프게 웃었다.

"방해물을 치워야겠다고 결심하셨구나, 지금이 그 순간이구나, 깨달았을 뿐이야."

"그래서 순순히 죽어 주실 생각이신가요?"

"……."

"전하, 저는 살고 싶어요. 누명을 뒤집어쓰고 죽는 건 절대 싫어요."

"난 당연히 살고 싶지만……."

"일단은 죽으세요."

아멜리아의 안색이 굳었다. 칸나는 냉정하게 덧붙였다.

"어차피 황후 폐하는 반드시 전하를 죽일 거예요. 황녀 전하가 더는 부끄럽지 않은 순간이 오기 직전까지 죽이려 하시겠지요."

"……그렇겠지."

"예. 그리고 이 초오를 이용하여 한 번쯤은 독살 시도를 하실 겁니다. 그러니까 그냥 당해 버리세요. 아니, 당하는 척해서 효과가 없다는 걸 보여 주세요. 다시는 초오를 사용할 생각을 못 하도록."

"……"

"그러니까 일단은 죽어 주세요. 죽은 척을 하세요. 저에게 방법이 있습니다."

오래전, 열네 살 때 만들어 놓은 약물이 있다.

자신이 죽으려고 만들어 놓은 약물.

천천히 심장이 느려져서 결국에는 멈추게 되는, 아니, 1, 2분에 한 번꼴로 아주 느릿느릿하게 뛰어서, 멈춘 것처럼 보이게 되는.

그러나 하루만 지나면 다시 심장 박동이 서서히 정상으로 돌아오는, 잠시 죽은 시늉은 낼 수 있으나 절대 죽지는 않는 물약.

열네 살 때도 하루 정도 의식을 잃었을 뿐 다시 정신이 돌아왔다. 뭔가 이상해서 쥐를 잡아 실험을 해 보고 나서야 정확한 효능을 알게 되었다.

아멜리아는 그것을 마신 후 죽은 척을 하고 다시 살아나면 된다. 그렇게 되면 황후는 초오가 아닌 다른 방법으로 죽일 새로운 계략을 짜내야 할 테고, 그때까지는 시간을 벌게 된다.

아멜리아가 더는 부끄럽지 않은 딸이 될 시간을.

"젠장."

아멜리아가 떠난 후 홀로 남은 황후는 잘근잘근 손톱을 깨물었다. 이 기회에 자신의 오점인 아멜리아를 치울 수 있다고 생각했는데…….

'귀찮게 됐어!'

아무래도 그 독초가 잘못된 모양이었다.

사람을 확실하게 죽일 수 있다고 들어서 어렵게 구한 독초였는데!

'그런데 효과가 형편없잖아! 다시는 그들의 것을 이용하지 않을 것이야!'

일단 당분간은 내버려 두어야만 했다.

이 상태에서 황녀가 또 죽었다가는 누군가가 계획적으로 암살했다는 의혹이 일어날 수 있다. 지금은 칸나의 의료 과실로 알려진 상태다.

심지어 그 칸나는 감옥에 있는데.

'일단은 숨을 죽이고 때를 기다려야겠군.'

……그리고 보니, 아까 본 아멜리아가 한 번도 피부를 긁지 않았다. 기존에 쓰던 약을 끊었을 텐데도 긁지 않았다.

그 약이 없으면 간지러워서 죽을 것 같다고 울부짖지 않았던가?

문득, 간지럼증은 다 잡아 간다고 했던 칸나의 말이 떠올랐다.

'설마 정말 고쳐 가는 중이었나? 아멜리아를? 아무도 못 고쳤던 그 피부병을?'

그렇다면 정말로 다행인 일이지만…….

글쎄, 황후는 완전히 신뢰할 수 없었다. 지금까지도 다 고친 줄 알았다가 재발한 적이 몇 번이나 있었으니.

'그럼 칸나는 어떻게 처리해야 할까?'

아멜리아가 살아났으니 살해 혐의도 사라지게 된다.

그러나 그녀를 살려 두는 건 찜찜했다. 이미 한 번 중요한 체스말로 이용하지 않았던가? 훗날 그녀의 존재가 탈이 될 수도 있다.

'그래, 혹시 모를 뒤탈이 있을 수 있어. 칸나는 제거해야 옳다.'

어차피 아멜리아가 죽을 뻔했던 것은 사실이다. 살인 미수로 몰아가서 사형시키면 될 터.

분명 황제도 전폭적으로 도울 것이다. 그는 아디스와 발렌티노에 열등감을 가지고 있다. 언제나 모욕할 기회만 노리고 있다는 건 진작 알고 있었으니까.

황제가 황후를 잘 알고 있듯, 황후도 황제를 잘 알고 있었다.

'그래, 일전에 폐하가 내 뜻대로 움직여 준 것처럼, 이번에도 그리할 거다. 내가 몇 번 부채질한다면 살인 미수로라도 몰아가 사형시킬 거야.'

그렇게 회심의 미소를 지을 때.

"……음?"

문득 팔뚝이 간지러운 것 같아서 내려다보았다.

"이, 이게 뭐야!"

언제 이렇게 된 걸까? 팔뚝 위로 붉은 반점이 올라와 있었다!

"아악!"

알아차린 순간 시작되었다.

갑자기 목부터 얼굴, 가슴과 등까지 간지러워지는 것이 아닌가? 황후는 비명을 지르며 드레스 단추를 거칠게 잡아 뜯었다. 그리고 서둘러 거울로 달려갔고.

"……!"

목격했다. 수십 개의 붉은 반점이 올라온, 끔찍한 제 몸을.

"아, 안 돼애애!"

아멜리아가 앓았던 피부병이 자신에게 옮아 있었다!

❧

아침이 왔으나 사형은 집행되지 않았다.

다음 날에도 마찬가지였다. 사형은커녕, 금지되었던 밥과 물이 전달됐다.

그렇게 이틀이 더 흘렀다. 그 시간 동안 칸나는 즐거운 마음으로 기다렸다.

'황후의 피부병, 잠복기가 지났으니 엊그제쯤 증세가 나타났을 테고, 이제 슬슬 어떤 약도 듣지 않는다는 것도 깨달았겠지.'

황후는 아멜리아에게 전염됐다고 여기겠지만…… 그렇지 않다. 그녀의 피부병은 애초에 전염성이 없으니.

'그러게, 남이 주는 향수를 덥석덥석 받아 쓰면 되나?'

얼마 전 황후에게 선물한 향수에 약간의 장난질을 쳤다.

이를테면, 자신이 만드는 해독제를 주기적으로 먹지 않으면 수시로 발진과 간지럼증이 일어나는 약물을 넣는다든가.

즉, 황후는 평생 자신에게 치료약을 구걸해야 하는 상황인 것이다.

그러지 않으면 머리부터 발끝까지 두드러기에 뒤덮일 테고, 그 상태가 지속되면 전신이 불타는 듯한 소양감에 시달리게 된다.

아마 죽는 게 더 나을 고통이겠지.

그 어떤 의원도 고통을 가라앉힐 수 없을 테니 황후는 마지막 수단으로 칸나를 찾게 될 것이다.

'그러게 생명을 함부로 해하려 들면 안 되죠, 아줌마.'

잔인하다고 생각하지는 않았다. 그래도 이 정도면 꽤 자비롭지 않은가?

그때였다.

"발렌티노 공작 부인."

한 기사가 다가온다. 얼마 전 그녀를 이곳까지 연행한 기사였다. 그 공손한 눈빛과 마주치는 순간 칸나는 깨달았다.

모든 것이 계획대로 되었다.

"부디 얼마 전의 무례를 용서해 주십시오, 공작 부인."

기사의 뒤를 따른 시종들은 새 드레스와 구두, 귀걸이와 목걸이까지 들고 있었다. 아마 칸나를 위한 선물이겠지.

그는 창살문을 연 후 정중하게 드레스를 건넸다.

"황후 폐하께서 찾으십니다. 부디 모실 수 있는 영광을 주시기를."

전에는 없었던 극진한 태도였다.

"공작 부인!"

예상대로였다. 황후는 온몸이 시뻘겋게 달아올라 고통 받고 있었다. 눈물이 그렁그렁 고인 채 침대 위에서 몸부림치고 있는 꼴이라니. 칸나는 웃음을 참기 위해 입안을 지그시 깨물었다.

"어서! 어서 나를 봐 주게!"

황후의 숨이 금방이라도 넘어갈 듯 헐떡였다.

이대로 죽어 버릴 것만 같았다. 아니, 어쩌면 차라리 죽는 게 나을

지도 모른다!

처음엔 그저 가렵기만 했는데, 점점 갈수록 불로 지지는 것만 같은 통증이 작렬했던 것이다. 그 어떤 의원도, 어떤 약도 황후를 고치지 못했다. 무슨 수를 써도 이 통증은 사라지지 않았다!

'너무 아파!'

벌써 이틀째, 황후는 이 격렬한 고통을 뜬눈으로 버티고 있었다. 거의 돌아 버릴 지경이었다.

"공작 부인, 어서!"

황후는 허겁지겁 손을 뻗었다. 칸나의 팔목을 거칠게 잡아채 시퍼렇게 외쳤다.

"어서! 어서 진료하게!"

상대가 며칠 동안 지하 감옥에 갇혀 있었다는 것, 그리고 자신이 마구잡이로 폭행했다는 것, 심지어 죽일 생각이었다는 건 전부 잊었다.

이 고통 앞에서는 그 무엇도 중요하지 않다, 그 무엇도!

"폐하……."

"어서! 빨리 하지 않고 뭣 하는 게야!"

그러고 보니 칸나의 눈이 몹시도 퀭하다. 바짝바짝 갈라진 입술, 창백한 피부. 아차, 황후는 그제야 그녀의 몸 상태가 안 좋다는 것을 눈치챘다. 하지만.

"서둘러 진료하지 않으면 벌을 내릴 것이다!"

내가 이렇게 아파 죽겠는데 저 여자의 건강 따위 뭐가 중요한가!

황후는 눈물 맺힌 눈으로 부들부들 떨었다. 감옥에서 거짓으로 연기했던, 이성 잃은 모습과는 완전히 달랐다. 거짓 눈물과도 완전히 달랐다.

지금은 진짜다.

그녀는 도저히 제정신을 유지할 수가 없었다. 정말이지 돌아 버릴 것만 같았다!

"자, 자네가 아멜리아의 피부도 호전시키지 않았나! 그러니 나도 고칠 수 있을 것이다. 그렇지?"

"쿨럭……."

"그렇다고 말해!"

"쿨럭, 쿨럭."

그러나 칸나는 흐리멍덩한 눈으로 기침이나 해 대고 있다. 금방이라도 툭 치면 쓰러질 것 같은 모습. 누가 봐도 안쓰러워 보이는 환자였지만 황후는 그저 화가 날 뿐이었다. 평소의 위엄, 체통, 모든 것이 미칠 듯한 통증 뒤로 밀려났다.

"지금 뭣 하는 게야! 정신 똑바로 차리지 못해!"

"폐하…… 죄송……."

그러고는 풀썩, 칸나가 그대로 졸도해 버렸다! 쓸모없는 것 같으니라고!

"안 돼! 안 돼, 죽어도 날 진료하고 죽어라!"

황후는 기절한 칸나의 어깨를 붙잡아 미친 듯이 흔들었다. 그러나 칸나는 정말 성신을 잃은 듯 눈썹 하나 까딱하지 않았다.

"네 이년! 나를 농락하는 것이냐, 어서 눈을 뜨지 못해!"

결국 그 잔인함을 넋 놓고 보고 있던 기사가 재빨리 다가와 만류했다.

"황후 폐하, 부디 진정하십시오. 지금 공작 부인께서는 혼절하셨습니다."

"깨워! 얼굴에 물을 뿌려서라도 깨우란 말이다!"

씨익, 씨익. 황후의 콧김이 뜨겁게 뿜어져 나왔다. 내가 이렇게 아픈데, 이렇게 고통스러운데 감히 기절을 해?

"어서 물을 가져와라! 물을 뿌려서 일어나지 않으면, 불로 살갗을 지져서라도 깨워!"

모두가 끔찍하다는 시선으로 황후를 응시했다. 산발이 된 머리, 새빨갛게 충혈된 눈, 악마처럼 뿜어져 나오는 숨결. 완전히 미친 사람 같았다.

"……쯧."

순간, 황후의 발광이 멈추었다. 그 소리. 방금 그 소리는…….

"쯧쯧."

벼락같았다. 천둥 번개 같은 굉음이었다.

실제로는 아주 작은 소리에 불과했지만, 그것은 황후의 고막을 찢어발겼다. 손끝이 경련한다. 입술이 뻣뻣하게 굳는다.

황후는 천천히, 아주 천천히 고개를 돌렸다. 아니, 사실은 돌리고 싶지 않았다. 확인하고 싶지 않았다.

"대체 뭣 하는 짓인가?"

황제였다. 그가 문 앞에 서서.

"끔찍하군."

인상을 찌푸린 채.

"이런 추태를 부리다니."

혀를 찬다.

자신의 피가 더러워 아멜리아 같은 자식이 나왔다고, 그리 비난했을 때와 같은 소리였다.

"폐…… 폐하, 그것이…….."

"됐소. 듣고 싶지 않군."

썩둑, 단호하게 황후의 말을 자른다.

"황후의 표독함은 익히 잘 알고 있었지만…… 이토록 천박한 줄은 미처 몰랐군."

"폐, 폐하."

"노상의 천것들처럼 주먹이나 휘두르다니……."

황제는 경멸의 눈으로 응시하다가 그대로 몸을 돌렸다. 저 난장판을 잠시라도 시야에 담고 싶지 않은 듯.

쿵, 문이 닫히고 그대로 떠났다.

"……."

오싹한 적막이 침실을 내리눌렀다.

모두가 압사당할 듯한 정적. 그 침묵 속에서 황후의 몸이 바르르 떨렸다. 여전히 몸을 불쏘시개로 지지는 듯한 고통 때문에 참을 수가 없었다. 그리고.

"이…… 이년이!"

거세게 타오르는 분노 때문에. 황후는 기절한 칸나의 목을 와락 움켜쥐었다.

"네년이! 네년 때문에 내가! 폐하가 나를!"

"폐, 폐하!"

"황후 폐하, 고정하시옵소서!"

기사들은 물론이거니와 시녀들까지 말리고 나섰다. 그러나 황후는 완전히 이성을 잃은 상태였다.

"이년이! 이년이 일부러 쓰러진 게야. 폐하가 오신 것을 눈치채고! 일부러 이런 모습을 보이게 한 게야! 나를 망신시키려고, 모욕하려고!"

어머나. 눈치 빠르네. 어떻게 아셨대?

칸나는 간신히 웃음을 참고 있었다. 목이 졸리고 있지만 그다지 괴롭지도 않았다. 지금까지 어지간히 고생했는지 황후의 손아귀 힘이 아주 하찮았던 것이다.

'아무리 그래 봤자 난 기절했다고. 어쩔 거야?'

나한테 진료를 받고 싶으면 이런 태도로는 절대 안 될걸.

그때였다.

"화, 황후 폐하!"

문밖, 시종의 목소리가 들렸다. 혹시 황제가 다시 온 것일까? 황후의 움직임이 멈춘 찰나.

"지금 아디스 공작 각하께서…… 아니, 각하! 이러시면 안 됩니다!"

쾅! 허락도 없이 문이 열렸다. 아니, 열린 것이 아니었다. 거의 걷어차인 거나 다름없었다. 경우 없는 무뢰배의 침입처럼 폭력적인 입장이었다.

붉은 머리칼의 남자가 성큼성큼 걸어온다. 한 줌 거리낌도 없이, 고급스러운 카펫을 흙 묻은 군화발로 짓밟으며.

황후는 황제를 보았을 때 이상으로 경악했다.

"아, 알렉산드로…… 아디스 공작."

뭐라고?

순간, 칸나는 기절한 척하는 것도 잊고 눈을 뜰 뻔했다.

누구라고? 아버지가 왔다고?

"아, 아디스 공작이 왜?"

알렉산드로 아디스— 아디스의 가주가 그녀의 앞에 서 있었다!

거대한 산이 우뚝 솟은 듯 그의 그림자가 단숨에 황후를 뒤덮었다. 황후는 침을 꿀꺽 삼켰다.

알렉산드로가 어깨에 걸친 붉은색 망토, 그리고 위압적일 만큼 새까만 제복에서는 짙은 혈향이 풍겼다.

살육의 냄새였다.

그의 신발에서 묻어난 얼룩에는 흙만 있는 것이 아니었다. 붉은 핏자국, 살생의 흔적. 누가 봐도 검은 안개에서 곧장 빠져나와 이곳으로 직행한 모습…….

'아니, 그럴 리 없다! 아디스 공작은 칸나를 제 딸 취급도 안 할 텐데!'

그녀가 놀라든 말든, 무표정한 알렉산드로는 시선을 느릿느릿 움직였다.

마른 피가 붙어 있는 칸나의 얼굴. 손톱으로 긁은 듯 뺨에 난 생채기. 터진 입술. 눈가의 시퍼런 멍. 파리한 안색. 그리고 황후의 두 손아귀에 잡혀 있는 가느다란 목덜미…….

모든 것을 천천히 훑은 알렉산드로의 눈이 마침내 황후에게 향했다.

"……!"

마주친 찰나, 황후의 손에서 힘이 풀렸다. 칸나의 몸이 비틀거리며 뒤로 넘어갔다. 알렉산드로가 팔을 뻗어 가볍게 받아 안았다.

마치 제 것을 돌려받듯.

그것으로 끝이었다.

이 모든 것이 평생을 해 온 당연한 일인 것처럼, 알렉산드로는 그녀를 안아 들고 몸을 돌렸다. 그대로 뚜벅뚜벅 걸어 나갔다. 가볍게 흔들리는 붉은 망토의 끝자락에서 마물의 피가 뚝뚝 떨어져 내린다.

"……"

쿵. 문이 닫혔다.

황후는 지켜보는 수밖에 없었다. 그 외에는 방법이 없었다.

'미쳤나?'

한편, 칸나는 당황스러워서 돌아 버리기 직전이었다.

'대체 왜 이래? 뭘 잘못 드신 거야?'

이 아저씨가 노망이 들었나? 외모는 그녀 또래처럼 보이면서, 알맹이는 벌써 치매가 온 건가?

'그래, 치매인가 보다.'

그러지 않고서야 자신을 구하러 올 리가.

"……."

덜컹거리는 마차 안. 칸나는 알렉산드로의 어깨에 조용히 기대어 있었다. 그들 부녀에게는 단 한 번도 없었던 살가운 접촉이었다.

'왜 나를 옆에 앉힌 거지? 맞은편 좌석 있잖아. 남자 두 명은 누워도 남을 만큼 넓잖아.'

그러니까 그냥 날 그곳에 내려 두란 말이다!

그러나 칸나는 황후에게 얻어맞을 때부터 기절한 척하고 있었기에 아무 말도 할 수 없었다.

누가 이 장면을 보면 분명히 착각할 거다. 자신이 그에게 정말 소중한 딸일 거라고 오해를…….

'미친, 말도 안 되는 생각.'

움직일 수만 있었다면 제 **뺨**을 때렸을 것이다.

하지만 그럴 수 없었다. 심지어 그녀는 손끝 하나 움직일 수도, 숨결 한 번 크게 뱉을 수도 없었다. 쇠사슬이 몸을 꽝꽝 옭아맨 것처럼 묵직하고 거북하고 불편해서.

'숨 막혀. 죽을 것 같아.'

차라리 지난 며칠간 지하 감옥에서 버티는 것이 더 편했다.

'아버지는 대체 왜 꿈쩍도 안 하시는 거지?'

마차에 들어온 이후 알렉산드로는 석상처럼 움직임이 없었다. 어쩌면, 잠든 걸지도 모른다. 칸나는 아주 천천히 눈꺼풀을 살짝 들어 올렸다. 위를 흘끔 쳐다보는 순간.

"……!"

초록색 눈과 마주쳤다. 줄곧 그녀를 내려다보고 있었던 것처럼 미동도 없는 시선이었다.

칸나는 하마터면 비명을 지를 뻔했으나 간신히 억눌렀다. 빠르게 눈을 감았다.

들켰나? 아주아주 살짝, 실눈으로 떴는데 들켰으려나?

'아니야, 내가 깨어난 걸 알면서도 이러고 있을 리 없지. 모르시는 게 분명해.'

들키지 않아서 다행이다. 집에 도착할 때까지는 절대 눈 뜨지 말아야지. 대체 왜 기절한 사람을 빤히 바라봐서 놀라게 만든단 말인가?

'……그러게. 왜 보는 거지?'

자신의 얼굴이 그렇게나 부은 걸까? 신기해서 바라볼 정도로 심하게?

'모르겠다.'

칸나는 생각하는 것을 멈추었다.

그저 이 순간을 견뎠다. 아버지와 공유하는 숨 막히는 시간을.

❦

도착한 저택. 알렉산드로는 직접 그녀를 침실로 옮겼다. 칸나는 그때까지 열심히 눈을 감고 기절한 척을 했다.

다행히 알렉산드로는 아무것도 눈치채지 못한 듯, 그대로 방을 나섰다.

"맙소사. 가여우신 공작 부인."

하녀 레아가 훌쩍이며 다가오는 소리가 들린다. 그녀가 따뜻한 수건으로 얼굴에 말라붙은 핏자국을 닦아 주었다.

'좋다…….'

이게 얼마 만에 누워 보는 침대란 말인가. 따뜻한 이불이란 말인가.

지난 며칠, 차가운 감옥에서 얇은 슬립만 입고 버텨야 했다. 참을 만했지만 괴롭지 않은 것은 아니었다.

이렇게 누워 있자니 이제야 정말 끝났다는 생각이 들었다.

'아니지…… 끝나지 않았지.'

묵직한 어둠이 내려온다. 눈꺼풀이 무겁게 가라앉는다. 잠이 쏟아진다.

'황후. 황후가 아직 내게 애원하지 않았어. 사과하지 않았어.'

그때까지는 절대 끝난 게 아니야. 하지만 두고 봐. 당신은 곧 내게 울며불며 매달리게 될 테니까.

'지금쯤 죽을 맞이겠군.'

불타는 듯한 소양감은 시간이 갈수록 심해질 테니, 곧 몸을 못 가눌 정도로 망가질 것이다. 어쩌면 버티지 못하고 자살을 시도할 수도 있겠어.

'그렇게 되더라도 자업자득이지…….'

칸나는 잠든 척 시중을 받다가 정말로 잠들고 말았다.

며칠 후 황후가 아디스 가문에 찾아왔다.

"황후 폐하, 어서 안으로 드십시오."

클로이는 정중하게 황후를 맞이했다. 지금 이 순간만큼은 그녀가 아디스의 주인이었다. 가주인 알렉산드로는 다시 검은 안개로 떠났으니까.

황후 역시도 그것을 알고 찾아왔다.

"칸나, 그년은, 어딨나?"

황후가 거친 호흡을 내뱉었다. 며칠 동안 고통을 견디느라 피골이 상접한 모습이었다. 짧은 사이 10년은 늙은 듯한 외모에 클로이는 깜짝 놀랐지만 내색하지 않았다.

"제가 모시겠습니다, 폐하."

클로이는 앞장서서 직접 칸나의 방 안으로 황후를 이끌었다. 벌컥! 황후는 칸나의 방문을 왈칵 열어젖혔다.

"공작 부인은 나가 있게."

"예, 폐하."

탁. 클로이가 방문을 닫고 나서자, 황후는 그제야 모든 이성의 끈을 놓았다.

"칸나."

잡히면 가만두지 않으리라는 눈빛. 그때 그녀의 표정은 거의 원한에 찬 악귀에 가까웠다.

그러나.

"마침 잘 오셨습니다, 폐하."

쿨럭쿨럭. 칸나가 병색이 완연한 기색으로 침대에서 몸을 일으킨다. 정말로 몸이 안 좋은 듯 창백한 안색이었다.

하나 저년 따위의 아픔은 중요하지 않다. 황후는 며칠 내내 돌아 버릴 지경이었다! 정말이지 피눈물이 나올 만큼 아팠다. 그리고 지금도, 지금 이 순간도, 호흡을 내뱉는 이 찰나조차도!

고통. 고통. 고통. 오로지 고통뿐!

일단 칸나의 뺨부터 갈길 생각이었다. 그다음에 약을 내놓으라 횡포를 부릴 생각이었는데…….

그 전에, 칸나가 먼저 움직였다.

"……!"

칸나가 침대에서 일어났다. 침대맡 선반에서 작은 약병을 가지고 와, 불쑥 내밀었다. 황후는 저도 모르게 얼결에 받아 들고 마셨다.

"아."

효과는 놀라울 만큼 즉각적이었다. 온몸을 인두로 지지는 듯한 악랄한 고통이 사라진 것이다!

"아, 아아!"

하지만 아주 잠시였다. 한순간이라고 해도 좋을 만큼 짧은 찰나. 그러나 며칠 내내 계속된 고통의 중단은 거의 해방감에 가까웠다.

황후의 눈에 눈물이 고였다. 다리에 힘이 풀려 자리에 주저앉았다.

저 약이 고통을 없앨 수 있다.

저 여자가 나를 구할 수 있다.

그것이 분명해진 순간, 모든 것이 뒤로 밀려났다.

며칠 전 당한 수치와 수모. 모욕감과 분노. 그것은 고통에서 벗어나고 싶다는 동물적인 본능, 원초적인 욕구 앞에서는 아무것도 아니었다.

더는 아프고 싶지 않다. 오로지 그것뿐이었다.

그 외에는 아무것도 중요하지 않다, 아무것도!

"부, 부디 도와주게. 제발……."

어깨가 잘게 떨려 온다. 황후가 칸나의 발을 붙잡았다. 그리고 낮은 곳에서 높은 곳을 올려다보았다. 검은 눈동자가 내려다보고 있다.

그러나 지금은 그것이 당연하게만 느껴졌다.

자신을 구할 수 있는 유일한 존재. 신이나 다름없었다. 그러니 내려다보는 것이 당연했다!

"내가, 내가 다 잘못했네. 사과하겠어. 내가 어리석었어. 공작 부인, 제발."

허어엉. 황후가 울음을 터뜨렸다. 어린 소녀 시절에조차 이렇게 와앙 울음을 터뜨려 본 적이 없었다.

"흐어어, 제발, 살려 주게. 아파. 아파서 죽을 것 같아. 흐엉, 흐어엉."

눈물과 콧물이 쏟아지고 침까지 흘러내렸다. 또다시 온몸이 격렬하게 아파 오기 시작한다. 산 채로 화형을 당하는 것 같다. 보이지 않는 불이 계속해서 피부를 태우는 것 같다.

지난 며칠 동안 몇 번이나 기절했던가? 차라리 죽어 버릴까, 독약을 먹고 죽어 버릴까, 몇 번이나 자살 충동에 시달렸던가!

아프기 싫다!

방금 전 맛본 그 평온을 다시 한번만 취할 수 있다면 무엇이든 할 텐데. 자신이 쌓아 온 권력과 지위, 금은보화, 그 무엇도 고통을 없애 주지 못했다. 눈곱만큼도 덜어 주지 못했다!

"내가, 내가 다 주겠네. 내가 가진 것을 다 줄 테니!"

제발 이 고통에서 날 구해 줘. 날 구해 줄 수 있다면 그게 누구든,

설령 상대가 악마라 할지언정 영혼을 팔아서라도 애원할 텐데!

"폐하."

칸나는 천천히 몸을 숙였다. 사실 그다지 놀랍지 않았다. 충분히 예상했던 반응이었다.

그 어떤 역전의 용사도 이러한 고문 앞에서는 제정신을 유지하지 못할 테지. 평생을 곱게, 고통을 모르고 살아온 황후가 견딜 수 있을 리가.

"폐하, 얼마 전 폐하의 상태를 잠시 살핀 후 줄곧 생각해 보았습니다."

안타깝다는 듯 한숨을 내쉬어 주었다.

"아멜리아 황녀 전하의 병환과 같지만, 아무래도 연세가 있으시다 보니 증세가 더 악화되어 나타난 것으로 보입니다."

그리고 황후의 어깨를 토닥토닥 두드렸다.

"그러니 걱정하지 마세요. 어쨌든 황녀 전하의 병환과 같은 종류이니, 치료약을 만드는 게 어렵지 않았어요."

"저, 정말인가!"

일순 황후의 얼굴에 희망이 깃든다. 캄캄한 암흑 속 빛 한 줄기를 본 눈빛이다.

"예. 하지만 효과는 조금 전처럼 일시적일 겁니다. 안타깝게도 아직 완벽한 치료약은 만들지 못했어요."

황후는 허겁지겁 고개를 흔들었다. 그것만으로도 좋았다. 아주 잠시만이라도 좋으니 원했다.

이 영원처럼 느껴지는 끔찍한 고통과 아픔에서 벗어나게 해 줄 수 있다면, 그것이 무엇이든, 무엇이든!

"그, 그걸로도 좋네. 잠시라도 좋아. 이, 이 고통에서 벗어날 수만 있다면!"

"아뇨, 그런 말씀 마세요."

"뭐, 뭐……."

"잠시만으로 끝나서는 안 되지요. 저는 반드시 폐하를 완치할 거랍니다."

순간 황후의 눈이 흔들렸다. 완치하겠다고? 나를? 네가?

어쩔 도리 없이 의구심이 치솟는다. 이성을 잃었다 할지언정 기억마저 없어진 것은 아니었다.

자신이 칸나를 금수처럼 대한 기억이 모두 고스란히 남아 있는데, 칸나 역시도 기억하고 있을 텐데…… 뭐? 그런데도 날 구해 주겠다고?

황후는 도무지 믿기지 않아 떨리는 목소리로 되물었다.

"저…… 정말인가?"

"예. 방금 그 약물의 효과를 보셔서 아시겠지만, 충분히 가망 있는 일입니다."

맑은 눈. 진심 어린 목소리. 멍하니 올려다보던 어느 순간, 저절로 눈물이 투두둑 흘러내렸다.

어떻게 이럴 수 있단 말인가? 충분히 자신을 미워할 만도 할 텐데, 증오할 만도 할 텐데.

그러나 칸나는 그러지 않았다.

황후는 마음 깊이 전율했다. 자신과는 그릇 자체가 다른 여인이었다……!

"계속 연구를 해 나가면 효과가 오래 지속되는 약물을 만들 수 있을 거예요."

칸나는 천천히 말을 이었다.

"어쩌면 언젠가는 완치약을 개발할 수도 있지요. 하지만 그러기 위해서는 최적의 환경을 갖추어야 하는데…….”

황후는 미친 듯이 고개를 저었다. 이 고통을 완전히 지울 수만 있다면 자신의 지위를 버려도 좋았다. 평생을 온몸이 불타는 듯한 아픔 속에서 사느니 죽느니만 못하니까.

다시 건강해질 수만 있다면 지위, 목숨, 가진 것을 모두 다 버릴 수 있다!

“내가 지원하겠네!”

황후는 칸나의 몸을 붙들며 열렬하게 외쳤다.

“필요한 것이 있다면 모두 다 말해! 자네의 연구에 필요한 돈, 인력, 재료, 모든 걸 아낌없이 지원할 테니!”

“폐하를 위해 최선을 다하겠습니다.”

“고, 고맙네.”

황후가 어깨를 떨며 속삭였다.

“고마워. 저, 정말 고맙네. 미안해. 내, 내가 정말 미안해…… 고맙네.”

칸나는 숨을 죽였다. 그리고 그 장면을 감상했다. 만끽했다.

이 제국에서 가장 존귀한 여인이 한낱 짐승처럼 엎드려 울음을 터뜨리는 그 모습을. 발을 붙잡고 감사와 사과의 말을 반복하는 순간을. 이 모습을 본다면 모두가 경악할 것이다. 그만큼 믿을 수 없는 장면이었다.

그러나 칸나는 그저 후련하게 웃었다. 퍼즐을 완성한 듯 뿌듯하기까지 했다.

“가여우신 폐하. 어쩌다가 이런 병에 걸리셔서…….”

황후에게 일시적으로 고통을 없애 주는 치료약을 한 아름 건네주었다.

"고맙네. 내 자네의 연구를 아끼지 않고 돕겠어."

황후는 거듭 고맙다고 말하며 연구에 투자하겠다는 약속을 남겼다. 칸나는 동대륙의 모든 약재를 요구했다.

"그래, 당장 사람을 시켜 보내도록 하지."

그렇게 돼서 생긴 것이 바로 이 약재실.

칸나는 연구실 한편을 차지한 거대한 수납장을 보며 뿌듯하게 웃었다. 이 안에 온갖 약재들이 보관되어 있다.

'동대륙 약재들은 거의 다 구했어. 앞으로는 다른 사람에게 구해 달라고 부탁하지 않아도 돼.'

그리고 아멜리아에게 찾아가 황후와의 일을 설명했다.

"정말 그랬다고?"

이야기를 들은 아멜리아는 믿을 수 없다는 표정이었다.

"네."

"하. 폐하께서 그렇게 바닥까지 추락하시다니, 정말 급하긴 하셨나 봐."

아멜리아가 빈정거리며 웃었다.

"사람들 앞에서는 입안의 살을 베어 물어서라도 몸 좀 굽지 말라고 그리 타박하신 분께서."

체통이고 뭐고 다 집어던지고 무릎까지 꿇으며 엉엉 울었다니. 그 꼴을 못 본 것이 천추의 한이었다.

"어쨌든 정말 고마워, 공작 부인 덕분에 살았어."

칸나는 그저 대답 없이 미소만 지었다.

'잘 알고 있네.'

그녀의 말이 옳았다. 아멜리아는 자신이 없었더라면 죽었을 것이다.

그동안 모든 식물도감을 끌어모아 살펴본 결과, 역시나 초오는 기록되어 있지 않았다. 동대륙에서도 정식으로 발견되지 않은 식물인 게 분명했다.

그러니 아멜리아가 죽었더라도 그 이유를 결코 밝혀 낼 수 없었을 거다.

'그리고 그 죄를 내가 다 뒤집어쓸 뻔했지.'

만약 아멜리아가 초오를 보여 주지 않았다면 지금쯤 어떻게 됐을까? 생각만 해도 등골이 서늘해졌다.

"약속대로 그 약물 일은 아무에게도 말하지 않을게."

심장 박동을 늦추는 약물, 아멜리아는 그 약물을 비밀로 묻겠다고 약속했다. 그럴 수밖에 없을 것이다. 실토했다가는 황후를 손바닥 위에 올려놓고 농락한 짓이 밝혀질 테니까.

'이제 나랑 한배를 탄 사이가 된 거지.'

"그리고 그 의원 말인데."

"아, 네."

의원. 그 단어에 칸나는 등을 꼿꼿이 폈다.

"직위를 박탈당하고 수도 밖으로 내쫓겼어."

"……."

"솔직히 그 정도로 끝난 게 다행이지."

칸나는 말없이 고개를 숙였다. 이 사태는 의원의 오진이었던 것으로 수습됐다. 아멜리아는 잠시 혼절한 것뿐인데 그것을 사망으로 착각한 의원의 실수가 일을 키운 것으로. 그렇게 알려진 것이다.

'의원 아저씨, 미안해요. 사람 하나 살렸다고 생각해 주세요.'

아멜리아도 같은 생각인지 떨떠름하게 말했다.

"하지만 걱정하지 마. 평생 의원으로 일해도 못 벌 만한 돈을 익명으로 전달했으니까. 죽을 때까지 일 안 하고 떵떵거리면서 살 수 있을 거야."

"그렇다면 다행이지만……."

"난 후회 안 해. 살기 위해서 발버둥 친 것뿐이니까. 그런 의미에서 그 의원은 내 목숨을 살리는 데 도움을 준 거지."

아멜리아의 말에 칸나도 씁쓰름하게 웃었다.

그때였다.

"황녀 전하, 크레센트 황자 전하께서 찾아오셨습니다."

시종의 말에 아멜리아는 인상을 찡그렸다.

"부인, 크레센트를 안으로 들여도 괜찮겠어?"

"저는 괜찮습니다."

"좋아. 어서 안으로 모셔!"

문이 열리고 금발의 청년이 들어온다. 제2황자, 크레센트 이자베르크였다. 그가 넉살 좋게 웃으며 인사했다.

"누님, 몸은 괜찮으십니까?"

"보다시피."

"걱정 많이 했습니다. 앉아도 되겠습니까?"

그러나 아멜리아는 허락하지 않았다. 대신 눈을 가느다랗게 뜨며 추궁했다.

"공작 부인에게 이야기 들었어. 부인이 연행되기 전, 해독제를 전해 주었다지?"

그랬다. 크레센트는 분명 '이것이 부인과 누님을 구할 거다'라고 하며 해독제를 줬던 것이다.

"내가 독에 중독될 것을 미리 알고 있기라도 했어?"

그러자 크레센트가 입꼬리를 올려 웃었다.

"어머니께서 누님을 독살하려 한 것을 알고 있었지요."

순간, 정적이 내려앉았다. 아멜리아의 얼굴이 뻣뻣하게 굳었다. 크레센트는 태연하게 되물었다.

"앉아도 되겠습니까, 누님?"

"……앉아."

크레센트는 부드러운 몸짓으로 칸나의 옆에 앉았다. 팔걸이에 몸을 비스듬히 기대며 한숨을 내쉰다.

"말씀드린 그대로입니다. 어머님이 누님을 독살하려 했습니다."

"……."

"제 나름대로는 저지하려고 분주히 노력했지만, 어머니께서 어찌나 요령 좋게 막으시던지."

"……."

"누님은 모르셨겠지만, 공작 부인께서 치료를 맡은 이후로는 누구도 어머니의 허락 없이는 누님의 궁에 출입할 수 없었습니다."

이것은 몰랐던 이야기였다. 아멜리아도 처음 듣는 일인지 눈을 커다랗게 떴다.

"사람을 시켜 미리 언질을 줄 수도, 해독제를 전달할 수도 없었지요. 물론 저 또한 갈 수 없었고요. 그래서 어떻게든 우연을 가장하여 공작 부인을 만나 뵈려 한 겁니다."

"……."

"하지만 한발 늦었죠. 도움을 드리지 못해 죄송합니다, 누님."

그러나 아멜리아는 곧장 반응하지 못했다. 화내야 할지, 모른 척해야 할지, 놀라는 척해야 할지 갈피를 잡지 못하고 주먹을 꽉 말아 쥐었다.

"어찌하실 겁니까, 누님?"

"뭐?"

"원하신다면 제가 증인이 되어 드릴 수도 있습니다."

의외의 말이었을까? 아멜리아가 입술을 벌렸다.

"황제 폐하께 고발하시겠습니까?"

"……."

"저는 누님의 뜻에 따르겠습니다."

아니야…….

칸나는 저도 모르게 고개를 저을 뻔했다. 그를 믿지 말라고, 아멜리아에게 소리치고 싶었다.

'아니야, 거짓말이야. 그럴 리가 없어.'

대체 왜 저렇게 나오나 싶었는데 이제 보니 알 것 같았다.

크레센트는 지금 아멜리아를 시험하고 있다. 그녀가 향후 황후에게 어떻게 대응할 것인지, 그것을 알아보려 하고 있었다.

'싹을 자르기 위해 온 거야.'

아멜리아가 황후에게 앙갚음할 마음이 있는지 알아내어 그 불씨를 꺼 버릴 생각인 게 틀림없었다.

당연하지 않은가? 크레센트에게 황후는 가장 든든한 뒷배였다.

'황후의 친정이 아주 강력하다고 했지.'

황후는 메르시 후작 가문 출신이다.

메르시가 어떤 가문인가. 지금까지 수많은 황후를 배출해 낸 명문가다. 게다가 막대한 재력으로 대륙을 주름잡고 있다.

현 메르시의 가주는 황후의 남동생으로, 황후와 우애가 깊어 그녀의 뜻은 무엇이든 지지하는 자였다. 그런 황후에게 혐의를 뒤집어씌우면…….

'황후는 물론이고, 메르시도 타격을 받는다. 그렇게 되면 크레센트의 지지 세력에도 금이 가는 거고.'

조금만 머리를 굴리면 보이는 거미줄이었다.

"네가 무슨 말을 하는지 모르겠구나, 크레센트."

다행이다.

칸나는 안도의 한숨을 내쉬었다. 아멜리아 역시 바보는 아닌 듯 시치미를 뚝 뗐다.

"황후 폐하가 날 독살하려 하다니. 대체 무슨 말을 하는 것인지 이해할 수 없어."

"그러십니까?"

그러나 크레센트는 의외인 듯 눈썹을 추켜세웠다.

"그래. 어디 가서 그런 소리 함부로 하지 마. 누가 들을까 무섭네."

"죄송합니다, 누님. 제가 잘못 안 모양입니다."

그렇게 말했지만 크레센트는 만족한 기색이었다.

"대단히 현명하십니다, 누님."

저렇게 덧붙이기까지 하고…….

'황실 사람들, 난장판이구나.'

칸나는 황망한 눈으로 남매를 지켜보았다.

서로 진의를 숨긴 채 줄다리기를 하는 황녀와 황자. 동복 남매임에도 불구하고 저렇게나 서로를 불신하다니.

'하기야 황후는 친딸을 죽이려고 했지.'

황실 사람들은 피도 눈물도 없는 얼음 인간인 것이 분명하다. 이쯤 되면 크레센트가 아멜리아를 살리기 위해 해독제를 전해 준 게 신기할 정도였다.

'그래, 아멜리아가 크레센트에게 도움 안 되는 존재인데도 살리려고 했어.'

아직은 젊어서 양심이 남아 있는 걸까?

그런 생각을 하고 있을 때, 문득 시선이 느껴졌다. 크레센트가 칸나를 빤히 바라보고 있었다.

"아."

이런, 눈치 없이 굴고 말았다. 칸나는 그가 자리를 비켜 달라는 줄 알고 서둘러 몸을 일으켰다.

"실례했습니다. 저는 이만 일어나 볼 테니 두 분 편하게 말씀 나누세요."

"제가 배웅해 드리죠."

"……."

네? 뭘 해 준다고요?

"가시죠, 부인."

아니, 괜찮은데…….

그러나 크레센트는 거리낌 없이 일어나 칸나에게 손을 내밀었다. 칸나는 떨떠름하게 손을 얹었다.

"공작 부인께서 이런 명의이실 줄 몰랐군요."

긴 복도를 걸으며 크레센트가 조용히 말했다.

"누님이 한 번도 몸을 긁지 않았습니다. 게다가 얼굴의 환부도 예전보다 흐려진 것 같더군요."

"황녀 전하께서 워낙 적극적으로 치료에 임해 주신 덕분이지요."

으, 불편해! 겉과 속이 완전히 다르다는 걸 알아 버려서일까, 이전에 정원을 걸었을 때와는 완전히 다른 느낌이었다.

"누님은 언제나 적극적이었죠. 그 어떤 치료도 거리낌 없이 받으셨던 분이시니."

기분 탓인지 크레센트의 발걸음이 아주 느리게 느껴졌다. 마치 일부러 대화할 시간을 끄는 사람처럼.

"이번에 누님과 많이 친밀해지신 것 같더군요."

"네, 그렇습니다."

착각이 아니다…… 발걸음이 더 느려지고 있어…….

"기왕 이렇게 된 것, 저는 누님의 완치를 기대해 볼 생각입니다."

협박하는 건가? 못 고치면 재미없을 줄 알라고 경고하는 건가? 아니면 뭘 캐내려고 하는 걸까?

칸나는 휩쓸리지 않기 위해 정신을 바짝 잡았다.

"그러니 부인만 믿고 있겠습니다."

"예. 최선을 다하겠습니다."

그러자 크레센트가 부드럽게 미소 지었다.

"그러셔야 할 겁니다."

역시 협박이었냐!

마침내 마차에 오른 칸나는 벽에 등을 기대며 한숨을 내쉬었다. 어쩌다가 황실과 엮여서는 이런 일을 겪는 것인지.

'선홍아, 누나가 이렇게 살고 있어. 네 또래 남자애한테 협박당하면서 살고 있다고.'

사이 나쁜 남매를 봐서인지, 갑자기 남동생 선홍이가 못 견디게 그리워졌다. 자신은 이렇게 생사를 오가는 위기를 이겨 내고 있는데 선홍이는 무엇을 하고 있으려나?

'대회 준비하고 있겠지.'

지난 올림픽의 금메달리스트. 명예로운 자리를 지키기 위해서 고군분투하고 있겠지.

'어차피 1등 한 번 했으니까, 메달 색에 너무 집착하지 않았으면 좋겠네.'

가족을 떠올려서일까? 기분이 좋아졌다.

chapter 4

그렇게 2주가 흘렀다. 고작 2주 사이에 수도는 조용해졌다.

한때 황녀 사망, 그리고 칸나의 사형으로 시끄러웠던 것이 마치 십수 년 전의 일 같았다. 남의 일이란 밀려오는 일상에 금방 묻히는 법.

그리고 아멜리아의 피부가 아주 많이 좋아지고 있었다.

'아버지랑 칼렌, 오르시니도 안 보이고.'

그들은 또다시 검은 안개의 일로 저택을 비웠다. 몇 번 클로이와 이자벨과 마주쳤지만, 클로이는 데면데면하게 굴었고 이자벨은 완전히 그녀를 무시했다. 칸나에게는 좋은 일이었다.

'아무도 날 건드리는 사람이 없어.'

이렇게 순조롭게 흘러가면 얼마나 좋을까?

그런 생각을 할 때 즈음 발렌티노 가문에서 기사가 찾아왔다.

정확히 말하자면 기사가 아니라 기사들이었다.

"조세핀 엘레스터 백작님께서 본가로 돌아오라 명하셨습니다."

고작 그 말을 전하려고 기사를 열 명이나 보내? 칸나는 기가 막혀서 다시 한번 되물었다.

"엘레스터 백작님께서 제가 돌아오길 원하신다고요?"

"예."

저절로 한숨이 튀어나왔다. 잊을 만하면 튀어나오는 망할 이름, 조세핀 엘레스터. 못된 시어머니 같으니라고.

'쫓아낼 때는 언제고, 또 왜 돌아오라고 하는 거야?'

그게 뭐든 좋은 이유 때문일 리는 없다.

"보시다시피 몸이 안 좋아서 힘들겠어요. 아시겠지만 누명을 쓰고 감옥에 갇혔다가 나온 지 얼마 되지 않아서."

"공작 부인."

기사가 단호하게 말을 잘랐다.

"발렌티노 가문에도 훌륭한 의원이 있습니다. 그곳에서도 충분히 몸을 돌보실 수 있을 겁니다."

칸나는 침을 꼴깍 삼켰다. 단호하다 못해 엄격한 얼굴을 보니 어떻게 해서든 데려갈 생각인 듯했다.

'그래서 기사를 저렇게 많이 보낸 거군.'

협조하지 않는다면 강제적으로 나올 게 뻔했다. 그때.

"칸나!"

문이 발칵 열리고 계모 글로이가 들어왔다.

"그러지 말고 어서 집으로 돌아가렴. 네 시어머니께서 부르고 계시잖니?"

클로이는 칸나의 몸을 억지로 일으키며 채근했다.

"가출도 정도껏 해야 하는 법이다. 벌써 몇 달이나 지나지 않았니? 어서 집으로 돌아가야지."

칸나가 반박하려 했으나 클로이가 빠르게 말을 이었다.

"네 시어머니께서 부르시는데, 그걸 거역할 생각은 말아라. 몸이 안 좋아도 가야지."

"……."

"설령 죽는 한이 있더라도 발렌티노 가문에서 죽어야 해. 그게 며느리의 도리란다."

'날 내보내려고 작정했군.'

칼렌과 한 계약이든 뭐든 어떻게든 자신을 쫓아낼 생각인 것 같다. 그리고 지금 클로이를 말릴 수 있는 사람은 아무도 없었다. 가주도, 가주의 아들도 자리를 비운 상태니까.

"경들은 어서 부인을 모시고 돌아가도록 하세요."

"협조에 감사드립니다, 아디스 공작 부인."

칸나는 한숨을 내쉬었다. 안 간다고 해 봤자 쓸데없는 저항이 될 것 같다.

"좋아요. 갈 테니까 잠시 준비할 시간을 줘요."

쫘아악! 칸나의 뺨이 확 돌아갔다.

"넌 발렌티노 가문의 수치다!"

조세핀 엘레스터는 불같은 성격의 여자다. 한 대 정도는 반드시 때리겠지, 반쯤 예상하고 왔기에 딱히 놀라지 않았다.

조세핀이 씩씩 숨을 몰아쉬며 소리쳤다.

"너 때문에 발렌티노의 명예가 곤두박질친 것은 알고 있느냐!"

며느리의 실수로 황족이 죽을 뻔했다!

의원의 오진이니 뭐니 그런 말이 돌고 있지만, 어찌 됐든 칸나가 그 일에 휘말려 공개 재판까지 받은 것은 사실이었다. 발렌티노 가문이 우스개 취급을 당한 것이다!

이번 일로 조세핀은 그동안 사교 파티에서 엄청난 쑥덕거림을 들었다. 그러니 눈이 뒤집힐 수밖에.

"너 때문에 발렌티노가 어떤 뒷말을 듣고 있는 줄 알고 있나? 네가 무슨 짓을 저지른 줄 알고 있냔 말이다!"

당연한 분노였기에, 칸나는 그저 담담히 참아 내기로 했다.

그러나.

"당분간 밖에 나갈 생각 마라! 여봐라, 당장 이것을 방에 가두어라!"

"네?"

이것까지는 상상하지 못했는데.

"당분간이라뇨. 설마 저를 못 나가게 가두겠다는 말씀이신가요?"

"넌 저택 밖으로 나돌아 다닌 이후부터 발렌티노의 명예를 실추하는 짓만 하고 있다. 한동안 외출은 꿈도 꾸지 마!"

"저는 황녀 전하를 치료해야 합니다."

하지만 그 말은 오히려 조세핀의 분노에 기름을 부었다.

"당장 그만둬라! 또 무슨 실수를 저지르려고!"

"하지만……."

"시끄럽다! 내 직접 황후 폐하께 말씀드릴 테니, 다시는 의술을 한다고 나서지 마라!"

❄❀❄

조세핀은 정말 칸나를 방에 가둬 버렸다. 몇 달간은 집 밖으로 나 갈 생각을 말라나 뭐라나.

'하여간 저 아줌마 진짜 극단적이라니까. 내가 아무것도 준비 안 해 왔으면 어떡할 뻔했어?'

어두운 밤. 칸나는 수면향을 뿌려 문밖을 지키는 기사들을 잠재운 후 빠져나왔다. 혹시 몰라서 몸에 숨겨 오길 잘했지, 맨몸으로 왔으면 꼼짝없이 갇힐 뻔했다.

'어차피 황후가 나중에 무슨 수를 써서라도 날 꺼내겠지만.'

하지만 일전에 약을 한 아름 안겨 주었으므로 다 쓰기 전까지는 자 신을 찾지 않을 것이다. 그동안 갇혀서 허송세월할 생각은 없었다.

'아무리 그래도 그렇지, 외출복을 다 빼앗아 버리다니.'

조세핀, 그 망할 시어머니가 감금하면서 옷을 다 빼앗아 버렸다. 몰 래 도망갈 것에 대비한 것이다. 덕분에 칸나는 지하 감옥에 있을 때처 럼 얇은 원피스 차림이었다.

"이 꼴로 어떻게 나가?"

곤란해진 칸나는 복도의 끝을 흘끗 쳐다보았다. 그녀의 침실에서 가장 가까운 방. 저쪽에 실비엔의 방이 있긴 한데…….

'망토 하나쯤은 구할 수 있지 않을까?'

높은 확률로 실비엔은 방에 없을 것이다. 지난 7년 동안 그가 집에 서 머무는 날은 지극히 드물었으니.

'망토를 훔치자.'

결정을 내린 칸나는 숨을 죽인 채 살금살금 걸어갔다. 천천히 문고 리를 잡아 돌렸다. 조금씩 조금씩 벌어지는 문틈. 달빛이 환하게 쏟아지는 방 안은 역시나 텅 비어 있었다.

'아무도 없다!'

칸나는 그제야 안도하며 방으로 들어갔다. 달칵, 문을 닫은 후 걸음을 내뻗을 때…….

"뭐 하시는 겁니까?"

"……!"

순간 칸나의 호흡이 멎었다.

바로 등 뒤. 등 뒤에서 피부를 찌르는 스산함이 느껴진다. 조용하고도 싸늘한 존재감에 목덜미의 솜털이 곤두섰다.

칸나는 망가진 인형처럼 삐꺽삐꺽 몸을 돌렸다. 그리고 마주했다.

"칸나 양."

실비엔 발렌티노가 벽에 기대어 서 있었다. 칸나는 완전히 얼어붙었다. 설마하니 실비엔이 있을 줄이야!

실비엔은 검은 가운만을 입고 반듯하게 웃고 있었다. 피곤함이 잔뜩 서린 미소였다.

"그런 차림으로, 남의 침실에서."

새파란 눈동자가 느릿느릿 움직여 칸나를 훑었다. 얇은 소재의 슈미즈 원피스. 밝은 달빛에 비쳐 드러난 몸의 굴곡은 도리어 다 벗은 것 이상으로 선정적이었다.

"……!"

시선이 훑고 지나가자 칸나는 재빨리 두 팔로 몸을 가렸다. 뭘 봐, 이런 비난의 눈빛으로 노려보았으나 실비엔은 뻔뻔할 만큼 느긋하게 다시 눈을 들어 올렸다.

마침내 두 사람의 시선이 허공에서 맞부딪쳤다. 그 짧은 거리에서 긴장감이 줄 당기듯 팽팽해졌다. 칸나는 뻑뻑해진 목으로 침을 넘기며, 태연하게 말했다.

"공작님이 방에 계신 줄 몰랐습니다."

그러자 실비엔의 한쪽 눈썹이 슬쩍 올라갔다. 아주 서투른 농담을 들은 것처럼.

"몰랐다?"

"예. 계신 줄 알았으면 들어오지 않았을 거예요."

하지만 당신이 이 말을 믿을 리 없지. 아니나 다를까 실비엔이 가소롭다는 듯 입꼬리를 올리며 고개를 기울였다.

"그렇다면 왜 들어오신 겁니까?"

그의 말이 끝나는 순간 과거의 기억이 스쳐 지나갔다. 지금과 비슷했던 상황- 옷을 다 벗고 그에게 달려들었던 주화의 흑역사가!

'망할.'

칸나의 얼굴이 뜨끈하게 달아올랐다. 그 기억이 너무나도 생생해 마치 자신이 저지른 일 같았다. 실오라기 하나 걸치지 않고 알몸을 드러냈었지. 그리고 구차하게 매달렸지, 젠장할!

그러나 칸나는 목을 가다듬었다. 후끈후끈 달아오르는 눈가를 진정시키며 태연한 목소리를 짜냈다.

"오해하고 계시군요."

"오해?"

"예. 저는 그저……."

저는 그저 망토를 훔치러 온 것뿐이라고요!

'……라고 말할 수는 없잖아!'

칸나가 아무런 말도 못 하자 실비엔은 그저 매끄럽게 웃었다. 한 치

의 오차도 없이 예상대로 흘러간다는 듯 지루해 보이기까지 한 웃음
이었다.

"고초를 겪으셨다 들었는데, 생각보다 좋아 보이시는군요."

그 말에 칸나는 어이가 없어졌다. 걱정하긴커녕 강 건너 불구경하
듯 얘기하고 있지 않은가?

'하기야, 저 자식에게 뭘 기대하겠어?'

실비엔이 나른하게 말했다.

"칸나 양이 근래 다양한 방식으로 애쓰고 있는 것을 알고 있습니다."

"그게 무슨 뜻이죠?"

"말 그대로입니다. 당신의 그 모든 노력이 발렌티노에게는 해가 된
다는 것을 아십니까?"

그의 음성이 잔잔한 호수처럼 깨끗해서 도저히 비난이라고는 믿기
지 않았다. 그러나 그것은 비난이었다. 힐난이고 질책이었다.

칸나의 속이 점점 부글부글 끓었다. 참는 것에도 한계가 있다.

'재수 없어.'

역시나 저 인간은 아직도 착각하고 있다. 자신이 그의 관심을 끌기
위해 몸부림친다고 생각하는 것이다!

한 소리 내뱉기 위해 입술을 움직일 때.

"좋습니다. 간나 양과 타협을 하죠."

실비엔이 나긋한 목소리로 제안했다.

"침대로."

"예?"

"침대로 가십시오."

뭐? 예상치 못한 말에 칸나의 입술이 벌어졌다. 그러자 실비엔이 벽

에 비스듬히 기대었던 몸을 바로 세웠다.

단지 그뿐인데, 그의 몸집이 훨씬 거대하게 느껴졌다. 벌어진 가운 틈으로 드러난 어깨가 달빛에 비쳤다. 대리석으로 조각한 듯 탄탄한 질감이 느껴지는 체격이다.

그리고 다가온 한 걸음. 그 한 걸음만으로 그가 성큼 가까워졌다. 훅 밀려오는 기묘한 위압감에 칸나는 하마터면 뒷걸음질 칠 뻔했다.

"혹 침대는 싫으십니까?"

낮은 음성이 잔잔한 파문처럼 흩어졌다. 그의 청량한 체향이 공기를 확 적셔 왔다.

"아니면 특별히 원하는 장소라도?"

그의 말이 뜻하는 바는 명백했다.

타협. 침대. 타협. 침대…….

수치와 분노는 아주 천천히, 그러나 또렷하게 올라왔다.

"타협이라고 하셨나요, 공작님?"

"예."

"그렇다면 공작님이 제게 바라는 게 있다는 소리인데."

"예전처럼 얌전히 지내십시오."

예전처럼. 지난 7년처럼. 앞머리로 얼굴을 가리고, 어깨를 움츠리고, 그 누구의 눈에 띄지 않게, 그림자 속에 숨어 다니면서.

"그 대신 나를 상대해 주겠다고요?"

"남편의 의무를 어느 정도 이행하겠다는 뜻입니다."

실비엔의 시선은 싸늘했다. 그는 애초부터 경멸을 감추지 않았다. 가느다랗게 휘어진 푸른 눈. 칸나를 담은 그의 눈은 오래되고 성가신 문제를 보는 눈빛이었다.

"이게 칸나 양이 바라던 일 아닙니까?"

순간, 칸나의 손끝이 움찔 떨렸다. 그냥 확 싸대기를······.

'아니지. 아니지, 참아야지.'

칸나는 주먹을 힘껏 말아 쥐었다. 그러지 않았다가는 정말로 얼굴을 갈겨 버릴 것 같아서. 그랬다가는 정말 돌이킬 수 없어질 것 같아서.

"아뇨. 그건 제가 바라는 일이 아닙니다."

하지만 아마도 주화가 원하던 일이었겠지. 지난 7여 년간 바라고 또 요구해 왔던 것.

"차라리 예전처럼 솔직하게 나오십시오."

역시나 실비엔은 믿지 않았다. 그녀의 거부 반응을 제 관심을 끌기 위한 수작으로 여기며 성가셔하고 있다. 귀찮아하고 있다. 어렴풋한 짜증까지 맴돈다.

지난 7년의 세월은 그를 그렇게 만들기에 충분했다. 무슨 말을 해도 믿지 않겠지. 그리 생각하자 맥이 탁 풀리는 기분이었다.

'역시나 대화가 안 통해.'

그러니까, 됐다. 그냥 떠나자. 나가자.

그러나 빈손으로 가지는 않을 것이다. 이런 수모를 당했으니 반드시 망토는 챙겨 가야겠다.

'이 방법은 쓰지 않으려고 했는데.'

칸나는 고개를 푹 수그렸다가, 단박에 들어 올렸다. 그때 그녀의 얼굴은 웃음을 머금고 있었다.

"좋아요. 제가 원하는 걸 말씀드리죠."

그렇게 말한 후 슬그머니 옷자락을 들어 올렸다. 종아리까지 내려오는 잠옷 원피스가 천천히 위로 끌려 올라왔다.

"제가 왜 이곳에 들어왔냐면."

천천히 드러나는 무릎, 그리고 매끄러운 허벅지. 뽀얀 피부가 달빛에 젖어 빛나자 실비엔의 입꼬리가 올라갔다. 역시나, 당연히 이럴 줄 알았다는 미소. 그는 재롱을 지켜보듯 팔짱을 끼며 얼굴을 기울인다.

"그 이유는, 그러니까……."

칸나가 천천히 치맛자락을 들어 올리며 다가온다. 그의 아내는 누가 보아도 야릇하기 그지없는 유혹을 하고 있었다.

……허벅지 뒤에 묶어 놓은 괴이쩍은 물건을 꺼내 들기 전까지는.

"그건 당신이 신경 쓸 일이 아니에요!"

촤아아악! 실비엔의 얼굴 위로 수면향이 뿌려졌다!

"내가 뭘 원하는지!"

촤아악, 촤악!

"관심 갖지도 말고!"

촤아악!

"아예 신경 쓰지 말라고요!"

촤악!

"알겠어요?"

촤아아아아악!

수면향이 뿌연 안개처럼 실비엔의 얼굴을 덮을 때까지 아주 진저리를 쳐 대며 뿌리고 또 뿌렸다. 문 앞을 지키는 기사들도 이거 한 방에 나가떨어졌다. 그러니까…….

"……?"

그러니까 실비엔도 당연히 쓰러져야 할 텐데. 그래야만 하는데…….

"……어?"

새하얀 수면향이 흩어졌을 때, 드러난 그의 눈은 맑고 또렷하기 그지없었다. 쓰러지지 않았다. 심지어 그는 비틀거리지도 않았다.

아니, 오히려 그의 눈에는 조금 전까지만 해도 없었던 기이한 흥미가 깃들어 있기까지 했다. 아주 신기한 것을 보는듯한 눈빛이었다.

"방금 뭘 하신 겁니까, 칸나 양?"

진심으로 궁금해하는 목소리라니.

'왜 쓰러지지 않는 거야?'

좌악! 당황한 칸나는 다시 한번 수면향을 분사했다. 실비엔은 잠시 인상을 찌푸렸으나 그뿐. 쓰러질 기색은 보이지 않았다.

그는 몇 초간 침묵하더니 입꼬리를 비틀어 올렸다. 아주 위험하고도 매혹적인 웃음이었다.

"설마 저를 공격하신 겁니까?"

그때, 문밖에서 소란이 들려왔다.

"발렌티노 공작 부인이 사라졌다!"

"대체 어떻게 된 거야?"

"모르겠다. 부인이 내게 뭔가를 뿌렸는데 잠이 들었어!"

이런…… 망할 타이밍 같으니라고…….

기사들이 분주하게 흩어지는 소리가 들린다. 발걸음 소리가 완전히 멀어졌을 때, 방 안에는 숨 막히는 정적만이 맴돌았다.

"그러니까 말이죠."

진정하자. 칸나. 호랑이 굴에 들어가도 정신만 차리면 살아남을 수 있다고 했어. 침착해, 침착해.

"그러니까…… 공작님의 업무가 과중하여 잠을 못 이루시는 것 같아서."

아니야, 이게 아니야!

"제가 부담을 덜어 드리고자, 아시다시피, 수면은 삶의 질을 결정짓는 아주 중요한 요소거든요."

개소리. 헛소리. 무슨 말을 해도 이 순간에는 구차한 변명밖에 되질 않는다. 칸나는 죽고 싶어졌다. 그러나 실비엔은 잠자코 그녀의 말을 들어 주었다. 아주 진지한 얼굴로.

"그렇습니까?"

심지어 그녀의 씀씀이에 감명받은 것처럼 고개까지 끄덕이자, 칸나의 온몸에 소름이 돋아 올랐다.

실비엔 발렌티노는 이 순간에도 웃고 있었다. 자신을 공격한 사람을 상대로, 정중한 신사처럼 다정하게. 그 비정상적인 반듯함이 칸나의 목을 천천히 졸랐다.

"칸나 양."

그때 실비엔이 칸나의 팔목을 움켜쥐었다. 부드럽지만 쇳덩이처럼 묵직한 힘이었다. 화들짝 놀라 반사적으로 뿌리치려 했지만 그의 손은 미동도 없었다.

"최근의 칸나 양은."

칸나의 손아귀에서 향수병을 빼앗는다. 골똘히 훑어보더니, 그녀의 얼굴을 향해 가볍게 뿌렸다.

치익.

"제법 재미있군요."

이, 망할, 자식……

효과는 역시나 즉각적이었다. 단숨에 졸음이 확 밀려오고 시야가 흐려졌다. 역시나 이렇게 효과가 좋은데 왜 저 자식한테는 통하지 않는 건지…….

"이 나쁜, 새끼……."

혼신의 힘을 다해 말했으나, 결국 그뿐이었다. 무릎이 꺾이고 몸이 고꾸라졌다. 단단한 팔이 그녀를 잡아들었다. 착각일까, 흐린 웃음소리가 들린 것 같기도 했다.

그것을 마지막으로 그녀의 의식이 멀어졌다.

'속이 시원하군!'

한편, 아디스 저택의 안주인 클로이는 아주 기분이 좋았다. 드디어 골칫덩이 같았던 의붓딸 칸나를 치워 버린 것이다!

'이제야 평화가 찾아왔어.'

잔잔한 호수 같았던 저택에 파문을 일으킨 칸나. 아디스의 명예를 더럽힌 칸나. 이제 사라졌으니 다시 예전처럼 평화롭겠지.

"클로이 님, 아디스 공작님께서 돌아오셨습니다."

드디어 알렉산드로가 돌아왔다!

클로이는 재빨리 그의 침실로 향했다. 부부였지만 그들은 침실을 따로 썼다. 결벽한 성향의 알렉산드로는 절대 제 침대를 남에게 내주지 않는지라 클로이는 단 한 번도 그의 침대에서 몇 시간 이상 머물러 본 적이 없었다.

그래도 괜찮았다. 타인의 접근을 허용하지 않는 그의 냉담함, 무심함, 그것은 자신만을 향한 것이 아니었으니까. 알렉산드로는 이 세상 모든 것에게 공평하게 무관심했으니.

그래서 칸나가 말없이 떠나든 말든 신경 쓰지 않으리라 확신했다. 아니, 그래야만 했다.

"어서 오세요, 공작님. 수고 많으셨습니다."

알렉산드로는 상의를 벗은 채 소파에 앉아 있었다. 피로했던 걸까? 그의 손에는 위스키 한 잔이 들려 있었다.

"씻으셨나요?"

"아직."

"그렇다면 오늘은 제가 목욕 시중을 들겠습니다."

"원치 않는다."

고려조차 없는 단호한 거절. 이런 거부도 이제는 숨 쉬듯 익숙해서 아무렇지 않다. 클로이는 싱긋 웃으며 그의 옆자리에 앉았다.

"이번에도 검은 안개에서 마물이 출몰했다지요. 그동안 잠잠하다가 최근 들어 극성이네요."

"……."

"아슬란 제국을, 이 서대륙을 수호하시느라 정말 고생이 많으십니다."

입에 발린 소리 같지만 다 진실이었다. 알렉산드로가 없었으면, 아디스와 발렌티노의 후손들이 없었으면 서대륙 역시 멸망했을 것이다.

이미 멸망한 남대륙- 마도 시대의 성기사. 그 신성한 존재의 후예들. 그들이 없었다면 검은 안개가 서대륙 역시 파괴했을 테니.

'물론 대신전에서도 검은 안개에서 서대륙을 수호하는 역할을 하긴 하지만.'

그래도 발렌티노와 아디스, 이 두 수호 가문이 없었더라면 서대륙은 이만한 평화를 누리지 못했을 것이다.

그러나 알렉산드로는 클로이의 말에 별 감흥이 없었다. 그저 위스키를 단번에 털어 마실 뿐이었다. 굵은 목울대가 울렁이는 것을 지켜보며, 클로이는 빈 잔에 위스키를 다시 채워 주었다.

"그러니 집에서만큼은 편안하게 쉬셔야지요. 안 그래도 제가 골칫거리 하나를 해결했답니다. 그동안 칸나 때문에 불편하셨을 텐데."

순간 시선이 마주쳤다. 아주 오랜만에.

이토록 정면으로 그가 눈길을 준 것은 정말 오랜만인지라 클로이의 혀가 꽁꽁 얼어붙었다.

알렉산드로는 아무 말도 하지 않았다. 그러나 그녀를 직시하는 초록색 눈동자, 그것이 그 뒤의 설명을 요구하고 있었다. 클로이는 입안이 바짝바짝 타들어 가는 것을 느끼며 서둘러 말을 이었다.

"발렌티노 가문에서 칸나를 불러들이더군요. 그래서 제가 내보냈답니다."

"……."

"앞으로 마주치는 일 없을 테니, 걱정하지 마세요."

"누님이."

……이니지.

누님이라고도 부르지 말라는 경고를 떠올린 칼렌은 냉담하게 단어를 바꾸었다.

"칸나 발렌티노가 떠났다고요?"

"그래."

"제 의지로 떠난 겁니까?"

"그럼 내가 엉덩이를 걷어차서 내쫓았겠니?"

그러나 칼렌은 어머니의 말을 믿을 수 없었다.

그간 마물 토벌로 몇 주 동안 저택을 비웠다. 아버지는 중간에 한 번 집에 돌아갔다가 다시 오셨지만, 칼렌에게는 아주 오랜만의 귀환이었다.

그리고 그동안 아주 많은 일이 일어났다.

칸나가 사형을 당할 뻔하지 않나, 모든 게 오해로 밝혀지지 않나, 황녀를 잘 고쳐 가고 있질 않나.

그리고 이번에는, 뭐?

누님이, 아니, 칸나가 스스로 돌아갔다고? 왜? 아버지께 이혼 허락을 받아 내기 위해 이 저택에 머무르던 것 아니었나?

"잘됐다! 그렇지, 오빠들!"

이자벨은 눈에 띄게 기뻐했다. 그러나 칼렌은 들은 척도 안 하고 어머니에게 캐물었다.

"아버지는 알고 계십니까?"

"그, 그래."

"별말씀 없으셨습니까?"

"물론. 공작님이야 항상 그렇지."

클로이는 그렇게 말했지만 칼렌은 믿지 않았다. 어머니의 안색이 순간 흐려진 걸 보니 뭔가 숨기는 게 있는 것 같았다. 아버지께서 어떤 반응을 보이셨기에 저러는 걸까? 자세히 묻기 위해 입을 여는 찰나.

"하! 내가 그럴 줄 알았지."

잠자코 듣고 있던 오르시니가 거칠게 비웃었다.

"발렌티노 공작의 뒤꽁무니를 졸졸 쫓아다니더니, 결국 또 그 새끼한테 돌아갔군. 바보 같은 년!"

어째서인지 오르시니는 감정이 아주 상한 듯했다.

"애초부터 실비엔 자식의 관심을 끌기 위한 수작이었을 거다. 관심을 받으려고 용을 쓴 거지."

오르시니는 쉴 새 없이 욕설을 지껄였다.

"그래도 통하질 않으니 제 발로 기어들어 간 거야. 한심하긴, 아무리 발버둥 쳐 봤자 누가 제까짓 것을 신경 쓰겠냐?"

말을 하면 할수록 열이 받는지 오르시니의 말투가 점점 험악해졌다.

"그 오물은 나를— 아디스 가문을 이용한 거다, 실비엔의 관심을 얻으려고!"

분을 참을 수 없었던 걸까?

순간 오르시니가 손에 쥔 유리잔이 쨍, 파열음과 함께 터졌다. 유리 조각이 산산이 부서지고 그의 손에 피가 흘렀다.

이자벨이 깜짝 놀라 외쳤다.

"오빠! 왜 그까짓 일에 열을 내고 그래?"

"그 멍청한 년이 등신 같으니까!"

그러나 오르시니는 너무 화가 나 아픔조차 느껴지지 않는지 유리 조각을 거칠게 털어 내며 소리쳤다.

"그 오물이 실비엔의 마음을 얻으려고 한 짓거리를 봐라! 그년은 아디스를 농락했다. 나를 농락했다고!"

새빨개진 얼굴로 외친 오르시니가 이를 아드득 물었다.

그래서 감옥에서 꺼내 주겠노라 한 제안도 걷어찬 걸까?

어쩌면 실비엔이 와 줄지도 모른다고 생각해서. 그래서 자신의 제안을 걷어찬 거겠지. 다른 누구도 아닌 실비엔이 오기를 기다렸을 테니!

오물, 그 미친년은 제 목숨을 무기 삼아 도박을 한 거였다!

"형님, 지금 대체 무슨 말씀을 하시는 겁니까?"

칼렌이 수상쩍다는 눈빛으로 오르시니를 보았다.

"누님과, 아니, 칸나 발렌티노와 무슨 일이 있었던 겁니까?"

"개소리! 내가 그까짓 더러운 오물을 상대했을 것 같나?"

오르시니는 분노로 범벅된 목소리로 빈정거렸다.

"잘됐다! 그 오물 같은 년, 다시는 아디스에, 내 눈앞에 얼쩡거리지 말라고 해라. 또 눈에 띄면 가만두지 않을 테다!"

그러나 칼렌은 오르시니의 말을 곧이곧대로 믿지 않았다. 오르시니는 평소에도 화를 잘 내는 편이었지만, 손아귀에 쥔 유리잔을 깨뜨릴 정도는 아니었으니.

'대체 두 사람 사이에 무슨 일이 있었던 거지?'

한동안 그 생각이 머리를 떠나지 않았다. 칼렌은 자신의 방으로 돌아와 서류를 처리하면서도 집중할 수 없었다.

칸나가 떠났다.

잔혹한 말만 남기고.

"넌 나에게 아무것도 아니야."

"나에게 동생 같은 남자애는 따로 있어."

하! 칼렌은 차갑게 비웃으며 서류를 팔락 넘겼다.

'알게 뭐냐? 더는 상관하지 않겠다.'

검은 안개에 있는 동안 그녀가 사형당할 뻔했다. 후에 그 이야기를 듣고 심란해했던 자신이 천하의 얼간이었다.

그래, 떠나라고 해라. 마음대로 하라고 해라.

어차피 화해는 글러 먹었다. 칼렌은 그녀와 잘 지내보려고 했으나, 칸나가 잘라 냈다. 걷어찼다. 벽을 세운 것은 그녀다. 내민 손을 뿌리친 것도 그녀다.

그러니 더는 아무것도 신경 쓰지 않겠다.

동생 같은 남자가 따로 있든 말든, 발렌티노로 돌아가든 말든 뭔 상관이란 말인가?

'그놈은 대체 어떤 자식이야?'

친동생이나 다름없다는 사내새끼. 그 자식은 발렌티노에 있는 녀석인 걸까? 그래서 돌아갔나? 그 자식을 만나러?

부글부글. 알 수 없는 이유로 속이 끓어올라 글씨가 눈에 들어오지 않는다. 그러나 칼렌은 고집스럽게 서류를 내려다봤다.

그때.

"저, 칼렌 오빠."

루시가 빼꼼 문틈으로 고개를 내민다. 칼렌은 그제야 종이에서 시선을 뗐다.

"루시. 무슨 일이지?"

"칸나 언니가 돌아갔다는 게 정말이야?"

"그래."

그러자 루시의 표정이 눈에 띄게 흐려졌다.

"인사도 못 했는데."

"할 필요 없다."

"하지만…… 그래도…… 그럼 칸나 언니를 언제 또 볼 수 있어?"

칼렌의 마음이 착잡해졌다. 짧은 사이 정이라도 든 걸까? 하기야 하루에 한 번씩 몸 상태를 봐 줘야 했기에 자주 만났을 테니.

그 순간, 머리에서 빛이 스쳐 지나갔다.

"……그렇지. 그런 계약을 했었지."

칼렌의 입꼬리가 비틀어졌다.

"하루 한 번, 너를 진료해 주는 조건이었지."

그리고 이미 자신은 계약금을 지불했다.

칼렌은 드디어 원인을 깨달았다. 자신이 이토록 기이한 짜증에 범벅되어 있는 이유를.

'멋대로 나와 맺은 계약을 위반해?'

신경질이 나서 견딜 수 없는 이유는 바로 그것이었다. 칸나가 계약을 어기고 도망가서. 멋대로 파기해서. 그래서 자신이 이렇게 열이 오른 거였다!

"걱정 마라, 루시."

칼렌은 의자를 뒤로 밀며 몸을 일으켰다. 그러고는 신사용 모자를 머리 위로 눌러쓰며 미소를 지었다.

"오늘 볼 수 있을 거다. 내가 이 집으로 데려올 테니."

"정말? 약속할 수 있어?"

루시의 얼굴이 확 밝아진다.

그래, 그렇지. 루시를 위해서라도 칸나는 이곳에 있어야 한다. 더군다나 계약금도 두둑하게 받아 가지 않았던가? 감히 계약서를 무시하고 멋대로 행동하다니, 참으로 방종한 누님이었다.

"그래. 지금 당장 데려오겠다."

칸나가 거부하든 말든 그건 중요치 않다.

계약은 계약이니까.

"실비엔 발렌티노, 이 개자식."

눈을 뜬 순간 칸나는 깨달았다. 실비엔이 자신에게 수면향을 뿌렸구나. 그리고 홀로 고고히 가 버렸구나.

칸나는 실비엔의 침대 위에 덩그러니 누워 있었다. 실비엔도, 그녀의 수면향도 보이지 않는다. 그 비열한 자식이 빼앗아 간 모양이다!

'아아아!'

열 받아! 열 받아! 칸나는 실비엔의 베개를 미친 듯이 폭행했다. 대체 왜 그 자식에게는 수면향이 안 통한 거야!

'그리고 갈 거면 혼자 갈 것이지, 내 수면향은 왜 가져가!'

물론 자신이 먼저 공격했으므로 할 말은 없다.

그래도 열 받는 건 열 받는 거다! 젠장할!

'수면향도 없는데 어떻게 나가지?'

……라고는 해도, 방법이 없는 건 아니다. 적진이나 다름없는 곳에 쳐들어왔는데 설마하니 그것 하나만 준비해 왔을까 봐?

'이것만큼은 쓸 일이 없길 바랐는데……'

칸나는 펜던트 목걸이를 만지작거렸다.

이 펜던트 안에는 새하얀 가루가 한가득 차 있었다. 비장의, 그리고 최후의 무기. 온몸이 불에 타오르는 듯한 통증을 유발하는 독 가루였다.

예전에 오르시니를 상대로 쓴 것과 비슷했지만, 그보다는 훨씬 약했다.

'그건 살상용이야. 일반인들에게 쓰면 죽을 수 있어.'

오르시니 정도 되니까 기절로 끝난 거지, 보통 사람들은 끔찍한 고통에 즉시 쇼크사했을 것이다. 즉, 협박이나 위협용으로는 적절치 못했던 것이다.

그래서 그보다는 덜 아픈 버전으로 만들어 보았다.

'완성한 지 얼마 안 된 거라 아직 써 보지는 못했지.'

즉, 신약을 테스트할 기회였다.

'좀 잔인하려나?'

목숨에는 지장이 없다. 하지만 조금이라도 체내에 흡입하는 순간 그대로 고통에 비명을 내지를 것이다. 중독 기간은 면역력마다 다르겠지만 적어도 며칠은 고생하겠지.

'일단 문 앞을 지키는 기사들에게 뿌리고, 그들이 혼비백산한 사이에 빠져나가 공작 가문의 식수통에 넣으면……'

그야말로 발렌티노 가문의 제삿날로 모든 고용인이 고통에 몸부림치는 죽음의 시간이 될 것이다. 그사이에 도망가는 건 아주 쉽겠지.

'어지간해서는 쓰고 싶지 않았는데.'

발렌티노에 한바탕 폭풍이 불겠구나. 그렇게 위험한 계획을 짜고 있을 때 벌컥, 문이 열리고 하녀가 들어왔다.

"누, 누구?"

실비엔의 빈방을 청소하러 온 하녀였다. 아무도 없을 거라고 예상한 걸까. 칸나와 눈이 마주치고는 소스라치게 놀란다.

"누구시기에…… 왜 공작님의 침대 위에…… 아!"

하녀는 상대의 검은 눈과 머리칼을 보고 정체를 알아차렸다. 순식간에 창백하게 질려 덜덜 떤다. 그러더니.

"조, 조세핀 마님!"

시어머니를 부르러 가 버렸다.

그때 조세핀은 유리 온실에서 2황녀 릴리엔느와 차 한잔을 즐기고 있었다.

"실비엔은 오늘 오전 일찍 외출했답니다. 하지만 저녁에 다시 돌아올 테니 그때까지 제 말동무가 되어 주세요, 황녀님."

"물론이에요."

릴리엔느는 우아하게 차를 마시며 웃었다. 동대륙에서 건너온 약차. 최근 선풍적인 인기를 끌고 있는 타 대륙의 차를 한 모금 마시며 머리를 굴렸다.

'이번 일로 실비엔이 칸나와 이혼을 할 수도 있겠어.'

발렌티노의 명예가 극히 실추되었으니, 실비엔도 어쩌면 이혼을 고려할 수도 있다. 릴리엔느는 그 기회를 잡을 생각이었다.

'역시 실비엔 발렌티노가 최상의 남편감이야.'

황녀인 자신에게 걸맞은 남편 후보는 세 가문 정도다.

아디스, 발렌티노, 그리고 메르시.

일단 황후의 가문인 메르시는 제외하고.

'알렉산드로 아디스는 이미 아내에 자식까지 있으니까.'

아디스에 두 후계자가 있긴 하지만 공작 자리를 이어받으려면 아직 멀었다. 알렉산드로 아디스는 아직도 제국의 수호검이라 불릴 정도로 정정했으니.

그렇다면 남은 것은 실비엔 발렌티노뿐. 그 역시 칸나라는 아내가 있긴 했지만 다행히 자식은 없다. 이혼하면 그만인 사이.

'나는 타지인으로 가득한 외국에서 살 생각 없어. 죽을 때까지 내 나라에 머물 것이야.'

아슬란 제국에 머물면서 황녀 이상의 지위를 차지할 방법은 그것 뿐이었다. 발렌티노 공작 부인이 되어 미래의 공작을 낳는 것. 그녀에 게는 여러모로 이득만 되는 장사였다.

'그래. 난 반드시 실비엔의 아내가 되어야 해.'

이것은 시시한 연애나 사랑 문제 따위가 아니었다. 실비엔과의 결 혼은 자신의 세력을 불리고 유지할 수 있는 정치였으니.

"그런데 칸나라고 했던가? 그 검은 머리."

칸나─ 그녀의 이름, 목소리, 아름다운 외양까지도 모조리 다 떠올 릴 수 있지만 릴리엔느는 기억나지 않는 척 말끝을 흐렸다.

"그 여자가 지금 이곳에 있다고 들었어요."

"예…… 그렇습니다."

조세핀이 시선을 돌렸다. 있었지. 분명히 있었는데.

'그 계집, 어딜 도망간 거야!'

한밤에 기사들에게 사술을 부려 잠재운 후 도망가 버렸다! 그러나 그 사실을 말할 수 없기에 얼버무릴 때였다.

"마, 마님!"

하녀가 달려와 귓가에 무언가를 속삭인다. 조세핀의 눈이 확 뜨였다.

"뭐라고? 칸나가 실비엔의 침실에 있다고?"

아차! 너무 놀란 나머지 입 밖으로 내고 말았다. 뒤늦게 황녀의 눈 치를 살폈으나 이미 릴리엔느는 똑똑히 들은 후였다.

"지금 뭐라고 했죠?"

"그, 그것이."

"왜 칸나가 실비엔의 침실에 있는 거죠? 설마 두 사람 동침하는 사이인가요?"

"아닙니다! 아마 칸나가 실비엔의 방에 숨어든 모양입니다! 예전에도 그런 적이 있어요. 전하도 아시다시피 실비엔이 마음이 약해서…… 거절을 잘 못 해요."

말 같지도 않은 소리란 걸 모두가 알았다. 실비엔만큼 냉정한 사람도 드무니까. 역시나 믿지 않는지 릴리엔느의 얼굴이 싸늘해졌다.

'이러면 안 되지.'

조세핀은 입술을 깨물었다. 어떻게든 릴리엔느의 분노를 가라앉혀야 했다!

"당장 칸나를 데려와! 감히 가주의 침대를 더럽히다니, 벌을 내려야겠다!"

조세핀의 이름을 부르며 도망갔던 하녀는 10분 후, 기사들을 끌고 다가왔다.

"마님께서 부르십니다."

"네, 가죠."

칸나는 순순히 일어났다. 하녀가 자리를 비운 동안 도망갈 수 있었으나 그러지 않았다. 도망은커녕 얌전히 앉아서 기다려 주었다. 조세핀을 골탕 먹일 준비를 하면서.

'나야 조세핀을 보고 가면 좋지.'

질질 끌려가면서도 기분은 꽤 좋았다. 기왕이면 다른 누구도 아닌, 조세핀에게 신약 테스트를 하게 됐으니까.

'부작용이 생겨도 괜찮겠는걸.'

일단 당연히 뺨은 기본으로 몇 대 맞을 것이다. 충분히 예상할 수 있는 폭행이었다. 이곳에 돌아올 때도 일단 뺨부터 맞지 않았던가?

그러나 의외로 조세핀은 때리려고 하질 않았다.

"칸나 발렌티노, 너."

당장 괴수처럼 달려들어 때릴 줄 알았는데 그러지 않았다. 옆에 있는 릴리엔느 때문에 체면을 차리는 중이었던 것이다.

"무릎 꿇거라."

털썩. 기사들이 칸나의 어깨를 강하게 짓눌렀다. 그녀의 무릎이 온실의 흙바닥에 더럽혀졌다.

"대체 무엇을 하고 돌아다니는 거지?"

슬립 원피스와 무릎이 흙 범벅이 되어 지저분해졌다. 빈민가의 거지 같은 모습이다. 그 꼴을 조용히 지켜보던 릴리엔느가 피식 웃었다.

"엘레스터 백작, 이건 너무 심하지 않나요?"

하지만 저런 모습을 본 덕분에 조금 화가 풀린 듯했다. 조세핀은 내심 안도했다.

"아닙니다. 칸나가 저지른 죄가 있는데, 고작 이 정도로 심하다니요! 황녀 전하께서는 마음이 너무 약해 탈이로군요."

어떻게든 릴리엔느를 기쁘게 해 줘야 한다. 조세핀은 성큼성큼 다가와 칸나의 턱 끝을 부채로 들어 올렸다.

"말해라. 네가 왜 실비엔의 침실에 있었던 거냐?"

"거기서 잤으니까요."

순간 조세핀의 안색이 새하얗게 질렸다. 뒤에서 미소 짓고 있던 릴리엔느의 얼굴에서도 웃음이 사라졌다.

그들의 반응을 즐기듯 감상하며 칸나는 또박또박 말했다.

"공작님께서 손수 침대에 눕혀 주셨어요. 아, 이불도 덮어 주셨고요."

뭐, 틀린 말은 아니잖아?

그가 자신을 강제로 잠재운 후 수면향을 도둑질해 갔다는 것은 굳이 덧붙이지 않았다. 그들이 오해하길 바랐으니까.

'때리면 더 좋고.'

그러기 위해서는 일단 상전인 릴리엔느부터 화가 나야 한다. 그래야만 조세핀이 손을 들 거라는 묘한 확신이 들었다.

도발이 통한 걸까? 릴리엔느는 입술을 콰득 깨물었다.

"말도 안 되는 소리를 하는군요. 공작은 후사 문제에는 그 누구보다 신중합니다. 후계를 낳을 여인이 아니고서야 침실을 함께 쓸 리 없어요."

릴리엔느는 절박했다. 그래야만 했다. 만일 실비엔에게 자식이 생기면 그의 가치가 확 떨어진다. 그만한 등급의 신랑감을 또 어디서 찾는단 말인가!

그러나 칸나는 뻔뻔하게 대꾸했다.

"아뇨. 공작님께서 직접 침대로 가자고 제안하셨는걸요. 사실 전 자고 갈 생각은 없었는데, 공작님께서 어찌나 극성이시던지."

"어디서 거짓을 고해!"

조세핀이 초조하게 외쳤다. 만일 릴리엔느가 실비엔을 포기하면, 황족을 제 며느리로 맞이한다는 원대한 계획이 틀어진다! 그러니 저

요망한 입을 당장 막아야 했다!

짜아악, 조세핀이 손을 들어 올려 칸나의 뺨을 내리쳤다. 칸나가 기대하고 또 기다린 폭력이었다.

"감히 황녀님 앞에서 거짓을 말하다니, 너는 황족을 모욕하고 있는 게야! 황족 모독은 사형이란 것을 모르나!"

쫘악! 조세핀은 다시 한번 그녀의 뺨을 내리쳤다.

"어서 거짓말이라고 말해라! 진실을 말하란 말이다!"

이쯤 맞았으면 충분하겠지?

다음 순간, 칸나는 고개를 푹 수그린 채 두 팔로 머리를 감쌌다. 비참해 보일 만큼 가냘픈 방어였다.

조세핀이 머리통 위로 손을 내리치기 직전.

"지금."

순간, 조세핀의 손이 멈추었다.

"지금 뭐 하시는 겁니까……?"

분노로 가열된 공기 위로 서늘한 목소리가 흩어졌다. 릴리엔느와 조세핀, 그리고 칸나마저도 놀라 고개를 돌렸다.

온실 앞, 우뚝 서 있는 남자.

"지금, 무엇을 하시냐고 물었습니다."

칼렌 아디스였다.

"칼렌 아디스 경? 당신이 왜 여기에?"

조세핀은 재빨리 칸나의 몸을 가리듯 막아서며 물었다. 그러나 늦었다. 이미 칼렌은 모든 것을 본 후였다.

방금 그는 발렌티노의 저택 문 앞에 도착했다. 시종의 안내를 받아 정원을 가로질러 걸어가다가, 저 멀리에서 들려오는 이상한 소리를 감지했다. 아주 작고 희미했지만 예민한 청각이 정확하게 잡아낸 것이다.

칸나의 신음 소리를.

그래서 그는 시종이 막는 것을 뿌리치고 소리가 나는 방향으로 걸어갔다. 그곳에는 투명한 유리 온실이 있었다. 안이 훤히 비치는 온실이 가까워질수록, 눈앞의 광경이 확실해질수록 심장이 쿵쿵 거칠게 뛰었다.

누군가가 잔혹한 폭행을 당하고 있었다. 그리고 그 누군가는 검은 머리칼을 가지고 있었다…….

"지금 대체……."

말을 이을 수조차 없었다. 그는 이미 모든 것을 보았다. 모든 것을.

"대체 뭘."

칸나를 천한 노예처럼 흙바닥에 꿇어 앉힌 채 얼굴을 내리치는 것을. 입술이 찢어져 피가 터질 때까지 내리치고 또 내리치는 것을. 그리하여 결국에, 연약한 누이가 가엽게도 머리를 푹 수그리며 팔로 막는 것까지 다.

칼렌의 시선이 떨렸다. 그의 눈이 조세핀의 풍성한 드레스 자락 너머 칸나의 새하얀 다리에 꽂혔다. 흙으로 더럽혀진 다리. 심지어 칸나는 옷조차 벗겨진 상태였다.

옷을 빼앗기고, 속옷이나 다름없는 잠옷만 입은 채로, 온실에서 폭행을……

"뭘 하고 계시냐고 물었습니다."

깨닫지 못하는 사이 손끝이 떨려 왔다. 눈가가 뜨겁게 충혈된다. 머리털이 곤두설 만큼 격렬한 열기가 이글거렸다.

"그, 그러니까 이것은……."

조세핀의 목소리가 평정을 잃었다. 이런 상황은 예상하지 못했다. 칼렌 아디스가 왜 이곳에 있단 말인가? 대체 왜?

'아니, 그래. 이곳은 내 집이지!'

이곳은 내 집이고, 칸나는 내 며느리다!

그리고 칼렌도 이 일을 크게 키울 생각은 없을 것이다. 아디스 가문의 모두가 칸나가 죽든 말든 신경도 안 쓰니까.

'그래, 저들도 오히려 칸나가 죽길 바라고 있을 거다!'

조세핀이라고 해서 원래부터 칸나를 가축처럼 대한 것은 아니었다. 도리어 처음에는 조심스러웠다. 오물 취급받는 여자라 할지언정 아디스의 장녀니까.

그러나 자신이 아무리 험하게 굴어도 칸나는 반박할 줄 몰랐고 아디스는 방관했다. 그러다 보니 조금씩 그 강도가 더해졌다.

잔소리는 폭언으로, 폭언은 폭행으로.

순간 칸나를 처음 때렸던 날의 기억이 떠올랐다. 칸나가 발렌티노에 시집온 지 2년째 되던 날이었던가? 실비엔의 회의실에 멋대로 기어들어 갔다가 다른 귀족에게 들켰다. 그때 어찌나 망신을 당했는지.

"눈에 보이는 것도 없구나. 어찌 회의 중인 공작의 집무실에 숨어들어 갈 생각을 해!"

"하, 하지만 이렇게라도 하지 않으면, 공작님은 저를 만나 주지 않아서……."

"뭘 잘했다고 말대답이야!"

너무 화가 나서 견딜 수가 없었다. 조세핀은 저도 모르게 칸나의 뺨을 후려갈겼다. 그리고 깜짝 놀랐다.

때리다니. 제 손으로 때리다니!

조세핀은 내심 마음을 졸였다. 아무리 바보 같은 여자라 할지언정, 귀족은 귀족이다. 손찌검을 당했으니 가만있지 않을 터.

그러나 칸나는 어깨를 늘어뜨릴 뿐 저항하지 않았다. 하지만 안도하기엔 일렀다. 이 일이 칸나의 친정인 아디스에 들어가면, 가문 간의 분쟁으로 번질 수도 있다.

그렇게 며칠 동안 잠도 제대로 이루지 못하고 끙끙거렸으나.

'왜 아무 일도 일어나지 않지?'

놀라울 만큼 아무 일도 생기지 않았다.

칸나의 뺨을 후려쳤는데, 누구도 항의하지 않았다.

'아디스에 알리지 않은 건가? 아니면, 아디스에 알렸는데도 그들이 무시한 건가?'

그 후 그런 일이 몇 번 반복됐고 그때마다 아무도 제지하지 않았다.

아무리 짓밟아도 꿈틀거리지 않는 칸나의 태도가, 그리고 그녀가 무슨 일을 당하든 관심 갖지 않는 아디스의 태도가.

'칸나는 막 대해도 되는 존재구나!'

그러한 진실을 깨닫게 만든 것이었다.

지난 7년의 세월을 되새김질하자 두려움이 사라졌다. 조세핀은 어깨를 당당하게 폈다.

"이제 칸나는 내 식구입니다. 발렌티노 가문의 며느리란 말입니다. 웃어른으로서 못된 버릇을 고치는 건 당연한 일…….."

"버릇을 고친다고 하셨습니까?"

그러나 예상과는 달랐다. 대수롭지 않게 넘어가리라 생각했던 칼렌이, 아주 무례하게 조세핀의 말을 싹둑 끊었다.

"귀부인의 옷을 벗겨 흙바닥에 꿇리고, 남들 눈앞에서 때리는 것이 발렌티노의 방식입니까?"

그러나 조세핀은 기죽지 않았다.

"내가 오죽하면 이러겠습니까, 칼렌 경? 칸나는 거짓을 말했습니다. 감히 황녀 전하 앞에서 말이지요!"

그러고는 흘끗, 릴리엔느에게 도움을 청하는 눈빛을 보냈지만 황녀는 모른 척하고 있었다. 이 일과는 전혀 관계없는 제3자라는 듯.

"……비키십시오."

칼렌은 심호흡을 했다. 억지로 분노를 찍어 누르듯 호흡하며 주먹을 쥐었다가 펴길 반복했다. 그것이 그를 통제하는 방식인 것처럼.

"비키시라고 말씀드렸습니다."

조세핀은 이를 악물며 칼렌을 노려보았다. 이대로 꼬리를 말고 물러설 것인가, 아니면 맞서서 싸울 것인가? 짧은 찰나 치열하게 갈등했다. 그리고 결정했다.

"무례하군요, 칼렌 경. 이곳은 발렌티노 저택입니다. 경께서 이래라저래라 명을 내릴 만한 곳이 아닙니다!"

태도를 결정했으니 망설일 것이 없다. 조세핀은 보란 듯이 부채로 칸나의 턱을 거칠게 들어 올렸다.

"칸나가 무슨 짓을 했는지 알고 있습니까? 간밤에 기사들에게 사술을 부려 기절시켰습니다. 게다가 허락도 없이 공작의 침실에 무단 침입을 했지요! 그것이 끝인 줄 아십니까? 감히 황족의 앞에서 거짓을 말했습니다."

조세핀은 기세등등하게 허리를 편 후 소리쳤다.

"게다가 최근에는 발렌티노의 이름을 달고 공개 재판을 당했죠! 이는 가문의 역사에 다시없는 수치입니다!"

그래, 그러니까 벌을 내릴 만한 명분은 충분하다!

"아디스 가문은 그런 행위를 묵인할지 모르겠지만, 발렌티노는 용납할 수 없습니다! 내 며느리가 가문의 위신을 떨어뜨리는 꼴을 보고만 있지 않을 겁니다. 그러니 집안일에 참견하지 마시고 돌아가세요!"

조세핀이 주절거리는 동안 칼렌은 분노를 진정시키고 있었다.

그는 머리를 핑 돌게 만들었던 감정을 꾹 내리누르며 칸나를 살폈다.

부채 끝으로 턱이 강제로 올려진 칸나. 멀리서 보았던 것보다 훨씬 더 참혹한 모습이다.

입술이 터져 있고, 피가 흐르고, 머리칼은 산발이 되어…….

'대체 왜?'

……귀찮다는 시선으로, 자신을 응시하고 있다.

순간 칼렌은 모든 말을 잊었다.

자신의 눈이 이상해진 걸까? 잘못 보고 있는 걸까?

아니, 그렇지 않았다. 칸나는 정말 귀찮아하고 있었다. 칼렌을 쳐다보는 칸나의 눈빛은 성가심 그 자체였다. 흡사 방해꾼을 보는 듯한 시선이지 않은가?

'어째서?'

어안이 벙벙해졌다. 뒤통수를 맞은 듯 머리가 얼얼했다.

왜 저렇게 쳐다보는 거지? 왜 도와 달라는 신호를 보내지 않는 거지? 저런 꼴을 당하고 있으면서도, 대체 왜?

"돌아가십시오, 칼렌 아디스 경. 이대로 가면 지금 이 무례는 잊도록 하겠습니다!"

칼렌의 얼굴이 얼어붙었다. 조세핀의 외침 덕분일까, 이제 그는 완전히 침착해졌다. 그 어느 때보다도 냉정해져서 판단했다. 자신이 지금 무엇을 해야 할지.

"……칼렌 경!"

조세핀의 눈이 휘둥그레졌다. 릴리엔느 역시 짧게 비명을 삼켰다. 칼렌이 예고도 없이 검을 뽑아 든 것이다!

"지, 지금 뭐 하는 짓입니까!"

발렌티노의 기사들 역시 검을 마주 뽑았다. 그러나 칼렌은 그들에게 시선조차 주지 않고 차분하게 말했다.

"문제를 크게 만들고 싶지 않습니다, 엘레스터 백작님."

"지, 지금 경이 하는 짓을 보십시오! 문제를 크게 만들고 있잖습니까! 검을 뽑다니, 설마 이걸 가문 간의 분쟁으로 키우고 싶은 겁니까!"

"그건 백작님께 달려 있습니다."

"……!"

칼렌은 조세핀의 눈을 똑바로 쏘아보며 천천히 선언했다.

"분쟁으로 키울지 말지, 지금 결정하십시오."

"대체……."

"전 어느 쪽이든 감당할 수 있습니다."

조세핀은 입술을 깨물었다. 칼렌 아디스는 지금 대놓고 협박을 하고 있었다. 칸나를 내놓지 않으면 전쟁이 있을 거라고, 가문의 이름을 걸고 선언하고 있었다.

'왜 저러는 거야!'

대체 왜 이렇게까지 비이성적으로 구는 걸까? 아디스의 냉철한 신사라고 들었는데, 모두 다 헛소문이었다!

'하지만 일을 키워 봤자 내 손해다.'

아디스와 발렌티노의 분쟁. 성기사 후예들의 반목. 대륙 수호자 간의 갈등. 틀림없이 온 대륙에 널리 알려지겠지.

게다가 실비엔, 그녀의 의붓아들은 성가신 일을 아주 싫어한다. 그의 눈 밖에 나면 이 집에서 내쫓길지도 모른다…….

"마음대로 하십시오! 저 아이를 데려가든 말든 관심 없습니다!"

그제야 칼렌이 검을 집어넣었다. 그는 곧장 다가와 칸나의 몸을 안아 들었다. 아니, 그러려고 했으나.

"치워."

칸나는 칼렌만 들을 수 있도록 아주 작게 속삭였다. 그리고 칼렌의 손을 밀어내며 스스로 몸을 일으켰다. 그러자 칼렌의 입꼬리가 비틀어졌다. 그는 주먹을 꽉 쥐더니, 제 재킷을 벗어 그녀의 어깨 위로 걸쳤다.

"가시죠."

칸나는 고개를 끄덕였다. 재킷에 꽂혀 있던 칼렌의 손수건으로 제 얼굴을 아주 꼼꼼히 닦은 후, 온실 바닥에 탁 던져 버렸다.

"그럼 다음에 봬요, 어머니."

조세핀은 화가 부글부글 끓어올랐다. 칼렌과 칸나가 온실을 떠나는 뒷모습을 지켜보다가 도저히 참을 수 없어서 부채를 획획 부쳤다.

"저는 칼렌 경이 저런 야만인일 줄은 꿈에도 몰랐습니다! 그렇지 않습니까, 황녀님?"

어찌나 화가 나던지 침이 튀었다. 조세핀은 손으로 입술을 쓱 훑으며 다시 한번 호소했다.

"감히 황족 앞에서 검을 뽑아 들다뇨! 아무리 황녀님을 상대로 겨눈 게 아닐지언정, 저건 무뢰배들이나 하는 짓 아닙니까!"

그러나 중립을 지키는 황녀는 아무런 말 없이 미소만 지었다. 그것이 더 열이 받아 얼굴이 뜨거워졌다. 조세핀은 부채질을 격하게 하며 외쳤다.

"하여간, 알렉산드로 아디스의 아들답습니다! 아디스 공작은 마물을 두 손으로 찢어 죽인다죠? 고상하지 못한 것이 아주 딱!"

아주 딱! 그 단어에 있는 힘껏 힘을 주는 순간.

"⋯⋯?"

따끔따끔, 무언가가 피부를 찔러 왔다.

'벌레한테 물린 건가?'

조세핀이 목뒤를 긁적일 때.

"⋯⋯!"

고통은 해일처럼 단숨에 그녀를 집어삼켰다. 마치 뜨거운 불덩이에 온몸이 휩싸인 듯한 감각. 뒤이어 사정없이 살을 태우는 고통이 작렬했다.

"아아악!"

조세핀은 자리에서 벌떡 일어나 치마를 털었다. 소맷자락을 흔들고, 온몸을 뒤흔들었다.

"부, 불이! 몸에 불이 붙었다!"

서둘러 하녀들이 다가왔다. 옷을 들추며 확인했지만, 아무것도 없다.

"빨리! 아, 아악! 어, 얼른! 얼른 불을 꺼 달란 말이다!"

화끈화끈, 살갗이 타오르는 감각에 조세핀은 참지 못하고 옷을 쥐어뜯었다. 우드득, 단추가 거칠게 튕겨 나가고 몸이 드러났다.

그러나 하녀들이 아무리 찾아도 불타는 부위는 없었다. 조세핀이 살이 타오르고 있다고 헛소리만 질러 댈 뿐.

"고, 공작 부인?"

릴리엔느가 당황해서 쳐다봤으나, 지금 이 순간 조세핀의 눈에는 아무것도 보이지 않았다.

"지, 지금! 지금도 살이 타들어 가고 있어! 뭐, 뭐 하는 거야! 어떻게든 해 달란 말이다!"

"마, 마님. 부디 진정을……."

"아아아아악!"

※※※

저 멀리, 뒤에서 비명이 울렸다. 계획대로 된 모양이다.

'저걸 내 눈으로 봐야 했는데.'

칼렌이 오지 않았더라면 저 재밌는 장면을 목격할 수 있었을 텐데!

'이 자식이 괜히 끼어들어서는…….'

자신을 때리도록 온갖 도발을 하며 유도했는데. 이러려고 얼굴에 그 가루를 한껏 발라 놓은 게 아닌데.

'헛수고가 됐어.'

당연히 조세핀이 자신의 얼굴을 때리리라 예상했다. 그래서 준비해 온 해독제를 먹어 중독을 예방한 후, 독 가루를 뺨과 턱 쪽에 곱게 펴 발랐다.

그녀를 때리는 동안 손에 닿았을 것이고, 턱을 툭툭 치면서 부채에 묻었을 것이다. 부채질하면 그 가루는 자연스레 코나 입으로 날아갔겠지. 손을 입에 가져다 대기만 해도 끝이다.

"뭐가 그렇게 불만이십니까?"

마차 안. 칸나가 입을 꾹 다물고 창밖만 쏘아보자 조용히 있던 칼렌이 물었다.

"상관 마."

너 때문에 아주 재미있는 볼거리를 놓쳤으니 짜증 날 수밖에.

칼렌은 그가 자신을 구했다고 생각하겠지만 그녀 입장에서는 엄청난 훼방꾼이었다.

"너 대체 이곳에는 왜 온 거야?"

"당신은 계약을 어겼습니다."

"계약? 아, 설마 그거?"

그거 때문에 날 잡으러 온 거야? 칸나는 질린다는 눈으로 칼렌을 노려보았다. 저 녀석에게는 큰 계약도 아닐 텐데, 발렌티노 가문까지 쳐들어오다니. 정말이지 지독한 녀석이다.

"⋯⋯당신은."

한동안 이어지던 침묵은 칼렌이 깨뜨렸다.

"당신은 내가 그렇게 끔찍합니까?"

"뭐?"

"내게 도움을 청하느니 차라리 그 상황이 계속되길 바랐던 것 같군요."

틀린 말은 아니었다. 칼렌이 없었으면 아주 재미있는 것도 보고 발렌티노 가문에 재앙을 불러일으켜 복수할 수도 있었으니까.

"대체 그동안 발렌티노에서 어떻게 지낸 겁니까?"

칼렌은 아직도 자신이 본 것을 믿을 수가 없었다. 흙바닥에 나뒹굴어 짐승처럼 얻어맞던 칸나. 그녀는 너무나 익숙하다는 듯 폭력을 받아들였다.

지금껏 그렇게 살았던 걸까?

"발렌티노가 지금까지 당신을 그리 대한 겁니까? 당신이 발렌티노에 머문 그 시간 동안, 줄곧?"

칼렌은 어처구니없는지 거칠게 머리칼을 쓸어 올리며 따지듯 물었다.

"왜 말하지 않았습니까?"

"말하면 뭐가 달라져?"

"예?"

"말하면 뭐가 달라지냐고?"

잠자코 듣고 있으니까 슬슬 짜증이 난다. 칸나는 기분이 잔뜩 상해 중얼거렸다.

"아디스에서 지냈을 때와 딱히 별반 다를 것도 없었어."

그래서 주화는 아디스 가문에 단 한 번도 이런 일을 알리지 않았다. 아니, 알릴 생각조차 하지 못했다. 애초에 아디스를 자신의 편이라고 여기지 않았으니.

'그래도 한 번은 도박하는 심정으로 말해 보지 그랬어, 이주화. 어쩌면 아디스 가문의 명예를 위해서라도 나섰을 수도 있을 텐데.'

결혼 생활 내내 입을 꾹 다물고 산 이주화. 그녀를 떠올리자 한숨이 저절로 나왔다.

"……."

칼렌의 말문이 꽉 막혔다. 그녀의 말이 목울대를 치고 지나간 것 같았다.

"그게 무슨 말씀이십니까?"

"무시당하고, 핍박받고, 가끔은 얻어맞고. 나는 아디스에서도 그랬잖아?"

"누가 당신을 때렸다고!"

"네 어머니, 클로이."

"……!"

"어렸을 때는 네 형, 오르시니."

칼렌의 얼굴이 시뻘겋게 달아올랐다. 수치일까, 죄책감일까, 아니면 분노일까? 어쩌면 오물 같은 누이에게 조롱을 당했다고 여기는 걸지도 모른다.

그게 무엇이든 칸나는 신경조차 쓰고 싶지 않았다.

"그리고, 너."

"저는…… 단 한 번도 당신을……."

"꼭 육체적인 학대만이 폭력은 아니잖아?"

슬쩍 웃으며 빈정거렸다. 이제 칼렌의 안색은 희게 질려 있었다.

"혹시나 해서 하는 말인데, 이번 일 다른 사람들에게 말하지 마."

"아뇨. 그럴 수 없습니다. 이 일을 아버지께……."

"알리면?"

픽. 저절로 비웃음이 나왔다.

"알리면? 아버지가 뭐라도 해 주실 것 같니?"

"……."

"똑같은 말 하게 하지 마. 어차피 변하는 건 없어. 그리고 이건 내일이야. 경고하는데, 다시는 내일에 함부로 끼어들지 마."

오늘처럼 내 복수극에 끼어들어 훼방 놓지 말란 말이야. 그런 눈으로 노려봐 주며 입을 다물었다.

'이 정도 비꼬았으니 이제 말 걸지 않겠지.'

칸나는 더는 대화할 뜻이 없음을 선언하듯 몸을 완전히 틀었다. 다행히도 이후 칼렌은 입을 열지 않았다.

그때였다. 순간, 말이 우는 소리와 함께 마차가 급하게 멈춰 섰다. 과격한 급정거에 칸나의 몸이 앞으로 쓰러질 뻔했으나 칼렌이 재빨리 잡아 세웠다.

그가 마부를 향해 외쳤다.

"무슨 일이냐!"

"그, 그것이……."

창밖을 내다본 칸나의 눈이 커졌다. 말을 탄 누군가가 마차를 막아서고 있었다.

햇살 아래 환하게 빛나는 은발, 저 사람은…….

"실비엔 발렌티노?"

그가 왜 여기에?

칼렌 역시 그 존재를 눈치채고는 얼굴을 굳혔다. 벌컥, 마차의 문을 열고 나간다. 칸나도 엉거주춤 따라 나갔다.

"이게 무슨 짓입니까, 발렌티노 공작 각하?"

실비엔은 말 위에서 그들을 물끄러미 내려다보았다. 그리고 빙긋 웃었다.

"제 아내가 이곳에 있다기에."

뭐? 칸나는 저도 모르게 인상을 확 찌그렸다. 아내라니, 내가?

칼렌 역시 마찬가지였다. 그는 아주 저속한 단어를 들은 것처럼 실비엔을 싸늘하게 노려보았다.

"아내? 지금 누굴 말씀하시는 겁니까?"

"경의 뒤에 서 있는 분이 제 아내입니다만, 모르셨습니까?"

저, 저, 미친……. 너무나 놀라 할 말을 잃은 사이 실비엔이 말에서 가뿐히 내린다. 천천히 다가온다.

"지금 제 아내를 데리고 어딜 가시는 길인지?"

"……아내라."

너무 화가 나서일까? 칼렌은 오히려 그 어느 때보다도 냉정하게 가라앉아 있었다.

"공작 각하께서 제 누님을 아내로 여기고 있는 줄 몰랐군요."

그러자 실비엔이 은은하게 미소를 지었다.

"저 또한 경이 제 아내를 누이로 여기고 있는 줄 몰랐습니다."

"엘레스터 백작이 제 누님을 노비처럼 다루는 건 알고 있었습니까?"

칼렌이 조용히 물었다. 너무 고요해서 도저히 화난 사람처럼 느껴지지 않는 음성이었다.

"공작 각하에게도 눈이 있다면 제 누님의 얼굴을 보십시오. 당신의 계모께서 이리 만들어 놓으셨습니다."

"이런. 확실히 상태가 좋지 않군요."

실비엔이 짐짓 안타깝다는 듯 눈썹을 찡그린다.

"제가 직접 치료할 테니 경께서는 이만 아디스 저로 돌아가십시오."

"아뇨, 누님은 저와 함께 갑니다. 더는 누님을 그 괴물 소굴에 내버려 둘 수 없습니다."

둘 다 무슨 소리를 지껄이는 거야?

칸나는 어이가 없어서 팔짱을 끼고 지켜보았다. 대체 저 자식들이 왜 저러는지 알 길이 없었다. 아니, 칼렌이야 최근 부쩍 이상해졌으니 그렇다 치고.

'실비엔 발렌티노, 무슨 생각이야?'

수면향만 달랑 들고 가 버린 녀석이 이제 와서 왜 잡으러 왔지? 저 녀석은 내가 있든 말든, 어딜 가든 신경조차 안 쓸 텐데?

"무슨 일이죠?"

궁금해졌기에 물었다. 그러자 칼렌이 인상을 썼다.

"아뇨, 누님. 저자에게 신경 쓰지……."

"칼렌 아디스, 입 다물어."

순간 칼렌의 표정이 흐려졌다. 그녀에게 뺨이라도 한 대 맞은 듯한 얼굴. 배신감마저 느껴지는 눈빛이었기에 칸나는 황당해졌다.

저 표정은 뭐란 말인가? 설마 자신이 그의 편을 들 줄 알았던 걸까?

'쟤 진짜 이상하네.'

칸나는 그를 차갑게 노려본 후, 앞으로 나섰다.

"무슨 일이냐고 물었습니다, 공작님."

그들을 흥미롭게 구경하던 실비엔이 입을 열었다.

"어젯밤의 일을 기억하십니까?"

어젯밤? 수면향으로 공격했으나 실패하고, 역으로 당해서 잠든 그 밤 말하는 건가?

실비엔이 모호하게 웃으며 속삭였다.

"모두 다 기억하나 보군요."

"당연히 기억하죠."

"다행이군요. 어젯밤, 칸나 양이 기절하듯 잠들었기에 혹시나 해서 여쭤 본 겁니다."

기절하듯 잠든 게 아니라…… 네가 기절을 시켰잖아.

'고의로 저러는 것 같은데?'

기이하게 돌려 말하는 그의 화법에는 오해의 소지가 다분했다. 그리고 아주 이상하게도 그 말에 칼렌의 기분이 확 상한 것처럼 보였다.

"가능하다면 어젯밤의 일에 대해 논하고 싶군요. 칸나 양이 준 선물이라든가."

"……선물?"

"어젯밤, 칸나 양이 제게 준 소중한 것 말입니다."

수면향을 말하는 거군. 그런데 왜 저런 식으로 돌려서, 야릇하게 들리게끔 이야기하는 걸까? 칸나는 도저히 실비엔의 속내를 이해할 수 없었다.

'혹시 칼렌이 알아서는 안 되나?'

수면향에 대해 말하느니 차라리 뜨거운 밤을 보낸 부부 행세를 하는 게 낫다는 건가?

"공작 각하를 따라가면 제게 무슨 득이 있죠?"

"적어도 해가 될 일은 없을 겁니다."

"……해라뇨?"

그러자 실비엔이 허리를 숙인다. 조그맣게 속삭였다.

"어젯밤 칸나 양이 한 일, 저는 언제든 문제로 만들 수 있습니다."

"……."

"아. 설마 모르셨습니까?"

칸나는 그를 노려보았다. 저런 우아한 얼굴로 비열한 협박을 하다니!

'재수 없는 자식.'

그러나 맞는 말이었다.

"좋아요."

"그럼 가실까요."

그대로 실비엔의 뒤를 따를 때.

"……?"

칼렌이 그녀의 팔을 붙잡았다. 그녀는 신경질적으로 칼렌을 쏘아보앉다.

"뭐야?"

"……."

칼렌은 아무 말도 하지 않았다. 아니, 완전히 말문이 틀어 막힌 것 같았다. 스스로조차 무엇을 하는지 모르는 듯한 혼란스러운 얼굴이었다. 그러나 그녀의 팔을 붙잡은 힘에는 변함이 없다.

그 괴리감이 몹시도 이상했다. 지금 이 순간의 칼렌은 스스로를 이해하지도, 통제하지도 못하는 것처럼 보였다.

"칼렌, 놔줄래?"

"……."

"왜 이래? 할 말 있으면 빨리 해."

망설이듯 입술을 달싹였으나, 결국 그는 아무 말도 할 수 없었다.

"놔줘, 칼렌."

스르륵, 손아귀에서 힘이 흩어진다. 칸나는 그의 손을 거칠게 뿌리치며 실비엔의 뒤를 따랐다.

'이상한 녀석. 대체 왜 저래?'

실비엔이 준비해 놓은 마차 안에는 새 원피스가 있었다. 칸나는 원피스를 입은 후, 단도직입적으로 물었다.

"무슨 용건이에요?"

"칸나 양의 장난감 말입니다."

실비엔도 더는 말을 돌리지 않았다. 그는 품에서 수면향이 든 병을 내밀었다.

"전문가의 의견을 들어 보니, 놀랄 만큼 뛰어난 효능을 가진 수면제라고 하더군요."

"글쎄요. 당신에게 통하지 않은 걸 보니 자신이 없는데요."

"저는 특수한 경우이니 예외로 치십시오."

실비엔이 미소를 지었다. 그러나 눈은 차갑게 얼어 있으므로 미소 같아 보이지도 않았다.

"루시 아디스 양은 건강합니까?"

"……."

순간 칸나는 할 말을 잃었다. 실비엔도 그녀가 루시를 고친 걸 알고 있었던 걸까?

"1황녀 전하의 병세 역시 이전보다 많이 좋아졌다고 들었습니다."

"……두고 봐야겠죠. 아직은 확신할 수 없어요."

"게다가 황후 폐하께서도 칸나 양의 약에 의존하신다는데."

이번에는 정말 놀라고 말았다. 이건 몇몇 사람만 아는 기밀인데, 실비엔이 대체 어떻게 알고 있는 걸까?

'설마 정보원 같은 걸 심어 놨나?'

음흉한 자식 같으니라고.

어쨌든, 이미 알고 있는 것을 보니 잡아떼 봤자 소용없을 것이다. 그리고 이쯤 되니 그의 의도가 짐작이 갔다.

"혹시 제가 고쳐 주길 바라는 사람이 있나요?"

"그렇습니다. 혹시 데보르 상단을 알고 계십니까?"

"당연하죠."

라스파엘로 데보르 백작. 동대륙을 처음으로 발견한 그 전설적인 인물의 상단이지 않은가? 데보르 백작은 동대륙과 독점 무역을 맺었고, 그 덕에 단숨에 대륙에서 손꼽히는 대부호가 되었다.

"저는 데보르 상단 설립 당시의 초기 투자자입니다. 그래서 상단에 문제가 생길 때는 해결책을 찾으려 하는 편이죠."

그는 진중하게 말을 이었다.

"동대륙을 항해하는 선원들 대부분이 괴병에 걸려서 오고 있습니다."

"괴병이요?"

"예. 고통이 심해 잠을 이루지 못하고 있습니다. 그런데 칸나 양의 수면향을 뿌렸더니 바로 잠들었을뿐더러, 회복에 도움이 되었다고 하더군요."

그렇겠지. 칸나는 고개를 끄덕였다.

지금 이곳에는 제대로 된 '수면제'가 없었다.

'수면제라고 해 봤자, 의식을 흐릿하게 만드는 독초를 사용한다든가 마약을 쓰는 거니까. 그러니 몸에도 안 좋고 피로 해소도 안 되지.'

그러나 칸나는 부작용 없는 수면향을 만들 수 있었다. 수면 성분이 있는 감태와 홍경천, 그리고 연금술로 효능을 극도로 강화했다. 그렇기에 자신의 수면향에 당하고 일어나면 체력도 회복되고 머리도 맑아져 있을 것이다.

"괴병이라고 했는데, 증상이 어떻게 되죠?"

"의원의 말로는 매독 같다고 하더군요."

매독이라면…… 성병이잖아.

이 시대에 매독 치료를 어떻게 하고 있더라? 칸나는 답을 떠올리고는 서둘러 물었다.

"그렇다면 수은 치료를 받고 있겠네요?"

수은. 분명히 그 위험한 치료를 받고 있을 것이 분명했다.

"아뇨."

그러나 들려오는 답은 의외였다.

"동대륙과 무역을 시작한 이후 수많은 선원이 병에 걸렸습니다. 매번 수은 치료를 받았지만, 단 한 명도 낫지 않았습니다."

이것 역시 의외였다. 매독이라면 분명히 수은 치료에서 효과를 볼 수 있을 것이다. 이러니저러니 해도 수은에는 살균 효과가 있었으니까.

'매독을 치료하고 다른 병을 안겨 주니까 문제지.'

그때 그녀를 빤히 바라보던 실비엔이 넌지시 물었다.

"칸나 양도 아멜리아 황녀 전하를 치료할 때 수은 연고 사용을 만류하셨다고 들었습니다만."

그건 대체 또 어떻게 알았단 말인가?

'뭐야, 소름 끼쳐.'

그런 것까지 꿰고 있다니, 실비엔은 역시나 이곳저곳에 정보원을 심어 놓은 게 틀림없다!

칸나는 불쾌함을 느꼈지만 순순히 인정했다.

"맞아요. 저는 수은 치료에 부정적이에요."

"그 이유는?"

"제 어린 시절의 취미가 연금술이었던 건 알고 계시나요?"

"물론입니다."

그 대답에 칸나는 또 놀랐다.

'뭐야? 왜 다 알아? 모르는 게 뭔데?'

자신에게 관심은 쥐뿔도 없어서 모를 줄 알았는데.

"이번에 집으로 돌아간 김에 취미 생활을 다시 시작하게 됐어요. 수은으로 치료제를 만들어 보려 했지만…… 실험한 쥐들이 다 온전치 못하게 죽더군요."

칸나는 미리 생각해 놓았던 거짓말을 둘러댔다.

"애초에 치료하려 했던 병은 나았습니다만, 그 대신 다른 병을 얻게 되었어요. 치사율이 아주 높아서 수은이 위험하다는 걸 알게 됐죠."

실비엔은 말없이 그녀를 응시했다. 아무 말도 하지 않았지만, 그가 자신에게 감탄했음을 눈치챌 수 있었다. 그 생경한 반응에 칸나는 몹시 어색해졌다.

'뭐야…… 왜 감탄해?'

설마 너도 같은 생각을 가지고 있었니?

'하지만 이 시대 사람이 수은 치료를 믿지 않기는 힘들 텐데.'

그럼에도 불구하고 수은 치료에 부정적이라면 도리어 칸나가 실비엔에게 감탄해야만 했다.

잠시 후, 실비엔은 천천히 말을 이었다.

"매독이라면 분명 수은 치료에 효과를 보았겠지만, 결과는 그렇지 않았습니다. 그런 이유로 저는 선원들의 병이 매독이 아닌 다른 괴병이라고 여기고 있습니다."

칸나는 제 턱을 어루만졌다.

동대륙을 오가는 선원들. 매독. 효과 없는 수은 치료.

'어쩐지, 무슨 병인지 알 것 같은데.'

하지만 확실하지 않으니 말을 아껴야겠다. 칸나는 새침하게 물었다.

"만약에 제가 선원들을 치료한다면 어떤 득이 있죠?"

"대가로 칸나 양이 바라는 일을 들어드리죠."

구미가 확 당기는 제안이었다. 칸나는 눈을 빛냈다.

"바라는 일을 들어주겠다고요? 그게 무엇이든?"

"예."

"제가 무엇을 요구할 줄 알고 그렇게 확답하시죠?"

"······."

"아주 엄청난 소원을 말하면 어쩌시려고요?"

실비엔은 바로 대답하려는 듯 입술을 달싹였지만, 중간에 생각을 바꾼 걸까? 입을 다물었다. 그러고는 불쑥, 돌연 앞으로 몸을 기울였다.

'뭐, 뭐야?'

순간 그들 사이의 간격이 확 좁아졌다. 하마터면 몸을 뒤로 뺄 뻔 했기에 칸나는 등에 꼿꼿이 힘을 주었다.

"설마 걱정되십니까, 칸나 양?"

흥미로운 걸까, 가소로운 걸까.

새파란 눈동자가 그녀의 눈을 빤히 바라본다. 안을, 아주 깊숙한 안쪽을 들여다보는 듯한 시선에 입안이 바짝 말랐다. 칸나는 저도 모르게 긴장하여 침을 삼켰다.

"혹시 제 능력 밖의 소원이라도 품고 계신 겁니까?"

순간 칸나의 무릎에 그의 무릎 끝이 툭 닿았다. 그 얕은 접촉에 등골을 타고 소름이 돋아 올랐다.

"그게 무엇인지 아주 궁금하군요."

그렇게 속삭이는 실비엔은 불손할 정도로 오만했다. 그래서 어떻게든 반박하고 싶었지만.

"······."

도저히 받아칠 말이 없다.

그는 정말로 무엇이든 들어줄 수 있으니까.

적어도 아슬란 제국에서, 서대륙에서, 아니, 이 세계에서 그가 이루어 주지 못할 일은 없다.

실비엔은 칸나의 침묵에 만족한 듯 물러섰다. 등받이에 편히 몸을 기대며 나른하게 웃었다.

"걱정하지 마십시오. 그것이 초야일지라도 기꺼이 응할 테니."

"······그런 거 필요 없습니다."

"아아. 물론 그러시겠지요."

전혀 안 믿고 있다. 칸나는 분한 마음에 빈정거렸다.

"그런 끔찍한 말씀 마시죠, 각하. 초야라니요. 원하지 않을뿐더러 상상만 해도 소름 끼칩니다."

"그렇습니까? 간절히 바라고 계신 줄 알았습니다만, 제 착각인 모양이군요."

"······."

순간 주화의 기억이 밀려왔다. 얼마 전까지만 해도 옷 벗고 달려들었던 주화의 기억이.

'몰라! 그거 나 아니야!'

칸나는 뻔뻔하게 그 기억을 외면했다.

"저는 이혼을 원해요."

그 말에 실비엔이 눈썹을 슬쩍 들어 올렸다.

"아버지를 설득하든, 압박하든, 이혼이 성사되도록 해 주세요."

"물론입니다."

"······."

말은 그렇게 하지만 믿는 것 같지 않았다. 칸나는 한숨을 내쉬며 고개를 설레설레 저었다. 진짜라고 말해 봤자 입만 아프지.

'당연하지. 주화가 그동안 해 온 게 있는데.'

지난 7년, 주화가 한 일을 돌이켜 보면 믿는 게 더 이상했다.

"계약서를 쓰도록 해요. 제가 바라는 일은 무엇이든 들어주는 조건으로."

"그러죠."

이것으로 대화가 끝났다.

그녀는 고개를 돌려 창밖을 내다보았다. 실비엔은 신문을 들어 올려 읽기 시작했다.

"……."

아무것도 모르는 척 꿋꿋하게 버티다가, 계속 버티다가.

'못 참겠다.'

칸나는 실비엔과 닿아 있던 무릎을 슬쩍 옆으로 틀었다.

모종의 기 싸움에서 진 기분이었지만, 어쩌겠는가. 불편한데. 그러나 정작 실비엔은 아무것도 못 느낀 사람처럼 신문을 넘기는 중이었다.

'설마 닿은 걸 몰랐나?'

의외로 둔감한가, 저 사람?

그렇게 불편한 시간이 흐르고, 실비엔은 칸나를 아디스 저택 앞에서 내려 주었다.

"그럼, 내일 오전에 모시러 오겠습니다."

"알겠어요."

저택의 문지기는 칸나를 알아보고 곧장 문을 열어 주었다.

'못 들어가게 안 막네.'

혹시나 예전처럼 문전박대당하면 어떡하나 걱정했는데, 다행히 그런 일은 없었다.

'치료 도구를 챙겨 가야지.'

그리고 루시를 만나야겠다.

계약은 계약이지 않냐는 칼렌의 말. 그 말이 은근히 신경 쓰였다.

“루시. 뭐 하고 있었어?”

“언니?”

소파에 앉아 있던 루시가 벌떡 일어나 달려왔다.

“언니! 다시 돌아온 거예요?”

“음…… 아니.”

“네?”

“내 물건을 챙기러 잠깐 온 거야. 내일 오전에 다시 가. 그래서 인사 하려고.”

“어, 언제 돌아오시는데요?”

“그건 잘 모르겠어.”

칸나는 루시의 초록색 눈동자에 물기가 고이는 것을 보았다.

가여웠다. 그러나 그뿐이었다. 자신은 루시의 보호자가 아니다.

‘내 한 몸 건사하기도 바빠서.’

게다가 루시에게는 칼렌이 있으니까. 그래도 울먹이는 여동생이 가엽긴 한지라 칸나는 등을 토닥여 주었다.

“밥 잘 챙겨 먹고, 시간 나는 대로 정원에서 뛰어놀아. 알겠지?”

“네에…….”

“그리고 어디 아프거나 누가 괴롭히면 곧바로 칼렌에게 말해. 칼렌은 네 보호자니까.”

루시가 훌쩍, 콧물을 추스르며 고개를 끄덕였다.

“언니는요?”

"응?"

"언니는 다른 사람이 괴롭히면 누구한테 말해요?"

"나는 어른이라 보호자가 필요 없어."

"하지만……."

"정말이야. 난 필요 없어."

그리고 너도 언젠간 보호자 없이 혼자 서야 할 날이 올 거야.

하지만 일곱 살 소녀에게는 가혹한 말이었기에 입안으로 삼켰다.

'그래도 이 집에서 날 걱정해 주는 사람이 있긴 하네.'

그렇게 생각하자 기분이 아주 이상해졌다.

"이리 와 봐, 루시."

칸나는 충동적으로 루시의 손을 끌어당겼다.

"어, 어디 가는데요?"

"내 지하 연구실."

"네?"

"선물을 줄게."

칸나는 루시의 소파 위에 올려진 곰 인형을 가리켰다.

"저거 들고 와."

푹!

칸나의 단도가 곰돌이의 배를 쑤셨다.

"어, 언니……."

칸나는 대답하는 대신 단도를 뽑아 올렸다. 그리고 다시 한번 푹 찔렀다가 아래로 쭉 내리그었다. 그러자 팡 터져 나온 새하얀 솜뭉치들. 칸나는 솜을 거칠게 쭉쭉 뽑아냈다.

"뭐, 뭐, 뭐 하세요?"

"응? 아, 잠깐만. 잘 안 벌어지네."

칸나는 손에 힘을 주어 곰돌이의 뱃가죽을 쫙 벌렸다. 그러자 재봉선이 시원하게 찢어졌다.

"휴, 이제야 다 찢었네."

"……."

"자, 이걸 봐 루시."

칸나는 코르크 마개가 끼워진 유리병을 들어 올렸다.

"네 호신용품이야. 아주 위험한 거니까, 곰돌이 인형 안에다가 숨겨 놓을게."

"……."

"만약 누가 널 괴롭히면 이걸 꺼내서 그 사람의 몸에 뿌려."

이것은 황후에게 써먹은 간지럼증 약이었다.

"그러면 그 사람이 굉장히 괴로워할 거란다."

"저, 정말요?"

"응. 만약 칼렌이 집에 없을 때 누가 널 괴롭히면 이걸 써."

칸나는 약병을 집어넣은 후, 곰돌이의 터진 배를 직접 꿰매 주었다.

"고마워요, 언니. 잘 쓸게요."

"그래. 하지만 네가 이걸 쓸 일이 일어나지 않았으면 좋겠구나."

칸나는 루시를 다시 방으로 데려다주었다. 곧장 떠나려 했으나 루시가 옷깃을 붙잡아 세웠다.

"언니, 잠시만요. 잠시만 기다려 주세요."

그러고는 허둥지둥 방 안의 서랍을 뒤지더니 무언가를 꺼내왔다.

"이거."

끈 달린 주머니였다. 새하얀 무명천에 클로버가 수놓인 주머니.

"이거, 제가 직접 만든 건데."

"……"

"나, 나중에 예쁘게 만들어지면, 언니 주려고 했는데."

루시가 새빨개진 얼굴로 말을 더듬었다.

"그, 그런데, 맨날 실패해서…… 형편없어요. 죄송해요. 제가 실력이 좋지 않아서."

루시가 떨리는 손으로 조심스럽게 내밀었다.

"언니, 괜찮으시다면, 아니, 당연히 이런 이상한 건 싫으시겠지만……"

"이리 줘."

"네?"

"내 거잖아."

"아, 네!"

칸나는 주머니를 들어 올렸다. 삐뚤빼뚤 수놓인 클로버. 서투르지만 한 땀 한 땀에서 정성이 물씬 느껴졌다.

"……"

뭐라고 말해야 할까. 어째서인지, 가슴이 먹먹해져서 쉽사리 말이 나오지 않았다.

칸나는 루시의 머리를 쓰다듬었다.

"최고의 선물이야. 정말 고마워."

루시와 인사를 마친 칸나는 다시 연구실로 돌아왔다. 그런데 그곳에 누군가 있었다.

"······뭐야."

연구실에 우뚝 서 있는 남자의 뒷모습. 아주 익숙한 형상이었다.

"칼렌?"

칼렌이 천천히 몸을 돌렸다. 표정 없는 가면 같은 얼굴인지라 소름이 돋아올랐다.

"너 여기서 뭐 하니?"

루시 덕분에 따뜻해졌던 마음이 단숨에 싸늘하게 식었다. 불쾌했다. 이 지하 연구실은 자신만의 공간인데, 감히 허락도 없이 침범하다니.

"누님을 기다렸습니다."

"누님이라고······."

누님이라고 부르지 말라고. 그렇게 말하려 했으나 그냥 입을 다물었다. 이젠 뭐라고 하는 것도 귀찮았다.

"난 너랑 할 얘기 없는데. 그리고 밤이 늦었어. 할 말 있으면 내일 하자."

내일은 이곳에 내가 없을 테니까. 우리가 대화를 나누는 일은 오지 않을 거야.

"내일?"

"응."

"내일이 되면, 저와 대화를 할 마음이 생깁니까?"

당연하지, 라고 말할까 하다가.

"설마."

그냥 솔직하게 말했다. 단순한 변덕이었다.

"그런 마음이 들 것 같니?"

칼렌은 대답하지 않았다. 멀거니 서서 칸나를 뚫어지게 응시했다. 그러다가 예고도 없이 성큼성큼 걸어온다. 그 갑작스러운 접근에 칸나는 하마터면 뒷걸음질 칠 뻔했다.

"누님."

칼렌이 그녀의 바로 앞에서 멈춰 섰다. 그 순간 싸늘한 위스키 향이 코끝에 퍼졌다.

"제가 마차에서 한 말 기억나십니까?"

칸나는 대답하지 않았다.

"기억나십니까?"

"……."

"다시 한번 묻겠습니다. 제가 그렇게 끔찍합니까?"

칼렌이 천천히 허리를 숙였다. 칸나와 시선을 정면으로 마주했다.

"그냥 누님을 예전처럼 대할까요?"

예전처럼?

칸나는 잠시 그 단어를 입안에서 굴렸다. 예전처럼이라. 예전처럼 괴롭히고, 하녀처럼 부려먹고.

"아니. 그러지 마."

순간 칼렌의 눈에서 불똥이 튀었다.

"그렇다면 왜 저를 무시하십니까?"

"네가 나를 무시해 주길 바라니까."

차분히 그의 말을 잘랐다.

"네가 나를 무시해 줬으면 좋겠어. 내가 어디에 있든 무슨 일을 겪든, 그냥 저 먼 나라에서 온 처음 보는 여자 보듯, 그렇게 대해 줬으면 좋겠어."

"⋯⋯."

"나도 너를 그렇게 대할 거니까."

칼렌은 침묵했다. 잠시 고개를 숙였다가, 다시 들어 올렸다.

"불가능합니다. 누님이 어떻게 지내는지 알아 버린 이상⋯⋯."

"괜찮아."

"괜찮다고요? 진심이십니까?"

칼렌은 기가 막힌 듯 빠르게 되물었다.

"그 정신 나간 여자에게 폭행을 당했는데, 괜찮다는 말이 나오십니까?"

"내 말은, 네가 신경 쓰지 않아도 된다는 뜻이었어. 내 일은 내가 알아서 할 수 있어. 그리고."

결국 칸나는 자신의 진심을 보여 주기로 했다.

"만약 내가 너에게 감정을 갖는다면, 그건 아마 끔찍한 혐오일 거야."

마침내 칼렌은 완전히 할 말을 잃었다.

"너를 미워하는 데 내 감정을 낭비하고 싶지 않아서 그냥 무시하려고. 그러니까 너도 그렇게 대해 줘."

칸나는 그의 어깨를 툭툭 두드려 주었다.

"나한테는 신경 쓰지 말고, 루시에게나 잘해."

그러고는 상냥하게 대화를 마무리했다.

"할 말 끝난 거면 이제 나가 줄래? 나는 해야 할 일이 있어서."

침묵이 내려왔다. 칼렌은 말없이 그녀를 응시하다가, 이윽고 짧막하게 대답했다.

"알겠습니다."

이제야 말이 통하는구나.

칼렌이 나간 후 칸나는 한시름 놓았다. 귀찮은 녀석이 드디어 사라진 것이다.

'그런데 진짜 왜 저러지? 술 취했나?'

그것으로 끝.

칸나는 곧장 분주하게 짐을 꾸리기 시작했다. 칼렌과 한 대화를 다시 떠올려 보거나 싱숭생숭한 감상에 젖는 일은 없었다. 생각나지도 않았다.

칼렌은 그녀에게 그런 존재였다.

"으, 다 했다."

모든 준비를 끝낸 후 의자에 주저앉았다. 그리고 루시의 주머니를 꺼내 물끄러미 들여다보았다.

'착한 루시. 귀여워라.'

칼렌에게 한 말은 진심이었다. 자신에게는 신경 쓰지 말고, 루시에게 잘 대해 줬으면 좋겠다.

그에게 바라는 것은 오로지 그것뿐이었다.

chapter 5

다음 날 오전, 약속대로 실비엔이 그녀를 찾아왔다.

"그런데 우리 어디로 가는 거예요?"

실비엔이 향하는 곳은 베니치아였다.

베니치아는 작은 항구 도시로 동대륙 무역선이 필수적으로 지나가는 교역로였다. 수도에서 꽤 먼 곳에 있는지라 장시간 마차를 타야만 했다.

'윽, 속 안 좋아……'

멀미를 참으며 인고의 시간을 보냈다. 마침내 베니치아에 도착했을 때, 칸나는 환자를 돌볼 여력이 조금도 남아 있지 않았다.

'내가 환자다, 내가!'

그러나 겉으로는 조금도 내색하지 않았다.

"쉬지 않아도 되겠습니까?"

"물로니져."

"혀가 풀리셨습니다만."

"무슨 헛소리를 하시는 거예요. 착각입니다."

칸나는 혀에 힘을 빡 주며 허리를 꼿꼿이 폈다. 그리고 아주 건강해 보이는 사람처럼 빠르게 걸었다.

"한시가 급한 듯하니 어서 가죠."

실비엔은 거의 푸르딩딩하게 질린 그녀의 얼굴을 물끄러미 바라보았다. 그러나 그뿐, 그녀를 만류하진 않았다.

"이걸 말씀드리지 않았군요."

마침내 병동에 도착했을 때 실비엔이 이제야 생각났다는 듯 덧붙였다.

"조만간 알렉산드로 아디스 공작 각하께서 오실 겁니다."

우뚝. 칸나의 발걸음이 멈춰 섰다.

뭐라고? 아버지가 이곳에 온다고?

"선원들이 검은 안개에 감염되었을 가능성을 제기한 의원이 있습니다. 그걸 확인하러 오시는 거지요."

"하지만 공작 각하께서 계신데 왜 굳이 아버지까지……?"

그러자 실비엔이 어깨를 으쓱였다. 그의 영역 밖이라는 듯. 순간 왈칵 화가 난 칸나는 버럭 소리쳤다.

"그걸 왜 지금 말해요!"

아버지가 선원들을 보러 온다면 분명히 마주칠 텐데!

'만나기 싫어.'

만약 조금이라도 더 일찍 알았더라면, 그랬더라면…….

'아니야.'

칸나는 마음을 가라앉혔다. 알았더라도 왔을 것이다. 아버지를 피하자고 이렇게 좋은 거래를 걷어찰 수는 없지 않은가.

그녀를 빤히 바라보던 실비엔이 입꼬리를 올렸다.

"아디스 공작이 두려우십니까?"

"아니요. 전혀요."

"다행이군요. 부친이 두려워 훌쩍이는 어린 소녀로 오인할 뻔했습니다."

그가 조롱처럼 말한 순간. 기억 한 조각이 불쑥 떠올랐다.

"아버지가 무서워요, 각하. 흑흑, 저를 버리지 않으실 거죠? 내쫓으시면 안 돼요!"

순간 칸나의 얼굴이 시뻘겋게 붉어졌다.

'이주화, 이 망할······.'

이건 몰랐던 기억이다. 주화가 이런 짓까지 했다니.

'심지어 실비엔이 마물 토벌을 떠나야 할 때 붙잡고 울었어!'

아, 차라리 떠오르지 않았으면 좋았을 텐데! 칸나는 쥐구멍에라도 숨고 싶어졌다.

"저기가 병실이죠?"

애써 태연한 척 병실로 들어갔다. 다행히 실비엔은 더는 짓궂게 굴지 않았다.

병실 안은 환자들로 가득했다. 질병과 고통의 향기가 물씬 풍겨온다. 환자들을 보는 순간 다른 생각은 해일에 휩쓸리듯 사라졌다.

'맙소사.'

칸나는 창백해진 얼굴로 환자를 훑어보았다. 상태가 생각보다 심각했다.

"실비엔, 왔나?"

그때, 한 남자가 다가왔다. 커다란 키에 새카만 사제복을 입은 남자였다. 칸나는 그를 한눈에 알아봤다. 주화의 기억 속에 선명하게 존재하는 남자였다.

'이름이 라파엘이었던가?'

라파엘은 칸나를 보지도 않고 지나쳐 곧장 실비엔에게 다가갔다. 투명 인간처럼 느껴질 만큼 냉랭한 무시였다.

"쓸데없는 짓을 하는 게 아닌지 모르겠군, 실비엔."

"글쎄. 혹시 모르지."

그 '쓸데없는 짓'과 '혹시나 모르니까'가 내 얘기 같은데. 칸나는 뚱하니 그들을 쳐다보다가 말했다.

"라파엘이라고 했던가요? 우리 구면이죠?"

그제야 남자, 라파엘의 시선이 칸나에게 슬쩍 내려왔다.

마주친 순간 칸나는 저도 모르게 감탄했다. 신비로울 만큼 선명한 보랏빛 눈동자. 빨려 들어갈 것처럼 매혹적인 색이다.

'보라색 눈은 처음 봐⋯⋯.'

꽤 길게 느껴졌지만 실상 시선이 내려온 것은 아주 잠시뿐이었다. 그는 다시 실비엔에게 고개를 돌렸다. 낮은 저음으로 나지막이 중얼거렸다.

"만약 전염병이면 부인께서는 그대로 감염될 것 같군."

"⋯⋯."

"신기할 정도로 연약해 보이신다."

아주 재수 없는 말을.

'걱정해 주는 거야, 돌려 까는 거야?'

칸나는 퉁명스럽게 대꾸했다.

"저를 걱정해 주시는 거라면, 감사하지만 괜찮습니다."

그러고는 환자들에게 다가가 상태를 자세히 살폈다.

"으, 으으……."

역시나 상태가 좋지 않다. 잇몸은 잔뜩 부어 입술 밖으로 튀어나올 정도였고, 전신에는 새빨간 궤양이 얼룩덜룩했다.

'과연. 매독 증상과 흡사해.'

그러나 매독이 아닐 거다.

"하의를 벗겨 봐도 될까요? 생식기를 확인해 봐야겠어요."

"……."

왜 대답이 없지? 정적이 이어지자 칸나는 고개를 들어 올렸다. 그리고 침묵하는 실비엔과 눈이 마주쳤다.

"아."

그제야 오해의 소지가 있음을 알아차리고는 빠르게 설명을 덧붙였다.

"확인해야 할 증상이 있어서 그래요."

"루텐."

실비엔이 호명하자, 환자들을 돌보던 치료사 중 한 명이 재빨리 다가왔다.

"예, 공작 각하."

"당신이 조수 역할을 해 주십시오."

"예, 알겠습니다. 무엇을 확인해야 하는지 말씀해 주십시오."

저 남자에게 시키라는 건가?

'설마 내가 아내랍시고 다른 남자 몸 보는 게 신경 쓰이나?'

아니지, 그럴 리 없지. 자신을 '아내'가 아닌 '의원'으로 소개한 사람이지 않은가?

"열 명 정도만 확인해 주세요. 생식기의 궤양 손상도가 다른 부위에 비해 어떠한지 알려 주시면 됩니다."

루텐은 성실하게 칸나의 말을 따랐다.

"네 명을 제외하고는 모두 궤양이 있습니다. 하지만 다른 부위에 비해서 심한 편은 아닙니다."

역시.

'매독이 아니야.'

매독의 경우 생식기 쪽에 궤양이 집중될 수밖에 없다.

'그런데 그 부분에 궤양이 아예 없는 선원들도 있다고 하니까.'

이제 확실해졌다. 칸나는 단호하게 말했다.

"이건 매독이 아니에요."

동대륙 무역선의 선원들. 매독과 비슷한 증상. 그러나 효과 없는 수은 치료.

그 이야기를 들었을 때부터 얼핏 들던 생각이었다. 저들은.

"이건 일종의 영양 부족으로 생기는 병이에요. 이것은."

괴혈병. 매독 증상과 흡사한 이 병은, 비타민 C 부족으로 생기는 병이다.

이것은 주화가 살던 세계의 과거에서도 한때 불치병으로 불렸던 괴병이었다. 15세기 때부터 시작된 대항해 시대, 선원들 사이에서 빈번했던 질병. 긴 거리를 항해하는 선원들이 자주 걸리는 이유는 간단했다.

'대륙과 대륙을 오가는 항해는 엄청나게 긴 장기전이고, 배에 오랫동안 신선하게 보관할 수 있는 식량은 한정되어 있으니까.'

즉, 비타민 C를 함유한 음식을 먹지 못해서 생기는 병이었다. 그렇기에 치료법은 허탈할 정도로 간단했다.

'비타민 C만 충분히 섭취하면 해결될 문제!'

하지만 자신이 입을 꾹 다물고 있으면 괴혈병은 아주 오랫동안 이 세계의 사람들을 괴롭히리라. 현대에서도 '비타민'이라는 것이 밝혀진 것은 20세기에 와서니까.

'그래서 당연히 왜 괴혈병에 걸리는지, 원인을 못 밝히는 거고.'

그러니 최대한 납득이 가도록 쉽게 풀어서 설명하는 수밖에 없다.

"이 사람들 아주 최근에 동대륙에 다녀왔다고 했죠? 아주 오랜 기간 배에서만 고립되어 지냈을 테고, 그동안 한정된 음식만 섭취했을 거예요. 다양한 영양분을 섭취하지 못해서 내출혈, 즉 몸 안에서 온갖 출혈이 일어나 병이 된 거죠."

다행히도 실비엔과 라파엘은 그럴듯하다고 생각하는 모양이었다. 실비엔이 물었다.

"그래서 방도가 있다고 생각하십니까?"

"네. 치료법은 아주 간단해요. 부족한 영양을 채워 주면 됩니다."

현대에서는 비타민 주사 몇 번이면 끝나는 쉬운 병이다. 그러나 이곳에 그런 건 없으니, 음식으로 충분히 섭취할 수밖에.

"제가 요구하는 과일과 채소, 그리고 약재들을 준비해 주세요. 일단 지금 당장은 급한 대로 오렌지, 레몬, 라임 그리고……."

"말도 안 되는 소리입니다!"

그때, 지금껏 구석에서 얌전히 듣고 있던 남자가 버럭 외쳤다. 40대쯤 되었을까? 의원복을 입은 사내가 성큼성큼 다가왔다.

"이 아이젝, 반평생 의원 노릇을 했지만 저런 치료법은 들어 보지도 못했습니다!"

칸나는 인상을 팍 찡그렸다. 그러나 어쩔 수 없는 일이었다. 이 시대 사람으로서는 당연한 의견이었으니까.

그러나.

"매독에 과일을 먹이라니요? 여자 아니랄까 봐, 참으로 수준 낮은 방안이지 않습니까?"

치료법을 못 믿는 건 충분히 이해한다만, 여자라고 깎아내리는 건 참기 힘들었다. 칸나는 빠르게 반박했다.

"이봐요, 의원님. 매독이라면 수은 치료가 효과 있었겠죠. 하지만 지금껏 나아진 선원이 단 한 명도 없다고 들었습니다만?"

"그건……."

아이젝의 얼굴이 흐려졌다.

"매독이 아니라면 아마 검은 안개에 감염됐을 겁니다. 수은 치료가 통하지 않는 것을 보니 검은 안개에 감염됐을 가능성이 있습니다."

"검은 안개에 감염되면 정신이 붕괴되고 머리칼과 눈동자가 검은색으로 변할 텐데요."

"아뇨! 감염된 자들 모두가 그렇게 변하는 건 아닙니다."

"하지만 대부분은 그렇게 변하죠. 그동안 환자 중 그런 증상이 나타난 사람이 한 명이라도 있나요?"

마침내 아이젝은 말문이 막혔다. 그러나 끝까지 고집을 꺾지 않고 더듬더듬 덧붙였다.

"……동대륙의 검은 안개는 뭔가 다를지도 모릅니다."

이쯤 되면 그저 막 가져다 붙이는 수준이었다. 말하는 본인 역시 무안한지 얼굴을 붉혔지만, 꿋꿋하게 칸나를 비난했다.

"적어도 과일 따위를 먹으면 낫는다는 헛소리보다는 신빙성 있습니다! 각하, 집에서 밥상만 차리던 여인이 무엇을 할 줄 알겠습니까? 부디 다시 한번 생각해 주십……."

마구잡이로 호소하던 도중 뚝. 아이젝의 말이 끊겼다. 그리고 즉시 후회했다.

실비엔이 웃고 있지 않았던 것이다.

"죄, 죄송합니다, 각하. 저는⋯⋯."

"당분간은 이 병동에 출입을 금합니다, 아이젝 의원."

명백한 축객령이었다. 아이젝은 시뻘게진 얼굴로 떨다가 허리를 꾸벅 숙인 후 빠져나갔다.

실비엔은 아무런 일도 없었던 것처럼 태연하게 말했다.

"요구하신 것들은 곧 준비시키겠습니다."

"고마워요. 아, 약재는 제가 직접 보러 갈게요."

"그러십시오. 곧 호위 기사를 붙여 드릴 테니 그때까지 제 저택에 계시면 됩니다. 그곳이 칸나 양이 머무르실 곳입니다."

그랬다가는 하루가 꼬박 지나가지 않는가? 선원들의 상태가 생각보다 심각했기에 낭비할 시간이 없었다.

"아뇨, 지금 갈게요. 대신 병동의 호위병을 데려가도록 하죠. 그리고."

칸나는 실비엔을 응시하며 한 글자 한 글자에 힘을 주었다.

"각하의 저택이 아니라 이 병동에서 머물겠어요."

최대한 당신과 마주치고 싶지 않아. 그렇게 말하는 눈빛으로 똑바로 바라보았다. 물론 이유는 그뿐만이 아니었다.

"환자들의 상태가 좋지 않으니 병동에 상주하는 게 나을 듯해요."

"그러십시오."

실비엔이 부드럽게 미소 지었다. 그녀의 뜻을 제대로 이해했는지 알수 없는 웃음이었다.

"칸나 양의 뜻대로."

❧

"왜 라파엘이……?"

호위병이 아닌 라파엘이 그녀의 뒤를 따라 나왔다.

"좋은 약재상을 압니다. 모셔다 드리겠습니다."

웬일이래? 자신과는 말조차 섞고 싶지 않을 텐데.

'하기야 실비엔과 관련한 일이니까 어쩔 수 없겠지.'

실제로 마차를 타고 가는 내내 라파엘은 칸나를 바라보지도 않았다.

"저, 그런데."

그녀가 먼저 말을 건네자 라파엘이 슬쩍 시선을 던진다.

"지금 입고 있는 그 사제복 말이에요."

"……?"

"여름에도 입어요? 안 덥나? 까만색이어서 더 더울 텐데. 여름에는 힘들지 않나요?"

그는 사제복을 입고 있었다. 정확히 말하자면 파계당한 사제의 수의였다.

'대신전도 정말 지독하게 구네. 죄수복도 아니고, 저걸 평생 입어야만 하다니.'

일반 사제복은 새하얀 백색이다. 그러나 파계 사제, 성직을 박탈당한 라파엘의 사제복은 어둠처럼 새카맣다.

'신부복이랑 비슷하게 생겼어.'

라파엘은 자신이 잘못 듣지 않은 것을 확신했는지 진지하게 물어왔다.

"그게 왜 궁금하십니까?"

"그냥 사소한 호기심이에요."

"……본래 더위를 잘 타지 않아서 괜찮습니다."

"그렇군요. 그럼 겨울에는요? 위에 코트 같은 거 걸쳐도 돼요?"

이쯤 되니 라파엘은 그녀의 정신 상태를 의심하는 눈빛이었다. 하기야 평소의 칸나, 즉 주화는 라파엘을 끔찍이 싫어했으니 이런 수다는 떨지 않겠지.

'네네. 안 미쳤어, 안 미쳤어요.'

하기야 예전에 주화가 워낙에 못되게 굴었어야지. 주화는 그동안 너무나도 많은 잘못을 저질렀지만, 특히나 그중 최악은.

'라파엘을 좋아하는 척했지.'

딱 한 번, 주화가 머리를 굴린 적이 있다. 이름하여 질투 작전이었다.

"좋아해요, 라파엘. 줄곧 좋아했어요. 아니, 사랑해요."

일부러 실비엔이 볼 때를 틈타 라파엘에게 저돌적인 고백을 했다. 와락 달려들어 끌어안아 버렸다.

그때 라파엘은 완전히 얼어붙었다. 벼락 맞은 나무처럼 **뻣뻣하게** 굳어서, 그 순간에 멈춰서, 혀를 잘린 사람처럼 할 말을 잃었지.

그러나 실비엔은 속지 않았다. 그저 픽 비웃는 것으로 끝났으니.

문제는 라파엘이 그걸 진심으로 믿었다는 거다. 한때 성직자였기 때문일까? 예리한 칼날 같은 인상과는 다르게, 그는 의외로 순진한 면이 있었다.

"왜 이러십니까, 부인."

지난 과거가 생각난 걸까? 라파엘의 목소리는 몹시도 차가웠다.

"부인께서 저를 싫어하는 건 아주 잘 알고 있습니다. 부디 농락하지 말아 주십시오."

그렇지, 싫어했지. 정확히 말하자면.

'질투했지.'

실비엔과 라파엘은 지나치게 절친했다. 실비엔이 유일하게 말을 놓는 상대가 라파엘이었으니. 일기장에 〈혹시 두 사람 사귀는 거 아니겠지?〉라는 넋두리까지 적으며 의심했었다.

'주화야, 너 바보냐?'

하녀들에게는 설설 기었으면서 라파엘에게는 뒤에서 온갖 진상을 부리다니, 하여간 현명하지 못한 처사였다.

"조롱할 의도는 없었어요."

그러나 라파엘은 대답 없이 고개를 돌렸다. 외면이었다.

'하기야, 내가 엄청나게 싫겠지.'

주화가 라파엘에게 한 짓을 떠올리자 한숨만 나왔다. 한숨밖에 나오는 것이 없었다.

약차원은 굉장했다. 기껏 해 봤자 한국의 찻집 정도를 생각하고 있었는데, 끝이 보이지 않을 정도로 넓은 평원 전체가 약차원이었다.

'이런 곳에서 차 마시면 신선놀음 제대로 할 수 있겠네.'

하지만 비싼 신선놀음이겠지. 부자들 외에는 들어올 수도 없을 것이다. 기본 입장료만 해도 몇백 골드였으니.

"여기요."

칸나는 필요한 약재를 적어 내린 종이를 내밀었다.

"잠시 계십시오."

칸나가 의자에 앉아 있는 동안 라파엘은 직원을 찾아가 약재를 요구했다. 그녀가 시킨 일이 아니다. 라파엘이 이 약차원을 잘 아니, 자신이 하겠노라고 자발적으로 나선 것이다.

'물론, 내가 실비엔의 아내니까 깍듯하게 대하는 거겠지만.'

주화가 한 짓을 생각하면 그러기 쉽지 않을 텐데.

"약재의 양이 많아 포장하는 데 시간이 꽤 소요될 듯합니다. 괜찮으시겠습니까?"

"그래요? 그럼 저도 가서 도울게요."

"……부인께서?"

"네. 환자들 상태가 안 좋으니 한 사람이라도 도와 빨리 끝내는 게 좋지 않을까요?"

라파엘의 얼굴이 무섭게 굳었다.

"아니요."

"예?"

"부인께서 하실만한 일이 아닙니다."

"……?"

의아했지만 곧 납득했다.

그의 말대로 약재를 포장하는 건 전문가의 솜씨가 필요한 일이다. 자칫 잘못 다뤘다가는 약재가 상할 수 있으니까.

"혹시 제가 약재를 서투르게 포장할까 봐 걱정하는 거라면, 괜찮아요. 잘할 수 있어요."

"그런 문제가 아닙니다."

"……?"

그럼 뭐가 문제지? 묻는 눈으로 쳐다봤으나 라파엘은 대답하지 않았다. 대신 말을 돌렸다.

"약차원을 둘러보시는 건 어떻습니까?"

"……그래요. 좋아요."

안 그래도 이 약차원이 궁금하긴 했다. 언뜻 둘러봤을 때 보인 식물들 모두가 동대륙의 것이었다.

'식물뿐만이 아니야. 동대륙 양식의 건축물도 있어.'

약차원의 손님들은 동대륙 양식의 정자에서 차를 마셨고, 정원을 산책했으며, 연못에서 배를 타기도 했다. 굉장한 규모의 찻집이었다.

'이 정도 약차원을 운영하려면 어마어마한 양의 마석이 필요할 것 같은데.'

라스파엘로 데보르 백작이 대륙에서 손꼽히는 부자라더니, 알 만했다.

'그런데……'

계속 따라오는 건가?

칸나는 뒤를 힐끔 돌아보았다. 다섯 걸음 정도 뒤, 라파엘이 간격을 유지하며 뒤따라오고 있었다. 졸졸 따라오는 게 조금 미안해져서 이렇게 말했다.

"저 혼자 산책해도 괜찮아요. 어차피 이곳, 귀족들만 이용하는 약차원이라 안전하잖아요. 곳곳에 경비도 있고."

그러자 라파엘이 무뚝뚝한 어조로 말했다.

"불편하시다면 더 멀리 떨어져서 걷겠습니다."

"아니, 그게 아니라."

그게 아니라, 그러니까……

'뭐라고 말하냐.'

잠시 고민했으나 곧 설명을 포기했다. 어쩌겠는가. 주화가 지금까지 싫다는 티를 팍팍 냈는데.

'아, 몰라.'

그러나 옆에서 같이 걷는 것도 아니고 몇 걸음 뒤에서 쫓아오는 것이 여간 신경 쓰이는 게 아니었다.

'차라리 옆으로 오라고 할까.'

그랬다가는 라파엘은 경계태세에 들어갈 거다. 그동안 주화가 한 일을 생각하면 또 뭔가 악랄한 짓을 꾸미고 있다고 여길 게 분명했다.

'라파엘에게 제대로 사과하고 싶은데.'

내가 한 짓은 아니지만 내 몸이 한 짓이니까. 칸나는 주화가 라파엘에게 한 온갖 짓거리들을 하나하나 떠올려보았다.

'주화야, 도저히 네 편 못 들겠다.'

끄응, 잠시 고민하던 칸나의 눈에 연못이 들어왔다. 몇몇 사람이 나룻배를 타고 연못을 거닐고 있었다.

'그래, 차라리 저게 낫겠다.'

배를 타면 적어도 자연스럽게 마주 보면서 이야기할 기회가 생기니까.

"시간도 꽤 남았는데 뱃놀이나 할까요."

또 안 된다고 할까 봐 재빨리 선수 쳤다.

"다른 사람들도 배 타면서 놀고 있는데, 우리도 안 될 것 없잖아요.

아, 노는 제가 저을게요.”

“안 됩니다.”

또 왜!

“그런 건 부인께서 하실 일이 아닙니다.”

“그런 거? 설마 배 타는 데에도 자격이 필요해요?”

“노 젓는 일을 말한 겁니다.”

짧은 정적이 흘렀다.

“……”

아. 그렇군. 그제야 칸나는 알아차렸다.

‘그렇구나. 아까도 그래서 안 된다고 했던 거구나.’

약재 정리하는 일을 하기엔, 그리고 노를 젓기엔 칸나의 신분이 지나치게 귀하다고 여긴 것이다.

그러니까, 라파엘은 그녀를 귀부인처럼 여기고 있었다.

‘내가 검은 머리인 게 신경 안 쓰이나?’

이 세계에서는 특이한 경우였다.

‘뭐, 내가 실비엔의 아내라서 그런 거겠지만.’

하지만 주화가 한 짓을 기억한다면 절대 ‘귀부인’으로 보이지 않을 텐데.

‘전직 성직자라서 그런가, 보살이네.’

라파엘의 노 젓는 솜씨는 일품이었다. 나룻배가 부드럽게 물살을 가르며 움직였다. 칸나는 편안하게 뱃놀이를 즐기는 척하다가.

"라파엘에게 사과하고 싶어요."

슬그머니 운을 띄웠다.

"그동안 제가 라파엘에게 참…… 많은 잘못을 했어요."

라파엘은 대꾸하지 않고 노를 저었다. 여전히 무표정한 얼굴이었다. 칸나는 꿋꿋이 말을 이었다.

"여러모로 많이 후회하고 있어요. 제가 대체 왜 그랬을까요?"

주화야, 대체 왜 그랬니? 칸나는 본격적으로 사과를 시작했다.

"라파엘의 머리 위로 구정물 든 양동이를 떨어뜨린 것, 사과할 게요."

실화였다. 놀랍게도 주화는 그런 저열한 짓을 했었다. 창가에서 내내 기다렸다가, 라파엘이 나오자 양동이를 획 내던진 것이다.

'다행히 라파엘이 양동이를 피하긴 했지만.'

그러나 불행히도 구정물을 뒤집어쓰고 말았었지.

'주화가 어릴 때 봤던 이상한 일진 만화를 따라 한 거지.'

물을 뒤집어쓴 라파엘은 말없이 고개를 올려 칸나를 응시했다. 그러고는 아무 말도 없이 바라보더니 획 가 버렸다. 그 흔한 욕 한마디, 짜증스러운 신음 한번 흘리지도 않고.

그때 라파엘의 흠뻑 젖은 머리칼, 턱에서 뚝뚝 떨어지던 물방울까지도 선명히 떠올릴 수 있었다.

'대단한 사람이야. 나였으면 당장 뛰어 올라가서 귀싸대기 때렸을 텐데.'

그것뿐만이 아니다.

"그리고 음식물 쓰레기 던진 것…… 무작정 쌍욕하고 도망간 것도…… 저주 편지를 라파엘 주머니에 몰래 넣은 것도…… 짱돌 던진 것도 정말 미안해요……."

자신의 몸으로 그런 짓을 하다니!

말을 하면 할수록 민망함이 밀려온다. 칸나는 뜨끈해진 얼굴을 손으로 부채질했다.

물론 그것은 자신이 한 짓이 아니다. 그러나 저 사람은 자신이 한 짓으로 아니까! 즉 그녀를 미친년으로 보고 있을 테니까!

"모두 다 미안해요."

라파엘의 복장이 신부복이랑 비슷한지라 어쩐지 고해성사하는 기분이었다.

"……."

라파엘은 여전히 말없이 듣고 있었다. 아니, 과연 듣고는 있을까? 워낙에 표정이 없는 사람인지라 무슨 생각을 하고 있는지 알 수 없었다.

'가증스럽겠지. 이제 와 사과하니 얼마나 어이없겠어.'

한숨이 절로 나왔다. 더 슬픈 사실은 이 빌어먹을 고해성사가 아직 남아 있다는 것이다.

"그리고, 좋아한다고 거짓말하고…… 멋대로 끌어안은 거 정말 미안해요."

"그건."

그때, 처음으로 라파엘이 반응했다. 그는 묵묵히 수면을 응시하며 말했다.

"그건 부인께서 잘못하셨습니다."

기분 탓일까. 마치 그것만이 칸나의 유일한 잘못이라는 것처럼 들렸다.

"기회가 되면 반드시 사과하고 싶었어요. 그때는 제가 철이 없었어요."

"부인."

"네?"

차라리 마구 비난한다면 마음이 편할 텐데 라파엘은 그러지 않았다. 대신 아주 뜬금없는 소리를 했다.

"수영할 줄 아십니까?"

"……그건 갑자기 왜요?"

"배에 구멍이 뚫려 있습니다."

뭐라고! 그의 말이 맞았다. 고개를 내려보니 어느새 나룻배 바닥에 물이 차오르고 있었다!

'맙소사, 사과하는데 정신 팔려서 몰랐어!'

"만일을 위해 여쭤본 것뿐입니다. 속도를 높이면 연못가에 무사히 닿을 수 있으니 걱정하지 마십시오."

라파엘은 담담히 말한 후 힘차게 노를 젓기 시작했다.

'으, 축축해!'

물이 점점 차오르자 치마 끝자락이 젖기 시작했다. 칸나가 인상을 찡그릴 때, 라파엘이 돌연 노를 멈춰 고정하더니 사제복의 겉옷을 벗어 칸나의 발아래에 깔았다.

그러고는 다시금 노를 젓기 시작했다.

"……."

워낙에 순식간에 일어난 일인지라 반응할 겨를이 없었다.

'이, 이렇게까지 해 줄 필요는 없는데.'

괜찮은데……. 그러나 이미 벌어진 일. 이제 와서 되돌려 주기엔 늦었다.

'아, 모르겠다.'

칸나는 잠시 갈등하다가 결국 그의 옷 위로 살포시 발을 올렸다. 그리고 다시 한번 실감했다.

라파엘은 진심으로 칸나를 실비엔의 아내, 발렌티노 공작 부인, 높은 신분의 고귀한 귀부인으로 여기는 게 분명했다.

'아무리 내가 실비엔의 아내라고 해도 그렇지, 허울뿐인 걸 알고 있을 텐데.'

그런데 저에게 광견처럼 굴던 여자에게 이렇게 깍듯하다니.

'하기야, 주화가 그렇게 괴롭혔는데도 싫은 소리 한 번 못하긴 했지.'

그저 열심히 피하기만 할 뿐, 라파엘은 주화에게 싫은 티를 내거나 그만두라는 말 한마디 하지 않았다.

'성직자들은 원래 다 이런가?'

라파엘의 희생에도 불구하고 칸나의 치맛자락은 흠뻑 젖고 말았다.

'그래도 물에 안 빠진 게 어디야?'

라파엘은 그녀를 약차원에 위치한 저택 안으로 데려갔다. 이 저택만큼은 아슬란 제국, 즉 서대륙의 건축 양식이었다.

'귀빈실 같은 건가? VIP룸 같은 거?'

라파엘이 잘 아는 곳이라고 하더니 정말이었나보다. 칸나는 드넓은 휴게실을 혼자 통째로 차지했다. 모두 다 라파엘의 안배였다.

'라파엘이랑 오길 잘했네.'

그나저나 약재 포장은 다 됐으려나. 라파엘이 확인하러 갔으니 곧 알 수 있겠지.

'이제 기다리는 일만 남았다.'

라파엘이 가져다준 옷으로 갈아입은 후 소파에 편히 앉았다.

'뭔가 엄청나게 많은 일이 일어난 느낌이야.'

분명한 것은, 라파엘이 주화의 생각보다 훨씬 괜찮은 사람이라는 것.

'주화는 대체 왜 라파엘을 질투한 거야? 아무리 실비엔이 특별대우해도 그렇지, 상대는 남자잖아. 설마하니 애인일 리도 없고…… 없겠지?'

그건 모르는 거지. 마음속 어딘가에서 누군가가 속삭였다.

'그래, 모르는 거긴 하지. 주화가 괜히 질투할 리도 없고. 어쩌면 정말로…… 아니지.'

대체 내가 왜 이런 쓸데없는 생각을 하는 거야? 허탈한 웃음을 내뱉을 때 문득 목이 말라 왔다.

'그리고 여긴 약차원이지.'

칸나는 종을 흔들었다. 잠시 후 문이 열리고 직원이 들어왔다.

"차 한잔 가져다주시겠어요? 곁들여 먹을 만한 쿠키 있으면 같이 주시고요."

"……."

그러나 대답이 들려오지 않았다. 칸나는 몸을 틀어 직원을 바라보았다.

"이봐요? 왜 대답이 없죠?"

열일곱, 열여덟쯤 되었을까. 아직 앳된 외모의 소년이었다. 소년은 문 앞에 서서 칸나를 빤히 쳐다볼 뿐 대답을 하지 않았다.

'뭐야, 저 자식.'

불길한 예감이 확 밀려올 때였다.

소년은 한 발짝 안으로 걸어 들어오더니 손만 뒤로 뻗어 문을 닫았다. 그러고는, 딸깍. 문을 잠갔다.

"안녕, 예쁜 누님?"

순간 소름이 돋았다.

"이렇게 만나게 되니 정말 반갑네."

다짜고짜 반말이다. 직원이라면 이렇게 무례할 리가 없다.

"오늘이 아니었으면 보기 힘들었을 텐데."

소년은 웃는 낯으로 그녀에게 다가왔다. 느리지도 빠르지도 않은, 너무나도 일상적인 걸음이었다.

칸나는 그를 노려보며 물었다.

"너 누구야?"

"글쎄. 누구일 것 같아?"

"강간범. 아니면 살인마."

"반쯤은 비슷하네. 중요한 건 우리에겐 그다지 시간이 없다는 거지. 내가 빨리 가 봐야 하거든. 그러니까."

소년은 재밌는 장난이라도 치는 것처럼 유쾌하게 속삭였다.

"쓸데없는 저항 하면 때릴 거야. 때리다 보면 죽일 수도 있고."

"……."

"자, 그럼 이리 와."

"……."

"안 와? 그래, 내가 가지 뭐."

소년은 단 몇 걸음 만에 칸나의 앞까지 다가왔다. 칸나는 그저 빙긋 웃었다. 그리고 수면향을 꺼내 소년의 얼굴 위로 분사했다.

치이이익!

"읏!"

소년은 비명을 지르며 뒷걸음질 쳤다. 줄곧 앉아 있던 칸나는 그제야 벌떡 일어났다. 주춤거리는 소년의 얼굴에 집요하게 수면향을 뿌렸다.

"너, 너 나에게 무엇을……."

그러나 소년은 말을 이을 수 없었다. 칸나가 뺨을 냅다 후려친 것이다. 쫘아악! 거친 마찰음과 함께 얼굴이 돌아갔다. 칸나는 뒷걸음질 치는 소년의 멱살을 거칠게 붙잡았다.

"어디 가니?"

쫘아악!

"네가 이리 오라며. 그래서 왔는데 어디 가려고?"

쫘아악!

쫘아악!

"뭐? 쓸데없는 저항 하면 때릴 거라고? 죽일 거라고? 이런 미친 새끼를 봤나."

한참을 때린 후에야 멱살을 놓았다. 털썩. 소년이 신음을 흘리며 바닥에 엎어진다.

"너, 너……."

점점 감겨 가는 소년의 눈에서 뜨거운 분노가 튀었다.

"가, 가만두지, 않……."

그러나 그뿐. 소년은 말을 잇지 못했다. 밀려오는 잠에 못 이겨 천천히 눈을 감았다. 마침내 잠이 든 것이다.

"쓰레기 같은 자식."

칸나는 얼얼한 손바닥을 털털 털며 곧장 자리를 떠났다. 그리고 복도에서 '진짜' 직원을 마주쳤다.

"그, 그런 직원이 있었단 말입니까?"

"직원인지 뭔지 모르겠는데, 내게 해를 가하려 한 미친놈인 건 확실해요. 귀족들이 드나드는 차원에서 이게 말이 된다고 생각해요?"

그때 마침 라파엘이 인상을 찡그린 채 다가왔다.

"무슨 일입니까?"

칸나는 직원에게 했던 이야기를 고스란히 반복했다. 라파엘의 표정이 무섭게 얼어붙었다.

"방에 있다고 했습니까?"

"그래요."

그는 칸나를 지나쳐 빠르게 걸어갔다. 방문을 벌컥 열었다.

"……."

어째서인지 라파엘은 문을 연 상태 그대로 멈춰 서서 움직이지 않았다. 뒤늦게 그를 쫓아간 칸나가 방 안을 빼꼼 들여다보았다.

"……어?"

칸나는 당황했다.

"어, 어디 갔지?"

그곳엔 아무도 없었다.

베니치아의 의원, 아이젝은 내내 끙끙 앓았다.

그의 일을 빼앗겨 버렸을 뿐만 아니라 병동에도 출입 금지를 당한 것이다! 평생을 일해 온 그의 일터인데!

'실비엔 발렌티노 공작이 드디어 미친 모양이지. 여자에게, 그것도 검은 머리의 여자에게 일을 맡기다니!'

검은색이 얼마나 불길한지 모르는 걸까?

명색이 성기사의 후예면서, 검은 안개에서 대륙을 지키는 수호자면서!

'어서 빨리 아디스 공작 각하께서 오셔야 해.'

검은 머리칼을 혐오한다는 알렉산드로 아디스 공작. 곧 그가 온다. 그분이라면 이 사태를 두고 보지 않을 터.

그러나 마냥 아디스 공작만 기다리고 있을 수는 없다.

'이대로 내버려 둘 수 없어. 그런 불길한 여자에게 선원들의 치료를 맡길 수 없다.'

무엇보다 여자에게 자신의 일을 빼앗길 수 없었다!

'그래, 발릭스 베니치아 영주님이라면 내 말을 들어 주실 거다!'

영주성의 방문 앞에 도착했을 때, 쨍그랑! 안에서 유리가 부서지는 소리가 울린다.

"나를 우롱하는 거냐!"

"저, 전하. 부디 고정하시고⋯⋯."

아이젝은 신음을 흘렸다. 무슨 일이 일어났는지 눈치챈 것이다.

'유배 중인 황자가 또 난동을 부리는군.'

3황자, 카실 이자베르크. 남작 부인을 겁탈한 죄로 유배 중인 망나니 황자.

'왜 하필이면 유배지가 베니치아냐고!'

저런 망나니 황자를 떠맡은 가여운 영주님만 고생이지 않은가?

"검은 머리에 검은 눈이라고 했다! 단번에 눈에 띌 텐데도 모른다고? 모를 리가 없지 않은가!"

"저, 정말로 베니치아에는 검은 머리가 없습니다. 백 년 전, 검은 머리 사냥이 있을 때 모두 다 살해당했단 말입니다."

"내가 직접 봤다고 했잖아!"

와장창, 무언가가 요란하게 부서지는 소리가 울렸다.

'잠깐…… 검은 머리라고?'

순간 한 여자가 머릿속을 스쳐 지나갔다. 아이젝은 무례인 것도 잊고 문을 벌컥 열고 들어갔다.

"황자 전하, 혹시 검은 머리 여자를 찾으십니까?"

"……넌 뭐야?"

눈이 마주친 순간 아이젝은 등골이 오싹했다. 마치 짐승 같은 소년이었다. 눈빛이 어찌나 폭력적인지 곱상한 외모조차 가려질 정도였다.

아이젝은 침을 꿀꺽 삼키며 용기를 짜냈다.

"제가 알고 있습니다, 전하."

"지금 뭐라고 했냐?"

"저도 오늘 검은 머리 여자를 만났습니다. 실비엔 발렌티노 공작이 젊은 여자를 의원이랍시고 데려왔습니다."

"눈 아래."

"예?"

"오른쪽 눈 아래에 눈물점이 있었다. 그 여자도 그런가?"

아이젝은 잠시 그녀의 외모를 떠올렸다가 이내 고개를 끄덕였다.

"예, 맞습니다."

"실비엔 발렌티노 공작이 데려온 의원이라고?"

"예."

3황자, 카실 이자베르크는 곰곰이 생각에 잠겼다.

'그년이 실비엔의 사람이라고?'

산 채로 찢어발겨 죽이리라 결심한 여자. 그 여자가 실비엔 발렌티노의 의원이라니.

'아니, 그래도 상관없다. 어떻게 해서든 그년을 죽일 것이야.'

으드득. 그년에게 오늘 당했던 일을 생각하면 절로 이가 갈린다.

오늘은 카실이 벼르고 벼르던 날이었다. 유배의 마지막 날. 그 덕에 감시 겸 호위를 맡은 기사의 경계가 느슨해진 날.

매수한 하인들의 도움을 받아 간신히 기사의 시야에서 도망쳤다. 예전부터 눈여겨본 여자가 있었던 것이다. 일전에 놀러 간 약차원 귀빈실에서 일하는 여자. 제법 반반하니 예쁘장했다.

베니치아에서의 마지막 날이니만큼 그 여자를 취하려 했다. 매수한 하인이 가져다준 직원복을 입고 귀빈실에 숨어들었다.

그러나 그곳에서 검은색 머리칼의 여자를 발견했다. 순간 눈을 의심할 정도로 화려한 인상의 미인이었다. 미리 점찍어 놓은 약차원 직원보다도 훨씬 더 매혹적이었기에 새로운 표적으로 삼았다.

그런데 그 여자가 자신의 뺨을 후려치고 기절시켰다!

황족을 폭행한 죄를 물을 수도 있었지만, 이 일을 입 밖에 낼 수 없었다.

여자에게 얻어맞아 기절한 일을 어떻게 말하란 말인가?

그렇다고 해서 실비엔 발렌티노의 사람을 다짜고짜 후려칠 수도 없다. 더욱이 유배형이 끝나 가는 이 시점에는 절대로.

'젠장, 이게 대체 무슨 고생이야? 금주령에 유배형이라니. 1년이나 이곳에서 썩었어!'

그동안 술에 취해 몇몇 귀족 영애와 부인을 겁탈했다. 그러나 설마 아무런 대책 없이 그랬겠는가? 겁탈한 귀족 여성은 모두 다 한미하고 힘없는 가문 사람이었다.

'이게 다 귀족 새끼들이 날 무시해서 탄원한 거지. 상대가 1황자나 2황자였다면 찍소리도 못했을 거야!'

극악무도한 죄를 저지른 3황자를 벌해 달라고 수많은 귀족이 탄원서에 서명한 것이다. 그렇기에 자신을 끔찍하게 사랑하는 아버지도 어쩔 수 없이 유배형을 내렸다!

'하지만 여기서 더 문제를 일으켰다가는 유배형이 늘어날 수도 있다.'

그렇다고 해서 절대 이대로 넘어갈 수 없다. 그년이 있는 힘껏 내리친 뺨이 아직도 얼얼했다.

'그래, 안 걸리면 그만이다.'

카실은 곧장 제 방으로 돌아가 기사를 불렀다.

"오늘 이 일을 아버지에게 말하면 어떻게 될 것 같나?"

기사의 얼굴이 흐려진다. 분명 카실은 혼날 것이다. 금주령을 어기고 술을 마신 데다가 몰래 평민 행세를 하며 마을에 놀러 갔으니. 그러나 그뿐.

"너도 알지만, 폐하께서는 나를 끔찍이도 사랑하시지."

황제는 제 자식 중 막내아들을 가장 사랑했다. 그렇기에 그가 그간 수많은 악행을 저질렀음에도 불구하고 꿋꿋이 감싼 것이다.

"나는 야단 좀 맞는 걸로 끝나겠지. 하지만 경은? 경은 어떻게 될 것 같나?"

"……"

"나를 놓쳤을 뿐만 아니라, 감히 황자가 폭행당하는 것을 방치했지."

기사가 카실을 추적하여 발견했을 때 그는 이미 누군가에게 얻어맞고 기절한 상태였다.

또 사고 친 카실 황자. 그 일을 숨기기 위해 기사의 명예고 뭐고 다 집어던지고, 도둑처럼 몰래 창문으로 드나드는 짓까지 했건만.

"아아, 아직도 아파. 내 입술 터진 거 보여?"

카실은 빙글빙글 웃으며 협박했다.

"전하. 부디 용서를……."

기사가 애원하자 황자는 웃었다. 물론 용서할 생각이다. 단.

"실비엔 발렌티노가 데려온 의원, 그년을 데려와. 발렌티노 공작 귀에 들어가지 않도록 은밀하게."

"예?"

"네 부하 기사들과 작당을 해서 납치를 하든 뭘 하든, 데려오라고."

"나, 납치라뇨, 전하. 전하는 지금 유배 중이십니다!"

"그래, 유배 중인 나를 호위하는 건 경의 역할이지. 경이 날 지키지 못한 사이 그 여자가 나를 모욕했다."

"그렇다면 황명을 내려 벌하심이 어떠십니까?"

"그럼 경이 날 지키지 못한 게 밝혀질 텐데?"

기사는 마침내 입을 다물었다. 진퇴양난에 빠진 얼굴을 보며 카실은 실실 웃었다.

"그러니 내가 직접 은밀하게 처리하려는 거다. 나는 아버지에게 안 혼나고, 경은 기사 작위 지키고. 얼마나 좋아?"

그러다가 돌연 정색하여 소리쳤다.

"그러니 당장 그년을 잡아 와!"

"……."

"아이젝 의원에게 가 봐. 놈이 협조할 거다."

기사를 내보낸 후 카실은 고민에 빠졌다. 그 여자에게 무슨 벌을 내릴까? 생각만 해도 온몸이 근질근질해서 혀로 입술을 핥았다.

감히 자신을 폭행한 여자. 지금껏 평생을 제멋대로 살았지만 누구에게도, 심지어 황제에게도 맞아 본 적이 없는데.

그런데 그 여자가 자신의 뺨을 여러 대나 후려쳤다! 그 치욕을 떠올리자 또다시 열불이 치밀었다. 절대로 곱게 죽이지 않을 것이다.

'어떻게 죽이는 게 좋을까? 어떻게……?'

그의 입꼬리가 올라갔다.

좋은 생각이 났다. 아주 좋은 생각이.

늦은 밤, 실비엔은 저택으로 돌아왔다.

"돌아오셨습니까, 공작 각하."

매우 피로했기에 말없이 하인에게 재킷을 건네주었다.

"차를 내올까요?"

"괜찮습니다. 물러가세요."

하인이 물러간 후 그는 편히 소파에 앉았다.

평소 베니치아에 자주 드나드는 편인지라 아예 저택을 사 놓았다. 이 저택의 수많은 빈방을 떠올리고 나서야, 그는 칸나를 기억해 냈다.

병동에서 지내겠다는 칸나. 예전 같았더라면 무슨 수를 써서라도 그와 같은 저택에 머물고자 했을 텐데.

'환자들을 돌봐야 한다고 했지.'

꼴에 의원이랍시고 사명감이 있단 말인가?

실비엔은 조소를 머금었다. 그는 아직 그녀의 의술을 믿을 수 없었다. 대체 어디서 배운 것인지 근본조차 알 수 없으니까.

게다가.

'지난 7년, 내게는 감쪽같이 숨겼지.'

의술을 할 줄 알았으면서 모르는 척한 걸까? 만약 정말 몰랐다면 어떻게 루시 아디스를 고치고 1황녀를 치료하고 있으며 황후까지도 그녀의 약에 의존한단 말인가?

수상했다.

그가 알아낸 바로는 '자신이 연구한 연금술이 의술과 관련이 있었다'라고 설명했다고 한다. 그러나 실비엔은 그 말을 완전히 믿지 않았다.

그녀에게 무언가 감추는 것이 있는 것 같다.

'하지만 이번 기회에 그녀의 의술이 진짜인지 확실해지겠지.'

그러니 일단 지켜볼 생각이었다.

실비엔은 오랜만에 칸나에 대해 골똘히 생각했다. 그로서는 꽝장히 드문 일이었다.

칸나 발렌티노. 그의 허울뿐인 아내.

최근 들어 그녀가 달라졌다. 다른 사람이라고 해도 믿을 만큼 변했다. 마차 안, 그를 도발했던 검은 눈을 떠올리자 저절로 입꼬리가 올라갔다. 짙은 비웃음이었지만 어느 정도는 흥미가 섞여 있었다.

7년간 아주 다양한 방식으로 그의 관심을 끌려고 노력했던 여자다. 새삼 주의를 기울일 정도로 어리석지 않다. 어쨌든, 아직은 그다지 거슬리지 않았으니까. 오히려 지금까지 중 가장 그에게 재미 비슷한 것을 가져다주기까지 했으니.

하지만 언젠가는 선을 넘겠지. 지금까지 줄곧 그래 왔으니.

그다지 염려할 문제는 아니었다. 그때가 되면, 언제나처럼 그녀를 짓누르면 그만이었다. 실비엔은 그녀를 통제하는 방법을 아주 잘 알고 있었다.

'조금 더 내버려 둬도 되겠지.'

실비엔은 여유롭게 생각하며 보고서를 들어 올렸다. 오늘 칸나의 행적을 담은 서류였다.

"……."

슬며시 눈썹을 찌푸렸다. 보고서에 따르면 칸나가 약차원에서 수상한 사내를 만나 희롱을 당했다고 한다.

희롱이라고?

푸른 눈이 불쾌하게 가라앉았다. 완벽하게 맞물린 퍼즐 속 삐끗 튀어나온 조각을 발견한 듯 심기가 불편해졌다.

칸나를 이곳에 데려온 것은 자신이다. 그러므로 그녀의 안전은 자신이 책임져야만 한다.

그렇다면, 지금은 어떨까.

이곳엔 발렌티노의 기사들이 없기에, 베니치아 영주에게 기사를 파견해 달라고 요청했다. 지금쯤이면 그들이 칸나의 곁에 있을 것이다. 그러니 이제 안심해도 좋을 터.

아니, 글쎄.

정말 안심해도 좋을까?

실비엔은 잠시 고민하다가 몸을 일으켰다. 일이 제대로 돌아가고 있는지 확인해야만 했다. 칸나를 위한 문제가 아니었다. 무슨 일이든 완벽하게 처리해야 하는 성미 탓이었다.

실비엔은 곧장 말을 몰고 병동으로 향했다.

"……."

도착한 병동 앞, 원래라면 굳건히 잠겨 있어야 할 문이 비스듬히 열려 있었다.

그는 곧장 검을 뽑아 성큼성큼 걸어 들어갔다. 잠시 후 칸나의 방에 다다른 실비엔에게서 나지막한 한숨이 흘러나왔다.

호위 기사가 쓰러져 있다. 베니치아 영주가 보낸 기사들이었다.

실비엔은 긴 다리로 그들을 넘어가 칸나의 방 문고리를 잡아 돌렸다. 매끄럽게 돌아가는 것을 보니 잠금쇠가 걸려 있지 않은 모양이다.

그는 예의 없는 사내처럼 노크도 없이 벌컥 문을 열었다.

역시나.

"이런."

칸나의 방 안에는 아무도 없었다. 침대 위에 몸부림친 흔적만이 남아 있을 뿐.

영주 성의 기사를 소리 없이 제압할 만한 실력자라면, 뻔하지.

이곳에는 황실의 기사들이 있다.

카실 이자베르크. 유배 중인 황자의 기사들이.

칸나는 눈을 떴다.

"……으."

순간 뒤통수에서 느껴지는 아릿한 고통에 인상을 찡그렸다.

"대체 여긴……?"

숲…… 인가?

시커먼 밤. 달빛마저 어둠에 먹힌지라 주변이 잘 보이지 않았다. 보이는 것은 주위를 빼곡하게 둘러싼 나무뿐.

'내가 왜 여기 있지?'

머리를 휘젓는 어지러움 속, 기억이 번쩍 떠올랐다.

'그래, 누군가가 내 뒤통수를 후려쳤어.'

낮에는 환자들을 치료하다가 밤에는 얌전히 방으로 돌아가 잠들었다. 낯선 곳이긴 하지만 문밖에는 실비엔이 붙여 준 호위 기사가 있어서 별걱정 안 했는데.

'그런데 밖에서 쿵, 하는 큰 소리가 들렸지.'

그와 동시에 문이 열렸고 괴한이 침입하여 그녀를 기절시켰다.

그리고 눈을 떠 보니 이곳.

'그렇다면 내 방을 지키던 호위 기사도 당했다는 소린데.'

그 정도의 실력자라면 보통 사람이 아닐 텐데, 대체 누가?

"정신이 들었나?"

"……!"

고개를 돌리자 남자와 눈이 마주쳤다. 아니, 남자라고 하기에도 어색한 앳된 얼굴이었다.

"너……."

소년이 이를 드러내며 웃는다.

"왜 그렇게 놀라지? 설마 이 몸을 그렇게 대우해 놓고 다시 볼 일 없을 줄 알았나?"

망할…… 욕설이 절로 흘러나왔다. 약차원에서 만났던 그 개망나니였다!

'평민 아니었어?'

수행원이나 호위 한 명 없이 소탈한 옷차림이었기에 평민일 거라고 예상했다.

그러나 지금 보니 아니었다. 딱 봐도 고급스러운 사냥복을 입고 있는 데다가 옆에는 검을 찬 기사까지 대동하고 있지 않은가?

'저 기사야. 나를 납치한 사람.'

그리고 이 소년이 아마 저 기사의 주인일 테지.

그때, 소년이 칸나의 멱살을 거칠게 잡아당겼다.

"나는 황자다. 네까짓 평민 계집애가 건드릴 상대가 아니란 말이지."

황자라고? 깜짝 놀란 칸나는 멍하니 소년을 응시했다. 만약 1황자도, 2황자도 아니라면…….

'설마, 망나니로 유명한 3황자 카실?'

먼 곳으로 유배를 떠났다고 들었는데 그곳이 이곳이었나?

'그럼 나는 황실 기사들에게 납치당한 거야?'

황실 기사라면 제국에서 손꼽히는 실력자다.

그런 자가 작정하고 달려드는데, 그와 비슷한 실력자가 아니고서야 당해 낼 수 있을 리가.

그때 카실이 폭력적인 미소를 만들어 냈다.

"황족을 폭행한 죗값은 목숨으로 갚도록 해라."

"……저 또한 귀족입니다."

상대가 신분으로 내리찍으니 그녀라고 해서 더는 숨길 이유가 없었다.

"저는 칸나 발렌티노. 발렌티노 공작의 아내이자 아디스 가문의 장녀입니다."

"허?"

예상치 못한 발언이었을까? 카실이 눈을 커다랗게 떴다.

'먹혔나?'

다음 순간, 픽. 카실의 입술을 비집고 웃음이 튀어나왔다.

"하하하하!"

아니나 다를까, 카실이 배를 잡고 폭소했다.

"웃기지 마라! 그래, 발렌티노 공작 부인이 검은 머리긴 하지. 그래서 그 여자 행세를 하려는 모양인데, 난 예전에 파티장에서 그 여자를 본 적 있어. 너와는 완전히 딴판이지. 어마어마한 못난이거든."

"그게 접니다. 그때는……."

"아아, 되지도 않는 거짓말은 그 정도만 하자. 발렌티노 공작 부인이 이런 미녀라면, 지금껏 공작이 홀대했을 리 없잖아. 안 그래, 미녀 아가씨?"

카실은 전혀 믿고 있지 않았다. 외떨어진 항구 도시에 있다 보니 자신에 대한 소문이 아직 퍼지지 않은 듯했다.

"하지만 걱정하지 마라. 지금 당장 죽이지는 않을 거니까."

그는 칸나의 몸을 툭 밀었다.

"도망가."

"……."

"숲 안으로 도망가라. 그리고 나는 너를 사냥할 거다."

불길한 예감이 밀려들었다.

그러고 보니 카실은 사냥복을 입고 있다. 게다가 어깨에 메고 있는 활대, 화살이 그득히 꽂힌 화살통…….

깨닫는 즉시 머리부터 발끝까지 소름이 돋았다.

'설마.'

나를 정말로 '사냥'하려고?

칸나는 뒤로 주춤 물러났다. 그러자 카실이 그녀에게 작은 물통을 툭 던졌다.

"도망가다 보면 힘들 테지. 중간중간 물도 마시고 그래라."

"……."

"어때, 굉장히 자비롭지 않은가?"

그렇게 말하며 화살대를 들어 올린다. 장난스레 웃었다.

"딱 5분까지만 세고 쫓아갈 거다. 그러니 서둘러 도망가는 게 좋을 거야."

"뭐?"

쨍그랑!

베니치아의 영주, 발릭스 베니치아의 손에서 와인 잔이 떨어졌다.

"지금 뭐라고 했나, 아이젝?"

"화, 황자 전하께서…… 발렌티노 공작이 데려온 의원을 납치했습니다. 인간 사냥을 하겠다고 하시더군요."

발릭스는 나지막이 신음을 흘렸다. 그 황자, 지금껏 얌전히 지내는가 했는데 결국 마지막에 이런 문제를 터뜨리는구나.

'인간 사냥이라니.'

몇몇 귀족이 노예들을 상대로 즐기는 그 야만적인 놀이.

발릭스도 가끔 즐기는 놀이이기에 죄의식 따위는 없었다. 하든 말든 전혀 상관없지만 왜 하필이면 상대가 발렌티노 공작이 데려온 의원이냔 말이다!

"분명히 살아 돌아오지 못할 텐데, 이 사실을 발렌티노 공작이 알게 되면 어찌하려고!"

"황자 전하께서 저만 입 다물면 아무도 모른다고 입단속을 시키셨지만…… 그래도 영주님은 아셔야 할 것 같아서."

"차라리 내게도 숨기지 그랬나! 이제는 나까지 공범이 되어 버렸어!"

발릭스는 버럭 소리를 지르다가 이내 밀려오는 현기증에 소파에 털썩 주저앉았다.

"아무에게도 말하지 마라, 아이젝 의원."

어쩔 수 없다. 쏟아진 물은 주워 담을 수 없는 법. 이렇게 된 이상 철저하게 숨겨야 할 것이다. 그래야만 자신에게 불똥이 튀지 않을 테니까.

"하지만 만약 여자가 죽은 것이 알려지게 되면…… 검은 안개에 감염된 여자로 추정되어 죽었다고 몰아가야겠다."

"예? 하지만 발렌티노 공작님께서는 절대 아니라고……."

"너도 알고 있겠지만, 곧 알렉산드로 아디스 공작 각하께서 오신다."

알렉산드로 아디스.

그 이름에 아이젝은 입을 다물었다.

"황실에서 선원들의 괴병 이야기를 듣고 보내 주셨다. 선원들이 검은 안개에 감염됐는지, 그 여부를 확실하게 판단해 주실 수 있는 분이지 않은가? 아무리 발렌티노 공작이라 한들, 아디스 공작만큼의 경험은 없으니까. 연륜은 무시 못 하지."

"……."

"그리고 아디스 공작은 검은 머리를 아주 혐오한다 들었다. 그렇기에 제 친딸도 내쳤다고 하지."

검은 머리라는 이유만으로 친딸을 내쫓고 천대했다고 들었다. 그 정도로 검은 머리를 불쾌하게 여기는 사람이니, 이번 일에서 유리한 의견을 내어 줄 것이다.

'알렉산드로 아디스 공작 각하께서 오시는 게 불행 중 다행이군.'

발릭스는 한숨을 내쉬었다.

"황자 전하께서 어디로 가신다고 하셨나?"

"예?"

"나도 그 사냥에 함께해야겠다."

그러자 아이젝이 눈을 커다랗게 떴다. 화낼 땐 언제고 같이 하겠다고?

"일이 이렇게 된 이상 여자를 반드시 죽여야 해! 혹여 살아남아 이 일이 밖으로 새어 나가면 그 책임은 내게도 온다! 황자 전하를 제대로 돌보지 못한 내게 불똥이 튄다고!"

그리고 이 김에 황자와 '같은 비밀'을 갖는 것도 좋은 수겠지. 은밀한 비밀을 공유한 사내들끼리는 더욱 친밀해지기 마련이니. 발릭스는 음흉한 속내를 굳이 고백하지 않았다.

'게다가 조만간 사냥 한번 가고 싶었는데, 마침 잘됐어.'

잠시 침묵을 지키던 아이젝이 조심스럽게 제안했다.

"그렇다면 저도 함께해도 되겠습니까? 사냥 중에 영주님께서 다치실 수도 있으니, 의원 하나쯤은 데리고 다니셔야지요."

말은 그렇게 해도 저 의원 역시 사냥에 끼고 싶을 터. 발릭스는 호쾌하게 고개를 끄덕였다.

"물론이지. 자, 가세."

주어진 시간은 5분. 5분이 지나면 황자가 쫓아올 것이다. 자신을 찾아내어 화살을 날릴 테지. 그를 피하기 위해 최대한 멀리 도망가야 했지만……

"으-"

칸나는 도망가지 않았다. 대신, 열심히 나무 위로 기어올라 가고 있었다.

"허억, 허억."

내가 이렇게 나무를 잘 탈 줄이야!

위기 앞에서는 초인적인 힘이 발휘된다고 했던가? 지금 이 순간, 칸나는 그 말을 뼈저리게 실감할 수 있었다. 목숨이 위험하다고 생각하니 저도 몰랐던 힘이 쑥쑥 솟아났던 것이다.

"후우, 후우."

굵직한 나뭇가지에 엎드린 칸나는 목걸이의 펜던트를 열었다.

'다 안 쓰고 남겨 두길 잘했어.'

온몸이 따가워지는 독 가루. 조세핀에게 미량을 쓰고, 나머지는 버리지 않고 남겨 뒀다. 칸나는 그런 선택을 내린 자신에게 입이라도 맞추고 싶은 심정이었다.

'뭐? 물통을 준 게 자비라고? 그래, 네 자비에 얻어맞아 봐라.'

칸나는 물통 안에 가루를 흘려보냈다. 충분히 흔들어 녹인 후, 숨을 골랐다.

'넌 죽었어.'

그렇게 생각하긴 해도, 손끝은 덜덜 떨리고 있었다.

이건 게임도 아니고 장난도 아니다. 실제 상황이다. 자신을 화살로 쏴 사냥하려는 자를 상대하는 현실인 것이다.

즉, 실패는 죽음뿐.

'기회는 한 번이야. 잘해야 해.'

그때, 저 멀리서 발걸음 소리가 들려온다. 칸나는 재빨리 몸을 웅 크리며 숨을 죽였다.

"발자국이 이 근방에서 끊겼군. 아마 근처에 숨어 있는 모양이다."

카실은 여유롭게 웃으며 흔적을 추적하고 있었다.

"너는 더 안쪽으로 들어가서 찾아봐라. 나는 이 근방을 찾아보지."

"예, 알겠습니다."

"발견하면 죽이지 말고 끌고 와. 내가 죽일 거니까."

유희를 즐기는 듯한 목소리에 오싹함이 밀려왔다.

"흐응, 어디 보자. 분명히 이쪽에 숨어 있는 것 같은데……."

혼자 남은 카실은 흥얼거리며 수풀을 헤집었다. 칸나는 물통을 꽉 부여잡았다.

조금만 더 가까이 와.

"여기 있으려나?"

푹. 화살촉으로 수풀을 사정없이 찌르며, 카실이 조금씩 가까워진 다. 칸나는 눈을 부릅뜨고 그의 정수리를 노려보았다.

조금만 더.

"아니면 여긴가?"

조금만.

"그럼 여기?"

더…….

"여기도 아니면."

조금, 정말 조금만…….

"여기?"

고개를 획 치켜든다. 그 순간, 서로의 눈이 정면으로 마주쳤다!

'지금!'

칸나는 곧장 물통을 아래로 기울였다. 주르륵, 물이 쏟아져 내렸다.

"……!"

명중했다! 카실의 얼굴 위로 물이 작렬했다. 그가 눈을 찡그리며 서둘러 얼굴을 닦아 내렸다.

"젠장, 이게 무슨 짓이야!"

그러고는 젖은 머리칼을 쓸어 올리며 삐딱하게 위를 응시한다. 어처구니가 없어서 헛웃음을 내뱉었다.

"이봐. 도망가지 않고 거기서 뭐 해?"

"……."

"기껏 한다는 게 내 얼굴 위로 물 붓는 거야?"

"……."

"내려와. 살려 줄 테니까, 내려와."

거짓말이었다.

사실 카실은 무예에 소질이 없었다. 특히나 활 솜씨는 못 봐 줄 정도로 형편없었다. 그러니 여자를 일단 눈앞에 세운 후, 거리를 확보한 채 쏴 죽일 생각이었다.

'안심했을 때 죽이는 게 또 재미있지.'

음흉한 속내를 숨기며 히죽 웃었다. 저 멍청한 여자는 이 말을 믿었는지 머뭇거리며 나무 기둥을 타고 내려왔다.

"으!"

그러다가 중심을 잃고 쿵 떨어졌다.

"이런, 아프겠구나."

그러나 카실은 잡아 주는 대신 활대를 들어 올렸다. 이 정도면 쏴 죽이기 충분하지. 그는 실실 웃으며 시위를 잡아당겼다.

"자아, 그럼……."

……어?

카실의 얼굴이 흐려졌다. 방금, 뺨에서 아주 이상한 감각이 느껴졌는데. 그 순간.

"큭!"

화악! 얼굴을 불사르는 통증에 그는 인상을 찡그렸다.

그것이 시작이었다. 목덜미에서, 등에서, 팔에서, 살이 지글지글 타 들어 가는듯한 고통이 내리쳤다.

"으아악!"

이게 뭐야!

카실은 비명을 지르며 셔츠를 뜯었다. 살갗이 새까맣게 타는 듯한 가슴팍을 내려다보았지만, 멀쩡하다. 타들어 가긴커녕 물기에 젖어 매 끈했다!

"……!"

그리고 고통은 아래까지 빠르게 내려갔다. 화르륵, 뜨거운 불길이 엉덩이를 타고 내려가 발목까지 아래로 빠르게 번진다. 카실은 그 비 정상적인 뜨거움을 참지 못하고 미친 듯이 바지를 벗었다. 그 와중에 도 수치심이 느껴졌기에 칸나에게 소리쳤다.

"젠장! 젠장할! 악! 야, 너 눈 돌려! 보지 마, 크학!"

칸나는 주저앉았던 몸을 일으켰다. 저 녀석이 정신을 못 차리고 있을 때 도망가야 했다. 그러나.

'으.'

몸을 바로 서는 순간, 격통이 다리를 후려쳤다. 칸나는 하마터면 비명을 지를 뻔했다. 나무에서 떨어질 때 심하게 다친 모양이었다.

'안 돼, 참아. 그래도 도망가야 해.'

그녀가 몸을 돌릴 때.

"황자 전하?"

"……!"

저 멀리서 인기척이 다가왔다. 아이젝 의원, 그리고 산적처럼 거대한 몸집의 남자였다!

상대가 발릭스 베니치아 영주임을 알아차린 카실의 얼굴이 흐려졌다. 정신 나간 사람처럼 바지를 내리고 있는 이 추한 꼴이 떠오른 것이다.

"꺼, 꺼져! 오지 마!"

"전하? 어디 안 좋으십니까?"

"젠장할, 이쪽으로 오지 말라고! 아아아악!"

그 순간, 고통이 절정에 달했다! 살점이 타다 못해 녹아내리는 고통에 카실의 눈앞이 번쩍했다. 더는 수치고 뭐고 없었다!

"도와줘! 무, 물을 가져와! 몸이 뜨거워! 타들어 가는 것 같아, 악! 악!"

그의 말에 아이젝과 발릭스가 허둥지둥 다가왔다. 벌거벗은 채 발광하는 황자의 몸을 샅샅이 훑어봤지만…….

"뜨거워! 뜨거워어! 물을, 어서 물을, 으아악!"

대체 뭐가 뜨겁단 말인가? 아이젝과 발릭스가 혼란스러운 눈으로 서로를 응시했다. 모두가 공황에 빠져 있을 때.

"아악!"

칸나가 들소처럼 달려들어 황자의 가슴을 들이박았다! 황자가 뒤로 벌러덩 자빠졌다. 그 틈을 타 칸나는 그가 잡고 있던 활과 화살을 빼앗았다.

"멈춰! 다가오면 쏠 거야!"

칸나는 카실을 향해 활시위를 당겼다. 그러자 아이젝과 발릭스가 엉거주춤 멈춰 섰다.

"일어나세요, 황자 전하."

"제, 젠장, 젠장할, 아아…… 젠장…… 큭."

황자는 완전히 패닉에 빠진 듯, 미친 듯이 욕설을 중얼거리며 허둥거렸다. 칸나는 심호흡하며 천천히 뒤로 물러났다.

"황자 전하, 저를 따라오세요."

"흐어. 크흡, 크으……."

그 와중에도 온몸이 용암에 녹아내리는 듯한 고통은 계속됐다. 격렬한 통증에 귀로 이명이 들려온다. 카실의 눈은 거의 풀려 가고 있었다. 정신적으로는 완전히 붕괴한 듯, 거의 실신 직전이었다.

"제게 해독제가 있어요."

그 말에 정신이 번쩍 들었다. 설마 저 계집애가 독을 쓴 건가!

"너, 너 내게 무슨 짓을 한 거야! 감히 내게!"

"입 다무시고, 따라오세요."

칸나는 활을 꽉 붙잡으며 협박했다.

"안 따라오시면 해독제도 없을뿐더러 화살을 쏠 겁니다."

"이, 이 망할······."

카실은 훌쩍이며 칸나를 따라 뒤로 물러났다. 선택의 여지가 없었다.

"당신들, 거기서 움직이지 마세요."

칸나는 아이젝과 발릭스 영주를 노려보았다.

"허튼짓하면 황자 전하의 목숨은 보장할 수 없습니다."

긴장감이 유지되도록 계속해서 떠들며 뒷걸음질 쳤다.

이대로 저들에게서만 멀어지기만 하면 승산이 있다. 황자와 단둘만 남으면 자신이 이기는 거다. 그를 위협할 무기도, 그를 살릴 해독제도 자신에게 있다. 그러니까······.

"······."

툭. 등이 무언가에 부딪쳤다. 칸나는 고개를 들어 올렸다.

그리고 마주쳤다. 기사의 눈과.

"······!"

제압당하는 것은 한순간이었다. 단숨에 뻗어 온 손이 칸나의 팔목을 비틀었고, 다른 손이 활대를 거칠게 후려친다.

"윽!"

그 무지막지한 악력에 칸나는 활대를 놓칠 수밖에 없었다.

"전하, 무사하십니까?"

숲 깊은 곳으로 사라졌던 카실의 호위 기사였다.

"늦어서 죄송합니다, 전하."

그의 울음을 듣고 급하게 돌아온 듯했다.

"젠장, 내가, 크흑! 괜찮아 보여?"

도저히 못 참겠다. 카실은 비명을 내질렀다.

"아아아악! 젠장, 아악, 온몸이 아파!"

카실은 땀으로 젖은 얼굴을 닦으며 심호흡을 했다.

"이 미친년아. 지금 당장 해독제를 내놔. 내놓지 않으면 죽여 버리겠다."

웃기시네. 칸나는 속으로 빈정거렸다.

해독제를 내놓으면 당장 죽여 버리겠지. 그러나 해독제를 손에 넣기 직전까지는 그녀를 죽이지 못할 것이다.

'젠장, 너무 빨리 잡혔어.'

혹여나 잡힐 때를 대비해서 해독제 이야기를 꺼냈는데 이건 너무 빠르지 않은가. 게다가 4 대 1이라니, 남자 넷에 여자 하나의 싸움이라니!

"야, 검 내놔!"

카실이 거칠게 호흡하며 기사의 검을 빼앗았다.

"해독제를 내놔! 내놓지 않으면 네 손을 자르겠다!"

거의 비명과도 같은 고함이었다. 새빨갛게 달아오른 눈으로 침을 튀겨 가며 고래고래 소리쳤다.

"손 다음엔 팔! 팔 다음엔 다리! 사지를 다 잘라 몸뚱이만 남기겠어!"

그러고는 검을 획 치켜든다. 정말로 자를 기세인지라, 칸나는 몸부림쳤다. 그러나 기사의 우악스러운 손길에 제압당해 도저히 피할 수 없었다.

'아, 안 돼.'

검 끝이 노리는 곳은 왼쪽 손목. 검이 내리쳐지는 순간, 시간이 거대한 손에 잡힌 듯 느릿느릿 흘러갔다.

그 짧고도 긴 찰나 칸나는 깨달았다.

아마도 몇 초 후.

나는 곧 손목이 잘린다.

남은 일평생 장애를 안고 살아가게 될 거다.

'괜찮아, 충분히 살아갈 수 있어, 괜찮아, 울지 마.'

칸나는 주먹을 꽉 쥐었다. 감기려는 눈꺼풀에 힘을 꽉 줬다. 절대 눈을 감지 않을 거다. 도리어 부릅떴다. 자신의 왼손, 멀쩡한 몸의 최후를 마지막까지 지켜볼 생각이었다!

마지막, 칼에 잘리는 순간, 그래, 아마도 지금!

"크헉!"

그러나 다음 순간, 푸욱! 카실의 검은 엉뚱한 곳으로 내리꽂혔다. 내리치는 순간 각도가 기이하게 비틀린 것이다.

"크, 크윽……."

칸나는 완전히 넋이 나가서 멍하니 있다가, 천천히 고개를 들어 올렸다. 그리고 목격했다. 화살촉이 카실의 손등 위에 박혀 있었다!

"아악!"

그 순간, 또다시 쇄도한 화살이 카실의 어깨 위로 내리꽂혔다.

"전하!"

그제야 기사는 칸나를 내팽개쳤다. 쓰러지는 카실의 몸을 붙잡았다.

"크, 크윽."

"저, 전하! 괜찮으십니까!"

기사는 제 등 뒤로 빠르게 카실을 밀어 넣었다. 그리고 화살이 날아온 방향을 노려보았다.

"누구냐! 비겁하게 숨어 있지 말고 모습을 드러내라!"

그의 말대로 상대는 모습을 드러냈다. 아니, 애초에 숨긴 적도 없었다.

저벅저벅. 고요한 발소리가 들렸다. 이 혼란스러운 상황 속에서도 너무나 침착한 걸음걸이였다. 칸나는 기이한 기시감에 젖어 눈을 가느다랗게 떴다.

착각일까? 어둠 속에서 흐릿한 은빛이 반짝이는 것 같았다.

"이런."

아니, 아니다. 착각이 아니었다.

마침내 가까워진 사내의 머리 위로 달빛이 쏟아져 내렸다. 그 순간 은발이 선명하게 드러났다. 언제나처럼 미소를 머금은 푸른 눈동자 역시도.

"황자 전하셨습니까?"

실비엔 발렌티노였다.

그가 태평하게 웃으며 다가왔다. 완전히 얼이 빠져 있는 아이젝을 지나치고, 베니치아 영주를 지나쳐, 칸나의 앞까지 걸어온다.

그러나 그의 시선이 향한 곳은 그녀가 아니었다.

"역시. 황자 전하셨군요."

"너……."

"오랜만에 뵙습니다, 전하."

"……."

기사마저도 할 말을 잃은 이때, 카실의 잇새에서 신음이 흘렀다. 그는 고통으로 덜덜 떨면서도 실비엔을 노려보았다.

"무슨 짓이냐! 감히, 감히 역모를 저지르는 건가!"

"역모라니요."

실비엔은 의아한 듯 고개를 기울였다.

"제국의 신민으로서 어찌 그런 짐승 같은 마음을 품겠습니까? 저는 단지."

그러고는 부드럽게 웃으며 칸나를 내려다본다.

"제 아내가 납치된 것 같기에."

"......!"

"구하러 온 것뿐입니다."

공기가 쨍하게 얼어붙었다. 카실과 그의 기사, 아이젝과 발릭스의 숨결이 동시에 멈추었다.

아내? 아내라고? 실비엔 발렌티노의 아내?

카실의 얼굴이 낭패로 일그러졌다. 설마 저 여자가 지껄인 헛소리가 진짜였단 말인가!

"그게 변명이 될 것 같은가! 발렌티노 공작, 넌 감히 황족을 공격했다! 폐하께서 이 일을 용서하실 것 같은가!"

"예."

실비엔은 고민조차 않고 고개를 끄덕였다.

"용서하실 것 같군요."

"뭐, 뭐라고?"

"저는 아내를 구하기 위해 납치범을 공격한 것뿐입니다. 그런데."

실비엔은 한숨처럼 웃었다. 어린애의 심술이 피곤한 듯한 미소였다.

"벌거벗은 무뢰한이 황자 전하일 줄은 누가 상상이나 했겠습니까?"

그 말에 카실의 얼굴이 새빨갛게 달아올랐다.

"전하야말로 폐하께서 이 일을 용서하실 것 같으십니까?"

"뭐?"

"남작 부인을 겁탈한 죄로 유배 중이신 분께서."

"······!"

카실의 눈이 급격하게 흔들렸다.

"이번에는 공작 부인을 납치, 살해하시려 하다니요."

"······."

"폐하께 어떻게 이 일을 전해야 할지 난감하군요."

카실은 혀가 잘려 나간 듯 아무런 말도 하지 못했다. 그제야 이 상황― 자신이 책임져야 할 상황에 현실감이 느껴진 것이다.

"그렇다 할지언정 이분은 황자 전하이십니다. 황제 폐하의 적손이시란 말입니다."

기사가 위협적으로 중얼거렸다.

"그런데 어찌 감히 황손에게 화살을 쏠 수 있단 말입니까!"

"몰랐습니다."

실비엔은 뻔뻔하게 웃었다.

"어두운 밤이지 않습니까."

"그걸 변명이라고 하는 겁니까!"

그러자 실비엔이 고개를 기울였다. 의아한 듯 물끄러미 기사를 응시하며 묻는다.

"설마하니 발렌티노 가문의 안주인이자 아디스 가문의 장녀를 살해하려는 자가 황자 전하일 줄 누가 알았겠습니까?"

"······."

"게다가 그 순간에 화살을 쏘지 않았더라면, 제 아내는 죽었을 텐데."

실비엔은 가지런하게 말했다. 그리고 웃었다.

"이 정도면 폐하께 올릴 변명으로는 충분하지 않겠습니까?"

더 무슨 말을 할 수 있을까? 카실도, 기사도, 아무런 말도 할 수 없었다.

"자, 그럼."

실비엔은 그들을 지나쳤다. 한쪽 무릎을 꿇고 칸나의 몸을 번쩍 들어 올렸다.

"밤이 늦었으니, 이 일은 후에 논하도록 하지요."

부드럽게 웃으며 인사했다.

"부디 좋은 밤 되시길."

마차 안에 들어와서야 실비엔은 칸나를 내려 주었다.

"후우."

맞은편 좌석에 앉은 그가 꽉 죄인 크라바트를 풀었다. 약간은 신경질적인 몸짓이었다. 그러고는 흐트러진 머리칼을 위로 쓸어 올리며 다시 한번 숨을 내쉬었다.

그러고 나서야 칸나에게 반듯한 시선을 줄 수 있었다.

"……."

그러나 그는 아무런 말도 하지 않았다. 그저 엉망이 된 칸나를 지긋이 바라볼 뿐.

그의 시선이 그녀의 머리부터 발끝까지 훑고 지나갔다.

엉망으로 헝클어진 검은 머리칼. 게다가 목덜미와 팔, 손아귀, 모두 다 상처투성이였다. 그의 시선을 받고 나서야 칸나도 제 상태를 깨달았다.

'나무를 탈 때 다쳤구나.'

워낙 정신이 없어서 다친 줄도 몰랐다.

"……"

그리고서도 한참 동안 침묵이었다.

당연히 온갖 질문을 퍼부을 줄 알았는데. 칸나는 아무것도 묻지 않는 실비엔이 의아해졌다.

'대체 어떻게 알고 온 거지?'

아마 그녀에게 붙인 호위 기사가 쓰러진 것을 보고 납치를 예상했으리라.

장소는 어떻게 알아낸 걸까? 정말 황자인 걸 모르고 화살을 쏜 걸까? 이 일을 어떻게 처리할 생각일까?

그리고.

'날 왜 구했지?'

수많은 의문 중, 그 물음표가 가장 거대했다.

'황자에게 위해를 가해 가면서까지 왜 날 구해?'

궁금했다. 진심으로.

지금까지 자신이 죽든 말든 관여하지 않고 방관하지 않았던가? 그런 그가 갑자기 자신을 구할 이유가 있던가? 그것도 황족에게 화살을 쏘는 임청난 하극상을 벌여 가며?

어쨌든, 분명한 것은.

"미안해요."

사과해야 한다.

"저 때문에 일이 복잡해질 것 같네요. 피해를 끼쳐서 정말 미안해요."

"……."

실비엔은 대답하지 않았다. 그저 여전히 말없이 그녀를 응시했다.

그러나 그의 눈빛이 한층 낮게 가라앉았다. 어쩐지 심기가 비틀린 듯한 기색인지라 칸나는 조심스럽게 눈치를 살폈다. 혹시나 사과가 부족했던 걸까?

'그래. 사과해야 할 때는 제대로 하자.'

칸나는 두 손을 무릎 위로 공손히 모으고는 허리를 숙였다.

"폐를 끼쳐서 정말로 죄송합니다."

"……."

이걸로도 부족한가?

칸나는 고개를 수그린 채 눈을 흘끔 들어 올렸다. 그 순간, 무릎 위에 조용히 올린 실비엔의 손을 발견했다. 주먹을 지그시 쥐고 있는 그의 커다란 손등. 그 위로 굵은 핏줄이 도드라져 있었다.

"고개를 드십시오, 칸나 양."

실비엔이 아주 조용히 말했다.

"고개 드세요."

그의 목소리는 너무나 부드러워서 지금 이 순간이 평범한 일상처럼 평화롭게 느껴졌다. 그러나 기이한 위화감 때문일까, 칸나는 내심 긴장하여 고개를 들어 올렸다.

다행인지, 아니면 당연한지.

마주친 실비엔의 얼굴은 파문 한 점 없는 호수처럼 잔잔했다. 가벼운 미소까지 걸려 있었다.

"왜 사과를 하시는 겁니까?"

"……그야."

칸나는 조심스럽게 답을 말했다.

"저 때문에 하지 않아도 될 일을 하셨으니까요. 죄송해요."

그때, 줄곧 곧게 앉아 있던 실비엔이 자세를 바꾸었다. 등받이에 몸을 깊숙이 묻고 긴 다리를 꼬아 앉았다. 얼굴을 비스듬히 기울여 칸나를 물끄러미 응시했다.

"칸나 양은 제게 빚이 없습니다. 폐를 끼치지 않았으니 사과할 필요가 없지요."

"……네?"

"이곳에 카실 황자 같은 위험 분자가 있다는 것을 알면서도 데려온 것은 바로 접니다. 심지어 언질조차 주지 않았죠."

"……."

"즉, 제가 당신을 이곳으로 이끌고 온 겁니다. 그렇다면 당신의 안전과 안위를 충분히 보장했어야 합니다. 호위 기사를 붙였지만, 부족했습니다. 그게 제 실책입니다."

실비엔이 조곤조곤 설명했다. 어린아이에게 기본적인 산수를 가르치는 듯 상냥한 음성이었다. 게다가 듣다 보니 그의 말이 맞았다.

'그래, 나를 여기 데려온 건 실비엔이잖아. 이미 여러 번 귀족 여성을 건드린 황자가 있는 곳에.'

실비엔에게 자신을 보호할 의무가 있음을 깨닫는 순간, 한편에서는 다른 목소리가 소곤거렸다.

'만약 평범한 부부였다면 실비엔이 내 남편이니까 날 보호해 주는 건 당연하다고 생각했겠지.'

만약 주화였다면 실비엔이 구하러 오길 목 빠지게 기다렸을 테고. 그러나 칸나는 애초에 실비엔에게 아무것도 기대하지도 바라지도 않았다. 그저 실비엔이 그럴듯한 이유를 설명해 주니 그제야 조금 납득할 뿐.

칸나는 한숨을 푹 내쉬었다.

어쨌든 이미 지나간 일, 어쩌겠는가?

"물론 충분히 대비하지 못한 게 아쉽긴 하지만…… 이건 각하 잘못이 아니에요."

"……"

"나쁜 상황이 일어났으면, 나쁜 짓을 한 놈이 잘못한 거예요. 나쁜 일을 당하거나 막지 못한 사람 잘못이 아니죠. 그러니까 이 얘기는 서로 그만하도록 해요."

어차피 자책하는 데는 취미 없고, 네 탓 내 탓 하는 것에는 더 흥미 없다. 칸나는 마차의 등받이에 몸을 기대었다.

'피곤해.'

밀려오는 피로감. 허탈함. 그리고 몸의 통증. 칸나는 눈을 감아 모든 것으로부터 멀어지고 싶었다. 그래도 이 말은 해야겠지.

"고마워요."

칸나는 눈을 감은 채 중얼거렸다.

"누군가 도와줄 거라고는 생각을 못 해서."

"……"

"그래서 더 감사해요."

문득 눈 감은 상태로 고맙다고 말하는 건 예의가 아니라는 생각에, 눈을 떴다. 그를 마주 보았다.

"……"

기분 탓일까? 어쩐지 삐딱해 보이는 눈빛인데…….

'착각이겠지.'

칸나는 도로 눈을 감았다.

❦

그리고 꼬박 하루를 앓아누웠다.

하루가 지난 후 일어났을 때, 이미 상황은 정리되어 있었다. 카실 황자는 실비엔과 깊은 대화를 나눈 후 부리나케 베니치아를 떠났다고 했다.

대체 무슨 이야기를 한 걸까?

"이제 그때의 일이 회자될 일은 없을 겁니다."

즉, 묻었다는 뜻이다. 협박을 한 건지 뭘 했는지 모르겠다만, 카실과 실비엔은 이 일을 그 누구에게도 말하지 않고 덮는 것으로 합의를 본 것 같았다.

'하기야 서로 불리한 상황이니까.'

공개해 봤자 둘 다 서로 멱살 잡고 물에 빠지는 꼴이다. 어찌 됐든 카실은 유배 중에 또다시 귀족을 해하려 했고, 실비엔은 황족에게 화살을 쐈으니.

'묻는 게 최선이겠지.'

그녀를 물끄러미 보고 있던 실비엔이 물었다.

"마음에 차지 않으십니까?"

"예?"

"제가 이 일을 공론화하지 않은 것이 서운하십니까?"

"……"

대체 무슨 의도로 하는 말일까?

'당연히, 내 입장에서는 그렇지.'

이 일이 드러나 카실이 정당한 벌을 받길 바랐다. 추방당하든가, 영원히 유폐당하든가.

'그 황자는 언젠가 다시 나를 공격할 거야.'

뻔한 이야기였다. 지금은 무사히 넘겼지만, 과연 그 미치광이 황자가 이 일을 얌전히 잊어 줄까?

'아니. 분명히 보복해 올걸. 차마 실비엔은 건드리지 못하겠지만, 나는 가만두지 않을 거야.'

그리고 그때가 되면 실비엔은 지금처럼 돕지 않겠지.

본래는 자신이 죽든 말든 별 관심 없는 남자다. 오로지 이번만이 그의 책임이 있어 예외였을 뿐. 그러니 이 일을 공론화해 달라고 요구할 수 없었다.

공론화하면 실비엔이 화살을 쏜 사실도 드러나게 될 테니까.

황자에게 화살을 쏘았으니 실비엔은 분명 재판장에 불려 갈 것이다. 그런 수고를 감수하고 싶지 않았을 테지.

즉, 실비엔은 본인을 위한 최선의 선택을 한 셈이다.

그런 사람에게 자신을 지켜 달라고 조를 수는 없다. 그렇기에 담담하게 말했다.

"각하는 최선의 결정을 내리셨어요. 제가 왈가왈부할 일이 아니죠. 괜찮으니 호위 기사나 몇 명 더 붙여 줘요."

"그러겠습니다."

"단, 밀착 호위는 필요 없어요. 제가 원할 때만 부르고, 필요 없을 때는 물릴 수 있게 해 주세요."

"칸나 양의 뜻대로 하지요."

그리고 영주 발릭스와 의원 아이젝. 그들은 실비엔에게 엎드려서 사죄했다고 한다.

"저, 저는 이 일을 말리기 위해 왔습니다! 사전에 차단하지 못하여 죄송합니다, 각하!"

그렇게 말했다고 하는데.

'거짓말.'

비록 그들은 숲에서 칸나를 공격하지 않았지만, 칸나는 알고 있었다.

'네놈들도 황자와 함께 나를 사냥하려고 했었어.'

자의든 타의든, 그녀를 잔인하게 사냥하려고 했다.

그렇게 생각하자 머리부터 발끝까지 찬물을 뒤집어쓴 듯했다. 깨달음이 내리꽂혔다.

정말로 죽을 뻔했다. 살해당할 뻔한 것이다.

물론 지금까지 몇 번이나 생사의 위기를 건너왔지만 이번엔 달랐다. 죽음이 이만큼이나 가까이, 위협적으로 다가온 적은 없었으니.

순간 치민 위기감에 주먹을 꽉 쥐었다.

'3황자는 날 가만두지 않을 거야.'

언제가 됐든 그는 보복해 올 것이다. 그것이 1년 후일 수도, 1개월 후일 수도. 아니면 바로 내일일 수도.

'뭔가 해야 해.'

칸나는 병상에 있는 내내 머리를 굴려 댔다.

황자에게 뭔가를 해야 한다. 그가 공격해 올 때까지 태평하게 기다릴 수만은 없다. 하지만 자신은 황자를 압박할 힘이 없다. 그렇다면.

'그런 힘이 있는 사람을 이용하면 돼.'

순간, 한 인물이 스쳐 지나갔다.

'황후.'

만약 황후의 귀에 이 이야기가 들어가게 된다면?

'카실은 테레사 귀비의 아들이야. 게다가 황제의 사랑을 독차지하는 황자니까, 황후에게는 눈엣가시겠지.'

그리고 황후는 제 이득을 위해서는 딸조차 죽이려 드는 여자였다.

'황후가 이 사실을 알게 되면 과연 어떻게 나올까?'

칸나의 입가에 미소가 맺혔다. 이 일을 어떻게 풀어 가야 할지, 이제 알 것 같았다.

다음 날 오전, 호위들을 물리고 병동을 빠져나왔다. 가장 먼저 잡화상을 찾아갔다. 그곳에서 갈색 머리카락 가발을 산 후 곧장 착용했다. 그러고는 그 위로 후드를 눌러써 외모를 가렸다. 그 이후 향한 곳은 전당포였다.

"이것을 팔러 왔어요."

칸나는 드레스에 달려 있던 보석 장식을 모조리 떼어 내밀었다.

"가격은 얼마 쳐 줄 수 있죠?"

"200골드."

전당포 주인이 귀를 후비며 대충 대답했다.

칸나는 인상을 찡그렸다. 예상했던 전개지만 이건 좀 심했다. 무려 실비엔이 직접 사 준 드레스에서 뗀 보석이다. 입을 옷을 챙겨 오지 않았기에 그가 준비해 준 것이다.

'그리고 그 인간은 최상급이 아니면 취급하지 않지.'

그런데 고작 200골드라고? 칸나는 한숨을 내쉬며 자리에서 벌떡 일어났다.

"안 팔아요. 다른 곳으로 가겠습니다."

"어, 어, 잠깐잠깐."

잽싸게 그녀의 옷깃을 잡은 주인이 헤실헤실 웃었다.

"알겠네, 알겠어. 1000골드 쳐 주지."

"베니치아에서 이 정도 품질의 보석을 구할 수 있을 것 같아요? 이건 내륙으로 나가서 팔면 적어도 2000골드는 받을 수 있어요."

그제야 전당포 주인은 칸나가 이 보석의 가치를 정확히 알고 있음을 깨달았다.

"좋아. 1700골드. 지금 당장 현찰로 주지. 그 이상은 안 돼."

"……"

칸나는 못마땅한 척 도로 자리에 앉았다. 어차피 목적은 돈이 아니었으니까. 아니, 물론 돈도 필요하지만.

'내게 정말로 필요한 건 정보 상인의 위치야.'

황후에게 정보를 흘리기 위해서는 길드의 도움을 받아야 했다.

"이건 어때요? 제가 궁금한 것이 있는데, 알려 주면 1000골드만 받죠."

"뭔데? 말해 봐."

"정보를 파는 곳이 어디 있는지 알고 싶군요."

그 말에 전당포 주인의 손이 딱 굳었다.

'제발 알고 있어야 할 텐데.'

물건을 사고파는 것과 정보를 사고파는 것은 뗄 수 없는 관계. 그렇게 생각했기에 이곳을 찾아왔지만.

'모르나?'

그러나 전당포 주인은 말이 없다. 칸나는 깊은 한숨을 내쉬었다.

"모르면 어쩔 수 없고요. 1700골드 주세요."

그는 말없이 잠시 고민하는 듯했다. 그러나.

"……약도를 그려 주지."

됐다!

칸나는 그가 그려 준 약도를 손에 넣었다. 가슴이 두근두근 뛰었다. 일이 아주 순조롭게 풀리고 있었다.

"어떤 정보를 사러 오셨소?"

정보를 사고파는 집단은 어디에나 존재했다. 공식 허가를 받은 기관은 아니지만, 모두가 암암리에 알고 있었으며 돈만 있으면 누구나 이용이 가능했다.

'그러니까 나 같은 수상한 여자도 돈만 내면 된다는 거지.'

"저는 정보를 사러 온 게 아니에요. 오히려 주러 왔죠."

"뭐?"

정보상은 눈썹을 찡그렸다. 그러고는 시간 낭비했다는 듯 불쾌한 기색으로 벌떡 일어났다.

"우린 정체도 모르는 자의 정보를 사지 않는다. 썩 꺼져."

"누가 팔겠대요?"

턱. 칸나는 책상 위로 금화 꾸러미를 내밀었다.

그러자 당장 돌아서려던 정보상의 몸이 멈칫 굳는다. 천 골드. 아까 전당포에서 보석을 팔고 받은 돈이었다.

"말했다시피, 저는 정보를 팔러 온 게 아니에요. 돈을 요구할 생각도 없죠."

"……."

"내 정보를 받아 주는 대가로 1000골드를 지불하겠어요."

"우리에겐 정보원들이 따로 있다. 정체불명의 자에게는……."

"장담하건대, 조만간 내 정보를 사러 올 사람이 있을 겁니다."

"……."

"그리고 내 정보는 엄청난 값을 주고 팔 수 있을 거예요. 1000골드가 뭐야? 부르는 게 값일걸요."

그녀는 유혹적으로 속삭였다.

"믿든 말든 상관없어요. 내 앞에 앉아서 얘기를 들어요. 손해 볼 건 없잖아요?"

칸나의 말에 남자가 의심하는 눈빛을 보냈다. 그러나 곧 주섬주섬 의자를 끌어내어 앉았다.

"그래, 한번 들어나 보지."

"카실 이자베르크 황자 전하, 알고 계시죠?"

즉시 남자의 인상이 구겨졌다. 그 역시 망나니 황자를 끔찍하게 여기는 듯했다.

"그래. 유배형을 받았던 황자. 다행히도 지금은 이곳을 떠났지. 그가 왜?"

"듣자 하니 유배형의 마지막 날, 평민 행세를 하며 데보르 약차원을 돌아다니다가 한 여자에게 얻어맞고 기절했다고 하더군요. 그 여자는 검은 머리를 가졌고요."

검은 머리라는 뻔한 단서를 주었으니, 그 사람이 자신─ 즉 칸나 발렌티노라는 걸 바로 눈치챘을 거다. 역시나 남자는 흥미가 동한 듯 집중하는 기색이었다. 그가 몸을 앞으로 바싹 당기며 물었다.

"그래서? 어떻게 됐지?"

그러나 칸나는 빈손을 펼쳐 보였다.

"끝이에요."

"⋯⋯."

"제가 주는 정보는 그게 전부입니다."

그러자 남자가 짜증스럽게 투덜거렸다.

"이봐, 대체 그 정도 정보로 뭘 하겠다는 거야? 뒷이야기가 있어야 할 거 아니야?"

"글쎄요."

칸나는 후드 안에서 빙그레 웃었다. 누구도 보지 못할 웃음이었다.

"그 정도만으로 충분할 것 같은데요."

정보상을 빠져나온 그녀는 병동으로 돌아갔다. 실비엔이 붙여 준 호위 기사들을 불렀다. 그중 한 명에게 밀봉된 편지 한 통을 내밀었다.

"이걸 황실에 전해야 하는데, 보내 줄 수 있나요?"

"예, 알겠습니다."

"고마워요. 최대한 빨리 부탁해요."

그는 곧장 편지를 들고 빠져나갔다. 저 편지가 황후에게 전해지면, 모든 일은 계획대로 될 것이다. 물론 그 전에.

'실비엔이 편지를 먼저 확인하겠지.'

◦⊱✦⊰◦

"발렌티노 공작 부인께서 황실에 전하라 하신 편지입니다."

우뚝, 만년필의 움직임이 멎는다. 실비엔은 고개를 들었다.

칸나가 황실에 편지를 전하라 했다고?

순간 의심이 피어올랐다. 역시 그녀는 이 일을 널리 알리지 않은 것에, 카실이 처벌받지 않은 것에 불만을 품은 걸까?

실비엔은 일말의 고민도 없이 밀랍 봉인을 제거한 후 편지를 펼쳤다. 읽어 내렸다.

'……'

잠시 후 도로 편지를 접었다. 가지런히 편지 봉투에 넣어 새로이 밀랍으로 봉인한 후, 기사에게 내밀었다.

"보내도 될까요, 각하?"

"그러십시오."

아무 문제 없는 편지였다.

혹시나 엊그제 있었던 일을 언급하여 고발할 생각인 걸까, 그런 의심이 살짝 들었지만.

'그럴 리 없지.'

실비엔은 제 상상력을 비웃으며 고개를 저었다.

그래, 그럴 리가 없다. 그랬다가는 자신이 곤란해지니까. 칸나는 자신을 사랑한다.

비록 최근 변한 모습을 보여 주고 있지만 그녀의 사랑을 의심한 적은 단 한 번도 없었다. 지난 7년의 세월은 그렇게 믿기에 충분했으니.

게다가 이번에는 자신이 그녀의 목숨을 구하지 않았던가?

'그러니 내게 해가 되는 일을 할 리 없지.'

짧은 흐트러짐이었다. 그는 다시 칸나를 머릿속에서 밀어내며 서류에 집중했다. 그 후로는 단 한순간도 떠올리지 않았다.

그렇게 며칠이 흘렀다.

칸나는 다친 몸으로도 열심히 치료에 임했다. 워낙 치료가 간단한 병인지라 크게 신경 쓸 것도 없었다. 환자들의 식단을 짰고, 매일 일정량 이상의 과즙과 약재를 섭취하도록 꼼꼼히 체크했다.

결과는 훌륭했다. 하루가 다르게 선원들의 상태가 좋아진 것이다. 부풀어 올랐던 잇몸이 조금씩 가라앉고, 피부의 궤양에서는 진물이 흐르지 않았다. 극도로 모자랐던 비타민 C를 보충해 주니 점점 건강을 되찾고 있었다.

그럴수록 아이젝은 초조해졌다.

'만약 그 일이 세상에 알려지면 어떡하지?'

아이젝은 카실 황자에게 검은 머리 여자의 정보를 제공했고, 발릭스에게는 그 여자를 벌해야 한다고 주장했다. 게다가 '사냥'에도 참여하지 않았던가?

'화살을 날리기 전에 발렌티노 공작이 온 것이 천만다행이다.'

그녀를 구하기 위해 간 거라고 둘러대긴 했지만, 실비엔은 완전히 믿는 눈치가 아니었다. 그저 그 일을 묻기로 했기에 굳이 캐내지 않는 듯했다.

'하지만 만약 그가 마음을 바꿔서 진상을 제대로 조사한다면, 나를 벌하려고 한다면 어떻게 되는 거지?'

그뿐만이 아니었다. 놀랍게도 병든 선원들의 증상이 조금씩 호전되고 있었다!

'거짓말이야. 어떻게 고작 음식 좀 바꾸고 탕약 좀 먹는 걸로 나을 수 있단 말이야?'

만약 선원들이 낫는다면 자신은 어떻게 되는 걸까?

쉽게 상상할 수 있었다. 여자도 쉽게 고치는 병을 못 고친 의원. 검은 안개에 감염된 걸 수도 있다고 허무맹랑한 주장을 펼친 의원. 그리하여 알렉산드로 아디스까지 나서게 만든 의원.

그렇게 되면 아이젝의 의원 생명은 끝장이다.

'안 돼, 그렇게 내버려 두어서는 안 돼.'

그때였다. 쿵쿵. 대문을 두드리는 노크 소리가 울렸다.

"누구요?"

벌컥, 대문을 열었지만 그곳엔 아무도 없었다.

'이게 뭐지?'

그 대신, 문 앞에는 편지 한 장과 작은 꾸러미가 놓여 있었다.

'누가 놓고 간 거지?'

그는 편지부터 확인했다. 일부러 왼손으로 쓴 듯 삐뚤빼뚤한 글씨체. 필적을 숨기려는 의도였다.

<그 여자가 이 일을 황실에 고발하려 하고 있다.>

……뭐?

<내가 유배 중에 또 귀족을 사냥하려 했다는 것이 알려지면 나에게
도, 내게 협조한 영주와 아이젝 의원에게도 해가 될 터.>

심장이 쿵 떨어져 내렸다. 그때의 일을 아는 자들은 당시 숲에 있
었던 당사자들뿐이다.

즉 이것은, 카실 황자가 보낸 편지였다!

그런데 그 여자가 이 일을 황실에 고발하려 한다고? 손끝이 바들
바들 떨려왔다. 안 된다. 그래서는 안 돼!

<해서 그년을 모함할 생각이다.

병동에 몰래 들어가 선원들의 약에 독약을 풀어라. 병동 관계자 몇
명을 매수해 놨으니, 내가 말한 날짜와 시간에 가면 누구와도 마주치
지 않고 독약을 풀 수 있을 거다.

독약으로 선원들을 죽여라. 한날한시에 모두를 죽여서, 그 여자가
죽인 것처럼 만들어라. 그럼 나는 그 여자를 검은 사도로 몰아 처형받
도록 일을 꾸며 보겠다.

이 편지는 반드시 태우도록.>

덜덜, 아이젝은 떨리는 손으로 꾸러미를 풀어 헤쳤다. 붉은 액체가
안에 든 작은 유리병. 그리고 병동의 열쇠가 들어 있었다.

"으……."

목을 졸린 듯 고통스러운 신음이 흘렀다.

선원들을 죽이란 말인가? 하지만 자신은 의원인데? 사람을 살리는 의원인데?

'의원 일도 살아 있어야 할 수 있다!'

순간 정신이 번쩍 들었다.

그래, 살아야 한다. 만약 그 여자가 이 일을 발설한다면, 아이젝은 반드시 죽을 것이다 황족인 카실, 귀족인 발릭스는 몰라도 자신은 반드시 죽는다. 반드시!

'그래, 게다가 선원들이 죽으면 내 명예도 훼손되지 않는다. 계속 의원으로 일할 수 있어.'

아이젝은 마른침을 삼켰다. 결정을 내려서일까? 이제 더는 손끝이 흔들리지 않았다. 두 눈만이 형형한 불처럼 타올랐다.

'이것만이 살길이다.'

알렉산드로 아디스가 왔다.

그 소식은 병동에까지, 즉 칸나의 귀에까지 들어왔다. 태연하고 싶었으나 듣는 순간 가슴이 철렁했다.

오늘 늦은 오후, 붉은 노을이 타들어 갈 때 즈음 알렉산드로 아디스가 도착했다. 곧장 영주 성으로 향했다고 하니 여독을 푼 후 일을 시작할 것이다. 선원들이 검은 안개에 감염되었나 확인하는 일을.

'내일쯤 병동에 선원들을 보러 오시겠네.'

그러면 나와도 마주치겠지. 예상했던 일이지만 현실로 다가오니 손끝이 타들어 가는 듯 초조했다.

'아버지가 이 꼴을 보면 어떻게 생각하실까?'

아주 늦은 밤. 잠이 오지 않았다.

칸나는 오랫동안 제 방 거울 앞에 멀거니 서 있었다. 왼쪽 팔은 부목을 대어 깁스를 하고 있고, 목덜미와 뺨, 손등 등 온몸 곳곳에 상처의 흔적이 남아 있었다.

누가 봐도 험한 꼴을 당한 여자였다.

'별 쓸데없는 생각을 하네.'

픽 웃음이 나온다. 내 꼴이 어떻든, 아버지는 당연히 신경 안 쓰시겠지. 지금까지 그래 왔으니 앞으로도 그럴 것이다.

'됐어, 신경 쓰지 말자. 나는 내 할 일이나 하면 돼.'

약이나 먹고 잠이나 자자. 칸나는 염증을 가라앉혀 주는 약을 찾아 보았지만, 보이지 않았다.

'아, 만들어 놓고 안 가져왔구나.'

약재실에 두고 안 가져온 모양이다. 그녀는 어깨 위로 숄을 걸치며 방 밖으로 나섰다.

새벽이어서일까, 복도에는 아무도 보이지 않았다. 칸나는 천천히 걸어 약재실로 향했다. 그런데.

"……누구?"

어두운 약재실에.

"누구세요?"

누군가가 있었다.

"……!"

아이젝은 막 독극물을 탕약에 흘려 넣은 찰나였다.

"누구시냐고요?"

뒤에서 여자의 음성이 들렸다! 들켰다. 들켜 버렸다. 아무도 없을 거라고 했는데. 그런데!

'아니, 아니! 정신 차려!'

아이젝은 입안을 질끈 깨물어 정신을 다잡았다.

'여자다. 여자 한 명이야. 충분히 제압할 수 있어.'

그때, 뚜벅뚜벅. 다가오는 여자의 발걸음 소리가 들렸다.

"이봐요, 당신 누구냐고 물었잖아요."

아이젝은 덜덜 떨리는 손을 품 안에 넣었다. 단도를 잡는 순간, 날카로운 결심이 머리를 후려쳤다.

'그래, 잘됐어.'

찌르고 도망가자! 그러면 저 여자는 영원히 입을 다물게 될 것이다. 더는 불안에 떨 이유도 없어질 거다!

"방금 탕약에 뭔가를 탄 걸 봤어요. 누구시기에……."

그래, 다가와라. 조금만 더 가까이.

턱. 마침내 어깨 위로 올라온 손. 아이젝이 그 손목을 잡아채려 할 때.

"공작 부인, 무슨 일이십니까?"

"……!"

아이젝은 하마터면 단도를 떨어뜨릴 뻔했다.

기사들이 나타난 것이다! 칸나의 호위 기사였다. 그녀의 옆방에 머물다가, 기척이 이동하는 것을 느끼고 따라온 거였다.

기사들은 금세 이상한 낌새를 눈치챘다. 그들이 검을 뽑으려 할 때.

"우, 움직이지 마!"

아이젝은 칸나의 팔목을 와락 움켜쥐었다. 허겁지겁 목에 단도를 들이밀었다. 그 순간, 칼날이 여자의 목을 스치고 지나갔다.

"……!"

아, 베어 버리고 말았다.

'아, 아.'

너무 긴장해서일까? 손의 힘을 조절하지 못했다. 아이젝의 손이 부들부들 떨렸다. 이렇게 된 이상 이 여자를 인질로 잡는 수밖에!

"다, 다, 다가오면 이 여자를 죽이겠다!"

기사들이 한 발짝 뒤로 물러났다.

"진정해라."

"비켜! 당장 비켜! 내가 나갈 수 있게 길을 트란 말이다!"

"알겠다. 알겠으니 그분에게서 당장 칼을…….."

그때였다.

"무슨 소란인가?"

"……!"

순간 아이젝은 칼날을 떨어뜨릴 뻔했다.

한 남자가 걸어 들어온다. 타오르는 듯한 붉은 머리, 매서운 눈매, 그리고 위압적일 만큼 압도적인 체격. 그것만으로도 아이젝은 그가 누구인지 알아차렸다. 저 사람은…….

"아디스 공작 각하."

알렉산드로 아디스였다!

'그, 그가 왜 이곳에!'

왔다는 소식은 들었다. 지금쯤 성에서 쉬고 있어야 할 텐데, 왜 지금 이곳에 있단 말인가!

한편 칸나도 당황한 상태였다. 그가 지금 이 시각에 이곳에 있을 거라고는 상상하지 못했기에. 그리고.

'역시.'

그는 눈빛 한 점 흔들리지 않았다.

감상하듯, 관람하듯. 그의 초록색 눈동자는 일말의 동요조차 없었다. 마치 자신이 벌목당하기 직전의 나무가 된 것 같았다.

고작 그 정도. 고작 그런 일을 보는 시선이었다.

알렉산드로는 물끄러미 칸나의 목덜미를 응시했다. 그의 시선이 칸나의 목을 꾹 누르는 단도, 그리고 그 끝을 타고 흐르는 붉은 핏방울로 이동했다. 마침내 입술이 열렸다.

"검을 내려라."

"……"

"내리지 않으면 그 팔을 베겠다."

아이젝의 입술이 바들바들 경련했다. 상대는 알렉산드로 아디스였다. 아마도 이 세상에서 가장 강한 사나이.

"비, 비켜 주십시오. 저를 보내 주신다면 이분을 무사히 놓아드리겠습니다."

"내가 너를 못 잡을 것 같은가?"

알렉산드로가 조용히 물었다. 오만도 자만도 아닌, 지극히 당연한 현실의 물음이었다.

"이곳을 벗어난다면 네 팔다리를 잘라 잡아 올 것이다."

아이젝의 안색이 하얗게 질렸다. 그는 충분히 그럴 수 있는 사람이었다!

그때였다. 순간 느껴지는 격통에 아이젝은 몸을 굽혔다. 칸나가 팔꿈치로 그의 명치를 후려친 것이다!

"크흑!"

팔이 풀린 찰나, 칸나는 재빨리 그의 품에서 벗어났다. 그와 동시에 알렉산드로가 움직였다. 마치 그 순간만을 기다렸다는 듯한 움직임이었다.

"크헉!"

우드득. 단숨에 그의 팔이 꺾였다. 칸나의 목덜미를 졸랐던 그 팔이다. 그러고는 아이젝의 목을 콱 움켜잡았다.

칸나는 깜짝 놀랐다. 설마 죽이려고?

"안 돼요!"

알렉산드로의 움직임이 멈췄다.

그는 천천히 고개를 돌려 그녀를 응시했다. 이곳에서 처음으로 마주치는 시선이었다. 눈이 부딪치는 찰나, 정수리에서 전류가 튀는 듯했다.

칸나는 간신히 입을 열었다.

"안 돼요."

그러자 알렉산드로는 고개를 기울였다. 어쩌면 무시할지도 모른다고 생각했지만, 그는 의외로 칸나의 말을 순순히 들었다.

"설마 동정하는 건 아닐 테고."

"아니에요, 당연히."

그럴 리가 있나! 다만.

"수상한 짓을 한 사람이에요. 그 이유를 알아내야 해요."

일리가 있다고 생각한 걸까? 알렉산드로가 그의 목을 놓아주었다.

콜록콜록! 아이젝은 미친 듯이 기침을 터뜨렸다. 고통으로 인한 눈물이 줄줄 흘러내렸다.

"저, 저는 아무것도 하지 않았습니다!"

"······."

"그, 그저 공작 부인께서 저를 이상한 괴한으로 몰아가시기에, 당황해서! 당황해서 이런 짓을 한 겁니다. 정말입니다!"

저런 개소리를······. 칸나는 혀를 차며 그에게 다가갔다. 그리고 말했다.

"내가 본 게 있는데."

탕약에 독을 넣는 것.

"효과가 얼마나 좋은지 당신이 직접 경험해 볼래요?"

탕약을 가져와 네 입에 부어 볼까. 칸나는 그렇게 말하고 있었다.

아이젝은 단번에 알아들었다. 그는 망연자실하게 칸나를 바라보았다. 진심이다. 저 여자는 당장 탕약을 그의 입에 처넣고도 남을 눈빛이었다.

"저, 저는. 저는······."

아이젝은 머리까지 바짝 말라 가는 기분이었다.

망했다. 틀렸다. 실패했다. 끝났다. 현장에서 걸리고 말았다. 공작 부인까지 위협해 버리고 말았다. 그러니까.

'난 죽을 거야.'

순간 온몸의 털이 곤두섰다.

안 돼, 난 죽고 싶지 않아!

그는 눈물을 쏟으며 바닥에 엎드렸다.

"이 모든 것은 황자 전하께서 시키신 일입니다!"

그렇다. 이 모든 것이 황자로 인해 벌어진 일이다!

"모두 다 카실 황자 전하께서 명령하셨습니다! 저, 저는 이러고 싶지 않았습니다!"

그 목소리가 온 병동을 찌렁찌렁 울렸다.

"뭐야…… 무슨 일이야?"

하나둘, 약재실 밖에서 웅성거리는 소리가 들린다. 치료사들이, 선원들이, 병동의 직원들이 잠에서 깨어난 것이다.

그러나 완전히 이성을 잃은 아이젝에게는 아무것도 들리지 않았다.

"카실 황자 전하께서 공작 부인을 사냥하려고 했습니다! 그, 그 사실을 감추기 위해 이런 짓을 꾸미신 겁니다! 저, 저도 이러고 싶지 않았습니다. 정말입니다!"

그는 미친 듯이 외치다가, 문득 생각난 듯 품 안을 뒤졌다. 종이를 꺼내 꾸깃꾸깃 펼쳤다.

"이것! 이것이 증거입니다! 화, 황자 전하께서 보내신 편지입니다!"

그는 불태우라고 했지만, 아이젝은 그러지 않았다. 혹시나 이런 일이 생길 경우를 대비해서였다. 그 편지는 카실 황자가 명령을 내렸다는 증거였으니까!

바로 옆에 선 칸나의 눈에 편지 내용이 훤히 보였다.

"부디, 부디 살려 주십시오! 황자 전하의 명을 따를 수밖에 없었습니다. 그분이 얼마나 난폭한지 아시지 않습니까? 제가 거부했다면, 저를 죽였을 겁니다!"

그리고 그의 외침은 약재실 바깥까지 퍼져 나갔다.

"바, 방금 들었어?"

"황자 전하께서 공작 부인을 사냥하려고 했다니……."

"미친놈이잖아!"

바깥 소란을 들은 실비엔의 기사 한 명이 인상을 찡그렸다. 그는 곧 장 밖으로 나갔다. 그리고 사람들에게 이 일이 새어 나가서는 안 된다고, 거의 협박에 가까운 말을 하고 있었다. 입단속을 하는 것이다.

"……."

알렉산드로는 무표정했다.

그는 아이젝이 건네는 편지를 받았다. 펼쳤다. 읽어 내린 후, 품에 넣었다. 그러고는 그의 기사들에게 명령했다.

"이자를 끌고 가라."

"예, 각하."

그것으로 끝이었다. 알렉산드로는 그대로 등을 돌렸다. 성큼성큼 빠르게 빠져나간다.

"사, 살려만 주십시오! 살려만, 살려만 주십시오!"

아이젝이 기사들에게 질질 끌려갔다. 칸나는 멍하니 그 뒷모습을 지켜보다가 웃었다.

모든 것이 예상한 대로였다. 아버지의 출현은 예상하지 못했지만…….

'반응만큼은 생각대로야.'

칸나에게 걱정 어린 말, 염려 어린 시선 한 번 던지지 않고 사라진 아버지. 예상한 반응이었다.

"황후 폐하, 발렌티노 공작 부인에게서 편지가 왔습니다."

"이리 주게."

황후는 팔을 벅벅 긁다가, 간지럼증이 심해지는 것을 느끼고는 얼른 약물을 들이켰다. 그러자 간지러움이 순식간에 사라졌다.

'발렌티노 공작 부인의 약이 아주 효과가 좋아!'

간지러움이 느껴질 때마다 마시고 있는지라 이제 일상생활도 어렵지 않을 정도였다.

'하지만 약이 거의 다 떨어져 간다. 슬슬 더 달라고 요구해야겠어.'

그녀는 흐뭇하게 웃으며 편지를 펼쳤다.

<황후 폐하.
현재 상황이 상황인지라, 편지에 예를 갖추지 못함을 용서해 주십시오.>

읽어 내리는 황후의 표정이 서서히 얼어붙었다.

<저는 지금 베니치아에 있습니다. 얼마 전, 불미스러운 사고를 겪어 부상을 입었습니다. 손을 크게 다쳤지요. 하여 황후 폐하의 심신을 강화하는 보약을 만드는 작업이 쉽지 않을 듯합니다. 당분간 보약을 못 만들 수도 있으니, 현재 있는 것을 아껴서 드셔야 할 듯합니다.>

"안 돼!"

와장창! 황후는 탁상에 있는 꽃병을 후려쳤다.

상상만으로도 심장이 타들어 가는 듯 괴로웠다. 누군가 읽을지도 모르니 보약이라고 쓴 듯하지만, 황후는 그것이 일반 보약이 아닌 간지럼증을 가라앉히는 약임을 알고 있었다.

'당분간 약을 못 만든다고? 약을 아껴서 먹어야 한다고?'

그렇다면 간지럼증을 견뎌야 한단 말이다! 그것이 얼마나 고통스러운데, 얼마나……!

'칸나 발렌티노, 만약 거짓이라면 대가를 치러야 할 것이다!'

그녀는 씩씩거리며 편지를 노려보았다. 그리고 그때, 한 문장이 시야에 콱 들어왔다.

<저는 베니치아에 있습니다.>

'베니치아?'

대체 그곳에 왜 갔단 말인가?

베니치아는 유명한 항구 도시였다. 동대륙 무역의 교역로일 뿐만 아니라 얼마 전 돌아온 카실 황자의 유배지였으니까.

'대체 어떤 곳이기에 그리 흉악한 게야!'

카실 황자도 다쳐서 돌아오지 않았던가? 그런데 칸나도 다쳤다고? 황족과 귀족이 그렇게까지 다칠만한 일이 뭐가 있다고!

'……'

순간, 빛줄기가 머리를 스쳤다.

예감. 직감. 혹은 상상. 그런 비슷한 것이 단숨에 황후의 사고를 잡아챘다.

'다칠 일이 거의 없는 황족과 귀족이, 같은 시기, 같은 장소에서 부상을 입었다고?'

칸나는 약을 못 만들 정도로 손을 다쳤고, 카실은 어깨를 못 쓰고 있다고 들었다.

우연일 수도 있다.

그러나 우연이 아닐 수도 있다.

황후는 곧장 남동생인 메르시 후작을 소환했다.

"무슨 일로 부르셨습니까, 황후 폐하?"

"메르시 후작, 그대가 해 줘야 할 것이 있소."

"예, 명령하십시오."

황후는 잠시 생각했다. 그리고 말했다.

"베니치아, 그곳에서 카실 황자의 최근 행적을 조사해 오시오."

며칠 후 메르시 후작은 정보를 들고 왔다. 아주 빠른 속도였다. 베니치아의 정보상이 이미 소유한 정보라, 따로 찾아 헤맬 필요 없이 쉽게 구해 냈다고 했다.

"유배의 마지막 날, 카실 황자께서 평민 행세를 하고 마을 나들이를 나가신 모양입니다. 그런데……."

"그런데? 그런데 무슨 일이 있었나?"

"검은 머리 여인에게 얻어맞으셨다고 하더군요."

"……."

"심한 것은 아니고, 뺨을 여러 대 맞은 듯합니다."

"……."

"그리고 그날 실비엔 발렌티노 공작 각하와 공작 부인께서 베니치아에 들어오셨다고 합니다."

황후의 입술이 벌어졌다.

베니치아의 검은 머리 여자. 칸나일 것 같다. 황후의 머릿속에서 퍼즐이 어지럽게 흩어졌다.

'무슨 일이 있었던 게 분명하다.'

카실과 칸나. 두 사람의 마찰, 그리고 부상.

두 사건을 이어 줄 가운데 조각은 무엇이란 말인가?

예상 가는 바가 있었다. 카실 황자의 난폭한 성정은 악마에 비견할 정도였으니, 쉽게 상상할 수 있었다. 분명 그 미친 아귀는 칸나에게 보복을 하려 했을 것이다. 어떤 보복이었기에 둘 다 다친 걸까?

'카실 황자에게 큰 벌을 내릴 일이 생길지도 모르겠어!'

눈엣가시 같은 테레사 귀비의 자식들. 황후는 그 기회를 놓칠 생각이 없었다.

"더 자세히 알아보게, 후작. 뭔가 있을 게야."

"예. 이미 정보원들을 급파해 이 잡듯이 정보를 캐내고 있습니다."

역시나, 동생은 현명했다. 메르시 후작도 이것이 아주 좋은 기회임을 알고 있는 것이다. 테레사 귀비 세력을 찍어 누를 기회. 카실이 독점하는 황제의 사랑을 파괴할 기회.

"그래 봤자 작은 항구 도시입니다. 알음알음 소식이 퍼져 나가겠지요. 베니치아에서 일어난 모든 일을 알아 올 테니, 폐하께서는 기대하고 계셔도 좋습니다."

"듬직하군."

황후는 웃었다. 그러고는 입맛을 다셨다. 만약 자신의 예상이 맞는다면.

'카실 황자를 치울 수 있겠군.'

지금까지 카실은 한미한 귀족 가문의 영애만 건드렸다. 그래서 고작 유배형 정도로 끝난 것이다. 물론, 칸나는 여전히 가문에서 병풍 취급받지만.

'그럼에도 불구하고 아디스와 발렌티노의 성을 가졌지. 그 점을 들고 일어난다면, 거센 격풍이 일 것이다.'

황후는 이를 드러내며 웃었다. 그녀는 제 이익을 위해서는 뭐든 하는 여자였다. 언제든 불을 지를 준비가 되어 있었다.

평화로운 황실에 큰불을.

덜컹! 쇠창살이 열리는 소리가 귀를 때린다.

아이젝은 그 소음에 눈을 떴다. 그리고 특정 자극에 길든 개처럼 눈물을 펑펑 쏟아 냈다.

"자, 잘못…… 잘못했습니다."

저벅저벅. 발걸음이 춥고 어두운 지하 감옥을 가로지른다. 차분하고 조용하다. 망설임이 없다. 가까워질수록 아이젝의 흐느낌이 커졌다.

"고개 들어."

아이젝은 눈물을 쏟으며 고개를 들었다. 목이 아팠지만, 들어야만 했다. 지난 며칠간의 고문으로 깨달았으니까.

저 사내는 두 번 말하지 않는다.

단 한 번.

듣지 않으면 가학적 폭력이 곧장 날아온다. 그 괴물 같은 손아귀에 자비는 없다.

"잘못했습니다. 제가 감히 그분을 해하려고. 그 귀하신 분을, 제가 감히……."

"……."

아이젝은 칸나의 목을 찔러 죽이려 했다. 그것만큼은 해서는 안 됐다. 그랬더라면 이토록 참혹한 고문은 받지 않았을 수도 있는데.

더 무서운 것은, 알렉산드로 아디스는 아무것도 묻지 않았다는 것이다.

"크, 으아아악! 자, 잘못했습니다!"

그리고 언제나처럼 고문이 시작되었다. 고통으로 점철된 시간이었다. 그래, 이것은 정보를 얻기 위한 고문이 아니었다. 그저 형벌이었다. 묵직한 철퇴로 그의 죄를 후려갈기는 것이었다.

끄흐흑. 억눌린 울음이 짐승 같았다. 차라리 죽고 싶었다. 뭔가 묻는다면 다 실토라도 할 텐데, 아무것도 묻지 않고, 심지어 말하려고 했는데도 듣지를 않았다.

"살고 싶나?"

그때, 예상치 못한 물음이 던져졌다.

"살고 싶어?"

조용히, 고요히, 동굴 속에서 울리는 듯한 낮은 음성이 들려왔다. 아이젝은 허겁지겁 고개를 끄덕였다.

"예, 예!"

"그렇다면 네가 알고 있는 것을 전부 말하라."

며칠 동안 형벌을 준 후에야, 알렉산드로는 의무를 수행하듯 물음을 툭 던졌다. 아이젝은 그것이 처음이자 마지막 기회임을 알았다.

저자는 두 번 묻지 않는다. 지금 거짓을 말한다면, 꾸며 말한다면, 다음 기회는 없을 거다!

"다, 다 말하겠습니다! 이 일에는 카실 황자 전하와 발릭스 베니치아 영주님이 연루되어 있습니다! 카실 황자 전하께서 발렌티노 공작 부인을 납치하셨고, 인간 사냥을……."

주절주절. 침을 튀겨 가며 모든 것을 고백했다.

발릭스가 황자와 함께 인간 사냥을 하겠다고 선언한 일. 그리고 여자의 손을 자르려고 한 카실의 행동. 때마침 실비엔 발렌티노가 나타나 그녀를 구해 간 것까지 모두 다.

듣는 알렉산드로 아디스의 표정은 석상 같았다. 깊고 어두운 해저 같기도 했다. 검었다. 지독하도록 짙었다. 무정하리만치 흔들림이 없었다. 아이젝의 의식이 혼미해져 갈 때 쯤.

"공작 각하."

기사의 목소리가 들려왔다.

"무슨 일이지?"

"발렌티노 공작 부인께서 찾아오셨습니다. 그런데……."

기사의 말끝이 흐려졌다. 알렉산드로는 지금 피를 뒤집어쓴 상태였다.

"다음에 오시라 할까요?"

"아니."

살았다! 순간 아이젝은 환호를 내지를 뻔했다. 드디어 이 미친 공작에게서 벗어날 수 있다!

"기다리라고 해라."

"아버지."

문이 열리고 알렉산드로 아디스가 들어온다. 칸나는 소파에서 벌떡 일어났다.

"갑자기 찾아와서 죄송해요."

알렉산드로는 대답하는 대신 맞은편에 앉았다.

"혹시 바쁘신데 방해한 게 아닐지 걱정되네요."

"아니."

그렇겠지. 아마도 그는 지금까지 자고 있었을 것이다.

'그러니까 이제야 씻었겠지.'

해가 중천에 떴는데, 이제 막 씻고 나온 것을 보니 온종일 잔 모양
이다.

"부탁드릴 것이 있어서 찾아왔어요."

"뭐지?"

"카실 황자가 동대륙 선원들을 독살하려 한 일, 당시 약재실에 있
던 자들만 알고 있는 거지요?"

"그래."

"……그렇군요."

아이젝이 칸나를 위협하다가 붙잡힌 날, 그때 아이젝의 쩌렁쩌렁한
절규에 많은 사람들이 깨어났다. 그는 카실 황자가 칸나를 사냥하라
고 했다느니, 자신에게 칸나를 해치라고 시켰다느니 외쳤을 뿐.

동대륙 선원들을 독살하려 한 사실은 말하지 않았다.

'일부러 그런 게 아니라 생각나는 대로 지껄이느라 빼먹은 거겠지만.'

그 때문에 카실 황자가 동대륙 선원들마저 죽이려 한 사실은 아직
밖에 알려지지 않았다.

칸나는 알렉산드로의 얼굴을 살폈다.

"혹시 그 사실을……."

"……."

"……은폐해 주실 수 있을까요?"

과연 이 이야기가 아버지에게 어떻게 들릴까. 자신에게 득이 되는

일을 물어 달라고 요청하고 있으니, 아주 이상하게 보일 것이다.

그러나 알렉산드로의 표정에는 변화가 없었다.

"오해하지 마세요. 은폐라는 단어를 쓰긴 했지만, 없는 일로 만들어 달라는 게 아니에요."

"……."

"그저 정보가 더 퍼지는 것을 막고 싶어요. 제 힘으로는 불가능하니까, 아버지께 부탁드리는 거예요."

아버지라면 그 사실을 아는 기사들을 능히 주물러 입 닥치게 만들수 있을 것이다.

"그래."

"그 일이 다른 사람들 귀에 들어가지 않게만…… 네?"

"알겠다."

"……."

"그렇게 하지."

알렉산드로는 자리에서 일어났다.

"용건은 끝났나?"

"아, 네."

그것으로 끝이었다. 알렉산드로는 인사를 하지도, 받지도 않은 채그대로 방을 빠져나갔다.

칸나는 멍하니 그의 뒷모습을 바라보았다.

'뭐야.'

왜 아무것도 안 물어보는 거지?

'이것저것 설득할 말들을 준비해 왔는데…….'

아버지는 아무것도 묻지 않았다. 부탁하는 이유도, 앞으로의 계획도.

'대체 무슨 생각을 하시는 거야?'

모르겠다. 칸나는 한숨을 내쉬었다.

부디 자신과 말을 섞는 것이 싫어서, 너무 귀찮은 나머지 대강 대답한 게 아니기만을 간절히 바랐다.

❦

수면 아래로 많은 일이 일어나고 있었다. 그러나 적어도 겉으로는 평화로웠다. 칸나의 일상은 그러했다.

"어때요? 이제 입에서 피 안 나죠?"

"예, 어제 양치를 했는데 통증이 전혀 없었습니다."

"다행이네요. 몸의 궤양은 어때요?"

그러자 어린 선원이 활짝 웃으며 팔뚝을 내보였다.

"보세요! 점점 아물어 가고 있어요."

칸나는 뿌듯하게 웃었다.

정말로 그랬다. 한때는 억지로 피부를 벗겨 낸 듯 시뻘겋게 달아올랐던 궤양은 점점 연한 분홍빛으로 아물고 있었다.

한 달이 다 되어 가는 시점. 칸나가 직접 선별한 균형 잡힌 영양식, 풍부한 비타민 C를 섭취한 선원들은 날이 갈수록 건강해졌고, 이제 일상적인 대화를 할 수 있는 수준까지 나아졌다.

'정말 고생 많았어. 한국에서는 비타민 주사 몇 번이면 해결될 일인데.'

그래도 이 정도면 잘해 낸 거지. 그동안 워낙 많은 일이 있지 않았던가? 그동안 칸나의 상처도 거의 다 나아 가고 있었다.

"공작 부인."

환자들을 다 확인했을 때 즈음, 호위 기사가 말을 걸어왔다.

"발렌티노 공작 각하께서 부르십니다."

"……."

실비엔. 그를 떠올리자 칸나의 발걸음이 멈췄다. 그러나 곧 해사하게 웃으며 고개를 끄덕였다.

"좋아요, 지금 가죠."

"앉으십시오."

아주 오랜만에 보는 실비엔이었다. 그는 그림처럼 완벽하게 웃으며 자리를 권했다.

"차를 드시겠습니까?"

"네, 고마워요."

하녀가 다가와 찻잔을 내밀었다. 칸나는 잔을 들어 올려 한 모금 마셨다. 그러나 실비엔은 마시지 않았다. 그저 아주 새로운 것을 보듯 그녀를 물끄러미 구경할 뿐.

'왜 저렇게 봐?'

머쓱해진 칸나는 찻잔을 내려놓았다.

"왜 그렇게 보시는 거예요?"

실비엔이 그녀를 바라본 상태 그대로 입꼬리를 올렸다.

입꼬리만, 올렸다.

"선원들의 건강이 좋아졌다고 들었습니다."

"네. 치료사들이 적극적으로 도운 덕분이에요."

"겸손이 과하시군요."

형식적인 대화가 이어지던 어느 순간, 그가 본론을 말했다.

"내일 수도로 돌아갈 겁니다."

"그러시군요. 저는 이곳에서 조금 더 선원들을……."

"아뇨. 칸나 양도 함께 가야 합니다."

나도 가야 한다고? 그녀가 고개를 갸우뚱 기울이자 실비엔이 웃었다.

"칸나 양, 재판장은 익숙하실 테죠."

재판장. 그 단어에 지난 기억이 스쳤다.

평민들의 비난이 쏟아졌던 공개 재판. 사형 선고를 당했던 그날. 어찌 잊을 수 있겠는가?

"물론이죠."

"그렇다면 낯설지는 않을 듯하니 다행입니다. 칸나 양께서 증인이 되어 주셔야 할 듯합니다."

"……증인이요?"

"예."

실비엔은 소파 등받이에 편히 몸을 기대었다. 그 순간, 그의 눈매에서 피로가 묻어 나오는 것을 똑똑히 목격했다.

"지난번 일이 공론화되었습니다."

드디어.

칸나는 주먹을 불끈 쥐었다. 드디어 황후가 모든 퍼즐 조각을 맞췄구나!

"황후 폐하의 진두지휘 아래 재판이 열릴 예정입니다. 아시다시피, 저에게는 황족 시해 미수죄가 있지요. 그리고 카실 황자에게는……."

"네, 알아요."

문득, 그가 자르려고 했던 손이 시큰하게 아파지는 듯했다. 칸나는 태연한 얼굴로 물었다.

"그런데 그 일을 황후 폐하께서 어떻게 알아내신 거예요?"

"글쎄요."

실비엔 역시 진심으로 궁금하다는 듯 그녀를 뚫어지게 응시했다. 검은색 장막 너머 빛 한 줄기를 움켜쥐려는 듯 집요한 눈이었다.

"어차피 언젠가는 밝혀질 일이었습니다. 아이젝 의원이 그런 일을 벌였으니 숨기는 건 불가능했죠."

"……."

"염려 마십시오. 아무것도 준비할 필요 없습니다. 재판은 쉽게 흘러 갈 겁니다."

"쉽게요?"

"예."

그렇구나. 쉽구나.

칸나는 시선을 아래로 내리깔았다. 그래, 그럴 것이다. 실비엔의 입 장에서는 그렇게 어려운 재판이 아닐 거다.

'카실은 지금껏 너무 많은 죄를 지어 왔어. 이번 일로 많은 귀족이 반발할 거고, 실비엔이 마음만 먹으면 그 반발을 몇 배로 키울 수 있 을 거야.'

발렌티노 공작, 그가 마음만 먹는다면 모든 귀족이 탄원서에 서명 할 것이다.

'그리고 당신은 강하니까.'

실비엔이 카실을 공격하기로, 그리고 발렌티노를 방어하기로 작정 한다면 소름 끼칠 만큼 완벽하게 해낼 것이다.

그러니까 쉽겠지.

이런 재판 따위 그에게는 발치에 걸린 돌부리 정도일 것이다. 제 앞길을 막았지만, 힘을 가한다면 언제든 걷어 낼 수 있는.

쓴웃음이 나왔다. 그녀에게는 목숨을 걸어야 하는 일이 그에게는 고작 그 정도였던 것이다.

"그럼 내일 출발하는 것으로 알고 계십시오."

"네."

"이만 가 보셔도 됩니다."

칸나는 허리를 꾸벅 숙여 인사한 후 자리에서 일어났다. 방의 문고리를 잡을 때.

"칸나 양."

멈칫. 그녀의 움직임이 멈추었다. 등 뒤에서 서늘한 웃음소리가 들렸다.

"칸나 양은 정말 재미있군요."

꿀꺽, 칸나는 침을 삼켰다. 최대한 태평한 목소리를 짜내었다.

"무엇이요?"

그러나 대답은 들려오지 않았다. 한동안 머물던 칸나는 그대로 방을 나섰다. 다행히 실비엔은 아무런 말도 하지 않았다.

'들킨 줄 알았네……'

칸나는 가슴을 쓸어내렸다.

황후를 이용하여 이 일의 진상을 파헤치도록 한 일.

'설마 눈치챈 건가?'

"아버지, 억울합니다!"

카실은 울부짖으며 황제의 팔을 붙잡았다.

"억울해요! 제가 왜 재판을 받아야 합니까, 왜!"

"이것 놓아라."

황제는 분노를 꾹 눌러 참았다. 그러나 힘들었는지, 목소리에는 노기가 묻어났다.

"이것 놓으라고 했다, 카실."

"아버지!"

부글부글. 황제의 분노가 끓어오른다. 그는 사나운 눈으로 카실을 노려보았다.

"아, 아버지⋯⋯."

움찔, 카실이 어깨를 떤다. 그 모습을 보자 마음이 약해졌다. 저를 판박이처럼 닮은 얼굴이었다.

"너는 선을 넘었다, 카실."

"아버지⋯⋯."

"그동안 네가 한 짓을 감싸는 게 가능했던 것은, 세력이 약한 가문을 상대로 벌인 일이기 때문이다. 그런데."

그러나 말을 이어 갈수록 또다시 분노가 타오른다.

"너는 발렌티노 가문을 건드렸어."

"아버지. 저, 저는 그 여자가⋯⋯ 그 여자가 발렌티노의 사람인 줄 몰랐습니다."

"그건 중요하지 않아!"

쩌렁쩌렁. 황제의 진노가 방 안을 울렸다. 거센 기운에 카실은 덜덜 떨었다.

"중요한 것은 네가! 네가 그 여자를 사냥하려 했다는 거야! 발렌티노의 안주인을!"

"하…… 하지만!"

카실은 주먹을 으스러져라 쥐며 항변했다.

"어, 어차피 그 여자, 허수아비 같은 존재 아닙니까? 발렌티노에서도, 아디스에서도 천대받았다고……."

"이 못난 녀석! 그리도 머리가 안 돌아가나!"

황제는 정말로 카실을 한 대 치고 싶었다. 제 아들이 이런 천하의 멍청이일 줄이야!

"네가 그런 짓을 했다는 것을 귀족들 전부가 알아 버렸다! 그렇지 않아도 너를 미워하던 귀족들이!"

"……."

"그들이 칸나가 누군지 신경이나 쓸 것 같나? 중요한 건 명분이야! 대귀족 가문의 아녀자를, 심지어 유배 중에 해치려 했다는 명분!"

"……."

"그들에게 너를 해칠 수 있는 명분을 준 거란 말이다!"

황제는 카실의 멱살을 와락 잡아챘다. 그의 몸을 끌고 집무실의 탁상 위로 집어 던졌다.

"봐라! 이것이 귀족들이 올린 탄원서다!"

산처럼 쌓인 종이 서류들. 카실은 멍하니 올려다보았다.

"아슬란 제국의 모든 귀족이! 모든 귀족이 탄원서를 올렸단 말이다!"

황제는 정말이지 천년은 늙은 기분이었다. 그의 어깨가 늘어졌다. 머리가 아파 왔다.

모든 귀족이 그의 형벌을 원했다. 심지어 테레사 귀비, 그녀의 자식인 아르곤과 릴리엔느에게 호의를 가진 귀족들조차 그러했다.

'그들이 보기에도 카실이 없어지는 게 더 도움이 될 테니까.'

황후의 세력도, 귀비의 세력도, 황제의 세력도. 모두가 대동단결하여 카실에게 엄격한 형벌을 내릴 것을 요구했다.

귀족들이 들고일어난 것이다!

"크, 크란츠 후작은요? 후작은 어머니와, 그러니까 아르곤 형님과 긴밀한 사이이지 않습니까? 크란츠 후작이 귀족들을 설득하여⋯⋯."

"크란츠 후작은 널 사형시키자고 하더군."

"⋯⋯."

"너를 완벽하게 잘라 내야만 아르곤에게 뒤탈이 없을 거라고 충언했다."

카실의 얼굴이 시퍼렇게 질렸다. 사형? 사형이라고?

"제가, 제가 뭘 어쨌다고⋯⋯."

"네가 뭘 어쨌다니?"

황제는 저도 모르게 웃고 말았다. 너무나 어이가 없어서.

"네가 겁탈한 귀부인들이 몇 명인 줄 아느냐?"

아마도 수십 명.

"그들 중 절반이 넘게 자결한 것은 알고 있느냐?"

"하, 한미한 가문이지 않습니까?"

"아들아, 빗물이 고이면 바다가 되는 법이다."

황제는 한숨을 내쉬었다. 더는 그로서도 어찌할 방도가 없었다. 그는 귀족들이 이처럼 하나 되어 의견을 모은 것을 태어나서 처음으로 보았다.

무시했다가는 어마어마하게 큰 파란으로 이어질 것이다.

게다가 이 일에는 발렌티노 공작이 선두에 서 있다. 황가보다도 더 고귀한 혈통을 지닌 성기사의 가문. 그 고고한 피의 후손이 황실을 제거하고자 마음을 먹는다면. 지금 이 순간, 명분은 충분했다.

'역모의 씨앗이 될 수 있다.'

발렌티노를, 귀족들을 찍어 눌렀다가는 해일이 되어 황실을 덮칠 것이 뻔했다. 그러니까 어쩔 도리가 없는 것이다.

"아버지, 사형이라뇨! 저, 저를 죽이실 겁니까?"

"어찌 내 귀한 아들을 죽이겠느냐!"

황제는 카실을 끌어안았다. 너무나도 밉지만, 그래도 저에게는 귀여운 아들이었다. 사랑하는 테레사가 낳은 아이. 저를 쏙 빼닮은 막둥이. 그렇기에 어떻게든 구제해야 한다.

다행히 살길이 없는 것은 아니었다.

"칸나 발렌티노, 그 여자가 먼저 너를 때렸다 하였지?"

"그, 그래요. 그렇습니다. 그 여자가 먼저 시작한 겁니다!"

"그래. 그렇다면 승산은 있다."

그는 한숨을 내쉬었다.

"내가 어떻게든 유배형으로 끝낼 것이다."

그렇게 말했지만 그 정도로는 안 될 걸 알고 있었다. 아마 기나긴 유배형은 물론이거니와…….

'태형 정도는 있어야 납득하겠지.'

그러나 태형, 얻어맞는 형벌까지 얘기하면 아들은 분명 공포에 질리겠지. 그것이 안쓰러워 황제는 말을 삼켰다.

그러나.

"유배형이요?"

카실은 그것조차 불만이었다.

또? 유배형이 끝난 지 얼마 안 됐는데 또 유배를 가란 말인가? 그럼 또 금주령을 내리실 텐데?

투덜거리고 싶었지만, 황제의 얼굴이 평소와 다르게 엄격했다. 카실은 투정을 꾹 눌러 참았다.

⋯⋯⋯

재판이 열렸다. 지난번에는 가해자의 좌석에 앉아 있었지만, 지금 칸나는 증인석에 앉아 있었다.

'꼴이 왜 저래?'

아이젝은 못 알아볼 정도로 망가져 있었다. 얼굴뿐만 아니라 온몸이 퉁퉁 부어 있어서, 그 앞에 놓인 명패만 아니었으면 못 알아봤으리라.

'고문을 당했구나.'

쯧쯧, 혀를 찼다. 아마 가지고 있는 정보를 쉽게 안 주려고 버텼나 보다. 그러니까 저 정도로 당했겠지.

"황제 폐하와 황후 폐하 납십니다!"

황제와 황후가 들어온다. 그들이 황석에 앉자 재판이 시작되었다. 재판은 예상대로 흘러갔다.

"카실 황자 전하. 전하께서는 발렌티노 공작 부인을 납치하시고, 살해를 시도하셨습니다. 인정하십니까?"

"인정한다."

카실은 고개를 끄덕였다. 아버지가 가르쳐 준 대로였다.

"발렌티노 공작 각하. 각하께서는 카실 황자 전하께 총 세 발의 화살을 쏘셨습니다. 인정하십니까?"

"인정합니다."

실비엔이 웃으면서 고개를 끄덕였다. 그러자 관람석에 있던 귀족이 자리에서 벌떡 일어났다.

"이는 정당방위입니다! 배우자가 죽을 위기에 처했는데, 그 어떤 사내가 내버려 둘 수 있단 말입니까!"

그러자 또 다른 귀족이 일어나 소리쳤다.

"게다가 공작 각하께서는 상대가 카실 황자 전하일 거라 짐작조차 못 하셨을 겁니다!"

"그 누가 짐작했겠습니까? 제 아내를 납치하고 죽이려 한 무뢰배가 황자 전하일 줄 누가 알았겠냐는 말입니다!"

모두가 약속이라도 한 듯 들고일어나 실비엔을 변호했다. 실비엔은 그저 느긋하게 앉아 있는 것으로 충분했다. 그는 직접 입을 열 필요조차 없는 사람이었다. 나서지 않아도 저를 변호해 줄 사람은 널리고 널려 있었다.

'저것이 권력. 부럽다.'

이 세계에서 권력의 힘을 다시 한번 실감하고 있을 때.

"나는 저 여자가 발렌티노 공작 부인인 줄 몰랐다."

자신만만하게 앉아 있던 카실이 칸나를 손가락으로 가리켰다.

"왜냐하면 나는 저 여자한테 얻어맞았거든."

장내가 순식간에 조용해졌다. 카실을 비난하던 귀족들이 입을 다물었다. 그는 그 침묵을 즐기듯 히죽 웃었다.

"그날은 유배가 끝나는 날이었지. 그래서 마을을 구경하고자 기사를 떼어 놓고 혼자 돌아다니고 있었다. 그런 나를 평민으로 오해했는지, 저 여자가 마구잡이로 때리더군."

사실이었다. 카실은 당당하게 외쳤다.

"어찌나 거세게 얻어맞았는지, 나는 그 자리에서 혼절했다. 몇 시간이 지나고 나서야 정신을 차렸지. 그래서 그 여자를 찾았다. 벌을 주려 했다."

"……."

"자네들의 말처럼, 나는 나를 폭행한 무뢰배가 귀족 부인일 줄 몰랐어. 그저 보복하려 했을 뿐이지. 황족의 권위를 지키기 위해서였다."

모두가 조용해졌다. 황족을 폭행하다니. 그것은 사형에 처할 만한 대죄였다!

실비엔을 변호하던 귀족들은 꿀 먹은 벙어리처럼 입을 다물었다. 반박할 만한 말이 없었다. 그때.

"저는 말했습니다."

칸나가 조용히 발언했다.

"납치를 당했고 사냥이 시작되기 직전, 저는 제가 누구인지 제 신분을 정확하게 말했습니다. 그러나 황자 전하는 믿지 않으셨죠."

"아니, 나는 못 들었다. 너는 그런 말을 하지 않았어."

카실은 당당하게 시치미를 뚝 뗐다.

"설령 말했다고 할지언정, 너는 나를 폭행했다. 황족을 모독한 것이다. 황족 모독은 사형으로 다스린다는 것을 모르나? 지금 당장 네 목을 잘라도 시원찮을 판이다!"

"자중하시오, 황자."

적당히 해야 한다. 황제는 그리 생각했다.

그러나 카실은 이 기세를 밀고 나가면 된다고 여겼는지, 억울하다는 듯 소리쳤다.

"제 말이 틀립니까! 제가 대체 뭘 잘못했다는 겁니까? 어차피 사형으로 다스렸어야 할 여자입니다! 그런 여자를 사냥하려 한 게 무슨 죄란 말입니까!"

저 자식이!

황제는 주먹을 꽉 틀어쥐었다. 저놈이 정신을 못 차리고 일을 망치는구나!

"어찌 그런 말씀을 하십니까, 전하! 발렌티노 공작 부인께서는 귀족이십니다! 정당한 재판을 받을 권리가 있으십니다!"

"귀족에게 즉결 처분으로 사형을 내리다뇨, 그런 법은 들어 본 적이 없습니다!"

"황자 전하께서는 황족의 권위를 내세워 제국의 법도를 무너뜨리고 계십니다!"

역시나! 황제는 이를 악물었다. 저 녀석이 적당히 하고 빠졌으면 될 것을, 해서는 안 될 말을 하고 말았다! 어리석은 것 같으니!

"닥쳐! 법 위에 제국이 있고, 제국 위에 황족이 있는 법이다! 황족을 모욕한 여인을 처리하였을 뿐, 나에게는 죄가 없다!"

카실은 진심이었다. 진심으로 그렇게 믿었기에 할 수 있는 말이었다. 아버지는 유배형으로 끝낸다고 했지만.

'아니, 더는 그 생활은 싫다!'

지긋지긋하다! 기사의 감시를 받는 것도! 시골구석에 틀어박혀 지내는 것도!

탕탕탕! 대법관이 망치를 두드렸다. 소리치는 귀족들을 중재했다.

"폐하의 앞입니다. 모두 자중해 주십시오."

"그래, 다들 너무 흥분했군. 마음을 가라앉히게."

그때 지금까지 잠자코 있던 황후가 나섰다.

그녀의 발언에 황제는 불안해졌다. 저 독거미 같은 여자가 어떤 트집을 잡으려고!

"황자, 자네는 제대로 된 교육을 받을 필요가 있네. 한 번쯤은 법전을 제대로 읽어 보는 게 좋을 거야."

황후는 잠시 말을 끊었다가, 곧장 이었다.

"황족은 제국을 통치함으로써 그 존재 의미가 있는 것. 그러나 진정한 통치란 권위를 내세운 지배가 아닐세."

카실은 이를 악물며 황후를 노려보았다. 그러나 황후에게는 코웃음조차 나오지 않을 애송이의 시선이었을 뿐이다.

"황자는 지금까지도 수많은 귀족 여인을 유린해 왔네. 이는 지금껏 제대로 된 처벌을 받지 않은 것에 기인한바, 그렇기에 감히 이 대륙을 수호하는 발렌티노의 안주인을, 아디스의 장녀를 한낱 금수처럼 사냥하려 한 것이겠지."

"저는……."

카실이 반박하려 할 때, 황후가 눈을 부릅떴다.

"감히 황후의 말을 끊는가, 황자!"

그 기세에 카실조차 겁을 집어먹고 어깨를 움츠렸다.

"황자의 죄악은 제국의 근간을 어지럽히고 있네. 천칠백여 년간 공명정대한 법으로 제국을 통치해 온 황가의 명예를 더럽혔고, 제국을 수호해 온 충신들을 모욕했지."

황후는 귀족들을 둘러보며 위엄 있는 목소리로 외쳤다.

"하여, 북쪽 탑에 평생을 은신하는 유폐형이 적합할 것이다."

"옳습니다!"

"혜안이십니다, 폐하!"

메르시 후작이 벌떡 일어나 소리쳤다. 그를 따르는 귀족들도 박수를 쳤다. 황제는 이를 악물었다. 그러나 아무 말도 할 수 없었다. 그를 지지하고, 아르곤을 지지하는 귀족들조차 동의하듯 입을 다물고 있었던 것이다!

'그래, 어쩔 수 없다. 어쩔 수 없어. 이번만큼은 카실을 지킬 수 없다.'

그때였다. 작은 쪽문으로 시종이 들어오더니, 소리 없이 다가와 황제의 귓가에 속삭였다.

"폐하, 테레사 귀비 전하께서 쓰러지셨습니다!"

"……!"

황제의 눈이 커졌다. 테레사. 나의 사랑. 카실에 대한 걱정으로 몇날 며칠 눈물로 지새우더니……. 결국은 정신을 놓은 건가!

'안 돼. 카실을 지켜야 한다!'

황제는 주먹을 꽉 말아 쥐었다. 카실에게 유폐형을 내리면, 그는 평생 죽을 때까지 탑을 벗어날 수 없을 것이다. 차라리 죽는 것이 더 나은 형벌.

'카실이 유폐형을 당하면 테레사의 정신이 온전치 못할 거야.'

"짐의 생각은 다르오."

황제가 말했다.

"카실의 말에도 일리가 있소. 이 일의 시발점은 발렌티노 공작 부인이지. 공작 부인이 카실을 모욕하지 않았더라면 이번 사건은 일어나지도 않았을 것이오."

지켜야 한다. 어떻게든. 나의 아들을. 나의 테레사를.

"카실 황자와 발렌티노 공작 부인의 죄가 명명백백하여, 그 누구의 죄가 더 큰지 판별하기 힘들 정도지. 하여 짐은 절충안이 필요하다고 생각하오."

칸나의 죄가 돌멩이라면, 카실의 죄는 모래사장이다.

알고 있지만 뻔뻔하게 같은 죗값을 가진 것처럼 몰아갔다.

"발렌티노 공작 부인에게는 벌금형만을 내리고, 카실에게는 약 3년 간 타국으로 추방형을 내리는 것이 좋을 듯하군."

그때였다. 즐겁게 구경하고 있던 실비엔이 입을 열었다.

"폐하."

황제의 턱이 뻣뻣하게 굳는다. 실비엔은 황후보다도 더 그를 긴장시켰다.

"현재 드러난 제 부인의 죄와 황자 전하의 죄를 절충한 것이 벌금형과 추방형입니까?"

"그렇소."

황제는 최대한 위엄있는 목소리를 짜냈다.

"공작 부인은 카실을 폭행하였고 카실은 공작 부인을 살해하려 했소."

그리고 최대한 뻔뻔하게 말을 이었다.

"둘 다 중죄로 다스려야 함이 옳으나, 서로가 서로의 정체를 몰라 보고 벌인 안타까운 사건이므로, 각각 벌금형과 추방형으로 절충하자는 거요."

"현명하십니다."

실비엔이 미소 지었다. 그리고 고개를 끄덕인다.

"저는 폐하의 현안에 따르겠습니다."

뭐……?

황제는 할 말을 잃었다.

뭐라고? 지금 저 공작이 뭐라고 했지? 내 말에 따르겠다고?

놀란 것은 황제뿐만이 아니었다. 황후, 그리고 귀족들마저 믿을 수 없다는 표정이었다. 실비엔이 더 밀고 나간다면, 더 강경하게 나간다면 얼마든지 카실에게 더 중죄를 씌울 수 있을 것이다. 단, 칸나의 죄가 절충되는 일은 없겠지. 그녀에게도 큰 벌이 내려질 것이다.

설마 공작 부인을 지키기 위한 결정인가? 아니다, 그럴 리가 없다.

두 가지 생각이 팽배하게 오갈 때.

"대법관은 뭐 하는가? 어서 판결을 내리게!"

"아, 예!"

어찌 됐든 이 기회를 놓칠 수 없다! 황제의 재촉에 대법관이 나무 망치를 들어 올렸다.

"카실 황자 전하에게는 타국으로의 3년간 추방형을, 칸나 발렌티노 공작 부인에게는 3만 골드의 벌금형을 선고합니다."

탕탕탕! 망치가 내리쳐졌다. 그 순간, 황제는 빛을 본 것만 같았다. 됐다! 저 공작이 도와준 덕분에 카실을 살릴 수 있었어!

'됐소! 테레사, 내가 카실을 살렸어!'

엉덩이가 근질근질했다. 빨리 테레사에게 달려가 그녀의 눈물을 닦아 주고, 더는 아무 걱정 말라고 속삭여 주고 싶었다!

반면 귀족들은 황당한 듯했다. 황후는 몹시도 분노한 기색이었다. 실비엔이 도저히 이해할 수 없는 행동을 한 것이다. 그때.

"황제 폐하."

칸나가 자리에서 일어났다. 그러자 모든 시선이 그녀에게 모였다.

카실은 거의 달려들어 죽일 것처럼 그녀를 노려보았다. 추방형에 몹시 불만을 품은 듯했다.

'어리석군.'

더 큰 벌이 내려올 줄도 모르고. 그녀는 웃음을 삼켰다.

"카실 황자 전하를 동대륙 무역선 선원 독살 사주 혐의로 고발하고자 합니다."

재판이 있기 며칠 전, 칸나는 실비엔에게 말했다.

"황제 폐하는 어떻게든 카실 황자 전하의 죄를 줄이고자 하실 겁니다. 아마 제 죄를 함께 줄이는 절충안을 내놓겠죠."

"네, 아마 그러실 겁니다."

충분히 예상할 수 있는 일이었다. 칸나는 재빨리 덧붙였다.

"그 절충안을 받아들여 주세요."

"……."

입을 다문 실비엔을 보며, 칸나가 애처롭게 두 손을 모았다. 간절하게 말했다.

"저는 감옥 가기 싫어요. 도와주세요."

실비엔은 잠시 그 모습을 감상하듯 지켜보았다. 최근에 칸나가 이렇게 애절하게 나온 적은 단 한 번도 없었으니.

"아이젝 의원이 카실 황자 전하의 사주를 받아 저를 죽이려고 한 것까지만 알려졌어요. 사실은 선원들까지 독살하려 했던 건 몇 명밖에 몰라요."

칸나, 아이젝, 그리고 알렉산드로와 몇 명의 직속 기사들뿐. 알렉산드로가 직접 나서 입단속을 단단히 했기에 그들 외에는 아무도 몰랐다.

"이 일을 숨기고 있다가, 절충안을 내놓으면 그때."

"……."

"그때 새로운 죄목으로 고발해서, 황자 전하의 죄만 가중해 주세요."

실비엔은 칸나를 빤히 응시했다. 그러고는 입꼬리를 올렸다.

"칸나 양."

"예?"

"제가 왜 그래야 합니까? 저는 굳이 그렇게까지 수를 쓰지 않아도, 충분히 황자 전하께 중죄를 씌울 수 있습니다."

그래. 알고 있다. 알고 있기에 이렇게 부탁하는 거 아니겠는가?

"하물며, 저를 재판장에 직접 세우신 칸나 양인데."

"……."

역시나 알고 있었구나.

"놀랐습니다. 설마하니 칸나 양이 제 등에 비수를 꽂을 줄은 몰랐거든요."

실비엔은 그 어느 때보다도 다정하게 웃었다. 심장이라도 꺼내 줄 듯한 미소였다.

칸나의 물밑 작업을 알아차린 것은 지금으로부터 훨씬 전이었다. 그녀가 황후에게 편지를 보냈던 날. 편지를 검열하고, 예상했던 내용에 얼마간은 지루해했던 날.

어째서인지 잘못된 퍼즐 조각을 끼워 맞춘 것처럼 내내 불편했다.

<보약을 만드는 작업이 쉽지 않을 듯합니다.>

편지의 한 문장이 도저히 잊히지 않았다.

그래서 가정해 보았다. 그가 알고 있는 칸나가 아닌, 아예 모르는 다른 사람이 그 편지를 썼다고 상상하는 순간.

너무나도 쉽게 답이 나왔다.

그날 밤, 불현듯 웃음이 터져 나왔다. 제대로 당했다는 생각이 들었다.

"제가 알던 칸나 양이라면 절대 못 했을 일인데."

"……."

"제가 사람을 잘못 본 모양입니다."

칸나는 고개를 숙여 제 발치를 보았다.

알고 있다. 주화라면 죽어도 못 했을 일이라는 것을. 그리고 실비엔이 자신의 목숨을 구해 준 것을.

그래서 미안했다. 미안한데.

사실은, 미안하지 않았다.

칸나는 고개를 들어 올렸다. 가지런하게 모았던 두 손을 내렸다. 더는 간절한 표정을 짓지 않았다. 애절한 목소리를 내뱉지 않았다.

"비수라고 하셨어요?"

그러고는 웃었다. 웃을 수밖에 없었다.

"공작 각하, 이건 각하께 아무것도 아니에요."

"무슨 말씀이십니까?"

"각하께 이것이 위기인가요?"

"……."

"아뇨. 그저 조금 귀찮고 성가신 일이겠죠."

실비엔은 대답하지 않았다. 사실이었으니까.

"하지만 각하, 각하에게는 콧바람 한 번이면 끝나는 그 위기가."

칸나는 말을 끊었다가, 뱉었다.

"제게는 삶을 부수는 폭풍이에요."

"……."

"설마, 카실 황자 전하께서 저를 가만히 두실 거라 믿으실 만큼 순진하진 않으실 테고."

실비엔도 당연히 알고 있을 것이다. 카실의 성정을 알고 있는 사람이라면, 누구든 예측할 수 있는 일이었다.

"카실 황자 전하가 정정한 이상, 저는 앞으로도 계속 목숨의 위기를 맞겠죠."

어째서인지 웃음이 터져 나왔다.

"그리고 저는 아시다시피, 남편에게도 가족에게도 천대받는 사람이라, 그 위험에 고스란히 노출될 테고."

빈정거리듯 잇자 실비엔이 손끝이 꿈틀 움직였다. 그조차도 깨닫지 못한 반응이었다.

"그러니 이것만이 저를 지킬 기회예요. 이것 외에 제가 카실 황자 전하를 누를 방법이 있나요?"

칸나는 어깨를 으쓱였다.

"각하도 제가 위험에 빠질 것을 알면서도 이 일을 물으셨잖아요?"

"……."

"저도 똑같이 한 것뿐이에요. 다만, 각하보다도 제가 더 절박했죠."

내게 걸린 것은 목숨이었고. 당신에게 걸린 것은 고작 재판장에 소환되는 모욕감 정도였으니.

"어쨌든 제가 각하에게 도움을 요청할 만한 입장은 아니죠. 제가 뻔뻔했네요. 죄송해요. 제가 생각이 짧았어요. 저는……."

칸나는 그 말을 삼켰다.

그래도, 어쩌면. 어쩌면 그의 책임과 의무가 없을지언정. 자신에게 베풀 상냥함이, 자비가 있을지도 모른다고 생각했다. 자신이 생각해도 아주 허망하고도 뻔뻔한 기대였다.

"동대륙 무역 선원들을 고치면 제가 원하는 것은 뭐든 들어주신다고 하셨죠."

칸나는 또박또박 요구했다.

"아시겠지만, 선원들의 건강은 나아졌습니다. 조만간 완쾌하겠죠."

"……."

"그러니까 이제 대가를 요구하겠습니다."

칸나는 미소를 지었다.

"실비엔 발렌티노 공작 각하. 절충안을 받아들이시고 그 후에 새로운 죄목으로 고발하세요."

한참의 침묵 후 실비엔이 대답했다.

"알겠습니다."

그는 웃고 있었다. 그림처럼 아름다운 미소였다.

"칸나 양의 말을 따르죠."

폭풍 같은 시간이 이어졌다.

"아닙니다! 저, 저는 그러지 않았습니다!"

카실은 미친 사람처럼 외치며 부정했으며.

"화, 황자 전하께서 제게 사주하셨습니다."

아이젝은 겁에 잔뜩 질려 증언했다. 솔직히 칸나는 그가 저렇게까지 협조해 줄 거라고는 생각하지 못했다. 끝까지 카실에게 달라붙어 한배를 탈 수도 있다고 생각했는데.

'고문을 누가 한 거야? 완전히 기를 팍 꺾어 놨네.'

누군지 모르겠지만, 칭찬한다, 고문관.

"여, 여기 이것이 증거입니다. 황자 전하께서 제게 주신 편지입니다."

재판관이 편지를 확인했다. 즉시 사람을 불러 황자와의 필적을 확인하라 요구했다.

"일치합니다. 황자 전하의 필적입니다."

"아니다! 나, 나는! 나는 그러지 않았어!"

카실이 책상을 쾅쾅 두드렸다. 가슴을 때렸다. 억울해 죽을 것처럼 보였다.

"네 이놈! 어디서, 어디서 거짓을 고해! 내가 언제 너에게 그런 명령을 내렸나!"

"황자 전하, 아이젝 의원은 그 증언으로 인해 더 큰 벌을 받게 되었습니다. 그가 모함할 이유가 있겠습니까?"

칸나의 말에 카실의 충혈된 눈빛이 날아왔다.

"그렇다면 너구나! 너야, 네가 꾸민 일이야!"

"저는 아이젝 의원이 독을 넣는 것을 저지하다가 죽을 뻔했습니다."

그녀는 제 목덜미의 흉을 가리켰다. 마치 증거를 보여 주는 것처럼.

"만약 이것이 제가 꾸민 모함이라면, 저는 스스로 아이젝 의원의 칼에 달려든 셈이로군요. 저는 그렇게 배짱 큰 여자가 아닙니다."

"아…… 아니야!"

카실은 고개를 저었다.

"정말 아닙니다! 내가 그러지 않았어!"

그러나 이 자리에 있는 그 누구도 믿지 않았다. 심지어 황제조차도. 카실 황자라면 충분히 저지르고도 남을 만한 일이었으니.

'어리석은 녀석……'

황제는 모든 투지가 사라져 버린 것을 느꼈다.

'어리석은, 어리석은, 어리석은 녀석!'

어찌 이런 짓을 벌였단 말인가! 동대륙 무역선 선원들을 독살하려 하다니. 그 혐의를, 그들을 치료하던 칸나에게 뒤집어씌우려고 하다니. 너무나도 카실다운 악랄한 생각이었다.

'이 일을 흐지부지 넘기면 데보르 백작과 척을 질 수 있다.'

동대륙을 최초로 발견한 사내. 동대륙의 대왕에게 인정받고, 독점 무역권을 손에 넣은 사내.

라스파엘로 데보르 백작. 그로 인해 쏟아지는 신문물들, 거대한 자금의 홍수들이 황실을 외면하게 된다면? 상상조차 할 수 없다.

황제의 머리가 차게 식었다. 동대륙의 문물로 인해 서대륙의 문화가 변하고 있다. 격변하는 문화와 생활 양식과 유행과 자금의 흐름 속에서 황실만이 제외될 수 있다. 도태될 수 있다. 그렇게 되도록 내버려 둘 수는 없다.

"북쪽 탑에 유폐하는 것이 좋을 듯합니다."

황후는 진심으로 슬픈 듯 말했다. 그러나 황제는 알았다. 지금 이 순간, 황후가 환호하고 있다는 것을.

'……유폐……'

안 돼. 황제의 눈앞이 캄캄해졌다.

유폐형은 인간이 견딜 수 있는 형벌이 아니었다. 좁은 방 한 칸에서 평생을, 세상과 동떨어져서 감금당해 산다. 대부분 미치거나 자결했다. 거부하려면 그에 준하는 다른 벌을 내려야 한다.

모두가 납득할 수 있는 잔인한 벌을.

"황자를……."

격통이 황제의 가슴을 찔렀다. 심장이 찢어지는 것 같았다.

"황자를 장파형에 처하라."

"……!"

귀족들이 술렁였다. 장파형은 손을 자르는 형벌이었다!

"아, 아버지……."

카실이 울먹인다. 그는 모든 것을 믿을 수 없다는 표정이었다.

"자, 장파형이라뇨. 아버지, 아버지, 아닙니다. 아닙니다. 정말로 제가 아닙니다!"

"대법관, 판결하라."

황제는 황자를 볼 수 없었다. 고개를 숙였다. 대법관이 황자의 손을 자르는 형벌을 내리겠노라, 선언한다. 탕탕탕. 나무망치가 울렸다.

"아버지! 아닙니다, 정말 아닙니다! 제가 그러지 않았어요! 저는 모르는 일입니다, 아버지!"

그때.

"지금 집행하시는 것이 어떠하십니까?"

황후가 악어의 눈물을 짜냈다.

"그래야만 뒷말이 나오지 않을 겁니다."

황제의 마른 눈가가 시뻘겋게 달아올랐다.

독한 년. 표독한 년. 악독한 년!

그러나 맞는 말이었다.

어차피 곧 잘라야 할 손이었다. 기왕이면 귀족들이 보는 앞에서 잘라, 그들의 원성을 다스리는 것이 이득일 터. 그래야만 이 일의 불씨를 완전히 꺼뜨릴 수 있다. 지금 당장 집행한다면, 이후 그 누구도 이 일에 대해 불만을 꺼내지 못하리라.

황제는 최악의 상황에서도 최선의 결과를 탐내는 자였다.

"당장 집행하라!"

"아, 아버지!"

황제는 황자를 외면했다. 기사들이 다가온다. 황자의 몸을 억지로 잡아끈다. 카실은 완전히 포박되어 우악스러운 힘에 짓눌렸다. 강제로 왼쪽 팔이 들어 올려진다.

"아, 아, 아……."

카실은 믿지 못하는 표정이었다. 이 현실을. 이 순간을. 입가가 부들부들 떨렸다.

내 손을 자른다고? 나는 황제의 아들인데?

거짓말. 믿을 수 없다.

"아닙, 아닙니다. 저는…… 저는 절대로!"

다음 순간, 기사가 칼날을 휘둘렀다.

"크아아아악!"

카실이 울부짖었다. 귀족들이 신음을 삼키며 고개를 돌린다. 아주 잔인한 광경이었기에.

그러나 칸나는 그 장면을 똑똑히 지켜보았다. 시선을 돌리지 않았다. 황자의 손이 잘려 나가는 그 순간을, 주먹을 불끈 쥐고 응시했다.

'왜? 억울해?'

묻고 싶었다, 황자에게. 무엇이 그렇게나 억울하고 비통하냐고.

'남의 손목을 자르려고 할 때는, 네 손목이 잘릴 각오도 해야지.'

칸나는 제 손목을 쓰다듬었다. 황자가 자르려고 했던 그곳을.

"크, 크흑……"

미친 듯이 울부짖던 황자는 이윽고 실신했고, 기사들의 부축을 받아 빠져나갔다.

"안타깝군요."

황후가 속삭였다.

"안타까워요. 테레사 귀비가 진즉에 아들 관리를 했더라면 이 지경까지 오지는 않았을 텐데."

황제에게는 더는 황후를 욕할 힘도 남아 있지 않았다. 황제의 눈가에 눈물이 고였다. 가슴이 아팠지만 방법이 없었다. 이것이 최선이었다.

'그래 봤자 손 하나 잃는 거다. 평생 유폐당해 사는 것보다는 나을 것이야.'

ꓥꓳꘖꓳꓥ

충격적인 재판이었다. 아슬란 제국 역사상 처벌당한 황족은 종종 있었다. 누군가는 사형당했고 누군가는 유폐당했다. 타국으로 영원히 추방당한 황족도 있었다.

그러나 장파형. 몸을 자르는 형벌은 단 한 번도 내려오지 않았다. 신체가 훼손된 황족이 존재하는 것. 그것 자체로도 황실 전체의 권위를 떨어뜨린다. 그렇기에 장파형을 내리느니 죽였던 것이다.

"장파형이라니. 황자 전하께서 벌 한번 제대로 받으셨군."

"그분에게 피해를 입은 귀부인들에게 위로가 되길 바랄 뿐이네."

귀족들이 수군거리며 재판장을 떠났다. 칸나는 멍하니 있다가, 제게 다가오는 황후를 발견하고는 잽싸게 몸을 일으켰다. 황후는 안쓰러운 표정으로 칸나의 어깨를 쓰다듬었다.

"발렌티노 공작 부인, 괜찮은가?"

"황후 폐하."

"왜 내게 진작 말하지 않았나?"

황후는 혀를 쯧쯧 찼다.

"내게 말했다면 전력을 다해 도와주었을 것을."

칸나는 황송하다는 듯 어깨를 움츠렸다.

"폐하께 괜한 짐을 얹어 드리고 싶지 않았습니다."

황후는 그 말에 내심 놀랐다. 칸나는 자신에게 약을 내주고 있다. 즉, 자신의 권력을 언제든 이용할 수 있는 처지였던 것이다.

'그런데도 나를 이용하지 않는다니.'

도저히 이해할 수 없었다. 칸나는 왜 자신을 이용하지 않았을까?

'대체 왜지?'

만약 이번에 도움을 청했더라면 기꺼이 도와주었을 것이다. 어찌 됐든 칸나는 자신에게 없어서는 안 될 존재니까. 그녀가 없으면 자신의 삶은 망가질 거다. 간지럼증. 칸나만이 그 고통에서 자신을 구원해 줄 수 있다.

그리고 황후는 이 세상에 공짜가 없다는 것을 아주 잘 알고 있었다. 자신의 구원에는 응당 그만한 대가가 있을 터인데.

'그래, 내게 아무것도 바라지 않을 리 없다.'

그렇기에 황후는 내심 마음의 준비를 끝낸 상태였다. 칸나가 무엇을 요구하든 들어줄 준비가 되어 있었다.

이번에도 그렇다. 칸나가 진작 이 이야기를 털어놓고 카실을 벌해 달라 요구했더라면 기꺼이 그리 해 주었을 텐데.

그러나 동시에, 그녀에 대한 평가가 박해졌으리라. 결국 제 권력을 이용하려는 어중이떠중이, 다른 귀족들과 똑같다고 생각했겠지.

그런 귀족들과는 차원이 다르다. 황후는 칸나를 후하게 평가했다.

"다음부터 이런 일이 있으면 꼭 말하게. 알겠나?"

"예, 폐하."

"그리고 자네의 벌금은 내가 대신 내 주겠네."

"네에?"

"자네의 고초를 모르고 있던 것이 마음이 아파서 그래. 부디 이 정도는 거절하지 말게."

"감사합니다, 폐하."

거절할 리가 있나요? 그렇지 않아도 3만 골드라는 거액을 어떻게 해결해야 하나, 골치였는데 잘된 일이었다.

'역시나, 멀리 돌아가길 잘했어.'

황후. 그녀는 칸나가 아주 오랫동안 이용해야 할 패였다. 그렇기에 자신이 고의로 이용했다는 것을 숨겨야 했다.

'그래서 일부러 황후가 하나하나 추적해서 찾을 수 있도록 약간의 정보만 흘렸지.'

그 덕에 황후는 조금도 눈치채지 못하고 자신을 더 좋게 보기 시작한 것 같았다.

"고, 공작 부인."

이번에는 아이젝이 찾아왔다. 기사들에게 포박당한 채 다가와 속삭였다.

"저, 저는 모든 것을 솔직하게 말했습니다. 부디 아디스 공작께 이 일을 전해 주십시오."

"……?"

아버지는 왜?

칸나는 의아했지만, 아이젝에게는 더 말할 기회가 없었다. 기사들이 거칠게 끌고 간 것이다.

모두가 떠나가는 재판장. 칸나는 공허하게 웃으며 다시 증인석에 털썩 앉았다.

'다 끝났어.'

쿵.

누군가 문을 닫고 나가며, 마침내 재판장에는 그녀밖에 남지 않았다. 그녀는 허탈하게 웃음을 터뜨렸다.

"하, 하하."

그동안 긴장하고 있어서일까? 온몸의 힘이 풀렸다. 피가 싹 빠져나가는 기분이었다. 다 끝났다. 모두 다.

'예상과는 다르지만…….'

칸나가 원한 것은 카실의 유폐형이었다. 아니면 영구 추방이든가.

'그랬으면 더 좋았을 텐데.'

칸나는 증인석에서 몸을 일으켰다.

어찌 됐든 그녀는 승리했다. 모두가 천대하는 공작 부인인 자신이, 황제의 비호를 받는 황자를 이긴 것이다. 손이 잘렸으니 카실도 법의 두려움을 깨달을 거다. 더는 예전처럼 막무가내로 패악을 부리지 못하겠지.

단 하나, 의아한 것이 있다면.

'황자의 편지.'

아이젝에게 독살을 사주한 그 편지. 황자의 평소 필적과 비교했을 때 일치한다고 했다.

'이상하네.'

그럴 리가 없는데. 왜냐하면.

'그 편지는 내가 썼는데.'

일부러 필적 감정을 못 하도록 왼손으로 쓰지 않았던가?

그게 황자의 필적과 일치한다고?

'설마 누군가가 편지를 뒤바꾼 건가?'

편지를 누가 가져갔었지? 분명히…….

'아버지가 가져갔었는데.'

순간 소름이 돋았다. 말도 안 되는 가정이 떠오른 것이다.

설마 아버지가?

'아니, 그럴 리 없지. 정신 차려.'

칸나는 피식 웃었다. 설마하니 아버지가 자신의 수를 꿰뚫었겠는가? 설령 그럴지라도 편지를 황자의 필체로 다시 써서 조작까지 했겠는가? 무엇을 위해서?

그녀는 그저 웃었다. 또각또각 걸어 나가다가 문득 유리 창문 속 자신과 눈이 마주쳤다. 목덜미의 흉터가 유독 도드라졌다.

"만약 이것이 제가 꾸민 모함이라면, 저는 스스로 아이젝 의원의 칼에 달

려든 셈이로군요. 저는 그렇게 배짱 큰 여자가 아닙니다."

배짱이 큰 게 아니다. 그저 그녀는 살아남기 위해 발악했을 뿐이다. 영양제를 독극물로 위장하여 아이젝에게 보내고, 그에게 일부러 붙잡혀 단도에 목을 들이밀어 상처를 낸 것까지 다.

살기 위한 몸부림이었다.

"집에 가자."

이제 다 끝났다. 칸나는 한숨을 쉬며 재판장의 문을 열었다.

어느덧 밤이었다.

'피곤해.'

이제 위기는 넘겼으니 집에 가서 푹 쉬면 되는 거다. 조금만 쉬고, 다시 시작하자.

칸나는 이번 계기로 다시 한번 여실히 깨달았다.

'권력을 손에 넣어야 해.'

그래야만 이 험난한 세상에서 살아남을 수 있다.

'무시당하지 않고 평범하게 살 수 있을 정도의 힘만 있으면 된다고 생각했어.'

하지만 아니었다. 그것으로는 돌발 위기에 대처할 수 없었다.

'그래도 괜찮아. 힘이 없으면 기르면 돼. 어쨌든 나는 배경이 좋으니까. 나는 아디스의 장녀, 그리고 발렌티노의 안주인이야.'

무슨 수를 써서라도 힘을 기를 거다. 그것이 자신을 지키는 길이었다. 그런데.

'나, 이제 어디로 가야 하지?'

우뚝, 발걸음이 멈춰 섰다. 일단 집에 돌아가서 쉬고 싶은데…….

'내 집은 어디지?'

나는 어디로 가야 하는 거지? 아디스? 발렌티노?

그때, 마차가 그녀의 앞에 멈춰 섰다. 그리고 한 남자가 내린다.

"……?"

이 남자가 왜 여기에 있지? 저녁 하늘을 연상시키는 짙푸른 머리칼, 보라색 눈동자의 남자가 그녀의 앞에 섰다.

"……."

칸나는 멍하니 그를 응시했다. 라파엘이었다. 순간 불어온 바람에 그의 검은 사제복이 거칠게 휘날린다. 라파엘은 흐트러진 머리칼을 쓸어 올리며 미간을 찡그렸다.

"뭐 하십니까?"

우두커니 서 있는 그녀에게 무덤덤하게 말을 건넨다.

"어서 타십시오, 부인. 목적지까지 모셔다 드리겠습니다."

"……저를요?"

"예."

"……."

왜? 칸나의 지친 눈동자가 그에게 향했다. 너무나도 지쳐서, 금방이라도 쓰러질 것 같은 시선이었다.

'설마 실비엔이 시켰나?'

뒤통수 친 괘씸한 아내에게 이런 친절을 베푼다고?

'그럴 리 없지.'

지금 이 순간 그에게는 자신을 돌봐야 할 아무런 책임도 의무도 없다. 그런 자신에게 마차를 보내 줄 리가. 빤히 쳐다보는 것을 노려본다고 생각했던 걸까? 라파엘이 천천히 말했다.

"공작 부인께서 저를 불쾌해하시는 것은 잘 알고 있습니다만, 밤이 늦었습니다."

"……."

"홀로 돌아가시기에는 위험하니 어서 타십시오."

그러나 칸나가 움직일 생각을 안 하자 라파엘이 예상했다는 듯 한숨을 내쉬었다.

"라스파엘로 데보르 백작이 보낸 마차입니다."

아. 그제야 반짝 정신이 돌아왔다.

데보르 백작. 하기야 그라면 칸나에게 고마울 만도 할 것이다. 칸나가 그의 선원들을 독살 위기에서 구해 준 거니까. 적어도 그렇게 착각하고 있을 테니까. 라파엘은 실비엔뿐만이 아니라 데보르 백작과도 절친한 관계인 듯했다.

"네."

칸나는 그제야 대답했다.

"그분께 고맙다고 전해 주세요."

그리고 라파엘에게 살며시 미소 지은 후 지나쳤다. 마차 안에 탄 후, 마부에게 말했다.

"아디스 공작저로."

〈누군가 내 몸에 빙의했다〉 2권에서 계속